O ESPIÃO INGLÊS

O ESPIÃO
INGLÊS

DANIEL SILVA

O ESPIÃO INGLÊS

Tradução de
Marcelo Barbão

Rio de Janeiro, 2016

Título original: THE ENGLISH SPY

Copyright © 2015 by Daniel Silva

Direitos de edição da obra em língua portuguesa no Brasil adquiridos pela Casa dos Livros Editora LTDA. Todos os direitos reservados. Nenhuma parte desta obra pode ser apropriada e estocada em sistema de banco de dados ou processo similar, em qualquer forma ou meio, seja eletrônico, de fotocópia, gravação etc., sem a permissão do detentor do copirraite.

Rua Nova Jerusalém, 345 — Bonsucesso — 21042-235
Rio de Janeiro — RJ — Brasil
Tel.: (21) 3882-8200 — Fax: (21) 3882-8212/831

CIP-Brasil. Catalogação na Publicação
Sindicato Nacional dos Editores de Livros, RJ

S579e

Silva, Daniel
    O espião inglês / Daniel Silva ; tradução Marcelo Barbão. –
1. ed. – Rio de Janeiro : HarperCollins Brasil, 2016.
    368 p.

    Tradução de: The english spy
    ISBN 9788569514145

    1. Ficção americana. I. Barbão, Marcelo. II. Título.

16-33226   CDD: 813
                                  CDU: 821.111(73)-3

Para Betsy e Andy Lack.
E, como sempre, para minha esposa Jamie e
meus filhos Lily e Nicholas.

Quando um homem apaga uma marca a lápis, deve ter cuidado de ver se a linha está bem apagada, pois se quiser manter um segredo, nenhuma precaução é demais.

— GRAHAM GREENE, *O MINISTÉRIO DO MEDO*

Chega de lágrimas agora; vou pensar em uma vingança.

— RAINHA MARIA DA ESCÓCIA

PARTE UM

MORTE DE UMA PRINCESA

GUSTÁVIA, SÃO BARTOLOMEU

NADA DISSO TERIA ACONTECIDO se Spider Barnes não tivesse ido ao Eddy's duas noites antes da partida do Aurora. Spider era visto como o melhor chef de cozinha de embarcações de todo o Caribe: bravo, mas também insubstituível, um gênio louco de jaleco branco e avental. Spider, sabem, tinha treinamento clássico. Ele tinha trabalhado um tempo em Paris, um tempo em Londres e também em Nova York e São Francisco, além de ter tido uma estada infeliz em Miami antes de deixar o negócio de restaurantes para sempre e ser livre no mar. Ele trabalhava em grandes iates agora, o tipo de embarcação que estrelas de cinema, rappers, bilionários e quem gosta de aparecer alugava sempre que queriam impressionar. E, quando Spider não estava atrás do fogão, estava caído sobre os melhores balcões de bar em terra firme. O Eddy's estava entre os cinco melhores do Caribe, talvez os cinco melhores do mundo. Ele começou às sete horas aquela noite com umas cervejas, fumou um baseado no jardim escuro às nove e, às dez, estava contemplando seu primeiro copo de rum de baunilha. Tudo parecia ótimo no mundo. Spider Barnes estava tonto e no paraíso.

Mas então ele viu Verônica, e a noite fez uma curva perigosa. Ela era nova na ilha, uma garota perdida, uma europeia de procedência incerta que servia bebidas para turistas no bar de mergulhadores ao lado. Era bonita, no entanto — "bonita como um toque floral", Spider comentou com seu companheiro de bebida — e se apaixonou por ela em dez segundos. Pediu a garota em casamento, que era a principal cantada de Spider, e quando ela recusou, ele sugeriu que fossem para a cama, então. De alguma forma, isso funcionou e os dois foram vistos cambaleando sob uma chuva torrencial à meia-noite. E essa foi a última vez que alguém o viu: à meia-noite e meia de uma noite chuvosa em Gustávia, totalmente molhado, bêbado e novamente apaixonado.

O capitão do Aurora, um iate luxuoso de 154 pés de Nassau, era um homem chamado Ogilvy — Reginald Ogilvy, ex-membro da Royal Navy, um ditador benevolente que dormia com uma cópia do regulamento no criado-mudo, junto com a Bíblia do Rei James de seu avô. Ele nunca tinha se importado com Spider Barnes, não antes das nove da manhã seguinte, quando o renomado chef não apareceu na reunião regular da equipe. Não era uma reunião comum, pois o Aurora estava sendo preparado para um convidado muito importante. Só Ogilvy conhecia sua identidade. Ele também sabia que os acompanhantes incluíam uma equipe de seguranças e que a pessoa era exigente, para dizer o mínimo, o que explicava por que ficou alarmado pela ausência de Spider.

Ogilvy informou a situação ao supervisor do porto de Gustávia, que rapidamente informou à polícia local. Dois policiais bateram à porta da pequena casa de Verônica no alto da colina, mas não havia nenhum sinal dela também. Em seguida, realizaram uma busca nos vários pontos da ilha onde os bêbados e os apaixonados tipicamente se lavavam depois de uma noite de devassidão. Um sueco com o rosto vermelho no Le Select afirmou ter pagado uma Heineken a Spider aquela manhã. Outro disse que o viu caminhando pela praia em Colombier, e houve uma informação, nunca confirmada, de uma pessoa inconsolável uivando para a lua nos bosques de Toiny.

A polícia seguiu cada uma das pistas. Reviraram a ilha de norte a sul, de popa a proa, sem encontrar nada. Alguns minutos depois do pôr do sol, Reginald Ogilvy informou à equipe do Aurora que Spider Barnes tinha desaparecido e que um substituto à altura teria de ser encontrado o mais rápido possível. A equipe se espalhou pela ilha, dos restaurantes à beira-mar de Gustávia às barracas de praia do Grand Cul-de-Sac. E, às nove da noite, em um dos lugares menos prováveis, eles encontraram seu homem.

Ele tinha chegado à ilha no auge da temporada de furacões e se estabeleceu em uma casa no fim da praia de Lorient. Não tinha bagagem a não ser uma mochila de lona, uma pilha de livros bastante folheados, um rádio de onda curtas e uma scooter velha que tinha comprado em Gustávia com umas notas encardidas e um sorriso. Os livros eram grossos, pesados e muito usados; o rádio tinha uma qualidade raramente vista hoje em dia. No final da noite, quando ele se sentava na varanda meio inclinada, lendo à luz de uma lanterna à pilha, o som da música flutuava acima do farfalhar das folhas de palmeira e o gentil ir e vir das ondas. Jazz e clássica, principalmente, e às vezes um pouco de reggae das estações de outros países. A cada hora, ele deixava o livro e ouvia atentamente as notícias da BBC. Então, quando terminava o boletim, ele procurava algo de que gostasse, e as palmeiras e o mar mais uma vez dançavam ao ritmo de sua música.

No começo, não estava claro se estava de férias, de passagem, se escondendo ou planejando viver permanentemente na ilha. Dinheiro não parecia ser um problema. De manhã, quando ia à confeitaria tomar o café da manhã, sempre dava boas gorjetas às garotas. E à tarde, quando parava no pequeno mercado perto do cemitério para comprar cerveja alemã e cigarro americano, nunca se importava com o troco que saía do dispensador automático. Seu francês era razoável, mas tingido com um sotaque que ninguém conseguia identificar. Seu espanhol, que ele falava com o dominicano que trabalhava no balcão do JoJo Burger, era muito melhor, mas ainda havia aquele sotaque. As garotas na confeitaria decidiram que ele era australiano, mas os garotos do JoJo Burger achavam que era africânder. Estavam por todo o Caribe, os africânderes. Na maior parte, gente decente, mas uns poucos deles tinham negócios escusos.

Os dias dele, apesar de indefinidos, não pareciam totalmente despropositados. Ele tomava café na confeitaria, parava na banca de jornal em Saint-Jean para comprar vários jornais ingleses e americanos do dia anterior, fazia exercícios rigorosos na praia, lia densos volumes de literatura e história com um chapéu cobrindo os olhos. E, certa vez, ele alugou um barco e passou a tarde mergulhando na ilha de Tortu. Mas sua inatividade parecia mais forçada do que voluntária. Ele parecia um soldado ferido esperando voltar ao campo de batalha, um exilado sonhando com sua terra natal, onde quer que fosse.

De acordo com Jean-Marc, oficial de aduana no aeroporto, ele tinha chegado em um voo de Guadalupe com um passaporte venezuelano válido e o peculiar nome de Colin Hernandez. Parecia ser o produto de um breve casamento entre uma mãe anglo-irlandesa e um pai espanhol. A mãe tinha brincado de ser poeta; o pai tinha feito algo suspeito com dinheiro. Colin odiava o pai, mas falava da mãe como se a canonização fosse uma mera formalidade. Carregava a foto dela em sua carteira. O menino loiro no colo dela não se parecia muito com ele, mas o tempo fazia essas coisas.

O passaporte dizia que tinha 38, o que parecia correto, e sua ocupação era "empresário", o que podia significar qualquer coisa. As garotas da padaria achavam que era um escritor buscando inspiração. O que mais explicaria o fato de que quase nunca era visto sem um livro? Mas as garotas do mercado criaram uma louca teoria, totalmente sem base, de que ele tinha assassinado um homem em Guadalupe e estava se escondendo em São Bartolomeu até a tempestade passar. O dominicano do JoJo Burger, que estava se escondendo, achou a hipótese ridícula. Colin Hernandez, ele declarou, era apenas outro preguiçoso vivendo do dinheiro de um pai que odiava. Ele ficaria ali até se cansar, ou até o dinheiro acabar. Aí voaria para outro lugar e, em dois ou três dias, ninguém nem se lembraria do nome dele.

Finalmente, um mês depois de sua chegada, houve uma pequena mudança na rotina. Depois de almoçar no JoJo Burger, ele foi até o barbeiro em Saint-Jean, e quando saiu, sua juba negra desgrenhada estava raspada, esculpida e lustrosamente azeitada. Na manhã seguinte, quando apareceu na padaria, estava recém--barbeado e vestido com calça cáqui e uma camisa branca bem passada. Ele tomou o café de sempre — uma xícara grande de café com leite e uma fatia de pão — enquanto lia o *Times* de Londres do dia anterior. Aí, em vez de voltar para casa, ele subiu na scooter e foi até Gustávia. Ao meio-dia, finalmente ficou claro por que o homem chamado Colin Hernandez tinha vindo a São Bartolomeu.

Ele foi primeiro ao velho e imponente hotel Carl Gustaf, mas o chef, depois de saber que ele não tinha nenhum treinamento formal, se recusou a entrevistá-lo. Os donos do Maya's o recusaram educadamente, assim como os gerentes do Wall House, Ocean e La Cantina. Ele tentou o La Plage, mas não se interessaram. Nem o Eden Rock, o Guanahani, La Crêperie, Le Jardin ou Le Grain de Sel, o solitário posto de frente para os pântanos de sal de Saline. Até La Gloriette, fundado por um exilado político, não quis nada com ele.

Decidido, ele tentou a sorte nas joias pouco conhecidas da ilha: o bar do aeroporto, o boteco Creole do outro lado da rua, o pequeno estabelecimento que vendia pizza e panini no estacionamento do supermercado L'Oasis. E foi ali que a sorte finalmente sorriu para ele, pois descobriu que o chef no Le Piment tinha sido despedido depois de uma longa disputa sobre horas e salário. Às quatro horas daquela tarde, depois de demonstrar suas habilidades na minúscula cozinha do Le Piment, ele foi contratado. Trabalhou seu primeiro turno aquela mesma noite. As críticas foram todas brilhantes.

Na verdade, não demorou muito para que suas proezas culinárias se espalhassem pela pequena ilha. Le Piment, antes lugar frequentado apenas por nativos e habitués, logo estava cheio de uma nova clientela, todos elogiando o novo chef misterioso com esse peculiar nome anglo-espanhol. O Carl Gustaf tentou roubá-lo, assim como o Eden Rock, o Guanahani e o La Plage, todos sem sucesso. Portanto, Reginald Ogilvy, capitão do Aurora, estava pessimista quando apareceu no Le Piment sem fazer reserva, na noite posterior ao desaparecimento de Spider Barnes. Foi forçado a esperar por trinta minutos no bar antes de finalmente conseguir uma mesa. Pediu três tira-gostos e três entradas. E depois de experimentar cada um, pediu para falar com o chef. Dez minutos se passaram antes de ele aparecer.

— Com fome? — perguntou o homem chamado Colin Hernandez, olhando os pratos de comida.

— Não muito.

— Então, por que veio aqui?

— Queria ver se você era tão bom quanto todos parecem pensar que é.

Ogilvy esticou a mão e se apresentou — posto e nome, seguido pelo nome do barco. O homem chamado Colin Hernandez levantou a sobrancelha, curioso.

— O Aurora é o barco de Spider Barnes, não é?

— Conhece o Spider?

— Acho que já tomei algo com ele uma vez.

— Não foi o único.

Ogilvy olhou bem para a figura parada na frente dele. Era compacto, forte, formidável. Para o olho agudo do inglês, ele parecia um homem que tinha navegado por mares duros. Sua sobrancelha era escura e grossa; o queixo era robusto e resoluto. É um rosto, pensou Ogilvy, *feito para aguentar um soco.*

— Você é venezuelano — ele disse.

— Quem falou?

— Todo mundo que se recusou a contratá-lo quando estava procurando emprego.

Os olhos de Ogilvy foram do rosto para a mão descansando nas costas da cadeira. Não havia evidências de tatuagens, o que ele viu como um sinal positivo. Ogilvy via a cultura moderna da tinta como uma forma de automutilação.

— Você bebe? — ele perguntou.

— Não como o Spider.

— Casado?

— Só uma vez.

— Filhos?

— Deus, não.

— Vícios?

— Coltrane e Monk.

— Já matou alguém?

— Não que me lembre.

Disse isso com um sorriso. Reginald Ogilvy também sorriu.

— Estou me perguntando se poderia tentá-lo a deixar esse lugar — falou, olhando para o modesto salão aberto do restaurante. — Estou preparado para pagar um salário generoso. E quando não estivermos no mar, você terá muito tempo livre para fazer o que gosta de fazer quando não está cozinhando.

— *Quanto* generoso?

— Dois mil por semana.

— Quanto o Spider estava ganhando?

— Três — respondeu Ogilvy depois de hesitar por um momento. — Mas o Spider ficou comigo por dois anos.

— Ele não está mais com você agora, está?

Ogilvy fingiu pensar um pouco.

— Três, então — ele falou. — Mas preciso que você comece imediatamente.

— Quando você parte?

— Amanhã de manhã.

— Nesse caso — disse o homem chamado Colin Hernandez — acho que terá de me pagar quatro.

Reginald Ogilvy, capitão do Aurora, olhou os pratos de comida antes se levantar.

— Oito horas — ele falou. — Não se atrase.

François, o dono do Le Piment, um marselhês bravo, não recebeu bem a notícia. Soltou uma série de xingamentos no rápido *patois* do sul. Houve promessas de vingança. E também uma garrafa de um Bordeaux bastante bom, vazia, quebrando-se em milhares de pedaços quando se espatifou contra a parede da pequena cozinha. Mais tarde, François negaria que tinha mirado em seu antigo chef. Mas Isabelle, uma garçonete que presenciou o incidente, iria questionar a versão dele dos eventos. François, ela jurou, tinha jogado a garrafa como se fosse uma adaga diretamente na cabeça de Monsieur Hernandez. E Monsieur Hernandez, ela se lembra, tinha se esquivado do objeto com um movimento que foi tão curto e rápido que ocorreu em um piscar de olho. Depois, ele olhou friamente por um longo tempo para François como se estivesse decidindo a melhor forma de quebrar o pescoço dele. Então, calmamente, tirou seu avental branco limpo e subiu em sua scooter.

Passou o resto da noite na varanda de sua casa, lendo sob a luz da lâmpada de querosene. E, a cada hora, ele abaixava seu livro e ouvia o noticiário da BBC com o vaivém das ondas na praia e o balanço das folhas das palmeiras com o vento noturno. De manhã, após um mergulho revigorante no mar, tomou banho, se vestiu e empacotou as coisas na mochila: roupas, livros e o rádio. Além disso, empacotou dois itens que tinham sido deixados para ele na ilha de Tortu: uma Stechkin 9mm com silenciador e um pacote retangular, trinta por cinquenta centímetros. O pacote pesava exatamente sete quilos. Ele o colocou no centro da mochila, assim ela ficaria bem equilibrada quando fosse carregada.

Deixou a praia de Lorient pela última vez às sete e meia e, com a mochila sobre o joelho, foi para Gustávia. O Aurora brilhava na ponta do porto. Ele subiu às dez para as oito e a sous-chef, uma garota inglesa magra com o nome improvável de Amelia List, mostrou qual era a cabine dele. Guardou suas posses no armário — incluindo o revólver Stechkin e o pacote de sete quilos — e vestiu as roupas de chef que tinham sido deixadas na cama para ele. Amelia List estava esperando no corredor quando ele saiu. Ela o acompanhou até a cozinha e apresentou a despensa de produtos secos, a geladeira e a adega cheia de vinhos. Foi ali, no frio escuro, que ele teve seu primeiro pensamento sexual com a garota inglesa em seu uniforme branco. Não fez nada para evitar. Estava solteiro havia tantos meses que quase nem conseguia se lembrar como era tocar o cabelo de uma mulher ou acariciar a pele de um seio indefeso.

Alguns minutos antes das dez horas veio o anúncio pelo intercomunicador do barco instruindo a todos os membros da tripulação a se apresentarem no deque posterior. O homem chamado Colin Hernandez seguiu Amelia List até o lado de fora e estava parado ao lado dela quando duas Range Rovers negras brecaram na popa do Aurora. Da primeira saíram duas garotas queimadas de sol, rindo, e um homem com o rosto rosa-claro, de cerca de quarenta e poucos anos, carregando auma sacola de praia cor-de-rosa em uma mão e o gargalo de uma garrafa aberta de champanhe na outra. Dois homens atléticos desceram do segundo Rover, seguidos um momento depois por uma mulher que parecia estar sofrendo de um caso terminal de melancolia. Usava um vestido cor de pêssego que deixava a impressão de nudez parcial, um chapéu de amplas abas que escondiam seus ombros delgados e grandes óculos escuros que cobriam boa parte de seu rosto de porcelana. Mesmo assim, ela era instantaneamente reconhecível. Seu perfil a traía, o perfil tão admirado pelos fotógrafos de moda e os paparazzi que a seguiam para aonde fosse. Não havia paparazzi naquela manhã. Dessa vez, ela conseguiu enganá-los.

A mulher subiu no Aurora como se estivesse entrando em uma tumba aberta e passou pela equipe reunida sem uma palavra ou um olhar, caminhando tão perto do homem chamado Colin Hernandez que ele precisou suprimir a vontade de tocá-la para ter certeza de que era real e não um holograma. Cinco minutos depois, o Aurora partiu do porto e ao meio-dia a encantada ilha de São Bartolomeu era um ponto verde e marrom no horizonte. Esticada e de topless no deque da frente, uma bebida na mão, sua pele perfeita tostando ao sol, estava a mulher mais famosa do mundo. E no deque embaixo, preparando uma entrada de torta de atum, pepino e abacaxi, estava o homem que ia matá-la.

2

SAINDO DAS ILHAS DE BARLAVENTO

ODO MUNDO CONHECIA A história. Até aqueles que fingiam não se importar, ou mostravam desdém por seu culto de devoção mundial, conheciam todos os detalhes sórdidos. Ela era uma garota muito tímida e bonita de classe média de Kent, que tinha conseguido entrar em Cambridge e ele era o bonito e, um pouco mais velho, futuro rei da Inglaterra. Eles tinham se conhecido em um debate no campus que tinha algo a ver com o meio ambiente e, de acordo com a lenda, o futuro rei ficou instantaneamente apaixonado. Seguiu-se um longo namoro, quieto e discreto. A garota foi aprovada pelo povo do futuro rei; o futuro rei, pelo dela. Finalmente, um dos piores tabloides conseguiu tirar uma fotografia do casal deixando o baile de verão anual do duque de Rutland no castelo Belvoir. O Palácio de Buckingham soltou um comunicado morno confirmando o óbvio: que o futuro rei e a garota de classe média sem sangue aristocrático nas veias estavam namorando. Um mês depois, com os tabloides lotados de rumores e especulações, o palácio anunciou que a garota de classe média e o futuro rei planejavam se casar.

Isso aconteceu na catedral de St. Paul em uma manhã de junho, quando os céus do sul da Inglaterra estavam tomados pela chuva. Mais tarde, quando as coisas não foram bem, uma parte da imprensa britânica iria escrever que estavam condenados desde o começo. A garota, por temperamento e criação, não estava preparada para a vida no aquário real; e o futuro rei, pelas mesmas razões, não estava preparado para o casamento. Ele tinha muitas amantes, demais para serem contadas, e a garota o puniu levando um de seus guarda-costas para a cama. O futuro rei, quando ficou sabendo do caso dela, baniu o guarda para um posto solitário na Escócia. Consternada, a garota tentou se suicidar tomando uma overdose de pílulas para dormir e foi levada à emergência do Hospital St.

Anne. O Palácio de Buckingham anunciou que ela estava sofrendo de desidratação causada por um surto de gripe. Quando perguntaram por que seu marido não a visitou no hospital, disseram algo sobre um conflito de agendas. A declaração oficial levantou muito mais perguntas do que respostas.

Quando ela teve alta, ficou óbvio para aqueles que seguiam a família real que a linda esposa do futuro rei não estava nada bem. Mesmo assim, ela cumpriu seus deveres matrimoniais dando dois herdeiros a ele, um menino e uma menina, os dois nascidos depois de períodos de gravidez breves e difíceis. O rei mostrou sua gratidão voltando para a cama de uma mulher a quem já tinha proposto casamento, e a princesa retaliou alcançando um grau de celebridade global que eclipsou a santa mãe do rei. Ela viajava pelo mundo apoiando causas nobres, uma horda de repórteres e fotógrafos acompanhando cada palavra e movimento dela e, mesmo assim, ninguém parecia notar que ela estava desenvolvendo algum tipo de loucura. Finalmente, com sua bênção e quieta assistência, a história apareceu nas páginas de um livro que contava tudo: as infidelidades de seu marido, os surtos de depressão, as tentativas de suicídio, os distúrbios alimentares causados pela constante exposição à imprensa e ao público. O futuro rei, com ódio, iniciou vários vazamentos de notícias retaliatórias sobre o comportamento errático de sua esposa. Aí aconteceu o golpe de misericórdia: a gravação de uma conversa telefônica apaixonada entre a princesa e seu amante favorito. Nesse momento, a rainha chegou ao limite. Com a monarquia em perigo, ela pediu que o casal se divorciasse o mais rápido possível. Eles fizeram isso um mês depois. O Palácio de Buckingham, sem um traço de ironia, publicou uma declaração afirmando que o fim do casamento real tinha sido "amigável".

A princesa teve a permissão para manter seus aposentos no Palácio de Kensignton, mas perdeu o título de Sua Alteza Real. A rainha ofereceu um título inferior, mas ela recusou, preferindo ser chamada pelo nome. Ela até recusou seus guarda-costas SO14, pois achava que eram mais espiões do que seguranças. O palácio acompanhava discretamente seus movimentos e associações, assim como a inteligência britânica, que a via mais como um incômodo que como uma ameaça ao reino.

Em público, ela era o rosto radiante da compaixão global, mas por trás de portas fechadas, ela bebia muito e se cercava com um séquito que um conselheiro real descreveu como "eurolixo". Nessa viagem, no entanto, havia menos acompanhantes que o normal. As duas mulheres bronzeadas eram amigas de infância; o homem que embarcou no Aurora com uma garrafa aberta de champanhe era Simon Hastings-Clarke, o visconde absurdamente rico que bancava o estilo de vida ao qual tinha se acostumado. Foi Hastings-Clarke que a levou para voar ao redor do mundo em sua frota de jatos, e era Hastings-Clarke que pagava a conta de seus guarda-costas. Os dois homens que a acompanhavam ao Caribe eram empregados de uma empresa de segurança privada em Londres. Antes de deixar Gustávia, eles tinham feito uma inspeção superficial sobre o Aurora e sua tripulação. Sobre o homem chamado Colin Hernandez, fizeram só uma pergunta: "O que vamos almoçar?"

A pedido da ex-princesa, o bufê foi leve, apesar de nem ela nem seus acompanhantes parecessem muito interessados. Beberam muito aquela tarde, torrando o corpo no forte sol, até que uma tempestade fez com que entrassem rindo em seus quartos. Ficaram lá até às nove da noite, quando saíram vestidos e penteados como se fossem a uma festa no jardim de Somerset. Tomaram coquetéis e comeram canapés no deque e depois foram até o salão principal para jantar: salada com trufas ao vinagrete, seguida de risoto de lagosta e costelas de cordeiro com alcachofra, limão forte, abobrinha e *piment d'argile*. A ex-princesa e seus acompanhantes declaram que a refeição tinha sido magnífica e exigiram a presença do chef. Quando ele finalmente apareceu, foi recebido com um aplauso infantil.

— O que vai nos fazer amanhã à noite? — perguntou a ex-princesa.

— É uma surpresa — ele respondeu, com seu peculiar sotaque.

— Ah, ótimo — ela disse, com o mesmo sorriso que ele já tinha visto em incontáveis capas de revistas. — Adoro surpresas.

Era uma equipe pequena, oito ao todo, e era responsabilidade do chef e da sua assistente cuidar da porcelana, das taças, da prataria e das panelas, além dos utensílios de cozinha. Eles ficaram lado a lado na pia muito depois que a ex-princesa e seus acompanhantes tinham saído, suas mãos ocasionalmente se tocando debaixo da água quente com sabão, o quadril ossudo dela pressionando a coxa dele. E, uma vez, quando passaram um atrás do outro no gabinete apertado, os bicos duros dos seios dela traçaram duas linhas nas costas dele, enviando uma descarga de eletricidade e sangue para o meio das pernas dele. Foram cada um para sua cabine, mas alguns minutos depois ele ouviu uma batida leve em sua porta. Ela o agarrou sem fazer nenhum som. Era como fazer amor com uma muda.

— Talvez tenha sido um erro — ela sussurrou no ouvido dele quando terminaram.

— Por que você está falando isso?

— Porque vamos trabalhar juntos por muito tempo.

— Não tanto.

— Você não está planejando ficar?

— Isso depende.

— Do quê?

Ele não falou mais nada. Ela deitou a cabeça no peito dele e fechou os olhos.

— Você não pode ficar aqui — ele disse.

— Eu sei — ela respondeu meio adormecida. — Só um pouco mais.

Ele ficou imóvel por muito tempo, com Amelia List dormindo em seu peito, o Aurora subindo e descendo debaixo dele e sua mente trabalhando sobre os detalhes do que iria acontecer. Finalmente, às três horas, ele saiu da cama e caminhou nu pela cabine até o armário. Em silêncio, vestiu sua calça preta, um suéter de lã e um casaco escuro à prova d'água. Tirou o envoltório do pacote — que media trinta por cinquenta centímetros e pesava exatamente sete quilos — e conectou a fonte de energia e o relógio do detonador. Colocou o pacote de volta no armário e ia pegar o revólver Stechkin quando ouviu a garota se mexer atrás dele. Virou-se lentamente e olhou para ela no escuro.

— O que era aquilo? — ela perguntou.

— Volte a dormir.

— Vi uma luz vermelha.

— Era meu rádio.

— Por que está ouvindo rádio às três da manhã?

Antes que ele pudesse responder, o abajur se acendeu. Os olhos dela correram pela roupa escura antes de pararem na arma com silenciador que ainda estava nas mãos dele. Ela abriu a boca para gritar, mas ele colocou sua palma sobre o rosto dela antes que qualquer som pudesse escapar. Enquanto ela lutava para se livrar da mão dele, o homem sussurrou baixinho no ouvido dela.

— Não se preocupe, meu amor — ele estava falando. — Só vai doer um pouco.

Os olhos se abriram com terror. Então ele girou a cabeça dela violentamente para a esquerda, quebrando sua coluna vertebral e a segurou gentilmente enquanto ela morria.

Não era costume de Reginald Ogilvy acordar logo cedo, mas a preocupação com a segurança de sua famosa passageira o levou à ponte de comando do Aurora nas primeiras horas daquela manhã. Estava verificando a previsão do tempo no computador de bordo, uma xícara de café fresco na mão, quando o homem chamado Colin Hernandez apareceu no alto da escada, vestido totalmente de preto. Ogilvy levantou a vista e perguntou:

— O que você está fazendo aqui? — Mas não recebeu nenhuma resposta a não ser dois tiros da Stechkin silenciada, que furaram seu uniforme e atingiram o coração.

A xícara de café caiu no chão; Ogilvy, instantaneamente morto, desabou pesado ao lado dela. Seu assassino caminhou calmamente pelo console, fez um ligeiro ajuste na direção do barco, e desceu a escada. O deque principal estava deserto, nenhum outro membro da tripulação estava de serviço. Ele baixou um dos botes no mar escuro, subiu e soltou a corda.

Deixou o bote livre, debaixo de um céu cheio de diamantes brancos, enquanto olhava o Aurora navegar para o leste em direção às linhas de barcos do Atlântico, sem piloto, um barco fantasma. Verificou seu relógio de pulso, que brilhava. Então, quando ele marcou zero, olhou para cima de novo. Mais 15 segundos se passaram, tempo suficiente para considerar a remota possibilidade de que a bomba tinha algum defeito. Finalmente, houve uma explosão no horizonte — a luz branca cegante do explosivo, seguida pelo laranja-amarelado da explosão secundária e do fogo.

O som era como um rumor de um trovão distante. Depois disso, só se ouvia o mar batendo contra a lateral do bote e o vento. Apertando um botão, ele ligou o motor de popa e ficou olhando enquanto o Aurora começava sua jornada para o fundo do mar. Então, direcionou o bote para o oeste e acelerou.

3

CARIBE — LONDRES

O PRIMEIRO INDICADOR DE PROBLEMAS veio quando o Pegasus Global Charters de Nassau informou que uma mensagem de rotina a um de seus barcos, o luxuoso iate de 47 metros, o Aurora, não tinha sido respondida. O centro de operações Pegasus imediatamente solicitou assistência de todos os barcos comerciais e de turismo na vizinha das Ilhas de Barlavento e, em poucos minutos, a tripulação de um petroleiro com bandeira liberiana informou que tinham visto uma luz estranha na área aproximadamente às 3h45 daquela manhã. Logo depois, a tripulação de um container viu um dos botes do Aurora flutuando vazio e sem rumo aproximadamente a cem milhas ao sudoeste de Gustávia. Simultaneamente, um barco particular encontrou coletes salva-vidas e outros restos flutuando algumas milhas ao oeste. Temendo o pior, a gerência da Pegasus ligou para o Alto Comissariado Britânico, em Kingston, e informou ao cônsul honorário que o Aurora estava desaparecido e possivelmente perdido. A gerência então enviou uma cópia da lista de passageiros, que incluía o nome da ex-princesa.

— Diga que não é ela — pediu o cônsul honorário, incrédulo, mas a gerência do Pegasus confirmou que a passageira era realmente a ex-esposa do futuro rei.

O cônsul imediatamente ligou para seus superiores no Foreign Office, em Londres, e os superiores determinaram que a situação era suficientemente grave para acordar o primeiro-ministro Jonathan Lancaster, e foi quando a crise realmente começou.

O primeiro-ministro deu a notícia ao futuro rei por telefone, à uma e meia, mas esperou até às nove para informar ao povo britânico e ao mundo. Parado na frente da porta preta do número 10 da Downing Street, o rosto triste, ele contou os fatos que eram conhecidos no momento. A ex-esposa do futuro rei tinha viajado ao Caribe na companhia de Simon Hastings-Clarke e duas amigas de longa data. Na ilha paradisíaca de São Bartolomeu, o grupo tinha subido ao luxuoso iate Aurora para um cruzeiro de uma semana. Todo contato com o barco tinha sido perdido e restos da embarcação foram encontrados espalhados pelo mar.

— Esperamos e oramos para que a princesa seja encontrada viva — disse o primeiro-ministro, solene. — Mas devemos nos preparar para o pior.

O primeiro dia de busca não foi bem-sucedido em encontrar sobreviventes ou pistas. Nem o segundo ou o terceiro. Depois de se reunir com a rainha, o primeiro-ministro Lancaster anunciou que seu governo estava trabalhando com a suposição de que a adorada princesa estava morta. No Caribe, as equipes de busca concentraram seus esforços em encontrar restos do barco em vez de corpos. Não seria uma longa busca. Na verdade, apenas 48 horas depois, um submarino automático operado pela marinha francesa descobriu o Aurora debaixo de dois mil pés de água salgada. Um especialista que viu as imagens de vídeo disse que era evidente que o barco tinha sofrido algum tipo de problema cataclísmico, quase certamente uma explosão.

— A pergunta é — ele disse —: foi um acidente ou foi intencional?

A maioria das pessoas do país — diziam pesquisas confiáveis — se recusava a acreditar que a ex-princesa tinha realmente morrido. Eles mantinham a esperança de que somente um dos dois botes do Aurora tinha sido encontrado. Claro, argumentavam, ela estava perdida no mar aberto ou tinha sido levada pela correnteza até uma ilha deserta. Um site pouco sério chegou a informar que ela foi vista em Montserrat. Outro disse que estava vivendo tranquila à beira-mar, em Dorset. Teóricos da conspiração de todos os tipos criaram histórias sensacionalistas sobre um plano para matar a princesa que foi concebido pelo Conselho Privado da Rainha e realizado pelo Serviço Secreto de Inteligência Britânico, mais conhecido como MI6. Havia muita pressão para que seu chefe, Graham Seymour, fizesse uma declaração negando as alegações, mas ele se recusou.

— Isso não são *alegações* — ele disse ao secretário de relações exteriores durante uma tensa reunião na enorme sede do serviço ao lado do rio. — São fantasias criadas por pessoas com problemas mentais, e não vou me rebaixar a dar uma resposta a elas.

Em particular, no entanto, Seymour já tinha chegado à conclusão de que a explosão a bordo do Aurora não tinha sido um acidente. Da mesma forma que sua contraparte no DGSE, o bastante eficiente serviço de inteligência francês. Um analista francês, vendo o vídeo dos destroços, tinha determinado que o Aurora fora destruído por uma bomba detonada no deque inferior. Mas quem tinha levado a bomba para dentro do barco? E quem tinha ligado o detonador?

O principal suspeito do DGSE era o homem que tinha sido contratado para substituir o chef desaparecido do Aurora na noite antes da partida do iate. Os franceses enviaram ao MI6 um vídeo granulado de sua chegada ao aeroporto de Gustávia, junto com algumas fotos de baixa qualidade capturada por câmeras de segurança de algumas lojas. Mostrava um homem que não se importava em aparecer em fotos.

— Ele não me parece o cara que afundaria um barco — Seymour disse em uma reunião de sua equipe. — Ele está solto por aí, em algum lugar. Descubram quem ele é e onde está se escondendo, preferencialmente antes dos franceses.

Ele era um sussurro em uma capela meio acesa, um fio perdido na bainha de uma roupa descartada. Eles verificaram as fotografias nos computadores. E, quando os computadores não encontraram uma combinação, procuraram por ele da forma antiga, com sapatos de couro e envelopes cheios de dinheiro — dinheiro norte-americano, claro, pois nas regiões inferiores do mundo da espionagem, os dólares continuavam a ser a moeda comum. O homem do MI6 em Caracas não encontrou nenhum traço dele. Nem conseguiram encontrar alguma pista de uma mãe anglo-irlandesa com um coração poético, ou um pai empresário espanhol. O endereço de seu passaporte terminou sendo uma favela em Caracas; seu último número conhecido há muito estava desconectado. Um informante pago dentro da polícia secreta venezuelana disse que tinha ouvido um rumor sobre uma ligação com Castro, mas uma fonte perto da inteligência cubana murmurou algo sobre os cartéis colombianos.

— Talvez antes — disse um policial incorruptível em Bogotá —, mas ele se afastou dos grandes traficantes há muito tempo. A última coisa que ouvi é que estava vivendo no Panamá com uma das antigas amantes de Noriega. Tinha muitos milhões guardados em um banco panamenho sujo e um condomínio em Playa Farallón.

A antiga amante negou conhecê-lo e o gerente do banco em questão, depois de aceitar um suborno de dez mil dólares, não conseguiu encontrar nenhum registro de conta em nome dele. Quanto ao condomínio na praia em Farallón, um vizinho quase não conseguia se lembrar de sua aparência, só da voz dele.

— Ele falava com um sotaque peculiar — disse. — Parecia que era da Austrália. Ou seria da África do Sul?

Graham Seymour monitorou a busca pelo suspeito do conforto de seu escritório, o melhor de todo o mundo da espionagem, com um jardim inglês no vestíbulo, uma enorme mesa de mogno usada por todos os chefes antes dele, janelas enormes voltadas para o rio Tâmisa e o imponente relógio de seu avô construído por ninguém menos que Sir Mansfield Smith Cumming, o primeiro "C" do Serviço Secreto Britânico. O esplendor do que tinha ao seu redor deixava Seymour inquieto. Em seu distante passado, ele tinha sido um homem de campo de alguma reputação — não no MI6, mas no MI5, o serviço de segurança interno menos glamoroso da Grã-Bretanha, onde havia servido com distinção antes de fazer a curta viagem da Thames House a Vauxhall Cross. Havia alguns no MI6 que se ressentiam da indicação de alguém de fora, mas a maioria via "a transferência", como tinha ficado conhecida no meio, como um tipo de volta para casa. O pai de Seymour foi um lendário oficial do MI6, enganando nazistas, com importante participação em vários eventos no Oriente Médio. E agora seu filho, no auge da vida, se sentava atrás da mesa na qual Seymour pai tinha se apresentado para receber ordem.

Com o poder, no entanto, geralmente vem um sentimento de desamparo. E Seymour, o *espiocrata*, o espião de sala de reuniões, caiu vítima dele. Com busca cada vez mais infrutífera, e com a pressão de Downing Street e do palácio crescendo, seu mau humor ia piorando. Ele mantinha uma foto do alvo em sua mesa, perto do tinteiro vitoriano e da caneta-tinteiro Parker que usava para marcar documentos com seu criptograma pessoal. Algo no rosto era familiar. Seymour suspeitava que, em algum lugar — em outro campo de batalha, em outra terra —, seus caminhos tinham se cruzado. Não importava que os bancos de dados do serviço não afirmassem isso. Seymour confiava em sua memória mais do que na memória de qualquer computador do governo.

E assim, com as mãos em campo levando a falsas pistas e a poços vazios, Seymour conduzia uma busca própria a partir da gaiola dourada no alto de Vauxhall Cross. Ele começou esquadrinhando sua prodigiosa memória, e quando não deu certo, pediu acesso a uma pilha de casos antigos do MI5 e procurou ali também. Novamente não encontrou nenhuma pista. Finalmente, na manhã do décimo dia, o telefone na mesa de Seymour tocou levemente. O tom diferente mostrou que quem ligava era Uzi Navot, o chefe do tão falado serviço de inteligência de Israel. Seymour hesitou, depois levantou o telefone de forma cautelosa. Como sempre, o chefe dos espiões israelense não se importou em alguma troca de amabilidade.

— Acho que podemos ter encontrado o homem que você está procurando.

— Quem é ele?

— Um velho amigo.

— Seu ou nosso?

— Seu — disse o israelense. — Não temos nenhum amigo.

— Pode nos dizer o nome dele?

— Não pelo telefone.

— Quão rapidamente pode chegar a Londres?

A linha ficou muda.

4

VAUXHALL CROSS, LONDRES

UZI NAVOT CHEGOU A Vauxhall Cross pouco antes das onze da noite e foi levado à suíte executiva pelo elevador. Estava usando um terno cinza que parecia apertado para os ombros fortes, uma camisa branca aberta em seu grosso pescoço e óculos sem aro que marcavam a ponte de seu nariz de pugilista. À primeira vista, poucos presumiam que Navot era israelense, ou mesmo judeu, um traço que tinha funcionado bem durante sua carreira. Uma vez, ele tinha sido um *katsa*, o termo usado por seu serviço para descrever agentes de campo disfarçados. Armado com bom conhecimento de vários idiomas e uma pilha de falsos passaportes, Navot tinha penetrado em redes de terror e recrutado vários espiões e informantes espalhados pelo mundo. Em Londres, ficou conhecido como Clyde Bridges, o diretor de marketing europeu de uma obscura empresa de software. Tinha dirigido várias operações bem-sucedidas em solo britânico na época, quando era responsabilidade de Seymour evitar essas atividades. Seymour não guardava rancor, pois essa era a natureza dos relacionamentos entre espiões: adversários um dia, aliados no outro.

Um frequente visitante em Vauxhall Cross, Navot não comentou nada sobre a beleza do grande escritório de Seymour. Nem se dedicou à fofoca profissional que precedia a maioria dos encontros entre habitantes do mundo secreto. Seymour sabia os motivos do humor taciturno do israelense. O primeiro mandato de Navot como chefe estava terminando, e o primeiro-ministro tinha pedido que ele saísse para que outro homem assumisse, um lendário agente com quem Seymour tinha trabalhado em diversas ocasiões. Havia boatos de que a lenda tinha feito um acordo para que Navot continuasse. Era algo pouco ortodoxo permitir que seu predecessor continuasse no serviço, mas a lenda raramente se preocupava com a ortodoxia. A disposição para correr riscos era sua maior força — e às vezes, pensou Seymour, sua ruína.

Na forte mão direita de Navot estava pendurada uma maleta de aço inoxidável com trava de combinação. Dela, tirou uma fina pasta, que colocou sobre a mesa de mogno. Dentro havia um documento, uma página; os israelenses se orgulhavam da brevidade de seus arquivos. Seymour leu a linha de assunto. Aí olhou para a fotografia ao lado de seu tinteiro e xingou baixinho. Do lado oposto da mesa imponente, Uzi Navot se permitiu um breve sorriso. Não era comum que conseguissem contar ao diretor-geral do MI6 algo que ele ainda não sabia.

— Quem é a fonte da informação? — perguntou Seymour.

— É possível que seja um iraniano — respondeu Navot, vagamente.

— O MI6 tem acesso regular a seu produto?

— Não — respondeu Navot. — Ele é exclusivamente nosso.

O MI6, a CIA e a inteligência israelense trabalharam juntos durante mais de uma década para evitar que os iranianos chegassem a ter armas nucleares. Os três serviços tinham operado conjuntamente contra a rede de suprimentos nuclear iraniana e compartilharam grande quantidade de dados técnicos e de inteligência. Era reconhecido que os israelenses tinham as melhores fontes humanas em Teerã e, para contrariedade dos norte-americanos e britânicos, eles as protegiam com todo cuidado. Julgando pelo escrito no relatório, Seymour suspeitava de que o espião de Navot trabalhava para o VEVAK, o serviço de inteligência iraniano. As fontes do VEVAK eram famosas pela dificuldade de trato. Às vezes a informação que trocavam por dinheiro ocidental era genuína. Outras vezes estava a serviço da *taqiyya*, a prática persa de mostrar uma intenção enquanto abrigava outra.

— Acredita nele? — perguntou Seymour.

— Não estaria aqui se não acreditasse. — Navot fez uma pausa e acrescentou: — E algo me diz que você acredita também.

Quando Seymour não respondeu, Navot tirou um segundo documento da maleta e colocou na mesa, perto dele.

— É uma cópia de um relatório que enviamos ao MI6 há três anos — ele explicou. — Sabíamos sobre sua conexão com os iranianos já naquela época. Também sabíamos que estava trabalhando com Hezbollah, Hamas, Al-Qaeda e qualquer um que pagasse.

Navot acrescentou:

— Seu amigo não discrimina muito com quem ele anda.

— Foi antes da minha época — respondeu Seymour.

— Mas agora é seu problema. — Navot apontou para uma passagem perto do final do documento. — Como consegue ver, fizemos a proposta de uma operação para tirá-lo de circulação. Até nos apresentamos como voluntários para fazer o serviço. E como você acha que seu predecessor respondeu a nossa generosa oferta?

— Obviamente, ele recusou.

— Com extremo preconceito. Na verdade, ele nos disse em termos bem claros que não deveríamos colocar um dedo nele. Estava com medo de que isso abriria uma caixa de Pandora. — Navot balançou a cabeça lentamente. — E, agora, aqui estamos nós.

A sala estava silenciosa, exceto pelo tique-taque do velho relógio do avô de C. Finalmente, Navot perguntou com a voz baixa:

— Onde você estava naquele dia, Graham?

— Que dia?

— Cinco de agosto, mil novecentos e noventa e oito.

— O dia da bomba?

Navot assentiu.

— Sabe muito bem onde eu estava — respondeu Seymour. — Estava no Cinco.

— Você era o chefe de contraterrorismo.

— É.

— O que significa que era sua responsabilidade.

Seymour não falou nada.

— O que aconteceu, Graham? Como ele conseguiu?

— Foram cometidos erros. Sérios erros. Sérios o suficiente para arruinar carreiras, até hoje. — Seymour juntou os dois documentos e os devolveu a Navot. — Sua fonte iraniana contou por que ele fez isso?

— É possível que ele tenha voltado a uma antiga briga. Também é possível que estivesse agindo em nome de outros. De qualquer forma, é preciso lidar com ele, antes que seja tarde demais.

Seymour não respondeu.

— Nossa oferta ainda está de pé, Graham.

— Que oferta?

— Vamos cuidar dele — respondeu Navot. — E depois vamos enterrá-lo em um buraco tão fundo que ninguém da época dos conflitos vai conseguir recuperá-lo.

Seymour ficou em um silêncio contemplativo.

— Só existe uma pessoa a quem eu confiaria um trabalho como esse — ele falou, finalmente.

— Isso poderia ser difícil.

— A gravidez?

Navot assentiu.

— Quando ela vai ter?

— Infelizmente isso é informação confidencial.

Seymour deu um breve sorriso.

— Você acha que ele poderia ser persuadido a aceitar essa missão?

— Tudo é possível — respondeu Navot, sem querer se comprometer. — Eu ficaria feliz em falar com ele em seu nome.

— Não — falou Seymour. — Eu faço isso.

— Há mais um problema — falou Navot depois de um momento.

— Só um?

— Ele não conhece muito essa parte do mundo.

— Eu conheço alguém que pode servir como guia.

— Ele não vai trabalhar com alguém que não conhece.

— Na verdade, eles são bons amigos.

— Ele é do MI6?

— Não — respondeu Seymour. — Ainda não.

AEROPORTO FIUMICINO, ROMA

— POR QUE VOCÊ ACHA que meu voo está atrasado? — perguntou Chiara.

— Pode ser um problema mecânico — respondeu Gabriel.

— Pode ser — ela repetiu sem convicção.

Estavam sentados em um canto silencioso da sala de espera da primeira classe. Não importava a cidade, pensou Gabriel, eram todos iguais. Jornais abandonados, garrafas quentes de *pinot grigio* suspeito, a CNN International silenciosa em uma televisão grande de tela plana. Pelos seus cálculos, Gabriel tinha passado um terço de sua carreira em lugares assim. Ao contrário da sua esposa, ele era extraordinariamente bom em esperar.

— Vá perguntar à garota bonita no balcão de informações por que meu voo ainda não começou a embarcar — ela disse.

— Não quero falar com a garota bonita no balcão de informações.

— Por que não?

— Porque ela não sabe nada e vai simplesmente falar algo que acha que quero ouvir.

— Por que você sempre precisa ser tão fatalista?

— Evita que me desaponte depois.

Chiara sorriu e fechou os olhos; Gabriel olhava a televisão. Um repórter britânico com capacete e colete à prova de balas estava falando sobre os últimos ataques aéreos contra Gaza. Gabriel se perguntou por que a CNN tinha ficado tão apaixonada pelos jornalistas britânicos. Ele achava que era o sotaque. As notícias sempre pareciam mais fortes quando dadas com um sotaque britânico, mesmo se fossem completas mentiras.

— O que ele está falando? — perguntou Chiara.

— Você realmente quer saber?

— Vai ajudar a passar o tempo.

Gabriel apertou os olhos para ler as legendas.

— Diz que um avião israelense atacou uma escola onde várias centenas de palestinos estavam se escondendo da batalha. Diz que pelo menos 15 pessoas foram mortas e várias dezenas seriamente feridas.

— Quantas eram mulheres e crianças?

— Todas elas, aparentemente.

— A escola era o verdadeiro alvo do ataque aéreo?

Gabriel digitou uma breve mensagem no BlackBerry e enviou com segurança para o Boulevard Rei Saul, o quartel-general do serviço de inteligência de Israel. Tinha um nome comprido e enganador que tinha muito pouco a ver com a verdadeira natureza de seu trabalho. Os funcionários chamavam de Escritório e nada mais.

— O verdadeiro alvo — ele falou, os olhos no BlackBerry— era uma casa do outro lado da rua.

— Quem vive na casa?

— Muhammad Sarkis.

— *O* Muhammad Sarkis?

Gabriel assentiu.

— Muhammad ainda está entre os vivos?

— Aparentemente, não.

— E a escola?

— Não foi atingida. As únicas vítimas foram Sarkis e membros de sua família.

— Talvez alguém deveria contar a verdade ao jornalista.

— Em que isso ajudaria?

— Mais fatalismo — disse Chiara.

— Nenhum desapontamento.

— Por favor, descubra por que meu voo está atrasado.

Gabriel digitou outra mensagem no BlackBerry. Um momento depois, chegou a resposta.

— Um dos foguetes do Hamas caiu perto do Ben-Gurion.

— Muito perto? — perguntou Chiara.

— Perto o suficiente para causar desconfortos.

— Você acha que a garota bonita no balcão de informações sabe que meu destino está sendo atacado por foguetes?

Gabriel ficou em silêncio.

— Tem certeza de que quer continuar com isso? — perguntou Chiara.

— Com o quê?

— Não me obrigue a falar em voz alta.

— Está perguntando se eu ainda quero ser chefe em um momento como esse?

Ela assentiu.

— Em um momento como esse — ele falou, vendo as imagens de combate e explosões na tela —, eu gostaria de poder ir até Gaza e lutar junto com nossos rapazes.

— Achei que você tinha odiado o exército.

— Odiei.

Ela virou a cabeça para ele e abriu os olhos. Eram cor de caramelo com toques de ouro. O tempo não tinha deixado nenhuma marca em seu lindo rosto. Não fosse pela barriga inchada e o anel dourado no dedo, ela poderia ser a mesma garota jovem que ele tinha encontrado há muito tempo, no antigo gueto de Veneza.

— Combina, não?

— O quê?

— Que os filhos de Gabriel Allon nasçam em tempo de guerra.

— Com um pouco de sorte, a guerra vai terminar quando eles nascerem.

— Não estou tão segura disso. — Chiara olhou para o quadro de embarque. A situação do voo 386 para Tel Aviv ainda aparecia a mesma. — Se meu avião não partir logo, eles vão nascer aqui na Itália.

— Sem chance.

— O que tem de errado com isso?

— Tínhamos um plano. E vamos continuar com ele.

— Na verdade — ela disse, com astúcia —, o plano era que voltássemos a Israel juntos.

— É verdade — disse Gabriel, sorrindo. — Mas houve a intervenção de eventos.

— Eles sempre fazem isso.

Setenta e duas horas antes, em uma igreja comum perto do lago Como, Gabriel e Chiara tinham descoberto um dos quadros roubados mais famosos do mundo: a *Natividade com São Francisco e São Lourenço*, de Caravaggio. A pintura, bastante danificada, agora estava no Vaticano, onde esperava restauração. Era intenção de Gabriel realizar os primeiros estágios, ele mesmo. Essa era sua combinação única de talentos. Ele era restaurador de arte, espião e assassino, uma lenda que tinha participado de algumas das maiores operações na história da inteligência israelense. Logo seria pai de novo e depois se tornaria o chefe. *Não escrevem histórias sobre chefes*, ele pensou. *Escrevem histórias sobre os homens que os chefes mandam a campo para fazer o trabalho sujo.*

— Não sei por que você é tão cabeça-dura em relação àquele quadro — disse Chiara.

— Eu encontrei, eu quero restaurá-lo.

— Na verdade, *nós* encontramos. Mas isso não muda o fato de que não existe uma maneira possível de terminá-lo antes que as crianças nasçam.

— Não importa se vou conseguir terminar ou não. Só queria...

— Deixar sua marca nele?

Ele assentiu lentamente.

— Poderia ser o último quadro que tenho a chance de restaurar. Além disso, tenho uma dívida com ele.

— Quem?

Ele não respondeu; estava lendo as legendas na televisão.

— O que estão falando agora? — Chiara perguntou.

— Sobre a princesa.

— O que tem?

— Parece que a explosão que afundou o barco foi um acidente.

— Acredita nisso?

— Não.

— Então por que eles falariam algo assim?

— Acho que querem ter um pouco de tempo e espaço.

— Para quê?

— Para encontrar o homem que estão procurando.

Chiara fechou os olhos e encostou a cabeça no ombro dele. O cabelo escuro dela, com tons ruivos e luzes castanhas, tinha um delicioso cheiro de baunilha. Gabriel beijou o cabelo dela e sentiu o perfume. De repente, não queria que ela subisse sozinha no avião.

— O que o painel de embarque está mostrando sobre meu voo? — ela perguntou.

— Atrasado.

— Não pode fazer algo para acelerar as coisas?

— Você superestima meus poderes.

— Falsa modéstia não combina com você, querido.

Gabriel digitou outra breve mensagem no BlackBerry e enviou para o Boulevard Rei Saul. Um momento depois, o aparelho vibrou levemente com a resposta.

— E então? — perguntou Chiara.

— Olha o painel.

Chiara abriu os olhos. O status do voo 386 da El Al ainda mostrava ATRASADO. Trinta segundos depois, mudou para EMBARCANDO.

— Pena que você não consegue acabar com a guerra tão facilmente — disse Chiara.

— Só o Hamas pode parar a guerra.

Ela juntou a bagagem de mão e uma pilha de revistas de moda e se levantou cuidadosamente.

— Seja um bom menino — ela falou. — E se alguém pedir um favor, lembre-se das três adoráveis palavras.

— Encontre outra pessoa.

Chiara sorriu. Então beijou Gabriel com uma urgência surpreendente.

— Venha para casa, Gabriel.

— Logo.

— Não — ela falou. — Venha para casa agora.

— É melhor correr, Chiara. Ou vai perder o voo.

Ela o beijou pela última vez. Então se afastou sem outra palavra e entrou no avião.

***

Gabriel esperou até o voo de Chiara estar seguro no ar antes de deixar o terminal e caminhar pelo caótico estacionamento do Fiumicino. Seu anônimo sedan alemão estava no canto da terceira plataforma, com a frente virada para fora, caso ele tivesse motivos para fugir da garagem apressadamente. Como sempre, ele olhou embaixo do carro para ver se havia explosivos escondidos antes de entrar atrás do volante e ligar o carro. Uma canção pop italiana começou a tocar no rádio, uma das músicas bobinhas que Chiara estava sempre cantando quando achava que ninguém estava ouvindo. Gabriel mudou para a BBC, mas estava cheia de notícias sobre a guerra, então, ele abaixou o volume. *Haveria tempo suficiente para a guerra mais tarde*, pensou. Nas próximas semanas só haveria o Caravaggio.

Gabriel cruzou o Tibre sobre a ponte Cavour e entrou na via Gregoriana. O velho apartamento seguro do Escritório estava no final da rua, perto do alto das escadarias da praça da Espanha. Estacionou o sedan em um espaço vazio ao longo do meio-fio e tirou a Beretta 9 mm do porta-luvas antes de descer. O ar frio da noite tinha cheiro de alho frito e folhas molhadas, o cheiro de Roma no outono. Algo nisso sempre fazia Gabriel pensar em morte.

Passou a entrada do seu edifício, o toldo do hotel Hassler Villa Medici e foi até a igreja de Trinità dei Monti. Um momento depois, quando determinou que não estava sendo seguido, voltou ao prédio. Uma única lâmpada de baixo consumo iluminava um pouco o vestíbulo; ele caminhou debaixo da esfera de luz e subiu a escada escura. Quando pisou no terceiro andar, parou. A porta do apartamento estava entreaberta e de dentro vinha o som de gavetas abrindo e fechando. Calmamente, ele tirou a Beretta das costas e usou o cano para lentamente empurrar a porta. No começo, não conseguiu ver nenhum sinal do invasor. Então, a porta se abriu mais um centímetro e ele viu Graham Seymour parado na pia da cozinha, uma garrafa fechada de Gavi em uma mão e um saca-rolha na outra. Gabriel enfiou a arma no bolso do casaco e entrou. E, em sua cabeça, ele estava pensando nas três adoráveis palavras.

Encontre outra pessoa...

VIA GREGORIANA, ROMA

ALVEZ SEJA MELHOR QUE eu faça isso, Gabriel. Ou alguém vai acabar machucado.

Seymour entregou a garrafa de vinho e o saca-rolha, encostando-se na pia da cozinha. Estava usando calça de flanela cinza, uma jaqueta espinha de peixe e uma camisa azul com punho francês. A ausência de ajudantes pessoais ou segurança sugeria que tinha viajado a Roma usando um passaporte falso. Era um mau sinal. O chefe do MI6 viajava clandestinamente só quando tinha um problema sério.

— Como você entrou aqui? — perguntou Gabriel.

Seymour puxou uma chave do bolso de sua calça. Presa a ela estava o medalhão preto tão amado pela Organização Interna, a divisão do Escritório que procurava e gerenciava propriedades seguras.

— Onde conseguiu isso?

— Uzi me deu ontem em Londres.

— E o código do alarme? Suponho que ele tenha dado também.

Seymour recitou o número de oito dígitos.

— É uma violação do protocolo do Escritório.

— Houve circunstâncias atenuantes. Além disso — acrescentou Seymour —, depois de todas as operações que fizemos juntos, sou praticamente membro da família.

— Até membros da família batem antes de entrar em um aposento.

— É você quem está dizendo.

Gabriel tirou a rolha da garrafa, serviu duas taças e entregou uma a Seymour. O inglês levantou a taça meio centímetro e disse:

— À paternidade.

— Dá azar beber por crianças que ainda não nasceram, Graham.

— Então pelo que vamos beber?

Quando Gabriel não respondeu, Seymour foi até a sala de estar. De sua janela era possível ver a torre da igreja e o alto das escadarias. Ele ficou ali por um momento olhando os tetos como se estivesse admirando, do terraço de sua casa, as colinas de sua cidade natal. Com suas mechas cor de chumbo e queixo robusto, Graham Seymour era o típico funcionário público britânico, um homem que tinha nascido, sido criado e educado para liderar. Ele era bonito, mas não muito; era alto, mas não muito. Fazia os outros se sentirem inferiores, principalmente os norte-americanos.

— Sabe — ele disse, finalmente —, você realmente deveria encontrar outro lugar para ficar quando está em Roma. Todo mundo conhece esse apartamento seguro, o que significa que não é nada seguro.

— Gosto da vista.

— Dá para ver o motivo.

Seymour voltou seu olhar para os tetos escuros. Gabriel sentiu que algo o preocupava. Ele falaria sobre isso em algum momento. Sempre chegava.

— Ouvi dizer que sua esposa saiu da cidade hoje — falou finalmente.

— Que outra informação privilegiada o chefe do meu serviço compartilhou com você?

— Ele mencionou algo sobre um quadro.

— Não é um quadro qualquer, Graham. É o...

— Caravaggio — falou Seymour, terminando a sentença.

Então, sorriu e acrescentou:

— Você tem jeito para encontrar coisas, não?

— Isso deveria ser um elogio?

— Acho que sim.

Seymour bebeu. Gabriel perguntou por que Uzi Navot tinha ido a Londres.

— Ele tinha uma informação que queria me mostrar. Tenho de admitir — acrescentou Seymour —, ele parecia bem para um homem em sua posição.

— Que posição é essa?

— Todo mundo no meio sabe que Uzi está saindo — respondeu Seymour.

— E está deixando para trás uma grande confusão. Todo o Oriente Médio está pegando fogo e vai piorar bastante antes de melhorar.

— Não foi o Uzi que fez a bagunça.

— Não — concordou Seymour —, foram os norte-americanos que fizeram. O presidente e seus conselheiros foram muito rápidos em se afastar dos árabes fortes. Agora o presidente enfrenta um mundo que ficou louco e ele não tem ideia do que fazer.

— E se você estivesse aconselhando o presidente, Graham?

— Diria para ressuscitar os árabes fortes. Funcionou antes, pode funcionar de novo.

— Todos os cavalos do rei, e todos os homens do rei.

— O que quer dizer?

— A velha ordem está destruída e não pode ser recuperada. Além disso — acrescentou Gabriel —, foi a velha ordem que criou Bin Laden e os jihadistas em primeiro lugar.

— E quando os jihadistas tentarem expulsar o Estado judeu da Casa do Islã?

— Eles *estão* tentando, Graham. E caso você não tenha notado, o Reino Unido não tem muita utilidade para eles também. Goste ou não, estamos nessa juntos.

O BlackBerry de Gabriel vibrou. Ele olhou para a tela e franziu a testa.

— O que foi? — perguntou Seymour.

— Outro cessar fogo.

— Quanto tempo vai durar esse?

— Acho que até o Hamas decidir rompê-lo. — Gabriel colocou o BlackBerry na mesa de café e, curioso, olhou para Seymour. — Você estava a ponto de me dizer o que está fazendo no meu apartamento.

— Tenho um problema.

— Qual é o nome dele?

— Quinn — respondeu Seymour. — Eamon Quinn.

Gabriel passou o nome pelo banco de dados de sua memória, mas não encontrou nada.

— Irlandês? — ele perguntou.

Seymour assentiu.

— Republicano?

— Do pior tipo.

— Então, qual é o problema?

— Há muito tempo cometi um erro e pessoas morreram.

— E Quinn foi o responsável?

— Quinn acendeu o pavio, mas, em última análise, eu fui o responsável. É a parte maravilhosa de nosso negócio. Nossos erros sempre voltam para nos assombrar, e no final todas as dívidas são pagas. — Seymour levantou sua taça. — Podemos brindar por isso?

VIA GREGORIANA, ROMA

O CÉU TINHA FICADO ASSUSTADOR a tarde toda. Finalmente, às dez e meia, uma chuva torrencial transformou, por um tempo, a via Gregoriana em um canal de Veneza. Graham Seymour estava parado na janela vendo como gotas grossas de chuva caíam no terraço, mas estava pensando no otimista verão de 1998. A União Soviética era uma memória. As economias da Europa e dos Estados Unidos estavam rugindo. Os jihadistas da Al-Qaeda eram objetos de estudo em seminários incrivelmente chatos sobre ameaças futuras.

— Nós nos enganamos ao pensar que tínhamos chegado ao fim da história — ele estava dizendo. — Havia alguns no Parlamento que realmente estavam propondo acabar com os Serviços de Segurança e o MI6, e nos queimar na fogueira. — Olhou sobre o ombro. — Eram os dias de vinho e rosas. Foram os dias da ilusão.

— Não para mim, Graham. Eu estava fora do negócio na época.

— Eu lembro.

Seymour se afastou de Gabriel e ficou olhando a chuva batendo no vidro.

— Estava vivendo na Cornualha na época, não estava? Naquela pequena casa no rio Helford. Sua primeira esposa estava no hospital psiquiátrico em Stafford e você a mantinha limpando quadros para Julian Isherwood. E havia aquele rapaz que vivia na casa ao lado. Não lembro o nome dele.

— Peel — falou Gabriel. — O nome dele era Timothy Peel.

— Ah, sim, o jovem mestre Peel. Nunca conseguimos entender por que você passava tanto tempo com ele. Então, percebemos que ele tinha exatamente a mesma idade do filho que você perdeu para uma bomba em Viena.

— Achei que estivéssemos falando de você, Graham.

— Estamos — respondeu Seymour.

Ele, então, lembrou a Gabriel, desnecessariamente, de que no verão de 1998 ele era chefe de contraterrorismo no MI5. Dessa forma, era o responsável por proteger a Grã-Bretanha dos terroristas do IRA, o Exército Republicano Irlandês. E, mesmo em Ulster, cena de um conflito secular entre protestantes e católicos, havia sinais de esperança. Os eleitores da Irlanda do Norte tinham ratificado os acordos de paz da Sexta-Feira Santa, e o IRA Provisório estava aderindo aos termos do cessar fogo. Só o IRA Autêntico, um pequeno grupo de dissidentes de linha dura, continuava com a luta armada. Seu líder era Michael McKevitt, ex-intendente geral do IRA. Sua esposa, Bernadette Sands-McKevitt, dirigia a ala política: o Movimento pela Soberania dos 32 Condados. Era irmã de Bobby Sands, o membro do IRA Provisório que fez uma greve de fome até a morte na prisão de Maze, em 1981.

— E então — falou Seymour — havia Eamon Quinn. Quinn planejava as operações. Quinn construía as bombas. Infelizmente, ele era bom. Muito bom.

Um trovão fez o prédio tremer. Seymour se encolheu um pouco antes de continuar.

— Quinn tinha certa genialidade para construir bombas bastante eficientes e entregá-las em seus alvos. Mas o que ele não sabia — acrescentou Seymour — era que eu tinha um agente na cola dele.

— Quanto tempo ele ficou?

— Minha agente era uma mulher — respondeu Seymour. — E ela estava desde o começo.

Administrar a agente e sua inteligência, continuou Seymour, provou ser algo delicado para equilibrar. Como a agente tinha um alto posto dentro da organização, ela geralmente tinha conhecimento avançado dos ataques, incluindo o alvo, a hora e o tamanho da bomba.

— O que deveríamos fazer? — perguntou Seymour. — Impedir os ataques e colocar a agente em risco? Ou permitir que os ataques acontecessem e tentar garantir que ninguém fosse morto?

— O segundo — respondeu Gabriel.

— Você fala como um verdadeiro espião.

— Não somos policiais, Graham.

— Graças a Deus.

— Na maior parte do tempo — disse Seymour —, a estratégia funcionou. Vários carros-bombas foram desarmados, e vários outros explodiram com poucos estragos, apesar de que um praticamente nivelou a High Street de Portadown, uma fortaleza legalista, em fevereiro de 1998. Aí, seis meses depois, a espiã do MI5 informou que o grupo estava planejando um grande ataque. Algo grande, ela avisou. Algo que iria explodir em pedaços o processo de paz da Sexta-Feira Santa.

— O que deveríamos fazer? — perguntou Seymour.

Do lado de fora, o céu explodiu com um raio. Seymour esvaziou sua taça e contou a Gabriel o resto da história.

Na noite de 13 de agosto de 1998, um Vauxhall Cavalier marrom, placa 91 DL 2554, desapareceu de uma casa em Carrickmacross, na República da Irlanda. Foi levado até uma fazenda isolada na fronteira, onde colocaram placas falsas da Irlanda do Norte. Então Quinn colocou a bomba: 220 quilos de fertilizante, uma vareta feita à máquina com fortes explosivos, um detonador, uma fonte escondida em um recipiente plástico para alimentos, um interruptor no porta-luvas. Na manhã de domingo, 15 de agosto, ele dirigiu o carro pela fronteira até Omagh e estacionou na frente da loja de departamentos S.D. Kells, em Lower Market Street.

— Obviamente — falou Seymour —, Quinn não entregou a bomba sozinho. Havia outro homem no Vauxhall, mais dois no carro acompanhante e outro que dirigia o carro de fuga. Eles se comunicavam por celular. E estávamos ouvindo cada palavra.

— O Serviço de Segurança?

— Não — respondeu Seymour. — Nossa capacidade de monitorar ligações telefônicas não se estendia além das fronteiras do Reino Unido. A conspiração de Omagh nasceu na República da Irlanda, então tivemos de confiar no GCHQ para fazer as escutas para nós.

O Government Communications Headquarters (GCHQ), o quartel-general de comunicações do governo, era a versão britânica da NSA, a Agência de Segurança Nacional dos EUA. Às 14h20 tinha interceptado uma ligação de um homem que parecia Eamon Quinn. Ele falou cinco palavras: "Os tijolos estão na parede." O MI5 sabia por experiências passadas que a frase significava que a bomba estava no lugar. Doze minutos depois, a Ulster Television recebeu um aviso telefônico anônimo: "Há uma bomba, tribunal, Omagh, rua principal, duzentos e vinte quilos, explosão em trinta minutos." O Royal Ulster Constabulary começou a evacuar as ruas ao redor do tribunal de Omagh e a procurar pela bomba. O que não perceberam era que estavam olhando o lugar errado.

— O aviso por telefone era incorreto — disse Gabriel.

Seymour assentiu lentamente.

— O Vauxhall não estava nem perto do tribunal. Estava a várias centenas de metros mais para baixo, na Lower Market Street. Quando o RUC começou a evacuação, eles sem querer levaram as pessoas *na direção da* bomba em vez de afastá-las.

Seymour fez uma pausa, depois acrescentou:

— Era exatamente o que Quinn queria. Queria que pessoas morressem, então deliberadamente estacionou o carro no lugar errado. Ele enganou a própria organização.

Dez minutos depois das três, a bomba detonou. Vinte e nove pessoas foram mortas, outras duzentas ficaram feridas. Foi o ataque terrorista mais mortal na história do conflito. A oposição foi tão poderosa que o IRA Autêntico sentiu-se obrigado a divulgar um pedido de desculpas. De alguma forma, o processo de paz foi mantido. Depois de trinta anos de sangue e bombas, o povo da Irlanda do Norte finalmente se cansou.

— E, então, a imprensa e as famílias das vítimas começaram a fazer perguntas desconfortáveis — disse Seymour. — Como o IRA Autêntico conseguiu plantar uma bomba no meio de Omagh sem o conhecimento da polícia e dos serviços de segurança? E por que ninguém foi preso?

— O que você fez?

— Fizemos o que sempre fazemos. Fechamos as fileiras, queimamos nossos arquivos e esperamos a tempestade passar.

Seymour se levantou, carregou sua taça até a cozinha e tirou a garrafa de Gavi da geladeira.

— Você tem algo mais forte que isso?

— Como o quê?

— Algo destilado.

— Eu prefiro tomar acetona a bebidas destiladas.

— Acetona com alguma coisa poderia funcionar. — Seymour serviu um pouco de vinho em sua taça e colocou a garrafa na pia.

— O que aconteceu com Quinn depois de Omagh?

— Quinn começou a trabalhar sozinho. Quinn se tornou internacional.

— Que tipo de trabalho ele faz?

— O de sempre — respondeu Seymour. — Trabalho de segurança para bandidos e ditadores, clínicas de fabricação de bombas para revolucionários e dementes religiosos. Conseguimos encontrá-lo de vez em quando, mas na maior parte do tempo ele voa abaixo do nosso radar. Então, o chefe da inteligência iraniana o convidou a ir a Teerã, e foi quando o Boulevard Rei Saul entrou em cena.

Seymour abriu as travas de sua maleta, tirou uma única folha de papel e colocou sobre a mesinha. Gabriel olhou para o documento e franziu a testa.

— Outra violação do protocolo do Escritório.

— O quê?

— Carregar documentos confidenciais do Escritório em uma maleta insegura.

Gabriel pegou o documento e começou a ler. Afirmava que Eamon Quinn, ex-membro do IRA Autêntico, organizador do ataque terrorista de Omagh, tinha sido retido pela inteligência iraniana para desenvolver bombas muito letais para serem usadas contra forças britânicas e norte-americanas no Iraque. O mesmo Eamon Quinn tinha realizado um serviço parecido para o Hezbollah, no Líbano; e o Hamas, na Faixa de Gaza. Além disso, tinha viajado ao Iêmen, onde ajudou a Al-Qaeda, na península arábica, a construir uma pequena bomba líquida que poderia ser colocada dentro de um avião norte-americano. Ele era, dizia o relatório em seu parágrafo de conclusão, um dos homens mais perigosos do mundo e precisava ser eliminado imediatamente.

— Você deveria aceitar o conselho do Uzi.

— É fácil ver isso agora — respondeu Seymour. — Mas eu não seria tão superficial. Afinal, Uzi teria provavelmente dado o trabalho para você.

Gabriel metodicamente rasgou o documento em pequenos pedaços.

— Isso não é suficiente — disse Seymour.

— Vou queimar mais tarde.

— Faça um favor e queime Eamon Quinn junto.

Gabriel ficou em silêncio por um momento.

— Meus dias no campo terminaram — disse ele, finalmente. — Trabalho no escritório agora, Graham, como você. Além disso, a Irlanda do Norte nunca foi minha praia.

— Então acho que teremos de encontrar um parceiro para você. Alguém que conhece o lugar. Alguém que pode passar por residente se for necessário. Alguém que realmente conhece Eamon Quinn pessoalmente.

Seymour fez uma pausa, depois acrescentou:

— Você conhece alguém que se encaixa nessa descrição?

— Não — falou Gabriel enfaticamente.

— Eu conheço — respondeu Seymour. — Mas tem um pequeno problema.

— Qual?

Seymour sorriu e disse:

— Ele está morto.

8

VIA GREGORIANA, ROMA

ESTARÁ MESMO?

Seymour retirou duas fotografias de sua maleta e colocou uma na mesa de café. Mostrava um homem de altura e corpo médios caminhando pelo controle de passaporte no aeroporto de Heathrow, em Londres.

— Você o reconhece? — perguntou Seymour.

Gabriel não falou nada.

— É você, claro. — Seymour apontou para a hora na base da imagem. — Foi tirada no inverno passado durante o caso Madeline Hart. Você entrou no Reino Unido sem ser anunciado para fazer algumas pesquisas.

— Eu estava lá, Graham. Lembro bem.

— Então você também vai lembrar que começou sua pesquisa para Madeline Hart na ilha da Córsega, um ponto de início lógico porque foi onde ela desapareceu. Logo depois da sua chegada, você foi ver um homem chamado Anton Orsati. Dom Orsati dirige a família do crime organizado mais poderosa da ilha, uma família que se especializou em matar por encomenda. Ele entregou a você uma informação valiosa sobre os sequestradores dela. Também permitiu que você pegasse emprestado o melhor assassino dele. — Seymour sorriu. — Isso o faz lembrar algo?

— Obviamente, estavam me espionando.

— De uma distância discreta. Afinal, você estava procurando a amante do primeiro-ministro britânico para mim.

— Ela não era só a amante dele, Graham. Era...

— Esse assassino da Córsega é uma pessoa interessante — interrompeu Seymour. — Na verdade, ele não é da Córsega, apesar de conseguir falar com o sotaque de um local. É inglês, ex-membro do Special Air Service que escapou do campo de batalha no Iraque, em janeiro de 1991, depois de um incidente envolvendo fogo amigo. Os militares britânicos acreditam que está morto. Infelizmente, os pais dele também acham. Mas, claro, você já sabia disso.

Seymour colocou a segunda fotografia na mesinha. Como a primeira, mostrava um homem caminhando no aeroporto de Heathrow. Ele era vários centímetros mais alto que Gabriel, com cabelo loiro curto, pele da cor de couro e ombros quadrados e fortes.

— Foi tirada no mesmo dia da primeira foto, alguns minutos depois. Seu amigo entrou no país com um passaporte francês falso, um dos muitos que ele possui. Nesse dia em especial, ele era Adrien Leblanc. Seu nome verdadeiro é...

— Eu já entendi o que você quer, Graham.

Seymour juntou as duas fotos e entregou a Gabriel.

— O que devo fazer com elas?

— Guarde como lembrança da sua amizade.

Gabriel rasgou as fotos no meio e colocou-as perto dos pedaços do memorando do Escritório.

— Há quanto tempo você sabe?

— A inteligência britânica ouve rumores há anos sobre um inglês trabalhando na Europa como assassino profissional. Nunca conseguimos descobrir seu nome. E nunca, em nossos sonhos mais loucos, imaginamos que ele poderia ser um membro pago do Escritório.

— Ele não é um membro pago.

— Como você o descreveria?

— Um velho adversário que agora é um amigo.

— Adversário?

— Um consórcio de banqueiros suíços já o contratou para me matar.

— Considere-se afortunado — falou Seymour. — Christopher Keller raramente falha em cumprir seus contratos. Ele é muito bom no que faz.

— Ele fala muito bem de você também, Graham.

Seymour ficou sentado em silêncio enquanto uma sirene tocava e desaparecia na rua lá embaixo.

— Keller e eu éramos próximos — ele falou finalmente. — Eu lutava contra o IRA do conforto da minha mesa e Keller estava do lado mais duro. Ele fazia tudo que fosse necessário para manter a Grã-Bretanha segura. E, no final, pagou um preço terrível por isso.

— Qual é a conexão dele com Quinn?

— Vou deixar que o Keller conte essa parte da história. Não tenho certeza se posso contar melhor que ele.

Uma rajada de vento fez a chuva bater forte contra a janela. As luzes da sala piscaram.

— Não concordei com nada ainda, Graham.

— Mas vai. Ou — acrescentou Seymour — vou arrastar seu amigo de volta à Grã-Bretanha preso e entregá-lo ao Governo de Sua Majestade para ser processado.

— Com que acusações?

— É desertor e assassino profissional. Tenho certeza de que vamos pensar em alguma coisa.

Gabriel apenas sorriu.

— Um homem em sua posição não deveria fazer ameaças vazias.

— Não estou fazendo.

— Christopher Keller sabe muito sobre a vida privada do primeiro-ministro britânico para que o HMG tente processá-lo por deserção ou qualquer outra coisa. Além disso, suspeito que você tenha outros planos para ele.

Seymour não falou nada. Gabriel perguntou:

— O que você tem na sua maleta?

— Um arquivo grosso do histórico de Eamon Quinn.

— O que quer que a gente faça?

— O que deveríamos ter feito há muitos anos. Tirá-lo do mercado o mais rápido possível. E, falando nisso, descubra quem ordenou e financiou a operação para matar a princesa.

— Talvez Quinn tenha voltado à luta.

— A luta por uma Irlanda unida? — Seymour balançou a cabeça. — Essa luta terminou. Se eu tivesse que adivinhar, ele a matou em nome de alguns de seus patrões. E nós dois conhecemos a regra fundamental quando se trata de assassinatos. Não é importante quem puxa o gatilho, mas quem paga a bala.

Outra rajada de vento bateu contra a janela. As luzes diminuíram e depois morreram. Os dois espiões ficaram sentados na escuridão por vários minutos, nenhum dos dois falou nada.

— Quem falou isso? — Gabriel perguntou finalmente.

— Falou o quê?

— Essa coisa da bala.

— Acho que foi o Ambler.

Houve um silêncio.

— Tenho outros planos, Graham.

— Eu sei.

— Minha esposa está grávida. Muito grávida.

— Então você vai ter de trabalhar rápido.

— Acho que o Uzi já aprovou.

— Foi ideia dele.

— Lembre-me de dar uma tarefa horrível ao Uzi assim que eu assumir como chefe.

Um raio iluminou o riso de Seymour. Então, a escuridão voltou.

— Acho que vi umas velas na cozinha quando estava procurando o saca-rolha.

— Gosto da escuridão — falou Gabriel. — Clareia meu pensamento.

— No que você está pensando?

— Estou pensando no que vou dizer para minha esposa.

— Algo mais?

— Sim — falou Gabriel. — Estou pensando como Quinn sabia que a princesa estaria naquele barco.

9

BERLIM — CÓRSEGA

O HOTEL SAVOY ESTAVA EM uma região meio decadente de uma das ruas que estavam mais na moda em Berlim. Um tapete vermelho se esticava de sua entrada; mesas vermelhas ficavam debaixo de guarda-sóis vermelhos na frente da fachada. Na tarde anterior, Keller tinha visto um ator famoso tomando café ali, mas agora, quando saiu do hotel, as mesas estavam desertas. As nuvens estavam baixas e pesadas, havia um vento frio arrancando as últimas folhas das árvores alinhadas na calçada. O breve outono de Berlim estava acabando. Logo seria inverno de novo.

— Táxi, monsieur?

— Não, obrigado.

Keller colocou uma nota de cinco euros na mão esticada do manobrista e saiu caminhando. Ele tinha se registrado no hotel com um nome francês — a gerência tinha a impressão de que era um jornalista freelancer que escrevia sobre cinema — e ficou só uma noite. Ele tinha passado a noite anterior em um hotel modesto chamado Seifert e, antes disso, ficara acordado à noite em uma triste pensão chamada Bella Berlin. Os três estabelecimentos tinham uma coisa em comum: estavam perto do hotel Kempinski, que era o destino de Keller. Ali, ele ia encontrar um homem, um líbio, antigo funcionário de Kadafi que tinha fugido para a França com duas malas cheias de dinheiro e joias depois da revolução. O líbio tinha investido dois milhões de dólares com alguns empresários franceses depois de receber garantias de um lucro substancial. Os empresários franceses já estavam preocupados com sua associação com o líbio. Estavam preocupados também com sua reputação de violência no passado, pois diziam que o líbio costumava gostar de enfiar pregos nos olhos dos oponentes do regime. Os empresários franceses tinham procurado a ajuda de Dom Anton

Orsati e ele tinha dado a tarefa a seu assassino mais eficiente. Keller teve de admitir que ficou animado. Ele nunca gostou do agora falecido ditador líbio ou dos capangas que tinham mantido seu regime no poder. Kadafi tinha permitido que todo tipo de terrorista treinasse em seus campos no deserto, incluindo os membros do IRA Provisório. Também tinha fornecido armas e explosivos ao IRA. Na verdade, quase todo Semtex usado nas bombas do IRA tinha vindo diretamente da Líbia.

Keller cruzou a Kantstrasse e desceu a rampa de um estacionamento no subsolo. No segundo nível, em uma parte da garagem sem câmeras de segurança, havia uma BMW preta deixada para ele por um membro da organização Orsati. No porta-malas havia uma pistola Heckler & Koch 9mm com um silenciador; no porta-luvas havia um cartão que abriria a porta de qualquer quarto no hotel Kempinski. O cartão tinha sido adquirido por cinco mil euros de um gambiano que trabalhava na lavanderia do hotel. O gambiano tinha garantido ao homem da organização que o cartão continuaria operacional por outras 48 horas. Depois disso, os códigos passavam por uma mudança de rotina, e a segurança do hotel daria novos cartões a todos os principais funcionários. Keller esperava que o gambiano estivesse falando a verdade. Ou haveria logo uma vaga na lavanderia do Kempinski.

Keller enfiou a arma e o cartão na maleta. Então colocou a mochila no porta-malas da BMW e subiu a rampa de volta para a rua. O Kempinski ficava a cerca de cem metros seguindo pela Fasanenstrasse; um grande hotel com luzes brilhantes estilo Las Vegas na entrada e um café estilo francês de frente para a Kurfürstendamm. Em uma das mesas estava sentado o líbio. Estava acompanhado de um homem de uns sessenta anos e uma mulher que já tinha sido bonita, com cabelo bem escuro e maquiagem estilo Cleópatra. O homem parecia um velho camarada da corte de Kadafi; a mulher parecia muito bem cuidada e bastante entediada. Keller presumiu que pertencia ao amigo, pois o líbio gostava de suas mulheres loiras, profissionais e caras.

Keller entrou no hotel, sabendo que várias câmeras de segurança o observavam. Não importava; ele estava usando uma peruca escura e óculos falsos. Cinco hóspedes do hotel, recém-chegados, julgando pelo jeito deles, estavam esperando um elevador. Keller permitiu que entrassem no primeiro disponível e depois subiu ao quinto andar sozinho, a cabeça baixa de uma forma que a câmera de vigilância não pudesse capturar claramente os traços de seu rosto. Quando as portas se abriram, ele saiu do elevador com o ar de um homem que não estava contente por voltar à solidão de outro quarto de hotel. Um empregado de limpeza o cumprimentou, mas fora isso o corredor estava vazio. O cartão agora estava no bolso de seu casaco. Ele o tirou quando se aproximou do quarto 518 e inseriu na porta. Brilhou uma luz verde, a trava eletrônica abriu. O gambiano iria viver mais um dia.

O quarto tinha sido recentemente arrumado. Mesmo assim, o cheiro da horrível colônia do líbio persistia. Keller foi até a janela e olhou para a rua. O líbio e seus dois acompanhantes ainda estavam na mesa deles no café, apesar de a mulher parecer cansada. Desde que Keller tinha passado por eles, haviam tirado seus pratos e o café tinha sido servido. *Dez minutos*, ele pensou. *Talvez menos*.

Ele se afastou da janela e calmamente revisou o quarto. O Kempinski se achava superior, mas era realmente bastante comum: uma cama dupla, uma mesinha, um aparelho de televisão, um guarda-roupas. As paredes eram grossas o suficiente para abafar todo som dos quartos adjacentes, apesar de que não seriam grossas o suficiente para aguentar uma bala normal, mesmo uma bala que tivesse penetrado um corpo humano. Como resultado, a HK de Keller estava usando balas de ponta côncava de 124 grãos que se expandiam na hora do impacto. Qualquer bala que acertasse o alvo ficaria ali. E na improvável hipótese de que Keller errasse, a bala iria se alojar tranquilamente na parede com um barulho fraco.

Ele voltou à janela e viu que o líbio e seus dois acompanhantes estavam de pé. O homem de talvez sessenta anos estava apertando a mão do líbio; a mulher que já tinha sido bonita com cabelo escuro estava olhando com esperanças para as lojas exclusivas alinhadas na Ku-Damm. Keller puxou as cortinas pesadas, se sentou na poltrona azul-marinho, e tirou a HK da maleta. Do corredor veio o barulho do carrinho da mulher da limpeza. Então, tudo ficou em silêncio. Ele olhou para o relógio e marcou o tempo. *Cinco minutos*, pensou. *Talvez menos*.

Um sol benevolente brilhava forte sobre a ilha da Córsega quando a balsa noturna de Marselha entrou no porto de Ajaccio. Keller saiu do barco com os outros passageiros e caminhou até o estacionamento onde tinha deixado sua velha van Renault. Havia muita poeira cobrindo as janelas e o capô. Keller pensou que a poeira era um mau sinal. O mais provável é que o *sirocco* tivesse trazido do norte da África. Instintivamente, ele tocou o pequeno coral vermelho pendurado ao redor de seu pescoço por um fio de couro. Quem é da Córsega acredita que o talismã tem o poder de afastar o *occhju*, o mau-olhado. Keller acreditava também, apesar da presença de poeira do norte da África no carro aquela manhã depois de ter matado o líbio sugerisse que o talismã não tinha conseguido protegê-lo. Havia uma velha na sua vila, uma *signadora*, que tinha o poder de retirar o mal do corpo dele. Keller não queria vê-la, pois a velha também tinha o poder de olhar tanto o passado quanto o futuro. Era uma das poucas pessoas na ilha que sabiam a verdade sobre ele. Conhecia sua longa litania de pecados e erros, e até afirmava saber quais serão a hora e as circunstâncias de sua morte. Era uma das coisas que se recusava a contar.

— Não devo fazer isso — ela sussurrava para ele sob a luz da vela. — Além disso, saber como a vida termina só poderia arruinar a história.

Keller sentou atrás do volante do Renault e desceu para a costa ocidental acidentada da ilha, o mar azul turquesa à sua direita, os altos picos do interior à sua esquerda. Para passar o tempo, ele ouvia as notícias no rádio. Não havia nada sobre um líbio morto em um hotel de luxo em Berlim. Keller duvidava que o corpo já tivesse sido encontrado. Ele tinha cometido o ato em silêncio e, ao deixar o quarto, havia pendurado a plaquinha de "Não Perturbe" na maçaneta. Em algum momento, a gerência do Kempinski teria de bater à porta. E, depois de não receber nenhuma resposta, teriam de entrar no quarto e encontrar um valioso hóspede com dois buracos de bala no coração e um terceiro no centro da testa. A gerência imediatamente ligaria para a polícia, claro, e uma busca ligeira iria começar por um homem de cabelo escuro e bigode que tinha sido visto entrando no quarto. Eles conseguiriam rastrear seus movimentos imediatamente depois do assassinato, mas a pista esfriaria na tristeza arborizada do Tiergarten. A polícia nunca conseguiria estabelecer sua identidade. Alguns suspeitariam que fosse líbio como sua vítima, mas poucos dos veteranos mais espertos especulariam que era o mesmo profissional muito caro que há anos matava na Europa. E, então lavariam suas mãos, pois sabiam que assassinatos cometidos por assassinos profissionais raramente eram resolvidos.

Keller seguiu a costa até a cidade de Porto e depois virou para o interior. Era domingo; as estradas estavam calmas e, nas cidades de colinas, tocavam os sinos das igrejas. No centro da ilha, perto do seu ponto mais alto, estava o pequeno vilarejo dos Orsati. Estava ali, era o que diziam, desde a época dos vândalos, quando as pessoas da costa subiram às colinas por segurança. O tempo parecia ter parado naquele lugar. As crianças brincavam nas ruas sempre porque não havia predadores. Nem havia nenhum narcótico ilegal, pois nenhum traficante se arriscaria a sentir a ira dos Orsati por colocar drogas na vila deles. Nunca acontecia nada ali, e às vezes não havia muito trabalho. Mas era limpa, bonita e segura, e os habitantes pareciam contentes em comer bem, beber vinho e passar tempo com seus filhos e seus idosos. Keller sempre sentia falta deles quando ficava muito tempo longe da Córsega. Ele se vestia como eles, falava o dialeto local e, à noite, quando jogava *boules* com os homens na praça da vila, balançava a cabeça com desgosto sempre que alguém falava dos franceses ou, Deus perdoe, dos italianos. No passado, as pessoas da vila o chamavam de "Inglês". Agora ele era somente Christopher. Era um deles.

A histórica propriedade do clã Orsati estava pouco além da vila, em um pequeno vale de oliveiras que produzia o melhor azeite da ilha. Dois guardas armados cuidavam da entrada; eles tocaram seus chapéus típicos respeitosamente quando Keller cruzou o portão e começou a longa subida até a casa. Pinheiros-larício cobriam a entrada, mas no jardim murado a luz brilhante do sol iluminava a longa mesa que tinha sido colocada para o tradicional almoço de domingo da família. Por enquanto, a mesa estava vazia. O clã ainda estava na missa, e o Dom, que não pisava mais na igreja, estava no andar de cima, em seu escritório. Ele estava sentado em uma grande mesa de madeira, olhando um livro aberto com capa de couro, quando Keller entrou. Perto de seu cotovelo havia uma garrafa decorativa do azeite de oliva Orsati — azeite de oliva era o negócio legítimo através do qual o Dom lavava os lucros da morte.

— Como estava Berlim? — ele perguntou sem levantar a cabeça.

— Fria — respondeu Keller. — Mas produtiva.

— Alguma complicação?

— Não.

Orsati sorriu. A única coisa que ele detestava mais que complicações eram os franceses. Fechou o livro e olhou para o rosto de Keller. Como sempre, Dom Orsati estava vestido com uma camisa branca bem passada, calças folgadas de algodão claro e sandálias de couro que pareciam ter sido compradas no mercado local, o que era verdade. Seu bigode pesado tinha sido aparado e sua cabeça com cabelos escuros e toques grisalhos brilhava com gel. O Dom sempre cuidava muito de sua aparência aos domingos. Ele não acreditava mais em Deus, mas insistia em manter o descanso sagrado. Evitava palavrões no dia do Senhor, tentava pensar em coisas boas e, mais importante, proibia que seus *taddunaghiu*, seus matadores, cumprissem os contratos. Mesmo Keller, que tinha sido criado como anglicano e era, por isso, considerado um herege, seguia as regras do Dom. Recentemente, ele tinha sido forçado a passar mais uma noite em Varsóvia porque Dom Orsati não deu permissão para que matasse o alvo, um mafioso russo, no dia de descanso.

— Você vai ficar para almoçar — o Dom estava falando.

— Obrigado, Dom Orsati — disse Keller formalmente —, mas não quero incomodar.

— Você? Incomodar? —O homem fez um gesto com a mão.

— Estou cansado — falou Keller. — Foi uma viagem complicada.

— Você não dormiu na balsa?

— Evidentemente — disse Keller —, você não viajou em uma balsa recentemente.

Era verdade. Anton Orsati raramente se aventurava além das paredes bem guardadas de sua propriedade. O mundo o procurava com seus problemas, e ele os resolvia — por um valor substancial, claro. Pegou um envelope grosso e colocou na frente de Keller.

— O que é isso?

— Considere um bônus de Natal.

— É outubro.

Dom deu de ombros. Keller levantou a aba do envelope e olhou dentro. Estava cheio de maços de notas de cem euros. Abaixou a aba e empurrou o envelope para o centro da mesa.

— Aqui na Córsega — disse Dom, franzindo a testa —, é falta de educação recusar um presente.

— O presente não é necessário.

— Aceite, Christopher. Você merece.

— Você me fez ser rico, Dom Orsati, mais rico do que achei que seria possível.

— Mas?

Keller ficou sentado em silêncio.

— Em boca fechada não entra mosca nem comida — disse Dom, citando um provérbio da Córsega, dos muitos que conhecia.

— O que quer dizer?

— Fale, Christopher. Conte-me o que o incomoda.

Keller estava olhando o dinheiro, conscientemente evitando o olhar do Dom.

— Está chateado com seu trabalho?

— Não é isso.

— Talvez você devesse dar uma parada. Poderia concentrar suas energias no lado legítimo do negócio. Há muito dinheiro para ganhar aí.

— Azeite de oliva não é a resposta, Dom Orsati.

— Então *há* um problema.

— Não falei isso.

— Não precisa. — Dom olhou para Keller cuidadosamente. — Quando você arrancar o dente, Christopher, vai parar de doer.

— A menos que tenha um péssimo dentista.

— A única coisa pior que um péssimo dentista é uma péssima companhia.

— É melhor estar sozinho — falou Keller filosoficamente — do que ter péssimas companhias.

Dom sorriu.

— Você pode ter nascido inglês, Christopher, mas tem alma de corso.

Keller se levantou. O Dom empurrou o envelope pela mesa.

— Tem certeza de que não quer ficar para almoçar?

— Tenho planos.

— Quaisquer que forem — disse Dom —, terão de esperar.

— Por quê?

— Tem um visitante.

Keller não precisou perguntar o nome do visitante. Havia poucas pessoas no mundo que sabiam que ele ainda estava vivo e só uma que ousaria aparecer sem avisar antes.

— Quando ele chegou?

— Ontem à noite — respondeu Dom.

— O que ele quer?

— Não tinha liberdade para contar. — Dom olhou para Keller analisando-o profundamente. — É minha imaginação — perguntou finalmente — ou seu humor melhorou de repente?

Keller saiu sem responder. Dom Orsati ficou olhando-o se afastar. Então, olhou para a mesa e xingou baixinho. O inglês tinha se esquecido de levar o envelope.

10

CÓRSEGA

CHRISTOPHER KELLER SEMPRE TINHA muito cuidado com seu dinheiro. Pelos próprios cálculos, ele ganhara mais de vinte milhões de dólares trabalhando para Dom Anton Orsati e, através de investimentos prudentes, tinha se tornado muito rico. A maior parte de sua fortuna estava em bancos em Genebra e Zurique, mas havia também contas em Mônaco, Liechtenstein, Bruxelas, Hong Kong e nas Ilhas Caimã. Ele até mantinha uma pequena quantidade de dinheiro em um banco com boa reputação em Londres. Seu gerente de conta britânico acreditava que era um residente recluso da Córsega que, como Dom Orsati, pouco saía da ilha. O governo da França tinha a mesma opinião. Keller pagava impostos de seus ganhos legítimos e de um respeitável salário que recebia da Orsati Olive Oil Company, onde era diretor de vendas para a Europa central. Votava nas eleições francesas, doava a instituições de caridade francesas, torcia por times franceses e, de vez em quando, tinha sido forçado a utilizar os serviços da saúde pública francesa. Nunca tinha sido acusado de nenhum tipo de crime, uma conquista importante para um homem do sul, e seu registro no departamento de trânsito era impecável. No geral, com uma exceção significativa, Christopher Keller era um cidadão-modelo.

Esquiador e montanhista habilidoso, foi o dono silencioso de um chalé nos Alpes franceses por algum tempo. No momento, ele mantinha uma única residência, uma casa de campo de proporções modestas em um local depois do vale dos Orsati. A casa tinha paredes exteriores marrom-amareladas, telhado de telhas vermelhas, uma grande piscina e um amplo terraço que recebia o sol de manhã e, à tarde, ficava protegido pelos pinheiros. Dentro, os quartos largos eram confortavelmente decorados com móveis rústicos em branco, bege e amarelo. Havia muitas estantes cheias de livros sérios — Keller tinha estudado brevemente história militar em Cambridge e era um leitor voraz de política e questões contemporâneas — e nas paredes havia pendurada uma coleção modesta de quadros modernos e impressionistas. O trabalho mais valioso era uma pequena paisagem de Monet, que Keller, através de um intermediário, tinha comprado em um leilão da Christie's, em Paris. Parado na frente dele agora, uma mão descansando no queixo, a cabeça meio de lado, estava Gabriel. Ele lambeu a ponta do dedo, esfregou na superfície e balançou a cabeça lentamente.

— Algo errado? — perguntou o inglês.

— A superfície está coberta de sujeira. Você realmente deveria me deixar limpá-lo. Só vai demorar uns...

— Gosto dele assim.

Gabriel limpou o dedo em seu jeans e se virou para Keller. O inglês era dez anos mais jovem que Gabriel, dez centímetros mais alto, e 13 quilos mais pesado, especialmente em ombros e braços, onde carregava uma quantidade letal de força e massa bem esculpidas. Seu cabelo curto era loiro desbotado pelo mar; sua pele era muito bronzeada pelo sol. Ele tinha olhos azuis brilhantes, rosto quadrado, e um queixo grosso com um furo no centro. Sua boca parecia fixada permanentemente em um sorriso debochado. Keller era um homem sem lealdade, sem medo e sem moral, exceto quando se tratava de questões de amizade e amor. Tinha vivido segundo as próprias regras e de certa forma tinha saído ganhando.

— Achei que estaria em Roma — ele falou.

— Eu estava — respondeu Gabriel. — Mas Graham Seymour apareceu na cidade. Ele tinha algo que queria me mostrar.

— O que era?

— A fotografia de um homem caminhando pelo aeroporto de Heathrow.

O meio sorriso de Keller desapareceu, seus olhos azuis se entrecerraram.

— Quanto ele sabe?

— Tudo, Christopher.

— Estou em perigo?

— Isso depende.

— Do quê?

— De você concordar em fazer um trabalho para ele.

— O que ele quer?

Gabriel sorriu.

— O que você faz melhor.

<hr />

Do lado de fora, o sol ainda dominava o terraço de Keller. Eles se sentaram em duas cadeiras de jardim confortáveis, uma pequena mesa de ferro forjado entre eles. Sobre ela, o grosso arquivo de Graham Seymour acerca dos trabalhos de Eamon Quinn. Keller ainda não tinha aberto ou olhado. Estava ouvindo, interessado, Gabriel contar do papel de Quinn no assassinato da princesa.

Quando Gabriel terminou, Keller pegou a fotografia de sua recente passagem pelo aeroporto de Heathrow.

— Você me deu sua palavra — ele falou. — Jurou que nunca ia contar a Graham que estávamos trabalhando juntos.

— Não precisei contar. Ele já sabia.

— Como?

Gabriel explicou.

— Bastardo desonesto— murmurou Keller.

— Ele é britânico — falou Gabriel. — É algo natural.

Keller olhou cuidadosamente para Gabriel por um momento.

— É engraçado — ele falou —, mas você não parece muito chateado com a situação.

— É uma oportunidade interessante para você, Christopher.

Do outro lado do vale, um sino de igreja marcava o meio-dia. Keller colocou a fotografia em cima do arquivo e acendeu um cigarro.

— Você precisa? — perguntou Gabriel, afastando a fumaça com a mão.

— Que escolha eu tenho?

— Você pode parar de fumar e acrescentar vários anos à sua vida.

— Em relação ao Graham — disse Keller, exasperado.

— Acho que pode ficar aqui na Córsega e esperar que ele não decida contar sobre você aos franceses.

— Ou?

— Pode me ajudar a encontrar Eamon Quinn.

— E depois?

— Pode voltar para casa, Christopher.

Keller apontou o vale com a mão e disse:

— Esta é a minha casa.

— Não é real, Christopher. É uma fantasia. É uma invenção.

— Você também é.

Gabriel sorriu, mas não disse nada. O sino da igreja tinha ficado em silêncio; as sombras da tarde estavam se juntando na beira do terraço. Keller esmagou o cigarro e olhou para o arquivo fechado.

— Leitura interessante? — ele perguntou.

— Bastante.

— Reconhece alguém?

— Um homem do MI5 chamado Graham Seymour — falou Gabriel — e um oficial da SAS que é chamado somente por seu codinome.

— Qual é?

— Mercador.

— Sugestivo.

— Também achei.

— O que fala sobre ele?

— Diz que operou em segredo em Belfast Oeste por cerca de um ano no final dos anos oitenta.

— Por que parou?

— Seu disfarce foi descoberto. Aparentemente, houve uma mulher envolvida.

— Menciona o nome dela? — perguntou Keller.

— Não.

— O que aconteceu em seguida?

— Mercador foi sequestrado pelo IRA e levado a uma fazenda remota para ser interrogado e executado. A fazenda era no condado de Armagh. Quinn estava lá.

— Como terminou?

— Mal.

Uma rajada de vento dobrou o pinheiro. Keller olhou para o vale corso como se estivesse escapando de seu controle. Aí, acendeu outro cigarro e contou a Gabriel o resto da história.

11

CÓRSEGA

FOI A HABILIDADE DE Keller com idiomas que o destacou — não idiomas estrangeiros, mas as várias formas em que o Inglês é falado nas ruas de Belfast e nos seis condados da Irlanda do Norte. As sutilezas dos sotaques locais fizeram com que fosse quase impossível para os oficiais da SAS trabalharem sem serem detectados dentro das pequenas e muito conectadas comunidades da província. Como resultado, a maioria dos homens da SAS era forçada a usar os serviços de um Fred — o termo do regimento para um ajudante local — quando seguiam membros do IRA ou realizavam vigilância nas ruas. Mas não Keller. Ele desenvolveu a capacidade de imitar os vários dialetos de Ulster com a velocidade e a confiança de um nativo. Ele podia até mudar de sotaque de repente — um católico de Armagh um minuto, um protestante da Shankill Road de Belfast no seguinte, depois um católico de Ballymurphy. Suas habilidades linguísticas foram notadas por seus superiores. Nem demorou muito para eles perceberem um ambicioso oficial de inteligência que dirigia o MI5 na Irlanda do Norte.

— Presumo— falou Gabriel — que o jovem oficial do MI5 era Graham Seymour.

Keller assentiu. Então, explicou que Seymour, no final dos anos oitenta, estava insatisfeito com o nível das informações que estava recebendo dos informantes do MI5 na Irlanda do Norte. Ele queria inserir o próprio agente nas fileiras do IRA de Belfast Oeste para informar sobre os movimentos e associações de conhecidos comandantes e voluntários do IRA. Não era um trabalho para um oficial comum do MI5. O agente teria de saber como se virar em um mundo onde um passo em falso, um olhar errado, poderia matar um homem. Keller se encontrou com Seymour em uma casa segura em Londres e aceitou a missão.

O ESPIÃO INGLÊS

Dois meses depois, ele estava de volta a Belfast fingindo ser Michael Connelly, um católico. Alugou um apartamento de dois quartos na Divis Tower, em Falls Road. Seu vizinho era membro da brigada do IRA de Belfast Oeste. O exército britânico mantinha um posto de observação no telhado e usava os dois últimos andares como escritório e depósito. Quando os conflitos estavam no auge, os soldados entravam e saíam de helicóptero.

— Era uma loucura — disse Keller, balançando a cabeça devagar. — Loucura total.

Enquanto boa parte de Belfast Oeste estava desempregada e recebendo seguro-desemprego, Keller logo encontrou trabalho como entregador de uma lavanderia em Falls Road. O emprego permitia que se movesse livremente pela vizinhança e enclaves de Belfast Oeste sem levantar suspeitas, e dava acesso às casas e roupas de conhecidos membros do IRA. Era uma conquista impressionante, mas não foi por acaso. A lavanderia era propriedade da inteligência britânica, que a operava.

— Era uma das operações mais controladas — disse Keller. — Nem o primeiro-ministro sabia dela. Tínhamos uma pequena frota de vans, equipamento de escuta e um laboratório nos fundos. Testávamos toda roupa que chegava em nossas mãos buscando traços de explosivos. E, se tínhamos um positivo, colocávamos o dono e sua casa sob vigilância.

Gradualmente, Keller começou a fazer amizades com membros da disfuncional comunidade ao redor dele. Seu vizinho do IRA o convidou para jantar, e, uma vez, em um bar do IRA em Falls Road, um recrutador fez um convite não tão sutil, o qual Keller recusou educadamente. Ele ia regularmente à missa na igreja de S. Paul — como parte de seu treinamento, tinha aprendido os rituais e doutrinas do catolicismo — e, em um domingo úmido em Lent, conheceu uma linda jovem chamada Elizabeth Conlin. Seu pai era Ronnie Conlin, um comandante de campo do IRA em Ballymurphy.

— Um personagem sério— disse Gabriel.

— O mais sério.

— Você decidiu investir na relação.

— Não tive muita escolha na questão.

— Estava apaixonado por ela.

Keller assentiu lentamente.

— Como você se encontrava com ela?

— Costumava entrar escondido em seu quarto. Ela pendurava um lenço violeta na janela se fosse seguro. Era uma casa com terraço e paredes finas como papel. Eu conseguia ouvir o pai dela no quarto ao lado. Era...

— Uma loucura — disse Gabriel.

Keller não falou nada.

— Graham sabia?

— Claro.

— Contou a ele?

— Não precisei. Eu estava sob constante vigilância do MI5 e da SAS.

— Presumo que ele mandou você romper com ela.

— Em termos bem diretos.

— O que você fez?

— Concordei — respondeu Keller. — Com uma condição.

— Quis vê-la uma última vez.

Keller ficou em silêncio e, quando finalmente falou, sua voz tinha mudado. Usava as vogais alongadas e os toques duros da classe trabalhadora de Belfast Oeste. Ele não era mais Christopher Keller, era Michael Connelly, o entregador de roupas de Falls Road que tinha se apaixonado pela linda filha de um chefe do IRA de Ballymurphy. Em sua última noite em Ulster, ele deixou a van em Springfield Road e escalou o muro do jardim da casa de Conlin. O lenço violeta estava pendurado no lugar de sempre, mas o quarto de Elizabeth estava escuro. Keller levantou a janela sem fazer barulho, abriu as cortinas e entrou. Instantaneamente, recebeu um golpe na cabeça, como se fosse a ponta de um machado e começou a perder a consciência. A última coisa que se lembra antes de desmaiar foi o rosto de Ronnie Conlin.

— Estava falando comigo — disse Keller. — Estava dizendo que eu ia morrer.

Keller foi amarrado, amordaçado, encapuzado e enfiado no porta-malas de um carro. Foi levado dos bairros pobres de Belfast Oeste a uma fazenda em Armagh. Lá foi para um celeiro e apanhou muito. Então, foi amarrado a uma cadeira para ser interrogado e julgado. Quatro homens da famosa brigada local do IRA seriam os jurados. Eamon Quinn seria o promotor, juiz e executor. Ele planejava realizar a sentença com uma faca que tinha roubado de um soldado britânico morto. Quinn era o melhor fabricante de bombas do IRA, um mestre na técnica mas, quando se tratava de assassinato pessoal, ele preferia a faca.

— Ele me falou que se eu cooperasse, minha morte seria razoável. Se não, ele iria me cortar em pedaços.

— O que aconteceu?

— Tive sorte — falou Keller. — Fizeram um péssimo trabalho com as cordas e *eu* os cortei em pedaços. Foi tão rápido que nem souberam o que os acertou.

— Quantos?

— Dois — respondeu Keller. — Então, consegui pegar uma das armas e atirei em outros dois.

— O que aconteceu com Quinn?

— Quinn sabiamente fugiu. Ele viveu para lutar outro dia.

Na manhã seguinte, o exército britânico anunciou que quatro membros da Brigada de South Armagh tinham sido mortos em uma operação na remota casa segura do IRA. A contagem não fazia nenhuma menção a um oficial da SAS disfarçado chamado Christopher Keller. Nem mencionou um serviço de lavanderia em Falls Road secretamente dirigido pela inteligência britânica. Keller foi levado de volta à Inglaterra para tratamento; a lavanderia foi fechada discretamente. Foi uma grande derrota para os esforços britânicos na Irlanda do Norte.

— E Elizabeth? — perguntou Gabriel.

— Encontraram seu corpo dois dias depois. Rasparam seu cabelo. A garganta foi cortada.

— Quem fez isso?

— Ouvi dizer que foi o Quinn — disse Keller. — Aparentemente, ele insistiu em fazer isso.

Depois de sair do hospital, Keller voltou ao quartel-general da SAS em Hereford para descansar e se recuperar. Ele fazia longas e autopunitivas caminhadas em Brecon Beacons e treinava novos recrutas na arte de matar em silêncio, mas era claro a seus superiores que a experiência em Belfast tinha mudado sua cabeça. Então, em agosto de 1990, Saddam Hussein invadiu o Kuait. Keller voltou a seu antigo esquadrão Sabre e foi deslocado para o Oriente Médio. Na noite de 28 de janeiro de 1991, enquanto procurava os lançadores de mísseis Scud no deserto ocidental do Iraque, sua unidade foi atacada por uma aeronave da coalizão em um trágico caso de fogo amigo. Só Keller sobreviveu. Com ódio, ele abandonou o campo de batalha e, disfarçado de árabe, cruzou a fronteira para a Síria. De lá, caminhou para o ocidente cruzando Turquia, Grécia e Itália, até finalmente terminar na costa da Córsega, onde caiu nos braços de Dom Anton Orsati.

— Já procurou por ele?

— Quinn?

Gabriel assentiu.

— Dom proibiu.

— Mas isso não o impediu, não é?

— Digamos que segui sua carreira de perto. Sabia que tinha ido com o IRA Autêntico depois dos acordos de paz da Sexta-Feira Santa, e sabia que foi ele quem plantou aquela bomba no meio de Omagh.

— E quando fugiu da Irlanda?

— Fiz perguntas educadas sobre seu paradeiro. Perguntas mal-educadas, também.

— Alguma delas deu resultado?

— Certamente.

— Mas você nunca tentou matá-lo?

— Não — falou Keller, balançando a cabeça. — Dom proibiu.

— Mas agora você tem uma chance.

— Com a bênção do Serviço Secreto de Sua Majestade. — Keller deu um breve sorriso. — Bastante irônico, não acha?

— Como assim?

— Quinn me tirou do jogo e agora está me levando de volta. — Keller olhou sério para Gabriel por um momento. — Tem certeza de que quer se envolver nisso?

— Por que não iria querer?

— Porque é pessoal — respondeu Keller. — E quando é pessoal, tudo tende a ficar confuso.

— Eu me envolvo em coisas pessoais o tempo todo.

— Confusas, também. — As sombras estavam tomando o terraço. O vento fazia ondas na superfície da piscina de Keller. — E se eu fizer isso? — ele perguntou. — E aí?

— Graham vai dar a você uma nova identidade britânica. Um emprego, também. — Gabriel parou.— Se estiver interessado.

— Um emprego fazendo o quê?

— Use sua imaginação.

Keller franziu a testa.

— O que você faria se fosse eu?

— Aceitaria a proposta.

— E desistir de tudo isso?

— Não é real, Christopher.

Do outro lado do vale, um sino de igreja marcava uma hora.

— O que vou dizer ao Dom? — perguntou Keller.

— Infelizmente não posso ajudá-lo com isso.

— Por quê?

— Porque é pessoal — respondeu Gabriel. — E quando é pessoal, tudo tende a ficar confuso.

Havia uma balsa partindo de Nice às seis, àquela tarde. Gabriel embarcou às cinco e meia, bebeu um café na cafeteria e foi até o deque de observação para esperar por Keller. Às 17h45 ele não tinha chegado. Mais cinco minutos se passaram sem sinal dele. Então, Gabriel viu um Renault maltratado entrando no estacionamento e um momento depois viu Keller subindo a rampa correndo com uma mochila pendurada nos poderosos ombros. Eles ficaram lado a lado na grade olhando as luzes de Ajaccio diminuindo ao longe. O gentil vento noturno tinha cheiro de *macchia*, a densa vegetação rasteira de quermes, alecrim e lavanda que cobria boa parte da ilha. Keller respirou fundo antes de acender um cigarro. A brisa carregou sua primeira exalação de fumaça sobre o rosto de Gabriel.

— Você precisa?

Keller não falou nada.

— Estava começando a pensar que tinha mudado de ideia.

— E deixar que você vá sozinho atrás do Quinn?

— Não acha que consigo fazer isso?

— Eu falei isso?

Keller fumou em silêncio por um momento.

— O que o Dom achou?

— Ele recitou muitos provérbios corsos sobre a ingratidão dos filhos. E depois concordou em me deixar partir.

As luzes da ilha estavam ficando mais opacas; o vento tinha cheiro apenas de mar. Keller pegou seu casaco, tirou um talismã corso e entregou a Gabriel.

— Um presente da *signadora*.

— Não acreditamos nessas coisas.

— Eu aceitaria se fosse você. A velha sugeriu que a coisa poderia ficar feia.

— Feia?

Keller não falou nada. Gabriel aceitou o talismã e o colocou no pescoço. Uma a uma, as luzes da ilha desapareceram. Até a última.

12

DUBLIN

TECNICAMENTE, A OPERAÇÃO EM que Gabriel e Christopher embarcaram no dia seguinte era um trabalho conjunto entre o Escritório e o MI6. O papel britânico era tão secreto, no entanto, que só Graham Seymour sabia dele. Portanto, foi o Escritório que fez os arranjos de viagem e alugou o sedan Škoda que estava esperando no estacionamento do aeroporto de Dublin. Gabriel revisou a parte de baixo antes de entrar no veículo. Keller sentou no banco do passageiro e, franzindo a testa, fechou a porta.

— Não dava para ter conseguido algo melhor que um Škoda?

— É um dos carros mais populares da Irlanda, o que quer dizer que não vai se destacar.

— E as armas?

— Abra o porta-luvas.

Keller abriu. Dentro havia uma Beretta 9mm, carregada, com um pente extra e um silenciador.

— Só uma?

— Não estamos entrando em uma guerra, Christopher.

— É o que você acha.

Keller fechou o porta-luvas, Gabriel enfiou a chave na ignição. O motor hesitou, tossiu e finalmente ligou.

— Ainda acha que deveriam ter alugado um Škoda? — perguntou Keller.

Gabriel colocou o carro em movimento.

— Por onde começamos?

— Ballyfermot.

— Bally onde?

Keller apontou para a placa de saída e disse:

— Bally, para aquele lado.

A República da Irlanda já foi uma terra quase sem crimes violentos. Até o final dos anos sessenta, a força policial da Irlanda, a Garda Síochána, só tinha uns sete mil policiais, e em Dublin havia somente sete carros de patrulha. A maioria dos crimes era leve: arrombamento, batedor de carteira, um ou outro roubo mais violento. E, quando havia violência envolvida, era normalmente alimentada por paixão, álcool ou uma combinação dos dois.

Isso mudou com o início dos conflitos na fronteira com a Irlanda do Norte. Desesperados por dinheiro e armas para lutar contra o exército britânico, o IRA Provisório começou a roubar bancos no sul. Os ladrões pequenos dos bairros pobres de Dublin aprenderam com as táticas dos provos, como eram conhecidos os membros do IRA, e começaram a realizar assaltos à mão armada. A Gardaí, com poucos homens e em situação inferior, foi rapidamente superada pelas ameaças do IRA e dos criminosos locais. Em 1970, a Irlanda não era mais tranquila. Era uma terra de ninguém, onde criminosos e revolucionários operavam com impunidade.

Em 1979, dois eventos improváveis longe da costa da Irlanda aceleraram a decadência do país em um caos social. O primeiro foi a revolução iraniana. O segundo foi a invasão soviética do Afeganistão. Os dois resultaram em uma invasão de heroína barata nas ruas das cidades da Europa ocidental. A droga entrou nos bairros pobres do sul de Dublin em 1980. Um ano depois arrasava os guetos do lado norte. Vidas foram destruídas, famílias foram abaladas e as taxas de crimes aumentaram quando viciados desesperados tentavam alimentar seu hábito. Comunidades inteiras se tornaram terras destroçadas distópicas, onde *junkies* se drogavam abertamente nas ruas e os traficantes eram reis.

O milagre econômico dos anos noventa transformou a Irlanda de um dos países mais pobres da Europa em um dos mais ricos mas, com a prosperidade, veio um apetite ainda maior por drogas, especialmente cocaína e ecstasy. Os velhos chefes criminosos abriram caminho a uma nova geração de líderes que realizaram guerras sangrentas para dominar territórios e porções do mercado. Onde os mafiosos irlandeses antes usavam armas de cano serrado para impor a vontade deles, os novos membros da gangue se armavam com AK-47 e outros armamentos pesados. Corpos cheios de balas começaram a aparecer nas ruas dos bairros pobres. De acordo com uma estimativa da Garda, em 2012, 25 gangues de tráfico violentas faziam seu comércio mortal na Irlanda. Várias tinham estabelecido conexões lucrativas com grupos criminosos organizados do exterior, inclusive remanescentes do IRA Autêntico.

— Achei que eram contra as drogas — disse Gabriel.

— Isso pode ser verdade lá em cima — disse Keller, apontando para o norte —, mas aqui embaixo, na República, a história é outra. No fundo, o IRA Autêntico é outra gangue de traficantes. Às vezes negociam diretamente. Às vezes gerenciam redes de proteção. Principalmente, tiram dinheiro de traficantes.

— O que LiamWalsh faz?

— Um pouco de tudo.

A chuva embaçava os faróis de trânsito da hora do rush à noite. O tráfego estava mais leve do que Gabriel tinha esperado. Ele achou que era a economia. A Irlanda tinha caído mais do que todos. Até os traficantes estavam com problemas.

— Walsh era republicano em suas veias — Keller estava falando. — Seu pai era do IRA, assim como seus tios e irmãos. Ele foi com o IRA Autêntico depois da grande divisão, e quando a guerra efetivamente terminou, ele veio a Dublin ganhar sua fortuna no negócio das drogas.

— Qual é a conexão dele com Quinn?

— Omagh. — Keller apontou para a direita e disse: — Você tem que virar aqui.

Gabriel guiou o carro até Kennelsfort Road. Havia casas de dois andares com terraços dos dois lados da rua. Não era exatamente o milagre irlandês, mas não era uma favela também.

— Aqui é Ballyfermot?

— Palmerstown.

— Para que lado?

Com um movimento de mão, Keller instruiu Gabriel a continuar em frente. Eles saíram em um parque industrial de armazéns cinzentos baixos e de repente estavam em Ballyfermot Road. Após um tempo, chegaram a uma série de pequenas lojas tristonhas: um outlet, uma loja de roupa de cama, uma ótica, uma lanchonete. Do outro lado da rua havia um supermercado Tesco e próximo a ele havia uma casa de apostas. Quatro homens de casacos de couro preto cuidavam da entrada. Liam Walsh era o menor do grupo. Estava fumando um cigarro; estavam todos fumando. Gabriel entrou no estacionamento do Tesco e ocupou uma vaga. Tinha uma clara visão da casa de apostas.

— Talvez você devesse deixar o motor ligado — falou Keller.

— Por quê?

— Poderia não voltar a ligar.

Gabriel desligou o motor e apagou o farol. A chuva batia forte contra o vidro. Depois de uns segundos, Liam Walsh desapareceu em um caleidoscópio borrado de luz. Então, Gabriel ligou o limpador de para-brisa e Walsh reapareceu. Uma comprida Mercedes preta tinha parado em frente à casa de apostas. Era a única Mercedes na rua, provavelmente a única no bairro. Walsh estava conversando com o motorista pela janela aberta.

— Parece um verdadeiro pilar da comunidade — falou Gabriel em voz baixa.

— É como gosta de se mostrar.

— Então por que está parado em frente a uma casa de apostas?

— Quer que as outras gangues saibam que ele está cuidando da área. Um rival tentou matá-lo nesse mesmo lugar no ano passado. Se você olhar de perto, consegue ver os buracos das balas na parede.

A Mercedes foi embora. Liam Walsh voltou a seu abrigo na entrada.

— Quem são esses rapazes de aparência tão boa com ele?

— Os dois à esquerda são os guarda-costas dele. O outro é o seu segundo em comando.

— IRA Autêntico?

— Até os ossos.

— Armados?

— Certamente.

— Então o que você propõe?

— Vamos esperar que ele se mova.

— Aqui?

Keller balançou a cabeça.

— Se nos virem sentados em um carro estacionado, vão achar que somos da Garda ou membros de uma gangue rival. E, se acharem isso, estamos mortos.

— Então talvez não devêssemos nos sentar aqui.

Keller apontou para a lanchonete do outro lado da rua e saiu. Gabriel o seguiu. Eles caminharam lado a lado na beira da rua, as mãos nos bolsos, cabeças abaixadas por causa da chuva, esperando para atravessar.

— Estão olhando para nós — disse Keller.

— Você notou isso também?

— É difícil não notar.

— Walsh conhece seu rosto?

— Conhece agora.

O trânsito parou; eles cruzaram a estrada e foram até a entrada da lanchonete.

— É melhor você não falar — disse Keller. — Esse não é o tipo de bairro que recebe muitos visitantes de terras exóticas.

— Eu falo um inglês perfeito.

— Esse é o problema.

Keller abriu a porta e entrou primeiro. Era uma sala apertada com um piso de linóleo quebrado e paredes descascando. O ar era pesado com gordura, amido e um cheiro de algodão molhado. Havia uma garota bonita atrás do balcão e uma mesa vazia encostada na janela. Gabriel se sentou de costas para a rua enquanto Keller foi até o balcão e fez seu pedido com um sotaque de alguém do sul de Dublin.

— Muito impressionante — murmurou Gabriel quando Keller se sentou. — Por um minuto pensei que você fosse começar a cantar *When Irish Eyes Are Smiling*.

— Para aquela garota linda, sou tão irlandês quanto ela.

— É — falou Gabriel, duvidando. — E eu sou o Oscar Wilde.

— Não acha que posso fingir ser irlandês?

— Talvez um que passou umas férias muito longas sob o sol.

— Essa é a minha história.

— Onde você estava?

— Maiorca — respondeu Keller. — Os irlandeses adoram Maiorca, especialmente os mafiosos irlandeses.

Gabriel olhou ao redor do interior do café.

— Eu imagino por quê.

A garota foi até à mesa e depositou um prato de batatas e dois copos de isopor com chá e leite. Quando ela estava se afastando, a porta se abriu e dois homens muito pálidos de vinte e poucos anos entraram. Uma mulher com um casaco úmido e sapatos velhos entrou um momento depois. Os dois homens se sentaram a uma mesa perto de Keller e Gabriel e começaram a falar em um dialeto que Gabriel achou quase impenetrável. A mulher se sentou no fundo da lanchonete. Ela só pediu chá e estava lendo um livro bastante usado.

— O que está acontecendo do lado de fora? — perguntou Gabriel.

— Quatro homens parados na frente de uma casa de apostas. Um homem parece que já está cansado da chuva.

— Onde ele mora?

— Não muito longe — respondeu Keller. — Gosta de morar entre o povo.

Gabriel bebeu um pouco do chá e fez uma careta. Keller empurrou o prato de batatas.

— Coma um pouco.

— Não.

— Por que não?

— Quero viver o suficiente para ver meus filhos nascerem.

— Boa ideia.

Keller sorriu, depois acrescentou:

— Homens da sua idade realmente deveriam se preocupar com o que comem.

— Olha quem fala.

— Quantos anos você tem, exatamente?

— Não consigo me lembrar.

— Problemas de perda de memória?

Gabriel bebeu um pouco do chá. Keller mordiscou as batatas.

— Não são tão boas quanto as fritas do sul da França — falou.

— Pegou o recibo?

— Para que eu precisaria de recibo?

— Ouvi que os contadores do MI6 são muito exigentes.

— Não vamos continuar com isso do MI6 ainda. Não tomei nenhuma decisão.

— Às vezes nossas melhores decisões acontecem sozinhas.

— Você parece o Dom. — Keller comeu outra batata. — É verdade isso dos contadores do MI6?

— Só estava puxando conversa.

— São duros?

— Os piores.

— Mas não com você.

— Não muito.

— Então por que não conseguiram algo melhor que um Škoda para você?

— O Škoda está ótimo.

— Espero que ele caiba no porta-malas.

— Podemos bater a porta na cabeça dele algumas vezes se for preciso.

— E a casa segura?

— Tenho certeza de que é adorável, Christopher.

Keller não parecia convencido. Pegou outra batata, pensou melhor e jogou-a no prato.

— O que está acontecendo atrás de mim? — ele perguntou.

— Dois caras estão falando um idioma desconhecido. Uma mulher está lendo.

— O que está lendo?

— Acho que é John Banville.

Keller assentiu, pensativo, os olhos na Ballyfermot Road.

— O que você está vendo? — perguntou Gabriel.

— Um homem parado em frente a uma casa de apostas. Três homens entrando em um carro.

— Que tipo de carro?

— Mercedes preta.

— Melhor que um Škoda.

— Muito melhor.

— Então, o que vamos fazer?

— Deixamos as batatas e levamos o chá.

— Quando?

Keller se levantou.

13

BALLYFERMOT, DUBLIN

ELES JOGARAM OS COPOS de isopor em uma lata de lixo no estacionamento do Tesco e subiram no Škoda. Dessa vez, Keller dirigiu; era sua área. Ele entrou na Ballyfermot Road e cruzou o trânsito até que houvesse apenas dois carros separando-os da Mercedes. Dirigia calmamente, uma mão se equilibrando no alto do volante, a outra descansando no câmbio automático. Os olhos estavam fixos à frente. Gabriel estava controlando o espelho lateral e estava olhando o trânsito atrás deles.

— Então? — perguntou Keller.

— Você é muito bom, Christopher. Vai ser um ótimo agente do MI6.

— Eu estava perguntando se estávamos sendo seguidos.

— Não estamos.

Keller tirou a mão do câmbio e a usou para tirar um cigarro do bolso do casaco. Gabriel bateu no aviso preto e amarelo no visor e disse:

— É proibido fumar neste carro.

Keller acendeu o cigarro. Gabriel baixou o vidro uns centímetros para ventilar a fumaça.

— Estão parando — ele disse.

— Eu vi.

A Mercedes entrou em um estacionamento na frente de uma banca de jornal. Por alguns segundos ninguém saiu. Então Liam Walsh desceu da porta de trás do lado do passageiro e entrou na loja. Keller dirigiu mais uns cinquenta metros e estacionou em frente a uma pizzaria. Apagou as luzes, mas deixou o motor ligado.

— Acho que ele precisava pegar umas coisas a caminho de casa.

— Como o quê?

— Um *Herald* — sugeriu Keller.

— Ninguém mais lê jornais, Christopher. Não ouviu falar?

Keller olhou para a pizzaria.

— Talvez você devesse entrar e comprar uma pizza.

— Como eu peço sem falar o idioma?

— Vai pensar em algo.

— Qual sabor de pizza você quer?

— Vá — respondeu Keller.

Gabriel desceu do carro e entrou no lugar. Havia três pessoas na fila na frente dele. Ele ficou ali esperando em meio ao cheiro de queijo quente e fermento. Então, ouviu uma breve buzinada e, virando-se, viu a Mercedes preta entrando rápido na Ballyfermot Road. Gabriel saiu e entrou no banco do passageiro. Keller deu a volta, entrou na rua e acelerou lentamente.

— Ele comprou algo? — perguntou Gabriel.

— Uns jornais e um maço de Winston.

— Como ele estava quando saiu?

— Como se realmente não precisasse de jornal ou cigarro.

— Imagino que a Garda o vigia regularmente?

— Espero que sim.

— O que significa que está acostumado a ser seguido de vez em quando por homens em carros comuns.

— Eu pensaria isso.

— Está virando — falou Gabriel.

— Eu vi.

O carro entrou em uma rua escura de pequenas casas com terraço. Nenhum trânsito, nenhuma loja, nenhum lugar onde dois caras de fora poderiam ter algo a fazer. Keller parou no meio-fio e apagou os faróis. Cem metros à frente na rua, a Mercedes entrou em uma casa. As luzes do carro se apagaram. Quatro portas se abriram, quatro homens desceram.

— Casa de Walsh? — perguntou Gabriel.

Keller assentiu.

— Casado?

— Não é mais.

— Namorada?

— Pode ter.

— E um cachorro?

— Tem algum problema com cachorros?

Gabriel não respondeu. Em vez disso, ficou olhando os quatro homens se aproximarem da casa e desaparecerem pela porta da frente.

— O que fazemos agora? — ele perguntou.

— Acho que poderíamos passar os próximos dias esperando uma oportunidade melhor.

— Ou?

— Pegamos ele agora.

— Há quatro deles e dois nossos.

— Um — respondeu Keller. — Você não vai.

— Por que não?

— Porque o futuro chefe do Escritório não pode se envolver em algo assim. Além disso — acrescentou Keller, batendo na protuberância debaixo da jaqueta —, só temos uma arma.

— Quatro contra um — disse Gabriel depois de um momento. — Não é uma boa aposta.

— Na verdade, com meu histórico, eu gosto das minhas chances.

— Como você pretende fazer?

— Da mesma forma que costumávamos fazer na Irlanda do Norte — respondeu Keller. — Jogo de gente grande, regras de gente grande.

Keller desceu sem falar nada e fechou a porta sem fazer barulho. Gabriel passou uma perna sobre o console do centro e deslizou atrás do volante. Ele ligou o para-brisas e olhou Keller caminhando pela rua, as mãos no bolso do casaco, os ombros inclinados pelo vento. Verificou seu BlackBerry. Eram 20h27 em Dublin, 22h27 em Jerusalém. Pensou em sua linda esposa sentada sozinha no apartamento deles na rua Narkiss, e em seus dois filhos descansando confortavelmente no útero dela. E aqui estava ele em uma rua deserta no sul de Dublin, sentinela de outra vigília, esperando um amigo cobrar uma velha dívida. A chuva batia contra o vidro, a rua escura foi se enchendo de água. Gabriel ligou o para-brisa uma segunda vez e viu Keller passar por uma esfera de luz amarela. E, quando ligou pela terceira vez, Keller tinha desaparecido.

A casa estava localizada no número 48 da Rossmore Road. Seu exterior era cinzento, com uma janela de marcos brancos no térreo e outras duas no andar de cima. A entrada estreita tinha espaço suficiente para um carro. Ao lado da entrada havia um portão com um caminho e um pedaço de grama bordeada por uma sebe baixa. Era respeitável, exceto pelo homem que vivia ali.

Como todas as casas no final da rua, o número 48 tinha um quintal no fundo, que dava para os campos esportivos de uma escola católica para garotos. A entrada da escola virava a esquina em Le Fanu Road. O portão principal estava aberto; parecia que estava ocorrendo uma reunião na sala principal. Keller passou pelo portão sem ser notado e cruzou uma quadra marcada para diversos tipos de jogos. De repente, estava de volta à terrível escola em Surrey para onde seus pais o enviaram aos dez anos. Esperavam muito dele — uma boa família, um excelente estudante, um líder natural. Os garotos mais velhos nunca tocavam nele porque tinham medo. O diretor não usava castigos físicos contra ele porque secretamente o diretor também tinha medo.

Na beira da quadra havia uma fileira de árvores. Keller passou por baixo dos galhos secos e cruzou as quadras escuras. Junto ao lado norte havia um muro de aproximadamente dois metros de altura coberto de videiras. Além dele estavam os jardins de fundo das casas da Rossmore Road. Keller foi até o canto mais distante do campo e contou 57 passos precisamente. Então, silenciosamente, escalou o muro e pulou para o outro lado. Quando seus sapatos caíram sobre a terra úmida, tirou a Beretta com silenciador e apontou para a porta do fundo da casa. Havia luzes lá dentro; sombras se moviam contra as cortinas fechadas. Keller segurava a arma, vendo, ouvindo. *Jogo de gente grande*, ele pensou. *Regras de gente grande.*

Dez minutos depois das nove, o BlackBerry de Gabriel vibrou. Ele o levou ao ouvido, escutou, e depois desligou. A chuva tinha dado lugar a uma névoa; Rossmore Road estava vazia de trânsito e pedestres. Dirigiu até a casa de número 48, estacionou na rua e desligou o motor. Novamente seu BlackBerry vibrou, mas dessa vez ele não atendeu. Em vez disso, tirou um par de luvas de borracha coloridas, desceu e abriu o porta-malas modesto. Dentro havia uma maleta deixada pelo mensageiro da Estação de Dublin. Gabriel a tirou e carregou até o jardim. A porta da frente abriu com seu toque; ele entrou e a fechou. Keller estava no hall de entrada, a Beretta em sua mão. O ar tinha cheiro de cordite e, levemente, de sangue. Era um cheiro muito familiar a Gabriel. Ele passou por Keller sem falar nada e entrou na sala de estar. Havia uma nuvem de fumaça no ar. Três homens, cada um com um buraco de bala no centro da testa, um quarto com um nariz quebrado e um queixo que parecia ter sido deslocado com um martelo. Gabriel se abaixou e viu se tinha pulso. Depois de ver que estava vivo, abriu a mala e começou a trabalhar.

A mala continha três rolos de fita adesiva grossa, uma dúzia de algemas flexíveis descartáveis, uma bolsa de nylon capaz de envolver um homem de 1,80m, um capuz preto, um agasalho azul e branco, duas mudas de roupa, um kit de primeiros socorros, fones de ouvido, sedativo, seringas, álcool e uma cópia do Corão.

O Escritório se referia ao conteúdo da mala como pacote móvel do detido. Entre os agentes de campo veteranos, no entanto, era conhecido como um kit de viagem do terrorista.

Depois de determinar que Walsh não corria risco de morrer, Gabriel o mumificou com fita adesiva. Ele não se importou com as algemas de plástico; em questão de arte e restrição física, era um tradicionalista por natureza. Enquanto estava aplicando as últimas faixas de fita na boca e nos olhos de Walsh, o irlandês começou a recuperar a consciência. Gabriel aplicou uma dose do sedativo. Então, com a ajuda de Keller, colocou Walsh na sacola de lona e fechou o zíper.

A casa não tinha garagem, o que significava que não tinham escolha a não ser tirar Walsh pela porta da frente, à vista dos vizinhos. Gabriel encontrou a chave do Mercedes no corpo de um dos mortos. Moveu o carro para a rua e colocou o Škoda na entrada. Keller carregou Walsh para fora sozinho e o depositou no porta-malas aberto. Então subiu no banco do passageiro e deixou que Gabriel dirigisse. Foi o melhor. Na experiência de Gabriel, era pouco inteligente permitir que um homem que tinha acabado de matar três pessoas operasse um veículo motorizado.

— Você apagou as luzes?

Keller assentiu.

— E as portas?

— Estão trancadas.

Keller tirou o silenciador e o pente da Beretta e colocou tudo no porta-luvas. Gabriel saiu para a rua e começou o caminho de volta para Ballyfermot Road.

— Quantas balas você usou? — ele perguntou.

— Três — respondeu Keller.

— Quanto tempo antes que a Garda encontre os corpos?

— Não é com a Garda que deveríamos nos preocupar.

Keller jogou o cigarro na escuridão da rua. Gabriel viu faíscas explodindo pelo espelho.

— Como se sente? — ele perguntou.

— Como se nunca tivesse ido embora.

— Esse é o problema com a vingança, Christopher. Nunca faz a gente se sentir melhor.

— É verdade — disse Keller, acendendo outro cigarro. — E eu só estou começando.

14

CLIFDEN, CONDADO DE GALWAY

A CASA ESTAVA NO MEIO da Doonen Road, no alto de uma colina com vista para as águas escuras do Salt Lake. Tinha três quartos, uma cozinha grande com utensílios modernos, uma sala de jantar formal, uma pequena biblioteca e um escritório, e um porão com paredes de pedra. O dono, um advogado de Dublin bem-sucedido, quis mil euros por uma semana. A Organização Interna tinha feito a proposta de mil e quinhentos por duas, e o advogado, que raramente recebia ofertas no inverno, aceitou. O dinheiro apareceu em sua conta bancária na manhã seguinte. Veio de algo chamado Taurus Global Entertainment, uma empresa de produção televisiva com sede na cidade suíça de Montreux. Falaram ao advogado que os dois homens que iam ficar em sua casa eram executivos da Taurus que estavam indo à Irlanda para trabalhar em um projeto que era de natureza delicada. Isso, pelo menos, era verdade.

A casa estava distante da Doonen Road por pelo menos uns cem metros. Havia um portão de alumínio frágil que devia ser aberto e fechado à mão e um caminho de pedras que subia pela colina atravessando a vegetação. No ponto mais alto da terra havia três árvores muito antigas derrubadas pelo vento que soprava do Atlântico norte e que se estreitava pela baía de Clifden. O vento era frio e sem remorso. Balançava as janelas da casa, agarrava as telhas e rondava os quartos sempre que uma porta se abria. O pequeno terraço era inabitável, uma terra de ninguém. Nem as gaivotas ficavam muito tempo ali.

Doonen Road não era uma estrada de verdade, mas uma faixa estreita de asfalto, suficiente para um carro, com uma faixa de grama verde no centro. As pessoas de férias viajavam para lá ocasionalmente, mas ela servia basicamente como a porta dos fundos da vila de Clifden. Era uma cidade jovem pelos padrões irlandeses, fundada em 1814 por um dono de terras e xerife chamado John d'Arcy, que queria criar uma ilha de ordem dentro da violenta e sem lei Connemara. D'Arcy construiu um castelo para si e para os moradores da vila, uma linda cidade com ruas pavimentadas, praças e um par de igrejas com torres que podiam ser vistas de longe. O castelo agora estava em ruínas, mas a vila, que já tinha quase desaparecido por causa da Grande Fome, estava entre as mais vibrantes do oeste da Irlanda.

Um dos homens que estava na casa alugada, o menor dos dois, caminhava até a vila todos os dias, normalmente no final da manhã, vestindo um casaco verde-escuro, carregando uma mochila no ombro e usando um chapéu mole puxado sobre a testa. Ele comprava umas poucas coisas no supermercado e uma ou duas garrafas na Ferguson Fine Wines, italianos normalmente, às vezes franceses. E então, tendo comprado suas provisões, ele passeava pelas vitrines da Main Street com o ar de alguém preocupado com questões mais importantes. Em uma ocasião, ele entrou na Lavelle Art Gallery para dar uma olhada rápida no que tinham. O proprietário ia se lembrar depois que ele parecia conhecer muito sobre quadros e isso chamou sua atenção. Era difícil saber de onde era seu sotaque. Talvez alemão, talvez outra coisa. Não importava; para o povo de Connemara, todo mundo tinha sotaque.

No quarto dia, sua caminhada pela Main Street era mais superficial do que o normal. Ele entrou em apenas um lugar, na banca de jornal, e comprou quatro maços de cigarro norte-americano e uma cópia do *The Independent*. A primeira página estava cheia de notícias de Dublin, sobre três membros do IRA Autêntico que tinham sido encontrados mortos em uma casa em Ballyfermot. Outro homem estava desaparecido e supostamente tinha sido sequestrado. A Garda estava procurando por ele. Também os membros do IRA Autêntico.

— Gangue de traficantes — murmurou o homem atrás do balcão.

— Terrível — concordou o visitante com o sotaque que ninguém conseguia localizar.

Ele enfiou o jornal na mochila e, com alguma relutância, o cigarro. Aí caminhou de novo para a casa do advogado de Dublin, que, na realidade era odiado pelos residentes de Clifden. O outro homem, que tinha a pele curtida como couro, estava ouvindo atentamente as notícias do meio-dia na RTÉ.

— Estamos perto — foi tudo que ele disse.

— Quando?

— Talvez essa noite.

O menor dos dois homens foi até o terraço enquanto o outro fumava. Uma nuvem escura estava sobre Clifden e o vento parecia estar cheio de lascas. Cinco

O ESPIÃO INGLÊS

minutos foi tudo que ele aguentou. Então entrou, para a fumaça e a tensão da espera. Não sentiu vergonha. Nem as gaivotas ficavam muito tempo ali.

Em toda sua carreira, Gabriel tinha tido o desprazer de conhecer vários terroristas: terroristas palestinos, egípcios, sauditas; terroristas motivados pela fé, motivados por uma perda; que tinham nascido nas piores favelas do mundo árabe; terroristas que tinham sido criados no conforto material do ocidente. Geralmente, ele imaginava o que esses homens poderiam ter conseguido se tivessem escolhido outro caminho. Muitos eram bastante inteligentes, e em seus olhos impiedosos, via curas de doenças nunca encontradas, softwares nunca criados, músicas nunca compostas e poemas nunca escritos. Liam Walsh, no entanto, não causou nenhuma impressão. Walsh era um assassino sem remorso ou boa educação, que não tinha ambição a não ser a destruição de vidas e propriedades. Em seu caso, uma carreira no terrorismo, até pelos reduzidos padrões dos republicanos irlandeses conservadores, era o melhor que ele poderia ter conseguido.

Ele não tinha medo, no entanto, e possuía uma obstinação natural que o tornava difícil de quebrar. Nas primeiras 48 horas foi deixado em total isolamento no frio do porão, olhos vendados, amordaçado, com fones de ouvido, imobilizado por fita adesiva. Não ofereceram comida, apenas água, que ele recusou. Keller o levou ao banheiro, mas suas necessidades eram mínimas por causa de sua dieta restritiva. Quando necessário, ele falava com Walsh com o sotaque de um protestante da classe trabalhadora de Belfast oriental. O irlandês não recebeu nenhuma oferta para sair de sua situação e não pediu nada. Tendo visto três de seus companheiros mortos num piscar de olhos, parecia resignado ao seu destino. Como a SAS, os terroristas e traficantes irlandeses jogavam com as regras de gente grande.

Na manhã do terceiro dia, louco de sede, ele aceitou um pouco de água à temperatura ambiente. Ao meio-dia bebeu chá com leite e açúcar, e à noite recebeu mais chá e uma única torrada. Foi então que Keller falou com ele pela primeira vez.

— Você está atolado em problemas, Liam — disse em seu sotaque de Belfast oriental. — E a única forma de sair é me contar o que quero saber.

— Quem é você? — perguntou Walsh com dor no queixo quebrado.

— Isso depende inteiramente de você — respondeu Keller. — Se falar comigo, serei seu melhor amigo no mundo. Se não, vai terminar como seus três amigos.

— O que quer saber?

— Omagh — foi tudo que Keller disse.

Na manhã do quarto dia, Keller tirou os fones do ouvido de Walsh e a mordaça de sua boca, falando sobre a situação em que se encontrava o irlandês agora. Keller afirmou que era membro de um pequeno grupo vigilante de protestantes procurando justiça pelas vítimas do terrorismo republicano. Sugeriu que tinha ligações com o Ulster Volunteer Force, o grupo paramilitar legalista que tinha matado pelo menos quinhentas pessoas, principalmente civis católicos romanos, durante o pior dos problemas na Irlanda do Norte. O UVF aceitou um cessar-fogo em 1994, mas seus murais, com imagens de homens mascarados e armados, ainda estavam nos muros dos bairros protestantes e nas cidades em Ulster. Muitos dos murais tinham o mesmo slogan: "Preparados para a paz, prontos para a guerra." O mesmo poderia ser dito de Keller.

— Estou procurando quem montou a bomba — ele explicou. — Você sabe de que bomba estou falando, Liam. A bomba que matou 29 pessoas inocentes em Omagh. Você estava lá aquele dia. Estava no carro com ele.

— Não sei do que você está falando.

— Você estava lá, Liam — repetiu Keller. — E esteve em contato com ele depois que o movimento deu em merda. Ele veio aqui para Dublin. Você cuidou dele até que ficou complicado demais.

— Não é verdade. Nada disso é verdade.

— Ele voltou a circular, Liam. Conte-me onde posso encontrá-lo.

Walsh não falou nada por um tempo.

— E se eu contar? — ele perguntou finalmente.

— Vai passar algum tempo preso, um longo tempo, mas vai viver.

— Mentira — cuspiu Walsh.

— Não estamos interessados em você, Liam — respondeu Keller calmamente. — Só nele. Diga onde podemos encontrá-lo e vamos deixar você viver. Tente dar uma de esperto e vou matar você. E não vai ser uma bela bala na cabeça. Vai doer, Liam. Vai doer muito.

Naquela tarde, uma tempestade caiu em toda Connemara. Gabriel se sentou ao lado do fogo lendo um livro de Fitzgerald enquanto Keller dirigia pela região procurando atividades incomuns da Garda. Liam Walsh permaneceu isolado no porão, amarrado, amordaçado, com os olhos e os ouvidos cobertos. Ele não recebeu bebida ou comida. Naquela noite, estava tão fraco de fome e desidratação que Keller quase teve de carregá-lo ao banheiro.

— Quanto tempo? — perguntou Gabriel no jantar.

— Estamos perto— disse Keller.

— Foi o que você falou antes.

Keller ficou em silêncio.

O ESPIÃO INGLÊS

— Tem algo que possamos fazer para acelerar as coisas? Gostaria de sair daqui antes que a Garda venha bater à porta.

— Ou o IRA Autêntico — acrescentou Keller.

— Então?

— Ele está imune à dor nesse ponto.

— E água?

— Água é sempre bom.

— Ele sabe?

— Ele sabe.

— Você precisa de ajuda?

— Não — falou Keller, se levantando. — É pessoal.

Quando Keller saiu, Gabriel foi até o terraço e ficou sob a chuva. Só demorou cinco minutos. Mesmo um homem duro como Liam Walsh não podia aguentar a água por muito tempo.

THAMES HOUSE, LONDRES

A CADA NOITE DE SEXTA-FEIRA, normalmente às seis horas, mas às vezes um pouco mais tarde se Londres ou o mundo estivesse em crise, Graham Seymour tomava uma bebida com Amanda Wallace, diretora-geral do MI5. Era, sem dúvida, sua reunião menos agradável da semana. Wallace era a antiga chefe de Seymour. Eles entraram no MI5 no mesmo ano e tinham avançado em suas carreiras de forma paralela; Seymour no departamento de contraterrorismo, Wallace no de contraespionagem. No final, foi Amanda quem venceu a corrida para a sala do DG. Mas agora, bastante inesperadamente e no fim de sua carreira, Seymour tinha recebido o melhor prêmio de todos. Amanda o odiava por isso, pois ele agora era o espião mais poderoso de Londres. Em silêncio, ela trabalhava para miná-lo sempre que podia.

Como Seymour, Amanda Wallace tinha espionagem em seu DNA. Sua mãe trabalhara muito na sala de arquivos do registro do MI5 durante a guerra e, ao se formar em Cambridge, Amanda nunca tinha considerado outra carreira a não ser na inteligência. A linhagem comum deles deveria tê-los tornado aliados. Em vez disso, Amanda tinha imediatamente colocado Seymour no papel de rival. Ele era o canalha bonitão para quem o sucesso tinha chegado muito facilmente e ela era a garota estranha, até tímida, que iria derrubá-lo. Eles se conheciam havia trinta anos e juntos tinham chegado aos dois postos mais importantes da inteligência britânica e, mesmo assim, a dinâmica básica do relacionamento deles nunca tinha mudado.

Na sexta-feira anterior, Amanda tinha ido a Vauxhall Cross, o que significava que sob as regras do relacionamento deles, era a vez de Seymour viajar. Ele não via isso como uma imposição; sempre gostava de voltar a Thames House. Seu Jaguar oficial entrou no estacionamento do subsolo às 17h55 e, dois minutos depois, o elevador de Amanda o deixou no andar mais alto. O corredor principal estava muito silencioso. Seymour supôs que a equipe sênior estava misturada com as tropas em um dos dois bares privativos do prédio. Como sempre, ele parou para dar uma olhada dentro de seu velho escritório. Miles Kent, seu sucessor como vice-diretor, estava olhando para o computador. Parecia que não dormia há uma semana.

— Como ela está? — perguntou Seymour, cauteloso.

— Brava e agitada. Mas é melhor você correr — acrescentou Kent. — Não deve deixar a rainha esperando.

Seymour continuou pelo corredor até a sala da DG. Um membro da equipe toda masculina de Amanda o cumprimentou na antessala e imediatamente abriu a porta do escritório dela. Estava parada contemplando uma janela que dava para o Parlamento. Virando-se, ela consultou o relógio. Amanda valorizava a pontualidade acima de todos os outros atributos.

— Graham — ela falou, tranquila, como se estivesse lendo o nome dele em um dos densos documentos de *briefing* que sua equipe sempre preparava antes de uma reunião importante. Então deu um sorriso eficiente. Parecia que tinha aprendido a fazer a expressão praticando em frente ao espelho. — Que bom que veio.

Uma bandeja com bebidas tinha sido deixada na longa e brilhante mesa de reuniões. Ela preparou um gim-tônica para Seymour e, para si mesma, um martini seco com azeitonas e cebolas em conserva. Ela se orgulhava da habilidade para preparar sua bebida, uma habilidade que, em sua opinião, era obrigatória para um espião. Era uma de suas poucas qualidades amáveis.

— Saúde — disse Seymour, levantando o copo um centímetro, mas novamente Amanda só sorriu. A BBC estava sintonizada e silenciada em uma grande televisão de tela plana. Um oficial sênior da Garda Síochána estava parado em frente a uma pequena casa em Ballyfermot onde três homens, todos da gangue de traficantes do IRA Autêntico, tinham sido encontrados mortos.

— Bastante horrível — disse Amanda.

— Uma guerra por território, aparentemente — murmurou Seymour sobre o copo.

— Nossos amigos na Garda têm dúvidas sobre isso.

— Do que eles sabem?

— Nada, na verdade, e é por isso que estão preocupados. Os telefones normalmente tocam com muitos dedos-duros depois de um grande assassinato entre gangues, mas não dessa vez. E também — ela acrescentou — a forma como eles foram mortos. Normalmente, esses mafiosos destroem toda a sala com armas automáticas. Mas quem fez isso foi muito preciso. Três tiros, três corpos. A Garda está convencida de que estão lidando com profissionais.

— Têm alguma ideia de onde está Liam Walsh?

— Estão trabalhando com a suposição de que ele está em algum lugar da República, mas não têm ideia de onde. — Ela olhou para Seymour e levantou uma sobrancelha. — Ele não está amarrado em uma cadeira em alguma casa segura do MI6, está, Graham?

— Infelizmente, não.

Seymour olhou para a televisão. A BBC tinha passado para a próxima notícia. O primeiro-ministro Jonathan Lancaster estavam em Washington para uma reunião com o presidente norte-americano. Não tinha ido tão bem quanto ele esperava. A Grã-Bretanha não estava muito em voga em Washington no momento, pelo menos não na Casa Branca.

— Seu amigo — disse Amanda friamente.

— O presidente norte-americano?

— Jonathan.

— Seu também — respondeu Seymour.

— Minha relação com o primeiro-ministro é cordial — disse Amanda deliberadamente —, mas não chega perto da sua. Você e Jonathan são muito ligados.

Estava claro que Amanda queria falar mais sobre a conexão especial de Seymour com o primeiro-ministro. Em vez disso, serviu mais uma bebida para ele enquanto contava uma fofoca sobre a esposa de certo embaixador de um emirado árabe rico em petróleo. Seymour também contou sobre um relatório que tinha recebido de um homem com sotaque britânico que estava comprando mísseis antitanque portáteis no bazar de armas na Líbia. Depois disso, com o gelo sendo rompido, eles continuaram conversando do jeito que só dois espiões experientes poderiam. Compartilharam, revelaram, se aconselharam e em duas ocasiões chegaram a rir. Na verdade, por alguns minutos parecia que a rivalidade entre eles não existia. Eles conversaram sobre a situação no Iraque e na Síria, sobre a China, sobre a economia global e seu impacto na segurança e também sobre o presidente norte-americano, a quem culparam por muitos dos problemas do mundo. Em algum momento, conversaram sobre os russos. Naqueles dias, eles sempre conversavam.

— Os cyberguerreiros deles — disse Amanda — estão atacando nossas instituições financeiras com tudo que têm em suas pequenas caixinhas-surpresa. Também estão atrás de nossos sistemas governamentais e das redes de computadores das maiores empresas de defesa.

— Estão atrás de algo específico?

— Na verdade — ela respondeu —, eles não parecem estar procurando alguma coisa. Só estão tentando causar os maiores danos possíveis. Há uma imprudência como nunca tínhamos visto antes.

— Alguma mudança na postura deles aqui em Londres?

— D4 notou um aumento importante na atividade da Estação Londres. Não temos certeza do que isso significa, mas está claro que estão envolvidos em algo grande.

— Maior do que plantar uma russa ilegal na cama do primeiro-ministro?

Amanda levantou a sobrancelha e girou uma azeitona na borda do copo. O rosto da princesa apareceu na televisão. Sua família tinha anunciado a criação de um fundo para apoiar as causas de que ela gostava. Jonathan Lancaster tinha tido a permissão para fazer a primeira doação.

— Ouviu algo novo? — perguntou Amanda.

— Sobre a princesa?

Ela assentiu.

— Nada. Você?

Ela colocou sua bebida na mesa e olhou Seymour por um momento, em silêncio. Finalmente, perguntou:

— Por que não me contou que foi Eamon Quinn?

Amanda bateu com as unhas no braço da cadeira enquanto esperava uma resposta, o que nunca era um bom sinal. Seymour decidiu que não tinha escolha a não ser contar a verdade, ou pelo menos uma versão dela.

— Não contei — ele disse finalmente — porque não queria envolvê-la.

— Porque não confia em mim?

— Porque não quero que você seja contaminada de nenhuma forma.

— Por que eu seria contaminada? Afinal, Graham, *você* era o chefe do contraterrorismo na época da bomba de Omagh, não eu.

— E é por isso que você se tornou DG do Serviço de Segurança.

Ele fez uma pausa, depois acrescentou:

— E não eu.

Um silêncio pesado caiu entre eles. Seymour queria ir embora, mas não podia. A questão tinha de ter alguma resolução.

— Quinn estava agindo em nome do IRA Autêntico — perguntou Amanda finalmente — ou de alguém mais?

— Devemos ter uma resposta para isso em algumas horas.

— Assim que Liam Walsh contar?

Seymour não deu nenhuma resposta.

— É uma operação do MI6 autorizada?

— Por fora.

— Sua especialidade.— Disse Amanda, cáustica. — Acho que está trabalhando com os israelenses. Afinal, eles queriam tirar Quinn de circulação há muito tempo.

— E deveríamos ter aceitado a oferta.

— Quanto Jonathan sabe?

— Nada.

Ela xingou baixinho, algo que raramente fazia.

— Vou dar a você muita liberdade de ação nisso — ela falou, finalmente. — Não por você, entenda, mas pelo bem do Serviço de Segurança. Mas espero um aviso antecipado se sua operação entrar em solo britânico. E se algo explodir, vou garantir que seja o seu pescoço na guilhotina, não o meu. — Ela sorriu. — Para que tudo fique claro.

— Eu não teria esperado outra coisa.

— Muito bem, então. — Ela olhou para o relógio. — Infelizmente preciso ir, Graham. Próxima semana no seu escritório?

— Estarei esperando. — Seymour se levantou e esticou a mão. — Sempre um prazer, Amanda.

16

CLIFDEN, CONDADO DE GALWAY

ELES O LEVARAM PARA cima e, com os olhos ainda vendados pela fita adesiva, permitiram que tomasse um banho pela primeira vez. Então colocaram o casaco azul e branco e deram um pouco de comida e um chá com leite para beber. Ajudou um pouco sua aparência. Com o rosto inchado, a pele branca e o aspecto geral muito magro, ele parecia um cadáver que se levantou do caixão.

Quando a refeição foi terminada, Keller repetiu seu conselho. O irlandês seria tratado bem desde que respondesse corretamente as perguntas de Keller e em uma voz normal. Se ele mentisse, gritasse ou fizesse alguma tentativa estúpida de fugir, voltaria ao porão e as condições de seu confinamento seriam muito menos agradáveis do que antes. Gabriel não falou, mas Walsh, com os sentidos auditivos ampliados pela escuridão e pelo medo, estava claramente consciente de sua presença. Gabriel preferia dessa forma. Ele não queria deixar Walsh com a impressão equivocada de que estava sob o controle de um único homem, mesmo se esse homem fosse um dos mais mortais do mundo.

Keller não tinha treinamento formal nas técnicas de interrogatório, mas como todos os bons interrogadores, estabeleceu em Walsh o hábito de responder perguntas corretamente e sem hesitar ou se evadir. Eram perguntas simples no começo, perguntas com respostas que eram facilmente verificáveis. Data de nascimento. Local de nascimento. Nomes dos pais e irmãos. As escolas que tinha estudado. Seu recrutamento pelo Exército Republicano Irlandês. Walsh declarou que tinha nascido em Ballybay, condado de Monaghan, em 16 de outubro de 1972. O lugar de seu nascimento era significativo, pois era a três quilômetros da Irlanda do Norte, na tensa região da fronteira. Seu nascimento era significativo, também; era o mesmo de Michael Collins, o líder revolucionário irlandês. Ele frequentou escolas católicas até os 18 anos, quando entrou no IRA. Seu recrutador não fez nenhuma tentativa de glamourizar a vida que Walsh tinha escolhido. Ele teria um salário ridículo e viveria sempre perto do perigo. O mais provável é que passasse vários anos na prisão. As chances eram grandes de que ele morreria violentamente.

— E o nome do recrutador? — perguntou Keller em seu sotaque de Ulster.

— Não tenho a liberdade de dizer.

— Agora você tem.

— Era Seamus McNeil — disse Walsh depois de um momento de hesitação.

— Ele era...

— Membro da Brigada South Armagh — Keller cortou. — Foi morto em uma emboscada por soldados britânicos e enterrado com honras pelo IRA, que descanse em paz.

— Na verdade — disse Walsh —, ele morreu durante um tiroteio com a SAS.

— Só caubóis e gangsters fazem tiroteio — respondeu Keller. — Mas você estava a ponto de me contar sobre seu treinamento.

Foi o que Walsh fez. Ele foi mandado a um remoto campo na República para treinamento de armas leves e lições na manufatura e entrega de bombas. Disseram para parar de beber e evitar socializar com pessoas que não eram membros do IRA. Finalmente, seis meses depois de seu recrutamento, foi designado a uma unidade de serviço ativo de elite do IRA. Sua militância era junto com um mestre na confecção de bombas e planejador operacional chamado Eamon Quinn. Quinn era vários anos mais velho que Walsh e já era uma lenda. Nos anos oitenta, fora enviado a um campo no deserto da Líbia para treinamento. Mas, no final, disse Walsh, Quinn mais ensinou que aprendeu com os líbios. Na verdade, Eamon foi quem deu aos líbios o design para a bomba que derrubou o voo 103 da Pan Am em Lockerbie, na Escócia.

— Mentira — respondeu Keller.

— Se não quiser acreditar... — respondeu Walsh.

— Quem mais estava no campo com ele?

— Eram da OLP, principalmente, e alguns caras de uma das organizações que se separaram.

— Qual?

— Acredito que era a Frente Popular para a Libertação da Palestina.

— Você conhece os grupos terroristas da Palestina...

— Temos muito em comum com os palestinos.

— Por quê?

— Os dois estão ocupados por potências coloniais racistas.

Keller olhou para Gabriel, que estava olhando, impassível, para as mãos. Walsh, ainda vendado, parecia sentir a tensão na sala. Do lado de fora, o vento atacava as portas e janelas da casa, como se estivesse procurando um ponto de entrada.

— Onde estou? — perguntou Walsh.

— Inferno — respondeu Keller.

— O que tenho de fazer para sair?

— Continue falando.

— O que quer saber?

— Os detalhes da sua primeira operação.

— Foi em 1993.

— Que mês?

— Abril.

— Ulster ou Inglaterra?

— Inglaterra.

— Que cidade?

— A única cidade que importa.

— Londres?

— É.

— Bishopsgate? ·

Walsh assentiu. *Bishopsgate...*

O caminhão, um basculante Ford Iveco, roubado de Newcastle-under-Lyme, Staffordshire, em março. Eles o levaram a um armazém alugado e o pintaram de azul. Então, Quinn colocou a bomba, um aparato de combustível/nitrato de amônia de uma tonelada que ele montou em South Armagh e levou escondido até a Inglaterra. Na manhã de 24 de abril, Walsh dirigiu o caminhão até Londres e estacionou em frente ao 99 da Bishospgate, uma torre de escritórios ocupada exclusivamente pelo HSBC. A explosão destruiu mais de quinhentas toneladas de vidro, derrubou uma igreja e matou um fotojornalista. O governo britânico respondeu cercando o distrito financeiro de Londres em um cordão de segurança chamado de "anel de aço". Sem medo, o IRA voltou a Londres, em fevereiro de 1996, com outro caminhão-bomba criado e montado por Eamon Quinn. Dessa vez, o alvo era Canary Wharf, em Docklands. A explosão foi tão forte que destruiu janelas a oito quilômetros de distância. Os primeiros-ministros da Grã-Bretanha e da Irlanda rapidamente anunciaram a retomada das negociações de paz. Dezoito meses depois, em julho de 1997, o IRA aceitou o cessar-fogo.

— Foi um desastre do caralho — disse Walsh.

— E quando o IRA se dividiu mais tarde, naquele outono — disse Keller —, você foi com McKevitt e Bernadette Sands?

— Não. — respondeu Walsh. — Eu fui com Eamon Quinn.

Desde o princípio, Walsh continuou, o IRA Autêntico estava cheio de informantes do MI5 e da Crime e Segurança, uma divisão secreta da Garda Síochána que operava fora dos escritórios oficiais, no bairro de Phoenix Park, em Dublin. Mesmo assim, o grupo conseguiu realizar uma série de ataques de bomba, incluindo um devastador, em Banbridge em primeiro de agosto de 1998. A bomba pesava 225 quilos e estava escondida dentro de um Vauxhall Cavalier vermelho. Os avisos telefônicos codificados eram imprecisos — sem localização, sem tempo de detonação. Como resultado, 33 pessoas ficaram seriamente feridas, incluindo dois oficiais do Royal Ulster Constabulary. Pedaços do Vauxhall foram encontrados a mais de quinhentos metros de distância. Foi, disse Walsh, uma prévia das próximas atrações.

— Omagh — falou Keller, em voz baixa.

Walsh não falou nada.

— Você foi parte da equipe operacional?

Walsh assentiu.

— Que carro? — perguntou Keller. — Bomba, escolta ou fuga.

— Bomba.

— Motorista ou passageiro?

— Deveria ser o motorista, mas houve uma mudança no último minuto.

— Quem dirigiu?

Walsh hesitou, depois falou:

— Quinn.

— Por que a mudança?

— Ele falou que estava mais nervoso do que o costume antes de uma operação. Disse que dirigir ia ajudar a acalmar.

— Mas essa não era a verdadeira razão, era, Liam? Quinn queria ele mesmo resolver os problemas. Quinn queria colocar um prego no caixão do processo de paz.

— Uma bala na cabeça era como ele descrevia.

— Ele deveria deixar a bomba no tribunal?

— Esse era o plano.

— Ele procurou um lugar para estacionar?

— Não — disse Walsh, balançando a cabeça. — Foi direto para a Lower Market Street e estacionou em frente à S.D. Kells.

— Por que você não fez nada?

— Tentei convencê-lo, mas ele não me ouviu.

— Deveria ter tentado mais, Liam.

— Você obviamente não conhece Eamon Quinn.

— Onde estava o carro de fuga?

— No estacionamento do supermercado.

— E quando você entrou?

— A chamada foi para o outro lado da fronteira.

— Os tijolos estão na parede.

Walsh assentiu.

— Por que você não contou a ninguém que a bomba estava no lugar errado?

— Se eu tivesse aberto minha boca, Quinn teria me matado. Além disso — acrescentou Walsh —, já era muito tarde.

— E quando a bomba explodiu?

— A cidade virou uma merda.

A morte e a devastação causaram revolta nos dois lados da fronteira e no mundo todo. O IRA Autêntico divulgou um pedido de desculpas e anunciou um cessar-fogo, mas era tarde demais; o movimento tinha sofrido danos irreparáveis. Walsh se estabeleceu em Dublin para cuidar dos interesses do IRA Autêntico no crescente comércio de drogas. Quinn se escondeu.

— Onde?

— Espanha.

— O que ele fez?

— Ele viveu na praia até que o dinheiro acabou.

— E depois?

— Ele ligou para um velho amigo e disse que queria voltar ao jogo.

— Quem era o amigo?

Walsh hesitou, depois falou:

— Muamar Kadafi.

CLIFDEN, CONDADO DE GALWAY

NÃO FOI REALMENTE KADAFI, Walsh acrescentou rapidamente. Foi alguém de confiança da inteligência líbia que Quinn tinha conhecido quando estava no campo de treinamento de terrorismo no deserto. Quinn pediu ajuda e o homem da inteligência líbia, depois de consultar o dirigente, concordou em permitir que Quinn fosse para o país. Ele vivia em uma casa protegida em um bairro chique de Trípoli, e fazia alguns trabalhos para os serviços de segurança da Líbia. Também era um visitante frequente do bunker subterrâneo de Kadafi, onde ia entreter o líder com histórias da luta contra os britânicos. Com o tempo, Kadafi dividiu Quinn com alguns de seus aliados regionais menos sofisticados. Ele desenvolveu contatos com cada vilão do continente: ditadores, senhores da guerra, mercenários, traficantes de diamantes, militantes islâmicos de todos os tipos. Também fez amizade com um negociante de armas que estava enviando armamentos e munição para toda a guerra civil e insurgência na África subsaariana. O traficante de armas concordou em mandar um pequeno container de AK-47 e explosivos plásticos para o IRA Autêntico. Walsh entregou a encomenda em Dublin.

— Lembra-se do nome do homem da inteligência líbia? — perguntou Keller.

— Ele se chamava Abu Muhammad.

Keller olhou para Gabriel, que assentiu lentamente.

— E o traficante de armas russo? — perguntou Keller.

— Era Ivan Kharkov, o que foi morto em Saint-Tropez alguns anos atrás.

— Tem certeza, Liam? Tem certeza de que era Ivan?

— Quem mais poderia ser? Ivan controlava o comércio de armas na África e ele matava qualquer um que tentasse fazer negócios lá.

— E a casa em Trípoli? Sabe onde era?

— Era em um bairro que chamavam de Al-Andalus.

O ESPIÃO INGLÊS

— A rua?

— Via Canova. Número 27 — acrescentou Walsh. — Mas não perca seu tempo. Quinn deixou a Líbia há vários anos.

— O que aconteceu?

— Kadafi decidiu limpar sua barra. Desistiu dos programas de armas e disse aos norte-americanos e europeus que queria normalizar as relações. Tony Blair apertou a mão dele em uma tenda nos arredores de Trípoli. A BP ganhou o direito de explorar o solo líbio. Lembra?

— Eu lembro, Liam.

Aparentemente, falou Walsh, o MI6 sabia que Quinn estava vivendo secretamente em Trípoli. O chefe do MI6 exigiu que Kadafi expulsasse Quinn e ele concordou. Pediu a alguns de seus amigos na África, mas ninguém o aceitou. Então ligou para um de seus melhores amigos no mundo e a mudança foi organizada. Uma semana depois, Kadafi deu a Quinn uma cópia autografada de seu *Livro verde* e o colocou em um avião.

— E o amigo que concordou em receber Quinn?

— Três palpites — disse Walsh. — Os dois primeiros não contam.

O amigo era Hugo Chávez, presidente da Venezuela, aliada da Rússia, de Cuba e dos mulás de Teerã, um problema para os Estados Unidos. Chávez se via como líder do movimento revolucionário do mundo, e operava um campo de treinamento não tão secreto para terroristas e rebeldes esquerdistas na Ilha Margarita. Quinn logo se tornou uma atração. Trabalhava com todo mundo, do Sendero Luminoso ao Hamas e Hezbollah, compartilhando os truques mortais que tinha descoberto durante sua longa carreira de conflitos com os britânicos. Chávez, como Kadafi antes dele, tratou-o bem. Deu a ele uma casa perto do mar e um passaporte diplomático para viajar pelo mundo. Até deu a ele um novo rosto.

— Quem fez o trabalho?

— O médico de Kadafi.

— O brasileiro?

Walsh assentiu.

— Ele foi a Caracas e realizou a cirurgia em um hospital ali. Fez uma total reconstrução em Quinn. As velhas fotos são inúteis agora. Eu quase não consegui reconhecê-lo.

— Você o viu quando estava na Venezuela?

— Duas vezes.

— Foi até o campo?

— Nunca.

— Por que não?

— Não tinha autorização. Eu o vi no continente.

— Continue falando, Liam.

Um ano depois que Quinn chegou à Venezuela, um alto oficial do VEVAK, o serviço de inteligência iraniano, fez uma visita à ilha. Não estava ali para ver seus aliados do Hezbollah; estava para ver Quinn. O homem do VEVAK ficou na ilha por uma semana. E, quando voltou a Teerã, Quinn foi com ele.

— Por quê?

— Os iranianos queriam que Quinn construísse uma arma.

— Que tipo de arma?

— Uma arma que o Hezbollah poderia usar contra os tanques israelenses e veículos blindados no sul do Líbano.

Keller olhou para Gabriel, que parecia estar contemplando uma rachadura no teto. Walsh, sem saber a verdadeira identidade de sua pequena audiência, ainda estava falando.

— Os iranianos colocaram Quinn em uma fábrica de armas em um subúrbio de Teerã chamado Lavizan. Ele construiu uma versão de uma arma antitanque na qual estava trabalhando há anos. Criava uma bola de fogo que viajava a trezentos metros por segundo e envolvia o veículo avançando em chamas. O Hezbollah usou contra os israelenses no verão de 2006. Os tanques israelenses queimavam totalmente. Era como o Holocausto.

Keller novamente olhou de lado para Gabriel, que agora estava olhando diretamente para Liam Walsh.

— E quando ele terminou de criar a arma antitanque? — perguntou Keller.

— Ele foi ao Líbano para trabalhar diretamente com o Hezbollah.

— Que tipo de trabalho?

— Bombas em estradas, principalmente.

— E depois?

— Os iranianos o mandaram ao Iêmen para trabalhar com a Al-Qaeda, na península Arábica.

— Não sabia que havia ligações entre os iranianos e a Al-Qaeda.

— Quem contou isso?

— Onde ele está agora?

— Não tenho ideia.

— Você está mentindo, Liam.

— Não estou. Juro que não sei onde ele está ou para quem está trabalhando.

— Quando foi a última vez que você o viu?

— Há seis meses.

— Onde?

— Espanha.

— Espanha é um país grande, Liam.

— Foi no sul, em Sotogrande.

— Um playground irlandês.

— É como Dublin com sol.

— Onde se encontrou com ele?

— Em um pequeno hotel perto da marina. Muito tranquilo.

— O que ele queria?

— Queria me entregar um pacote.

— Que tipo de pacote?

— Dinheiro.

— Para quem era o dinheiro?

— A filha dele.

— Nunca soube que era casado.

— A maioria das pessoas não sabe.

— Onde está a filha?

— Em Belfast com a mãe.

— Continue falando, Liam.

Os serviços combinados de inteligência britânica tinham juntado uma montanha de material sobre a vida e os tempos de Eamon Quinn, mas em nenhum lugar desses volumosos arquivos havia qualquer menção a uma esposa ou uma filha. Não era acidente, disse Walsh. Quinn, o planejador operacional, tinha trabalhado muito para manter sua família em segredo. Walsh afirmava ter participado da cerimônia na qual os dois se casaram e depois ajudou a gerenciar as questões financeiras da família durante os anos em que Quinn estava vivendo no exterior como uma superestrela do terrorismo internacional. O pacote que Quinn deu a Walsh no hotel espanhol de Sotogrande continha cem mil libras em notas usadas. Foi o maior pagamento que Quinn já tinha confiado a seu velho amigo.

— Por que tanto dinheiro? — perguntou Keller.

— Ele disse que seria o último pagamento por um tempo.

— Falou o motivo?

— Não.

— E você não perguntou?

— Eu sei qual é o meu lugar!

— E você entregou o pagamento total?

— Cada libra.

— Não cobrou uma taxa pelo serviço? Afinal, Quinn nunca ficaria sabendo.

— Você obviamente não conhece Eamon Quinn.

Keller perguntou se Quinn já tinha vindo a Belfast para ver sua família.

— Nunca.

DANIEL SILVA

— E elas nunca viajaram para fora do país para vê-lo?

— Ele tinha medo de que os britânicos seguissem as duas. Além disso — acrescentou Walsh —, elas não o teriam reconhecido. Quinn tinha um novo rosto. Quinn era outra pessoa.

Isso os levou de volta ao assunto da aparência cirurgicamente alterada de Quinn. Gabriel e Keller tinham posse das imagens que os franceses haviam capturado em São Bartolomeu — umas poucas imagens do vídeo do aeroporto, umas poucas fotos capturadas de câmeras de segurança de lojas —, mas em nenhuma o rosto de Quinn estava claramente visível. Parecia um esfregão com cabelo escuro e barba, um homem para olhar uma vez e rapidamente esquecer. Liam Walsh tinha o poder de completar o retrato de Quinn, pois havia se sentado em frente a ele seis meses antes, em um quarto de hotel espanhol.

Gabriel tinha realizado esboços em circunstâncias desafiadoras, mas nunca com uma testemunha que estava vendada. Na verdade, ele tinha quase certeza de que não era possível. Keller explicou como o processo funcionaria. Havia outro homem presente, ele falou, um homem que era tão bom com esboços e lápis quanto ele era com os punhos e uma arma. Esse homem não era nem irlandês nem de Ulster. Walsh deveria descrever a aparência de Quinn para ele. Poderia olhar o esboço do homem, mas sob nenhuma circunstância poderia olhar para o rosto dele.

— E se eu olhar sem querer?

— Não olhe.

Keller retirou a fita adesiva dos olhos de Walsh. O irlandês piscou várias vezes. Então olhou diretamente para a figura sentada do lado oposto da mesa com papel e uma caixa de lápis coloridos.

— Você acabou de violar as regras — disse Gabriel, calmo.

— Quer saber como ele se parece ou não?

Gabriel pegou um lápis.

— Vamos começar com os olhos.

— São verdes — respondeu Walsh. — Como os seus.

Trabalharam sem parar pelas próximas duas horas. Walsh descreveu, Gabriel desenhou, Walsh corrigiu, Gabriel revisou. Finalmente, à meia-noite, o retrato estava completo. O cirurgião plástico brasileiro tinha feito um bom trabalho. Tinha dado a Quinn um rosto sem nenhuma característica memorável. Mesmo assim, era um rosto que Gabriel reconheceria se passasse por ele na rua.

Se Walsh estava curioso sobre a identidade do homem de olhos verdes atrás do papel, não mostrou. Nem resistiu quando Keller cobriu seus olhos com uma venda de fita adesiva ou quando Gabriel injetou sedativo suficiente para mantê-lo quieto por umas horas. Eles o colocaram inconsciente na sacola de lona e limparam cada item e superfície que algum deles tinha tocado na casa. Então, o enfiaram no porta-malas do Škoda e sentaram nos bancos da frente. Keller dirigiu. Era sua área.

As estradas estavam vazias, a chuva era esporádica, uma queda torrencial em um minuto, uma névoa com vento no seguinte. Keller fumava um cigarro atrás do outro e ouvia as notícias no rádio. Gabriel olhava pela janela para as colinas escuras e a vegetação balançando com o vento. Em seus pensamentos, no entanto, só estava Eamon Quinn. Desde que fugiu da Irlanda, Quinn tinha trabalhado com alguns dos homens mais perigosos do mundo. Era possível que estivesse agindo por consciência ou por crença política, mas Gabriel duvidava. *Claramente*, ele pensou, *Quinn deixou tudo isso para trás*. Ele tinha seguido o mesmo caminho que Carlos e Abu Nidal antes dele. Era um terrorista de aluguel, matando às ordens de seus poderosos patrões. Mas quem pagara Quinn? Quem o havia contratado para matar uma princesa? Gabriel tinha uma longa lista de potenciais suspeitos. Por enquanto, porém, encontrar Quinn teria prioridade. Liam Walsh tinha dado muitos lugares para procurar, nenhum mais promissor que uma casa em Belfast ocidental. Uma parte de Gabriel queria procurar em outro lugar, pois ele via esposas e filhos como fora do limite. Quinn, no entanto, não tinha deixado outra opção.

No lado oriental de Killary Harbor, Keller entrou em um caminho de terra e seguiu até um bosque denso. Parou em uma pequena clareira, apagou as luzes, desligou o motor e abriu o porta-malas. Gabriel ia abrir a porta, mas Keller o impediu.

— Fique aqui — foi tudo que disse antes de abrir sua porta e descer na chuva.

Nesse momento, Walsh tinha recuperado a consciência. Gabriel ouviu quando Keller explicava o que ia acontecer. Como Walsh tinha cooperado, ele seria liberado sem problemas. Sob nenhuma circunstância deveria discutir seu interrogatório com seus sócios. Nem deveria fazer qualquer tentativa de passar uma mensagem de aviso a Quinn. Se fizesse isso, disse Keller, ele era um homem morto.

— Entendido, Liam?

Gabriel ouviu Walsh murmurando algo afirmativo. Então, sentiu a parte de trás do Škoda levantar um pouco quando Keller ajudava o irlandês a se levantar. O porta-malas fechou; Walsh caminhou vendado até o bosque, Keller o guiava por um ombro. Por um momento havia somente o vento e a chuva. Então, deu para ver duas explosões de luz no fundo do bosque.

Keller logo reapareceu. Ele se sentou atrás do volante, ligou o carro e voltou para a estrada. Gabriel olhava pela janela quando notícias de um mundo complicado eram dadas pelo rádio. Dessa vez, ele não perguntou como Keller se sentia. Era pessoal. Ele fechou os olhos e dormiu. Quando acordou era de dia e estavam cruzando a fronteira com a Irlanda do Norte.

18

OMAGH, IRLANDA DO NORTE

A PRIMEIRA CIDADE DO OUTRO lado da fronteira era Aughnacloy. Keller parou para encher o tanque em uma linda igreja e depois seguiu a A5 para o norte até Omagh, assim como Quinn e Liam Walsh tinham feito na tarde de 15 de agosto de 1998. Eram poucos minutos depois das nove quando eles chegaram aos subúrbios ao sul da cidade; a chuva tinha parado e um sol forte brilhava entre as nuvens. Eles deixaram o carro perto do tribunal e caminharam até um café na Lower Market Street. Keller pediu um café da manhã irlandês tradicional, mas Gabriel só pediu chá e pão. Ele viu seu reflexo na janela e ficou estarrecido por sua aparência. Keller, ele decidiu, parecia pior. Seus olhos estavam vermelhos e o rosto estava precisando muito de um barbeador. Em nenhum lugar de sua expressão, no entanto, havia qualquer sugestão de que tinha recentemente matado um homem em um bosque no condado de Mayo.

— Por que estamos aqui? — perguntou Gabriel enquanto olhava os primeiros pedestres da manhã, principalmente comerciantes, andando pelas calçadas.

— É um bom lugar.

— Já esteve aqui antes?

— Em várias ocasiões, para dizer a verdade.

— O que o trouxe a essa cidade?

— Eu costumava encontrar uma fonte aqui.

— IRA?

— Mais ou menos.

— Onde está a fonte agora?

— Cemitério de Greenhill.

— O que aconteceu?

Keller colocou a mão em forma de arma na testa.

— IRA? — perguntou Gabriel.

Keller deu de ombros.

— Mais ou menos.

A comida chegou. Keller devorou como se não tivesse comido durante vários dias, mas Gabriel pegou, sem apetite, seu pão. Do lado de fora, as nuvens estavam brincando com a luz. Era manhã, e logo em seguida, noite. Gabriel imaginou a rua cheia de vidro quebrado e partes de corpos humanos. Olhou para Keller e novamente perguntou por que eles tinham ido a Omagh.

— Caso você tenha se arrependido.

— Do quê?

Keller olhou para o que sobrava do seu café e falou:

— Liam Walsh.

Gabriel não falou nada. Do outro lado da rua, uma mulher com queimaduras em um braço e no rosto estava tentando abrir a porta de uma loja de roupas. Gabriel supôs que era uma das feridas. Foram mais de duzentos aquele dia: homens, mulheres, adolescentes, crianças. Os políticos e a imprensa sempre pareciam se concentrar nos mortos depois de uma bomba, mas os vivos eram logo esquecidos — aqueles com a pele queimada, os que tinham lembranças tão terríveis que nem toda a terapia ou medicação do mundo poderiam colocar suas mentes em paz. Essas eram as conquistas de um homem como Eamon Quinn, um homem que poderia fazer uma bola de fogo viajar a trezentos metros por segundo.

— Então? — perguntou Keller.

— Não — falou Gabriel. — Não estou arrependido.

Um Vauxhall vermelho parou no meio-fio em frente ao café e dois homens desceram. Gabriel sentiu o sangue subir até o rosto enquanto via os homens caminharem pela rua. Então, olhou para o carro como se estivesse esperando que o relógio no porta-luvas chegasse a zero.

— O que você teria feito? — ele perguntou de repente.

— Sobre o quê?

— Se soubesse onde estava a bomba naquele dia.

— Eu teria tentado avisá-los.

— E se a bomba estivesse a ponto de explodir? Teria arriscado sua vida?

A garçonete colocou a conta na mesa antes que Keller pudesse responder. Gabriel pagou a conta em dinheiro, enfiou o recibo no bolso e seguiu Keller até a rua. O tribunal estava à direita. Keller virou à esquerda e deixou Gabriel passar por lojas e vitrines coloridas, até uma torre de vidro azul-esverdeado na calçada, como uma lápide. Era o memorial para as vítimas da bomba de Omagh, colocado no ponto em que o carro tinha explodido. Gabriel e Keller ficaram ali por um momento, nenhum deles falava, enquanto os pedestres passavam. A maioria evitava os olhos deles. Do outro lado da rua, uma mulher com cabelo claro e óculos escuros levantou um smartphone, como se fosse tirar uma fotografia. Keller rapidamente se virou de costas. Assim como Gabriel.

— O que você teria feito, Christopher?

— Sobre a bomba?

Gabriel assentiu.

— Eu teria feito tudo que poderia para afastar as pessoas.

— Mesmo se você morresse?

— Mesmo se eu morresse.

— Como pode ter tanta certeza?

— Porque eu não poderia viver com essa culpa.

Gabriel ficou em silêncio por um momento. Então, falou baixinho:

— Você vai ser um excelente agente do MI6, Christopher.

— Agentes do MI6 não matam terroristas e deixam seus corpos no meio do campo.

— Não — falou Gabriel. — Só os bons.

Olhou sobre o ombro. A mulher com o smartphone tinha ido embora.

Vinte e cinco anos tinham se passado desde que Christopher Keller tinha pisado em Belfast, e o centro da cidade tinha mudado muito em sua ausência. Na verdade, se não fosse por alguns pontos de referência como o Opera House e o hotel Europa, ele quase não a reconheceria. Não havia soldados britânicos patrulhando as ruas, nenhum posto de vigilância do exército no alto dos edifícios e nenhum medo no rosto dos pedestres caminhando pela Great Victoria. A geografia da cidade continuava dividida em linhas sectárias e ainda havia murais paramilitares em alguns dos bairros mais barra-pesada. Mas, na maior parte, as provas da longa e sangrenta guerra tinham sido apagadas. Belfast se promovia como uma meca do turismo. E por alguma razão, pensou Keller, os turistas realmente vinham.

Uma das principais atrações da cidade era uma cena musical celta muito vibrante que tinha reaparecido com o fim da guerra. A maioria dos bares e pubs que tinham música ao vivo estava localizada nas ruas ao redor da catedral de St. Anne. O Tommy O'Boyle's ficava na Union, no térreo de uma velha fábrica vitoriana de tijolos vermelhos. Ainda não era meio-dia e a porta estava trancada. Keller apertou o botão do intercomunicador e rapidamente virou de costas para a câmera de segurança. Com o silêncio como resposta, ele apertou o botão uma segunda vez.

— Estamos fechados — disse uma voz.

— Eu sei ler — respondeu Keller em seu sotaque de Belfast.

— O que você quer?

— Falar com Billy Conway.

Alguns segundos de silêncio.

— Ele está ocupado.

— Tenho certeza de que terá tempo para mim.

— Qual é o seu nome?

— Michael Connelly.

— Não significa nada para mim.

— Diga a ele que eu trabalhava na lavanderia Sparkle Clean, na Road, no passado.

— O lugar fechou há anos.

— Estamos pensando em voltar a abrir.

Houve outro silêncio. Aí, a voz falou:

— Seja bonzinho e me deixa dar uma olhada na sua cara.

Keller hesitou antes de olhar para as lentes da câmera de segurança. Dez segundos depois a porta se abriu.

— Entre — disse a voz.

— Eu prefiro aqui fora.

— Como você quiser.

Havia uma pilha de jornais caída na calçada escura carregada por um vento frio que vinha do rio Lagan. Keller levantou a gola do casaco. Pensou no terraço ensolarado de sua casa na Córsega. Parecia algo de outro mundo para ele agora, um lugar que tinha visitado uma vez em sua infância. Ele não podia mais lembrar o aroma das colinas ou uma imagem clara do rosto do Dom. Era Christopher Keller de novo. Estava de volta ao jogo.

Ouviu um barulho e, virando-se, viu a porta do Tommy O'Boyle's abrindo lentamente. Parado na abertura estreita havia um homem pequeno e magro com quase sessenta anos, uma barba grisalha no rosto e um pouco mais de cabelo na cabeça. Olhava como se tivesse visto um fantasma. De certa forma, era verdade.

— Oi, Billy — disse Keller, amável. — É bom vê-lo de novo.

— Achei que estivesse morto.

— Estou morto. — Keller colocou uma mão no ombro do homem. — Vamos dar uma volta, Billy. Precisamos conversar.

19

GREAT VICTORIA STREET, BELFAST

ELES TINHAM IDO A um lugar onde ninguém iria reconhecê-los. Billy Conway sugeriu uma loja de donuts na Great Victoria; nenhum homem do IRA, ele falou, iria entrar ali. Ele pediu dois cafés grandes e se sentou em uma mesa vazia na parte de trás, perto da saída de incêndio. Era a doença de Belfast. Não se sente muito perto das janelas de vidro caso uma bomba exploda na rua. Sempre tenha uma rota de fuga se o tipo errado de pessoa entrar pela porta da frente. Keller se sentou de costas para o salão. Conway olhou para os outros enquanto dava um gole.

— Você deveria ter ligado antes — ele falou. — Quase tive um ataque do coração.

— Teria concordado em me ver?

— Não — falou Billy Conway. — Acho que não.

Keller sorriu.

— Você sempre foi honesto, Billy.

— Honesto demais. Ajudei você a colocar muitos homens no Labirinto. — Conway parou, depois acrescentou — Embaixo da terra, também.

— Isso foi há muito tempo.

— Não tanto — Conway olhou pelo interior da loja. — Eles me deram uma surra depois que você foi embora. Disseram que você entregou a eles meu nome naquela fazenda lá em Armagh.

— Não falei nada.

— Eu sei — disse Conway. — Não estaria vivo se você tivesse me entregado, estaria?

— Nenhuma chance, Billy.

Os olhos de Conway estavam se movendo de novo. Ele tinha ajudado a salvar incontáveis vidas e evitado milhões em danos nas propriedades. E sua recompensa, pensou Keller, era passar o resto da vida esperando por uma bala do IRA. A organização era como um elefante. Nunca esquecia. E certamente nunca perdoaria um informante.

— Como andam os negócios? — perguntou Keller.

— Tudo bem. Você?

Keller moveu os ombros, evasivo.

— Em que negócios você está metido hoje em dia, Michael Connelly?

— Não é importante.

— Presumo que não era seu nome verdadeiro.

Keller fez uma careta para dizer que não era.

— Como aprendeu a falar assim?

— Assim como?

— Como um de nós — disse Conway.

— Acho que é um dom.

— Você tem outros dons também — disse Conway. — Eram quatro contra um na fazenda e mesmo assim não foi uma luta justa.

— Na verdade — disse Keller —, eram cinco contra um.

— Quem era o quinto?

— Quinn.

Um silêncio caiu entre eles.

— Você é corajoso de voltar após todos esses anos — disse Conway depois de um momento. — Se descobrirem que você está na cidade, é um homem morto. Com ou sem acordo de paz.

A porta da loja se abriu e vários turistas — dinamarqueses ou suecos, Keller não conseguiu decidir — entraram. Conway franziu a testa e bebeu seu café.

— O guia turístico os traz para os bairros e mostra onde aconteceram as piores atrocidades. E depois leva ao Tommy O'Boyle's para ouvir música.

— É bom para os negócios.

— Acho que sim — ele olhou para Keller. — É por isso que você voltou? Para fazer um passeio pela área dos conflitos?

Keller olhou a fila de turistas na rua. Então, olhou para Conway e perguntou:

— Quem foi que interrogou você depois que saí de Belfast?

— Foi o Quinn.

— Onde ele fez isso?

— Não tenho certeza. Realmente não me lembro muito, exceto da faca. Ele me disse que ia arrancar meus olhos se eu não admitisse que era um espião dos britânicos.

— O que contou a ele?

— Obviamente, eu neguei. E posso ter implorado pela minha vida também. Ele pareceu gostar disso. Sempre foi um maldito cruel.

Keller assentiu lentamente, como se Conway tivesse falado palavras de grande inspiração.

— Ouviu falar do Liam Walsh? — Conway perguntou.

— É difícil não ter ouvido.

— Quem você acha que está por trás disso?

— A Garda diz que foram drogas.

— A Garda — falou Conway — é uma merda completa.

— O que você sabe?

— Sei que alguém entrou na casa do Walsh em Dublin e matou três caras bem duros sem suar.

Conway parou, depois perguntou:

— Parece familiar?

Keller não falou nada.

— Por que você voltou aqui?

— Quinn.

— Não vai encontrá-lo em Belfast.

— Sabia que ele tem esposa e filha aqui?

— Ouvi rumores sobre isso, mas nunca descobri um nome.

— Maggie Donahue.

Conway levantou os olhos, pensativo, para o teto.

— Faz sentido.

— Conhece?

— Todo mundo conhece a Maggie.

— Trabalho?

— Do outro lado da rua, no hotel Europa. Na verdade — Conway acrescentou olhando o relógio —, ela deve estar lá agora.

— E a menina?

— Estuda na Our Lady of Mercy. Deve ter 16 agora.

— Sabe onde elas moram?

— No começo da Crumlin Road, em Ardoyne.

— Preciso do endereço, Billy.

— Sem problema.

20

ARDOYNE, BELFAST OCIDENTAL

BILLY CONWAY DEMOROU MENOS de trinta minutos para descobrir que Maggie Donahue vivia no número oito em Stratford Gardens com sua única filha, que se chamava Catherine, o mesmo nome da mãe de Quinn. Os vizinhos não sabiam a fonte do nome da menina, apesar de que a maioria suspeitava de que o marido ausente de Maggie, estivesse morto ou vivo, era algum homem do IRA, possivelmente um dissidente que tinha rejeitado o acordo da Sexta-Feira Santa. Esses sentimentos eram profundos em Ardoyne. Durante a pior parte dos conflitos, o Royal Ulster Constabulary via o bairro como uma área proibida, muito perigosa para patrulhar ou mesmo entrar. Mais de uma década depois dos acordos de paz, ainda era cenário de lutas entre católicos e protestantes.

Para complementar os pagamentos de dinheiro que ela recebia de seu marido, Maggie trabalhava como garçonete no bar do hotel Europa, o mais bombardeado do mundo. Naquela tarde ela teve o azar de atender as necessidades particulares de um hóspede chamado Herr Johannes Klemp. Seu registro no hotel tinha um endereço de Munique, mas seu trabalho — aparentemente tinha algo a ver com design de interior — exigia que ele passasse um bom tempo longe de casa. Como muitos viajantes frequentes, ele era um pouco difícil de agradar. Seu almoço, parecia, estava uma catástrofe. A salada estava muito crua, o sanduíche estava muito frio, o leite do café estava horrível. Pior ainda, ele tinha gostado da pobre criatura cujo emprego era deixá-lo feliz. Ela não gostou das tentativas dele. Poucas mulheres gostavam.

— Longo dia? — ele perguntou quando ela enchia sua xícara de café.

— Só começando.

Ela sorriu cansada. Tinha o cabelo muito escuro, a pele branca e grandes olhos azuis em cima de bochechas amplas. Tinha sido muito bonita, mas seu rosto tinha sofrido muito. Ele achava que Belfast a deixara mais velha. Ou talvez, pensou, tinha sido Quinn que havia arruinado sua beleza.

— Você é daqui? — ele perguntou.

— Todo mundo é daqui.

— Leste ou oeste?

— Você faz muitas perguntas.

— Estou apenas curioso.

— Com o quê?

— Belfast — ele respondeu.

— É por isso que veio aqui? Porque está curioso?

— Trabalho, infelizmente. Mas tenho o resto do dia para mim mesmo, então pensei em ver um pouco da cidade.

— Por que não contrata um guia turístico? Eles conhecem muito.

— Prefiro cortar os pulsos.

— Sei como se sente. — Sua ironia pareceu acertá-lo como uma pedra jogada de um trem bala. — Tem algo mais que eu poderia fazer por você?

— Pode tirar o resto do dia livre e me mostrar a cidade.

— Não posso — foi tudo que ela disse.

— Que horas você deixa o trabalho?

— Oito.

— Vou passar para beber algo e conto como foi meu dia.

Ela sorriu triste e disse:

— Vou estar aqui.

Ele pagou a conta em dinheiro e foi para a Great Victoria, onde Keller esperava atrás do volante do Škoda. No banco de trás, envolto em celofane, havia um buquê de flores. O pequeno envelope estava endereçado a *MAGGIE DONAHUE*.

— A que horas ela deixa o trabalho? — perguntou Keller.

— Ela falou oito horas, mas poderia estar tentando me evitar.

— Falei para você ser bonzinho.

— Não está no meu DNA ser bonzinho com a esposa de um terrorista.

— É possível que ela não saiba.

— Onde seu marido consegue cem mil libras em notas usadas?

Keller não tinha resposta.

— E a garota? — perguntou Gabriel.

— Está na escola até as três.

— E depois?

— Um jogo de hóquei contra Belfast Model School.

— Protestante?

— A maioria.

— Deve ser interessante.

Keller ficou em silêncio.

— Então, o que vamos fazer?

— Entregamos umas flores em Stratford Gardens.

— E depois?

— Damos uma olhada dentro.

Mas, primeiro, eles decidiram dar uma passeada pelo passado violento de Keller. Estava a velha Divis Tower, onde ele tinha morado entre os integrantes do IRA como Michael Connelly, e a lavanderia abandonada de Falls Road, onde o mesmo Michael Connelly tinha testado roupas dos membros do IRA em busca de provas de explosivos. Mais embaixo, na Road, havia o portão de ferro do cemitério de Milltown, onde Elizabeth Conlin, a mulher que Keller tinha amado em segredo, estava enterrada em uma tumba que Eamon Quinn tinha cavado para ela.

— Você nunca foi? — perguntou Gabriel.

— É muito perigoso — disse Keller, balançando a cabeça. — O IRA vigia os túmulos.

De Milltown eles passaram pelos conjuntos habitacionais em Ballymurphy até Springfield Road. Pelo lado norte havia uma barricada separando um enclave protestante de um distrito católico vizinho. A primeira das chamadas linhas de paz apareceu em Belfast, em 1969, como uma solução temporária para o sectarismo sangrento da cidade. Agora era uma característica permanente de sua geografia — na verdade, o número, a extensão e a escala tinham crescido desde a assinatura dos acordos da Sexta-Feira Santa. Na Springfield Road a barricada era uma cerca verde transparente de uns dez metros de altura. Mas em Cupar Way, uma parte especialmente tensa de Ardoyne, era uma estrutura parecida com o Muro de Berlim, com arame farpado no alto. Os moradores dos dois lados tinham pintado murais. Era possível comparar com o muro de separação entre Israel e a Cisjordânia.

— Isso parece paz para você? — perguntou Keller.

— Não — respondeu Gabriel. — Parece minha casa.

Finalmente, à uma e meia, Keller entrou em Stratford Gardens. O número oito, como seus vizinhos, era uma casa de dois andares de tijolos vermelhos com uma porta branca e uma única janela em cada andar. A grama crescia no jardim; havia um cesto de lixo verde derrubado pelo vento. Keller parou no meio-fio e desligou o carro.

— A gente se pergunta — disse Gabriel — por que Quinn decidiu viver em uma casa luxuosa na Venezuela em vez de morar aqui?

— Deu uma olhada na porta?

— Uma única fechadura, sem ferrolho.

— Quanto tempo demora para abrir?

— Trinta segundos — falou Gabriel. — Menos que isso se deixar essas estúpidas flores.

— Você precisa levar as flores.

— Prefiro levar a arma.

— Vou ficar com a arma.

— O que acontece se encontro um par de amigos do Quinn lá dentro?

— Finja ser um católico de Belfast ocidental.

— Não acho que vão acreditar em mim.

— É melhor — falou Keller. — Ou você é um homem morto.

— Algum outro conselho útil?

— Cinco minutos e nem um a mais.

Gabriel abriu a porta e desceu do carro. Keller xingou baixinho. As flores ainda estavam no banco de trás.

ARDOYNE, BELFAST OCIDENTAL

AVIA UMA PEQUENA BANDEIRA tricolor irlandesa pendurada imóvel no batente da porta. Como o sonho de uma Irlanda unida, estava apagada e esfarrapada. Gabriel tentou a fechadura e, como era esperado, estava trancada. Então pegou uma fina ferramenta de metal do bolso e, usando a técnica aprendida na juventude, trabalhou cuidadosamente no mecanismo. Alguns segundos foram suficientes para a trava se entregar. Quando ele tentou a fechadura pela segunda vez, ela permitiu a passagem. Ele deu um passo e fechou a porta silenciosamente. Não tocou nenhum alarme, nenhum cachorro latiu.

A correspondência estava espalhada pelo chão. Ele juntou os vários envelopes, folhetos, revistas e propaganda, dando uma olhada rápida neles. Todos estavam em nome de Maggie Donahue, exceto uma revista de moda para adolescentes, que estava em nome de sua filha. Parecia não haver nenhuma correspondência particular de nenhum tipo, só o lixo comercial comum que entope os serviços de correios no mundo todo. Gabriel enfiou no bolso uma conta de cartão de crédito e devolveu o resto ao chão. Depois, entrou na sala de estar.

Era uma sala pequena, uns poucos metros quadrados, com espaço suficiente para o sofá, a televisão e um par de poltronas combinando. Na mesa de café havia uma pilha de revistas velhas e jornais de Belfast, junto com mais correspondência, aberta e fechada. Um dos itens era uma newsletter e um apelo financeiro para contribuir com o Movimento de Soberania dos 32 Condados, o braço político do IRA Autêntico. Gabriel ficou pensando se quem enviou sabia que estava mandando para a esposa secreta do melhor construtor de bombas e explosivos do grupo.

Ele devolveu a carta a seu envelope e à mesa. As paredes da sala estavam vazias exceto por uma violenta paisagem da costa irlandesa de qualidade inferior

pendurada sobre o sofá. Em uma das mesinhas havia uma fotografia emoldu-
rada de uma mãe e uma criança na primeira comunhão, na igreja Holy Cross.
Gabriel não conseguiu encontrar nenhum traço de Quinn no rosto da criança.
Nisso, pelo menos, ela era afortunada.

Olhou para o relógio. Noventa segundos tinham se passado desde que ele
tinha entrado na casa. Abriu as cortinas finas e viu um carro cruzando lentamente a rua. Havia dois homens dentro. Eles pareceram notar cuidadosamente
Keller enquanto passavam pelo Škoda estacionado. Então o carro continuou por
Stratford Gardens e desapareceu na esquina. Gabriel olhou para o Škoda. As
luzes ainda estavam apagadas. Em seguida olhou o BlackBerry. Nenhum aviso,
nenhuma ligação perdida.

Ele soltou a cortina e entrou na cozinha. Uma xícara de café com batom
estava na pia; pratos molhados de água com sabão. Ele abriu a geladeira. Estava
razoavelmente cheia, nada verde, nenhuma fruta, nenhuma cerveja, só meia garrafa de um vinho branco italiano barato.

Soltou a porta da geladeira e começou a abrir e fechar as gavetas. Em uma
encontrou um envelope cor de creme e dentro do envelope havia uma nota escrita por Quinn.

Deposite em pequenas quantidades, assim parece dinheiro de gorjeta... Mande um
beijo para C...

Gabriel enfiou o bilhete no bolso do casaco perto da conta de cartão de crédito e olhou o relógio. Dois minutos e meio. Saiu da cozinha e subiu.

O carro voltou às 13h37. Novamente cruzou lentamente na frente do número
oito, mas dessa vez parou ao lado do Škoda. No começo, Keller fingiu não perceber. Então, indiferente, ele abaixou o vidro.

— O que você está fazendo aqui? — perguntou o motorista com um forte
sotaque de Belfast ocidental.

— Esperando uma amiga — respondeu Keller no mesmo sotaque.

— Qual é o nome da sua amiga?

— Maggie Donahue.

— E o seu? — perguntou o passageiro no carro.

— Gerry Campbell.

— De onde você é, Gerry Campbell?

— Dublin.

— E antes disso?

— Derry.

— Quando você partiu?

O ESPIÃO INGLÊS

— Não é problema seu.

Keller não estava mais sorrindo. Nem os dois homens no outro carro. O vidro subiu; o carro continuou pela rua tranquila e desapareceu na esquina uma segunda vez. Keller pensou quanto demoraria para eles descobrirem que Maggie Donahue, a esposa secreta de Eamon Quinn, estava no momento trabalhando no hotel Europa. *Dois minutos*, pensou. Talvez menos. Ele tirou o celular e ligou.

— Os nativos estão começando a ficar impacientes.

— Tente dar as flores a eles.

A linha ficou muda. Keller ligou o motor e segurou a Beretta. Ficou olhando pelo espelho retrovisor e esperou que o carro voltasse.

No alto das escadas havia duas portas. Gabriel entrou no quarto à direita. Era o maior dos dois, apesar de que estava longe de ser uma suíte master. Havia roupas espalhadas pelo chão e em cima da cama desfeita. As cortinas estavam bem fechadas; não havia nenhuma luz a não ser os dígitos vermelhos do alarme, que estava dez minutos adiantado. Gabriel abriu a gaveta do criado-mudo e iluminou o conteúdo com sua lanterna. Canetas sem tinta, pilhas usadas, um envelope contendo centenas de libras em notas velhas, outra carta de Quinn. Parece que ele queria ver sua filha. Não havia menção de onde ele estava vivendo ou onde o encontro poderia acontecer. Mesmo assim, sugeria que Liam Walsh não tinha sido verdadeiro quando afirmava que Quinn não tinha tido nenhum contato pessoal com sua família desde que havia fugido da Irlanda após o ataque de Omagh.

Gabriel acrescentou a carta a sua pequena coleção de provas e abriu a porta do armário. Procurou entre a roupa e encontrou vários itens claramente pertencentes a um homem. Era possível que Maggie Donahue tivesse tido um amante durante a longa ausência de seu marido. Era possível, também, que a roupa pertencesse a Quinn. Ele tirou um dos itens, uma calça de lã e mediu o tamanho com a própria perna. Quinn, ele lembrava, media 1,78m, não era um homem alto, mas era maior que Gabriel. Ele procurou algo nos bolsos. Em um, encontrou três moedas, euros e uma pequena passagem azul e amarela. Estava rasgada, só sobrava a metade. Gabriel conseguia ver quatro números, 5846, nada mais. Na parte de trás havia uns poucos centímetros de uma tarja magnética.

Gabriel enfiou a passagem no bolso, devolveu a calça em seu cabide original e entrou no banheiro. No armário de remédios encontrou lâmina de barbear, loção pós-barba e desodorante masculino. Depois cruzou o corredor e entrou no segundo quarto. Em limpeza, a filha de Quinn era exatamente o oposto de sua mãe. A cama estava arrumada; as roupas, penduradas no armário. Gabriel procurou nas gavetas da penteadeira. Não havia drogas nem cigarro, nenhuma prova de uma vida secreta escondida da mãe. Nem havia traço de Eamon Quinn.

Gabriel olhou a hora. Tinham se passado cinco minutos. Ele foi até a janela e viu o carro com dois homens passando lentamente na rua. Quando terminou, o BlackBerry vibrou. Ele o levou até a orelha e ouviu a voz de Christopher Keller.

— Acabou o tempo.

— Mais dois minutos.

— Não temos dois minutos.

Keller desligou sem falar mais nada. Gabriel olhou no quarto. Estava acostumado a procurar nas propriedades de profissionais, não adolescentes. Profissionais eram bons em esconder coisas, adolescentes, não. Eles presumiam que todos os adultos eram tontos, e o excesso de confiança era normalmente o que levava a erros.

Gabriel voltou ao armário e procurou dentro dos sapatos. Em seguida, folheou as revistas de moda, mas não encontrou nada a não ser ofertas de assinaturas e amostras de perfumes. Finalmente, repassou a pequena coleção de livros dela. Incluía uma história dos conflitos escrita por um autor simpático ao IRA e à causa do nacionalismo irlandês. E foi ali, entre duas páginas, que encontrou o que estava procurando.

Era uma fotografia de uma adolescente e um homem usando um chapéu com abas e óculos escuros. Estavam parados em uma rua com prédios antigos, talvez europeus, talvez sul-americanos. A garota era Catherine Donahue e o homem ao seu lado era o pai, Eamon Quinn.

***

Stratford Gardens estava quieta quando Gabriel saiu da casa número oito. Ele passou pelo portão de metal, caminhou até o Škoda e entrou no carro. Keller abriu caminho pelas ruas principais do Ardoyne católico e voltou a Crumlin Road. Então fez um rápido giro à direita na Cambrai e só aí soltou o acelerador. Havia bandeiras inglesas penduradas nos postes. Eles tinham cruzado uma das fronteiras invisíveis de Belfast. Estavam de volta à segurança do lado protestante.

— Encontrou algo? — perguntou Keller finalmente.

— Acho que sim.

— O quê?

Gabriel sorriu e disse:

— Quinn.

22

WARRING STREET, BELFAST

— PODERIA SER QUALQUER UM — disse Keller.

— Poderia — respondeu Gabriel. — Mas não é. É o Quinn.

Estavam no quarto de Keller, no Premiere Inn, na Warring. Era na esquina do Europa e muito menos luxuoso. Ele fez o check-in como Adrien LeBlanc e falou em inglês com um sotaque francês para os funcionários. Gabriel, durante sua breve passagem pelo lobby, não tinha dito nada.

— Onde você acha que eles estão? — perguntou Keller, ainda estudando a fotografia.

— Boa pergunta.

— Não há sinais no edifício ou carros na rua. É quase como se...

— Ele escolhesse o lugar com grande cuidado.

— Talvez seja Caracas.

— Ou talvez seja Santiago ou Buenos Aires.

— Já foi?

— Aonde?

— Buenos Aires — falou Keller.

— Várias vezes, na verdade.

— Negócios ou prazer?

— Não viajo por prazer.

Keller sorriu e olhou para a foto de novo.

— Parece um pouco com o centro velho de Bogotá para mim.

— Vou ter de acreditar em você nessa.

— Ou talvez seja Madri.

— Talvez.

— Deixe-me ver esse canhoto da passagem.

Gabriel entregou. Keller olhou cuidadosamente a parte da frente. Virou e passou os dedos pela parte da tarja magnética.

— Há alguns anos — ele falou finalmente —, Dom aceitou um contrato de um cavalheiro que tinha roubado muito dinheiro de pessoas que não gostam de ter seu dinheiro roubado. O cavalheiro estava escondido em uma cidade como a dessa foto. Era uma cidade velha que tinha perdido a beleza, uma cidade de colinas e bondes.

— Qual era o nome do cavalheiro?

— Prefiro não falar.

— Onde estava escondido?

— Vou chegar lá.

Keller estava estudando a parte da frente da passagem de novo.

— Como esse cavalheiro não tinha carro, era, por necessidade, um dedicado usuário de transporte público. Eu o segui por uma semana antes de atacar, o que significou que me tornei um dedicado usuário de transporte público, também.

— Você reconhece a passagem, Christopher?

— Pode ser.

Keller pegou o BlackBerry de Gabriel, abriu o Google e digitou vários caracteres na caixa de buscas. Quando os resultados apareceram, ele clicou em um e sorriu.

— Encontrou? — perguntou Gabriel.

Keller virou o BlackBerry para que Gabriel pudesse ver a tela. Nela, havia uma versão completa da passagem que tinha encontrado na casa de Maggie Donahue.

— De onde é? — perguntou Gabriel.

— Uma cidade de colinas e bondes.

— Acho que não está se referindo a San Francisco?

— Não — falou Keller. — É Lisboa.

— Isso não prova que a foto foi tirada lá — disse Gabriel depois de um momento.

— Concordo — respondeu Keller. — Mas se pudermos provar que Catherine Donahue esteve lá...

Gabriel não falou nada.

— Você não viu o passaporte dela quando esteve na casa, viu?

— Não tive a sorte.

— Então suponho que teremos de pensar em outra forma de dar uma olhada nele.

Gabriel pegou o BlackBerry e enviou uma breve mensagem a Graham Seymour em Londres, pedindo informações sobre todas as viagens ao exterior de

Catherine Donahue, de Stratford Gardens, número oito, Belfast, Irlanda do Norte. Uma hora depois, quando a escuridão caía sobre a cidade, eles recebiam a resposta.

O ministério britânico tinha emitido o passaporte em dez de novembro de 2013. Uma semana depois, ela embarcou em um voo da British Airways, em Belfast, e desceu no Heathrow de Londres onde, noventa minutos depois, passou para um segundo voo da British Airways, com destino a Lisboa. De acordo com autoridades de imigração portuguesa, ela ficou no país por apenas três dias. Foi sua única viagem ao exterior.

— Nada disso prova que Quinn estava vivendo ali na época — afirmou Keller.

— Por que levá-la a Lisboa entre tantos lugares? Por que não Mônaco, Cannes ou St. Moritz?

— Talvez Quinn estivesse sem dinheiro.

— Ou talvez ele mantenha um apartamento ali, em um velho edifício charmoso no tipo de vizinhança onde ninguém notaria um estrangeiro indo e vindo.

— Conhece alguns lugares assim?

— Passei toda a minha vida em lugares assim.

Keller ficou em silêncio por um momento.

— E agora? — perguntou finalmente.

— Acho que poderíamos levar a foto e meu desenho do rosto dele, e começar a bater nas portas.

— Ou?

— Contratamos os serviços de alguém que é especialista em encontrar aqueles que preferem não ser encontrados.

— Algum candidato?

— Só um.

Gabriel pegou o BlackBerry e ligou para Eli Lavon.

23

BELFAST — LISBOA

ELES DECIDIRAM TOMAR O caminho mais longo até Lisboa. Melhor não chegar à cidade tão rapidamente, disse Gabriel. Melhor tomar cuidado com os arranjos de viagem e a trilha que deixariam. Pela primeira vez, Quinn era real para eles. Não era mais só um rumor. Era um homem em uma rua, com uma filha ao lado. Tinha carne em seus ossos, sangue em suas veias. Ele poderia ser encontrado. E então poderia ser tirado de seu sofrimento.

Então eles deixaram Belfast assim como entraram, em silêncio e sob falsos argumentos. Monsieur LeBlanc falou ao funcionário do Premiere que tinha uma pequena crise pessoal para resolver; Herr Klemp contou algo parecido no hotel Europa. Passando pelo lobby, viu Maggie Donahue, a esposa secreta do assassino, servindo um copo de uísque muito grande a um homem de negócios já bêbado. Ela evitou o olhar de Herr Klemp e ele evitou o dela.

Dirigiram até Dublin, abandonaram o carro no aeroporto e fizeram o check--in em dois quartos no Radisson. Pela manhã, tomaram café como estranhos no restaurante do hotel e depois embarcaram em voos separados para Paris: Gabriel, na Aer Lingus; Keller, na Air France. O voo de Gabriel chegou primeiro. Ele retirou um Citroën limpo do estacionamento e estava esperando no desembarque quando Keller saiu do terminal.

Passaram aquela noite em Biarritz, onde Gabriel já tinha matado alguém por vingança, e, na noite seguinte, na cidade espanhola de Vitoria, onde Keller, em nome de Dom Anton Orsati, já tinha matado um membro do grupo separatista basco ETA. Gabriel podia ver que as ligações de Keller com sua antiga vida estavam começando a entrar em choque; que Keller, a cada dia que passava, estava ficando mais confortável com a perspectiva de trabalhar para Graham Seymour no MI6. Quinn tinha iniciado a cadeia de eventos que havia levado à ruptura de laços de Keller com a Inglaterra. E agora, 25 anos depois, Quinn estava levando Keller de volta para casa.

De Vitoria, eles foram para Madri, e de Madri dirigiram até Badajoz, perto da fronteira portuguesa. Keller estava ansioso para ir a Lisboa, mas, por insistência de Gabriel, eles foram mais para o oeste e pegaram os últimos fracos raios de sol da temporada em Estoril. Ficaram em hotéis separados na praia e levaram vidas separadas de homens sem esposas, sem filhos, sem cuidados ou responsabilidade. Gabriel passava várias horas do dia garantindo que não estavam sendo vigiados. Sentiu a tentação de enviar uma mensagem a Chiara, em Jerusalém, mas não se atreveu. Nem fez contato com Eli Lavon. Lavon era um dos mais experientes rastreadores de homens do mundo. Quando jovem, tinha caçado os membros do Setembro Negro, que realizaram o massacre da Olimpíada de Munique de 1972. Então, depois de deixar o Escritório, tinha começado a trabalhar de forma privada, rastreando bens roubados no Holocausto e algum ocasional criminoso de guerra nazista. Se houvesse algum traço de Quinn em Lisboa — uma residência, um apelido, outra esposa ou filho — Lavon encontraria.

Mas quando se passaram mais dois dias sem nenhuma notícia, até Gabriel começou a ter dúvidas, não da capacidade de Lavon, mas em sua fé de que Quinn tinha algum tipo de ligação com Lisboa. Talvez Catherine Donahue tivesse viajado à cidade com amigos ou como parte de uma viagem escolar. Talvez as calças que Gabriel tinha encontrado no armário de Maggie Donahue pertencessem a outro homem, assim como a passagem rasgada do sistema de bondes de Lisboa. Eles teriam de procurar em outro lugar, ele pensou — no Irã, no Líbano, no Iêmen ou na Venezuela, ou em algum dos incontáveis outros lugares onde Quinn tinha exercido seu mortal negócio. Quinn era um homem do submundo. Ele poderia estar em qualquer lugar.

Mas na terceira manhã de sua estada, Gabriel recebeu uma breve, mas promissora mensagem de Eli Lavon sugerindo que o homem em questão era um visitante frequente da cidade de interesse. Ao meio-dia, Lavon tinha certeza disso, e, no fim da tarde, havia descoberto um endereço. Gabriel ligou para o hotel de Keller e contou que estavam prontos para agir. Eles deixaram Estoril assim como tinham entrado, em silêncio e sob falsos argumentos, dirigindo-se a Lisboa.

— Ele se chama Alvarez.

— Como em português ou espanhol?

— Isso depende do humor dele.

Eli Lavon sorriu. Estavam sentados em uma mesa no Café Brasileira, no bairro do Chiado, em Lisboa. Eram nove e meia e o café estava lotado. Ninguém parecia notar muito os dois homens de meia-idade em frente a xícaras de café em um canto. Eles conversavam em alemão baixinho, uma das muitas línguas que tinham em comum. Gabriel falava no sotaque de Berlim de sua mãe, mas o alemão de Lavon era definitivamente vienense. Usava um suéter de cardigã por baixo da jaqueta de *tweed* enrugada e um lenço no pescoço. O cabelo era ralo e despenteado; os traços do rosto eram comuns e facilmente esquecíveis. Era um dos seus maiores bens. Eli Lavon parecia ser uma das muitas pessoas pouco interessantes do mundo. Na verdade, era um predador natural que podia seguir um agente de inteligência altamente treinado ou um terrorista duro em qualquer rua do mundo sem atrair nenhum interesse.

— Primeiro nome? — perguntou Gabriel.

— Às vezes José. Outras vezes, ele é Jorge.

— Nacionalidade?

— Às vezes venezuelano, às vezes equatoriano. — Lavon sorriu. — Está começando a ver um padrão?

— Mas ele nunca tenta se passar por português.

— Não domina o idioma para isso. Até seu espanhol é duro. Aparentemente, ele tem bastante sotaque.

Alguém no bar deve ter dito algo divertido, porque uma explosão de risadas reverberou pelo chão de azulejos quadriculado e morreu no alto do teto, onde os candelabros emitiam um fraco brilho dourado. Gabriel olhou por cima do ombro de Lavon e imaginou que Quinn estava sentado na mesa ao lado. Mas não era Quinn; era Christopher Keller. Estava segurando uma xícara de café na mão direita. A mão direita significava que estava tudo bem, a esquerda significava problemas. Gabriel olhou para Lavon de novo e perguntou sobre a localização do apartamento de Quinn. Lavon inclinou a cabeça na direção do Bairro Alto.

— Como é o prédio?

Lavon fez um gesto com a mão para indicar que estava entre aceitável e condenável.

— Porteiro?

— No Bairro Alto?

— Que andar?

— Segundo.

— Podemos entrar?

— Estou surpreso por perguntar isso. A questão é — continuou Lavon — nós *queremos* entrar?

— Queremos?

Lavon balançou a cabeça.

— Quando temos a sorte de encontrar a segunda casa de um homem como Eamon Quinn, não nos arriscamos a jogar tudo fora correndo até a porta da frente. Adquirimos um posto de observação fixo e esperamos pacientemente o alvo aparecer.

— A menos que existam outros fatores a considerar.

— Como quais?

— A possibilidade de que outra bomba exploda.

— Ou que nossa esposa esteja a ponto de dar à luz a gêmeos?

Gabriel franziu a testa, mas não disse nada.

— Caso você esteja se perguntando — disse Lavon —, ela está bem.

— Está brava?

— Está de sete meses e meio, e seu marido está sentado em um café em Lisboa. Como você acha que ela se sente?

— Como está a segurança dela?

— A rua Narkiss é, possivelmente, a rua mais segura de toda Jerusalém. Uzi mantém uma equipe de segurança na porta o tempo todo.

Lavon hesitou, depois acrescentou:

— Mas todos os guarda-costas do mundo não substituem um marido.

Gabriel não falou nada.

— Posso fazer uma sugestão?

— Se você tiver.

— Volte a Jerusalém por uns dias. Seu amigo e eu podemos vigiar o apartamento. Se Quinn aparecer, você será o primeiro a saber.

— Se eu for a Jerusalém — respondeu Gabriel — não vou querer partir.

— Foi por isso que eu sugeri. — Lavon pigarreou gentilmente. Era um sinal de mais intimidade. — Sua esposa gostaria que você soubesse que daqui a um mês, talvez menos, você será pai de novo. Ela gostaria que você estivesse presente na ocasião. Ou, do contrário, sua vida não vai valer nada.

— Ela falou algo mais?

— Ela pode ter mencionado algo sobre Eamon Quinn.

— O que ela disse?

— Aparentemente, Uzi contou a ela sobre a operação. Sua esposa não aceita bem homens que explodem mulheres e crianças inocentes. Ela gostaria que você encontrasse Quinn antes de voltar para casa. E depois — acrescentou Lavon —, ela gostaria que você o matasse.

Gabriel olhou para Keller e disse:

— Isso não será necessário.

— Entendo — falou Lavon. — Sorte sua.

Gabriel sorriu e tomou um gole de café. Lavon enfiou a mão no bolso do casaco e tirou um dispositivo USB. Colocou na mesa e empurrou na direção de Gabriel.

— Como pedido, o arquivo completo do Escritório sobre Tariq al-Hourani, nascido na Palestina durante a grande catástrofe árabe, morto a tiros nas escadas de um prédio de apartamentos de Manhattan pouco antes da queda das Torres Gêmeas.

Lavon esperou antes de falar:

— Acredito que você estava lá na época. Por algum motivo, não fui convidado.

Gabriel olhou para o dispositivo em silêncio. Havia partes do arquivo que ele não iria ler de novo — pois foi Tariq al-Hourani que, em uma noite de um janeiro com muita neve, em 1991, tinha plantado uma bomba embaixo do carro de Gabriel, em Viena. A explosão tinha matado seu filho, Dani, e mutilado Leah, sua primeira esposa. Ela vivia em um hospital psiquiátrico no alto do monte Herzl, dentro de uma prisão da memória e um corpo destruído pelo fogo. Durante uma recente visita, Gabriel tinha contado que ele logo seria pai de novo.

— Eu achava — disse Lavon, com a voz baixa — que você conhecia esse arquivo de cor.

— Conheço — disse Gabriel. — Mas gostaria de refrescar minha memória sobre uma parte especial da carreira dele.

— Qual?

— A época que passou na Líbia.

— Tem algum pressentimento?

— Talvez.

— Algo mais que você quer me contar?

— Fico feliz que esteja aqui, Eli.

Lavon mexeu lentamente o café.

— Pelo menos um dos dois está.

Eles saíram pela famosa porta verde do Brasileira em uma praça onde Fernando Pessoa estava sentado em bronze por toda a eternidade, sua punição por ser o poeta mais famoso de Portugal. O vento frio do Tejo rodopiava em um anfiteatro de graciosos edifícios amarelos; um bonde chacoalhava passando pelo largo do Chiado. Gabriel imaginou Quinn sentado em uma cadeira perto da janela, o Quinn do rosto alterado cirurgicamente e de coração sem misericórdia. Quinn, a prostituta da morte. Lavon estava subindo a colina, lentamente, como um *flâneur*. Gabriel ia ao lado dele e juntos caminharam por um labirinto de ruas escuras. Lavon nunca parou para pensar em seu rumo ou consultar um mapa. Estava falando em alemão sobre uma descoberta que tinha feito recentemente em uma escavação sob a Cidade Velha de Jerusalém. Quando não estava trabalhando para o Escritório, ele era professor-adjunto de arqueologia bíblica na Universidade Hebraica. Na verdade, por causa de uma descoberta monumental que tinha feito debaixo do monte do Templo, Eli Lavon era visto como a resposta de Israel a Indiana Jones.

Ele parou de repente e perguntou:

— Reconhece isso?

— Reconheço o quê?

— Esse lugar. — Com o silêncio como resposta, Lavon se virou. — Que tal agora?

Gabriel se virou também. Não havia nenhuma luz acesa na rua. A escuridão tinha deixado os edifícios sem formato, sem características ou detalhes.

— É onde eles estavam parados. — Lavon deu uns poucos passos subindo a rua com paralelepípedos. — E a pessoa que tirou a fotografia estava parada aqui.

— Pergunto-me quem poderia ser.

— Poderia ter sido alguém que passava na rua.

— Quinn não parece o tipo de pessoa que deixaria um completo estranho tirar uma foto dele.

Lavon voltou a caminhar sem dar outra palavra e subiu mais o bairro. Fez várias outras curvas, à esquerda e à direita, até Gabriel ter perdido todo o sentido de direção. Seu único ponto de orientação era o Tejo, que aparecia esporadicamente através dos espaços entre os prédios, sua superfície brilhando como as escamas de um peixe. Finalmente, Lavon parou e apontou com a cabeça para a entrada de um edifício. Era um pouco mais alto que a maioria dos edifícios no Bairro Alto, quatro andares em vez de três, e todo grafitado no térreo. Uma persiana no segundo andar estava aberta obliquamente; havia uma videira florescendo pendurada na sacada enferrujada. Gabriel caminhou até a entrada e inspecionou o interfone. Não havia nome no 2B. Ele colocou seu dedão no botão e a campainha soou forte, como através de uma janela aberta ou paredes de papel. Então colocou a mão suavemente sobre a maçaneta.

— Sabe quanto tempo demoraria para abrir isso?

— Uns 15 segundos — respondeu Lavon. — Mas quem espera alcança boas coisas.

Gabriel olhou para o declive da rua. No canto, havia um pequeno restaurante onde Keller estava estudando, indiferente, o menu em uma mesa na rua. Bem em frente ao prédio havia um par de casinhas, e uns passos depois havia um prédio de quatro andares com uma fachada cor de canário. Preso na entrada, meio enrolado como se estivesse há muito tempo sob o sol, havia um cartaz explicando em português e inglês que havia um apartamento no prédio disponível para aluguel.

Gabriel arrancou o cartaz e enfiou no bolso. Então, com Lavon a seu lado, passou por Keller sem dar uma palavra ou olhar e desceu a colina até o rio. Na manhã, enquanto tomava café no Brasileira, ele ligou para o número impresso no cartaz. E, ao meio-dia, depois de pagar seis meses de aluguel e um depósito de segurança antecipado, o apartamento era dele.

24

BAIRRO ALTO, LISBOA

G ABRIEL SE MUDOU PARA o apartamento logo cedo com o ar de um homem cuja esposa não podia mais tolerar sua companhia. Ele não tinha posses a não ser uma mala bem viajada e manteve a cara fechada que mostrava que não estava ali para socializar. Eli Lavon chegou uma hora mais tarde trazendo duas sacolas de compras — para fazer, era o que parecia, uma refeição de consolo. Keller chegou por último. Entrou no prédio com o silêncio de um ladrão e se estabeleceu na frente de uma janela como se estivesse entrando no esconderijo do País dos Bandidos de Armagh. E assim começou a longa vigília.

O apartamento tinha móveis, mas poucos. A pequena reunião de cadeiras que não combinavam na sala de estar parecia ter sido adquirida em um mercado de móveis usados; os dois quartos eram como celas de monges ascéticos. A falta de camas não atrapalhava, pois um homem sempre estava vigiando na janela. Invariavelmente, era Keller. Ele tinha esperado muito tempo para que Quinn saísse de seu porão e queria a honra de ser o primeiro a colocar os olhos sobre ele. Gabriel pendurou o desenho do rosto de Quinn na parede como um retrato familiar, e Keller o consultava sempre que se aproximava um homem de idade e altura parecida — quarenta e poucos, talvez 1,77 — passando na rua estreita. Cedo, na terceira manhã, ele se convenceu de que viu Quinn indo da direção do café fechado. Era o rosto de Quinn, ele disse a Lavon em um sussurro animado. Mais importante, ele falou, era a forma como Quinn caminhava. Mas não era Quinn; era um homem português que, eles descobriram mais tarde, trabalhava em uma loja a poucas ruas dali. Lavon, um especialista em vigilância física, explicou que era um dos perigos de uma longa vigília. Às vezes, o vigilante vê o que quer ver. E, às vezes, o alvo está parado na frente dele e o vigilante está muito cego pela fadiga ou pela ambição para perceber.

O dono do apartamento acreditava que Gabriel era o único ocupante do lugar, então só ele aparecia em público. Era um homem com o coração machucado, um homem com muito tempo livre. Caminhava pelas ladeiras do Bairro Alto, andava de bonde aparentemente sem destino, visitou o Museu do Chiado, passava as tardes no Brasileira. E em um parque verde nas margens do Tejo, encontrou um mensageiro do Escritório que entregou uma mala cheia de ferramentas de um posto de campo: uma câmera com tripé com uma teleobjetiva com visão noturna, um microfone parabólico, rádios seguros, um transmissor miniatura e um laptop com um link de satélite seguro com o Boulevard Rei Saul. Além disso, havia um bilhete do chefe de Operações gentilmente dando uma bronca por Gabriel ter adquirido uma propriedade segura por meios próprios em vez de usar o departamento de Organização Interna. Havia também uma carta manuscrita de Chiara. Gabriel leu duas vezes antes de queimar na pia do banheiro. Depois disso, seu humor estava tão negro quanto as cinzas que ele jogou ritualmente no cano.

— Minha oferta ainda está de pé — disse Lavon.

— Qual?

— Eu fico aqui com o Keller. Você vai para casa ficar com sua esposa.

A resposta de Gabriel foi a mesma de antes, e Lavon nunca voltou a falar no assunto — mesmo tarde da noite, quando as mesas do canto do restaurante estavam vazias e a chuva batizava a rua silenciosa. Eles diminuíram as luzes do apartamento, assim suas sombras não seriam visíveis de fora, e, no escuro, os anos desapareceriam de seus rostos. Eles poderiam ter sido os mesmos garotos de vinte e poucos anos que o Escritório tinha despachado no outono de 1972 para caçar os realizadores do massacre da Olimpíada de Munique. A operação foi chamada de Ira de Deus. No léxico com base no hebreu da equipe, Lavon tinha sido um *ayin*, um rastreador. Gabriel era um *aleph*, um assassino. Durante três anos eles perseguiram suas presas por toda a Europa, matando na escuridão e em plena luz do dia, vivendo com medo de que a, qualquer momento, pudessem ser presos e acusados de assassinato. Tinham passado noites infinitas em quartos apertados vigiando entradas e homens, habitando secretamente a vida dos outros. Estresse e visões de sangue tiraram deles a capacidade de dormir. Um rádio transistor era a única ligação com o mundo real. Contava sobre guerras perdidas e vencidas, sobre um presidente norte-americano que renunciou e, às vezes, nas quentes noites de verão, tocava música para eles — a mesma música que garotos normais de vinte anos estavam ouvindo, garotos que não tinham sido chamados por seu país a servirem como executores, anjos de vingança dos 11 judeus assassinados.

A falta de sono logo era epidêmica no pequeno apartamento no Bairro Alto. Eles tinham planejado fazer turnos rotativos de duas horas no posto ao lado da janela, mas com o passar dos dias, e a insônia mútua dominando, os três agentes veteranos estabeleceram um tipo de vigilância permanente conjunta. Todos que passavam pela janela deles eram fotografados, independentemente de idade, gênero ou nacionalidade. Aqueles que entraram no prédio-alvo recebiam um exame adicional, assim como os moradores. Gradualmente, seus segredos foram descobertos no posto de observação. Essa era a natureza de qualquer observação de longo prazo. Com bastante frequência, os pecados venais dos inocentes eram expostos.

O apartamento tinha uma televisão com uma antena satélite que perdia o sinal sempre que chovia ou mesmo quando o vento mais leve soprava nas ruas. Servia como a ligação deles com o mundo que, a cada dia, parecia ir ficando cada vez mais descontrolado. Era o mundo que Gabriel iria herdar no momento em que fizesse seu juramento como o próximo chefe do Escritório. E seria o mundo de Keller também, se ele quisesse. Keller era a última restauração de Gabriel. Seu verniz sujo tinha sido removido, sua tela tinha sido realinhada e retocada. Ele não era mais o assassino inglês. Logo seria o espião inglês.

Como todos os bons vigilantes, Keller foi abençoado com uma paciência natural. Mas, com sete dias de observação, sua paciência já tinha acabado. Lavon sugeriu uma caminhada pelo rio ou uma viagem até a costa, qualquer coisa para quebrar a monotonia da vigilância, mas Keller se recusou a deixar o apartamento ou abandonar seu posto na janela. Ele fotografava os rostos que passavam na rua — velhos conhecidos, recém-chegados, transeuntes — e esperava por um homem com quarenta e poucos anos, aproximadamente 1,77m de altura, que parasse na entrada do prédio do outro lado da estreita rua. Para Lavon, parecia que Keller estava vigiando a Lower Market Street, em Omagh, esperando que um Vauxhall Cavalier vermelho andando devagar de marcha à ré parasse para estacionar no meio-fio; esperando que dois homens, Quinn e Walsh, descessem. Walsh tinha sido punido por seus pecados. Quinn seria o próximo.

Mas quando se passou outro dia sem sinal dele, Keller sugeriu que fizessem a busca em outro lugar. A América do Sul, ele falou, era o local mais lógico. Eles podiam ir até Caracas e começar a chutar umas portas até encontrarem a do Quinn. Gabriel parecia estar pensando seriamente na questão. Na realidade, ele estava olhando a mulher de uns trinta anos sentada sozinha no restaurante no final da rua. Ela havia colocado a bolsa na cadeira ao lado. Era uma bolsa grande, grande o suficiente para acomodar artigos de higiene, até uma muda de roupa. O zíper estava aberto, e a bolsa estava virada de uma forma que deixava os conteúdos facilmente acessíveis. *Uma agente feminina do Escritório teria deixado a bolsa do mesmo jeito*, pensou Gabriel, *especialmente se houvesse uma arma ali*.

— Está me ouvindo? — perguntou Keller.

— Cada palavra — mentiu Gabriel.

A última luz do crepúsculo estava se apagando; a mulher de uns trinta anos ainda estava usando óculos escuros. Gabriel virou a lente para o rosto dela, deu um zoom e tirou uma fotografia. Ele examinou cuidadosamente pelo visor da câmera. Era um rosto bonito, pensou, um rosto que valia uma pintura. As bochechas eram amplas, o queixo era pequeno e delicado, a pele era impecável e branca. Os óculos escuros escondiam seus olhos, mas Gabriel achava que eram azuis. O cabelo era na altura dos ombros e muito escuros. Ele duvidava que a cor fosse natural.

No momento em que Gabriel tirou a fotografia, a mulher estava olhando o menu. Agora estava olhando para a rua. Não era a melhor visão. A maioria dos frequentadores do restaurante olhava para o lado oposto, que tinha uma vista melhor da cidade. Apareceu um garçom. Tarde demais, Gabriel pegou o microfone parabólico e virou para a mesa. Ele ouviu o garçom dizer "Thank you", em inglês, seguido por uma explosão de música. Era o toque do celular dela. A mulher desligou a chamada com um botão, colocou de novo o telefone na bolsa e tirou um guia de Lisboa. Gabriel novamente olhou pelo visor da câmera e deu um zoom, não no rosto da mulher, mas no guia que ela tinha nas mãos. Era um *Frommer's*, em inglês. Ela o abaixou uns segundos e retomou o estudo da rua.

— O que você está olhando? — perguntou Keller.

— Não tenho certeza.

Keller se aproximou da janela e seguiu o olhar de Gabriel.

— Bonita — ele falou.

— Talvez.

— Recém-chegada ou *habitué*?

— Turista, aparentemente.

— Por que uma jovem turista bonita comeria sozinha?

— Boa pergunta.

O garçom reapareceu com uma taça de vinho branco, que colocou na mesa, ao lado do guia de Lisboa. Ele abriu o bloco de anotações, mas ela disse algo que o fez ir embora sem escrever nada. Ele voltou um momento depois com a conta. Colocou na mesa e foi embora. Não trocaram nenhuma palavra.

— O que acabou de acontecer? — perguntou Keller.

— Parece que a jovem turista bonita mudou de ideia.

— Por que será?

— Talvez tenha algo a ver com a ligação que não atendeu.

A mão da mulher agora estava mexendo na bolsa aberta. Quando reapareceu, havia uma nota em euros. Ela colocou em cima da conta, prendeu com a taça de vinho e se levantou.

— Acho que ela não gostou — disse Gabriel.

— Talvez tenha ficado com dor de cabeça.

A mulher pegou a bolsa, colocou-a no ombro e deu uma olhada final para a rua. Então se virou para a direção oposta, dobrou a esquina e desapareceu.

— Que pena — disse Keller.

— Vamos ver — disse Gabriel.

Ele estava olhando o garçom pegar o dinheiro. Mas, em seus pensamentos, estava calculando quanto tempo levaria para vê-la de novo. Dois minutos, calculou; era quanto tempo demoraria para voltar ao destino por uma rua paralela. Ele marcou o tempo no relógio e quando se passaram noventa segundos, olhou de novo pelo visor e começou a contar lentamente. Quando chegou a vinte, ele a viu surgir meio iluminada, a bolsa sobre o ombro, os óculos de sol sobre os olhos. Parou na entrada do prédio-alvo, enfiou uma chave na fechadura e abriu a porta. Quando entrou no hall, outro morador, um homem de vinte e poucos anos, estava saindo. Ele olhou por cima do ombro para ela; se era por admiração ou curiosidade, Gabriel não sabia dizer. Ele tirou uma foto do morador, depois olhou para as janelas escuras do segundo andar. Dez segundos depois, havia luz por trás das persianas.

25

BAIRRO ALTO, LISBOA

ELES NÃO A VIRAM de novo até as oito e meia da manhã seguinte, quando ela apareceu na sacada usando apenas um roupão — *o roupão de banho de Quinn*, pensou Gabriel, porque era grande demais para ela. Ela estava pensativa enquanto fumava um cigarro e inspencionava a rua sob a luz dura da manhã. Seus olhos estavam descobertos, e como Gabriel suspeitou, eram azuis. Azuis como o céu. Azul estilo Vermeer. Ele tirou várias fotografias e enviou para o Boulevard Rei Saul. Ficou olhando a mulher sair da varanda e desaparecer atrás das portas francesas.

Por outros vinte minutos as luzes iluminaram sua janela. Então a luz se apagou e um momento depois ela apareceu na entrada do prédio. A bolsa, pendurada no ombro direito e as mãos enfiadas nos bolsos do casaco. Era um casaco de estilo escolar, não o casaco de couro que tinha usado na noite anterior. Seu passo era rápido; as botas faziam barulho contra os paralelepípedos. O som aumentou quando ela passou por baixo da janela do posto de observação e depois diminuiu quando cruzou o restaurante fechado, e desapareceu.

O Citroën que Gabriel tinha recebido em Paris estava estacionado na esquina do posto de observação, em uma rua ampla o suficiente para acomodar carros. Keller foi pegá-lo enquanto Gabriel seguiu a mulher a pé por outra ladeira de paralelepípedos cheia de lojas e cafés. No final da rua havia um amplo boulevard que descia a colina como um afluente do Tejo. A mulher entrou em um café, fez um pedido e se sentou no balcão perto da janela. Gabriel entrou no café pelo lado oposto do boulevard e fez o mesmo. Keller esperou dentro do carro na calçada até um policial mandar que saísse.

Por 15 minutos suas posições continuaram iguais: a mulher no café dela, Gabriel no dele, Keller atrás do volante do Citroën. A mulher olhava para o celular enquanto bebia o café e parecia ter feito pelo menos uma ligação. Então, às nove e meia, ela enfiou o celular na bolsa e saiu de novo para a rua. Caminhou para o sul em direção ao rio por vários metros antes de parar abruptamente e fazer sinal a um táxi que ia na direção contrária. Gabriel rapidamente deixou o café e sentou no banco do passageiro do Citroën. Keller fez uma curva fechada e acelerou.

Trinta segundos se passaram antes que conseguissem restabelecer contato com o táxi. Ele seguia para o norte através do trânsito da manhã, desviando dos caminhões, dos ônibus, dos brilhantes sedans alemães dos novos ricos e os velhos carros dos menos afortunados de Lisboa. Gabriel tinha trabalhado de vez em quando em Lisboa e seu conhecimento da geografia da cidade era rudimentar. Mesmo assim, ele fazia uma ideia de onde ia o táxi. A rota que estava seguindo apontava para o aeroporto de Lisboa como a agulha de uma bússola.

Eles entraram na parte moderna da cidade e seguiram um rio de trânsito até um grande círculo na ponta de um parque verde. Dali, viraram ao norte até outro círculo, que os levou à Avenida da República. Perto do fim da avenida começaram a ver os primeiros sinais do aeroporto. O táxi seguiu as placas e, finalmente, parou em frente à área de embarque do Terminal 1. A mulher desceu e caminhou rapidamente até a entrada, como se estivesse atrasada para o voo. Gabriel mandou Keller colocar o Citroën rapidamente no estacionamento com a arma no porta-malas e as chaves no carregador magnético em cima da roda traseira esquerda. Então, desceu e seguiu a mulher até o terminal.

Ela parou brevemente depois da porta e viu para onde tinha de ir. Olhou o enorme quadro de embarque pendurado no alto do moderno hall. Foi direto para o balcão da British Airways e entrou na curta fila da primeira classe. Foi muita sorte; a British Airways voava para um único destino de Lisboa. O voo 501 partia em uma hora. O voo seguinte seria apenas às sete da noite.

Gabriel tirou o BlackBerry do bolso do casaco e enviou uma mensagem para o departamento de viagens no Boulevard Rei Saul pedindo duas passagens de primeira classe no Voo BA 501 — uma passagem para Johannes Klemp e outra para Adrien LeBlanc. Viagens rapidamente confirmou a recepção da mensagem e pediu para Gabriel esperar. Dois minutos depois apareceram os números da reserva. Só havia um assento disponível na primeira classe; o departamento, em sua sabedoria infinita, reservou para Gabriel. Monsieur LeBlanc precisou ir para um dos poucos assentos disponíveis na classe econômica. Era no final do avião, na zona de crianças chorando e banheiros malcheirosos.

Gabriel mandou outra mensagem para o Boulevard Rei Saul, pedindo um carro no Heathrow. Guardou o BlackBerry de novo no bolso e ficou olhando a mulher indo com a passagem na mão em direção à segurança. Keller esperou até ela desaparecer antes de parar ao lado de Gabriel.

— Aonde estamos indo? — ele perguntou.

Gabriel sorriu e disse:

— Para casa.

Eles fizeram o check-in separados: sem bagagem para despachar. Um policial português carimbou seus passaportes falsos; um agente de segurança do aeroporto mandou que passassem pelo raio-X. Tinham de esperar 45 minutos antes do voo, então ficaram andando pelos corredores perfumados do *duty free* e compraram algumas revistas na banca, assim não entrariam no avião de mãos vazias. A mulher estava no portão quando eles chegaram, os olhos azuis fixos na tela do celular. Gabriel se sentou atrás dela e esperou que o voo fosse chamado. O primeiro anúncio foi em português, o segundo em inglês. A mulher esperou pelo segundo antes de se levantar. Ela colocou o celular na bolsa e foi para a fila da primeira classe. Gabriel fez o mesmo um momento depois. Enquanto entregava seu cartão de embarque para a atendente, olhou para Keller, que parecia sofrer no meio da massa de gente. Keller coçou o nariz com o dedo médio e fez uma careta para a criança toda enrolada em um cobertor que logo seria seu tormento.

Quando Gabriel entrou no avião, a mulher já tinha se sentado e recebido uma taça de champanhe. Estava perto da janela na segunda fileira, do lado esquerdo da fuselagem. A bolsa estava a seus pés, de uma forma desleixada. Tinha uma revista da empresa aérea no colo. Ainda estava fechada.

Não prestou atenção em Gabriel, que se espremeu para passar por um aposentado obeso e cair em seu assento: quarta fileira, corredor, lado direito do avião. Uma aeromoça exageradamente maquiada colocou uma taça de champanhe na mão de Gabriel. Havia um motivo para ser grátis; tinha gosto de aguarrás espumante. Ele colocou a taça cuidadosamente na mesinha e cumprimentou seu vizinho, um empresário britânico com um sotaque de Yorkshire que estava gritando ao celular algo sobre uma encomenda perdida.

Gabriel pegou o BlackBerry e enviou outra mensagem ao Boulevard Rei Saul, dessa vez pedindo a verificação de identidade de uma mulher de talvez trinta anos que estava no momento ocupando o assento 2A do voo 501 da British Airways. A resposta chegou cinco minutos depois, quando Keller passou por Gabriel como um prisioneiro marchando para uma sessão de trabalhos forçados. A passageira em questão era Anna Huber, 32 anos, cidadã alemã, último endereço conhecido, Lessingstrasse, 11, Frankfurt.

Gabriel desligou o celular e estudou a mulher do outro lado do corredor. *Quem é você?*, ele pensou. *E o que está fazendo neste avião?*

26

AEROPORTO DE HEATHROW, LONDRES

O VOO DUROU DUAS HORAS e quarenta e seis minutos. A mulher chamada Anna Huber passou a viagem sem comer e sem beber nada além do champanhe. Trinta minutos antes de aterrissarem, ela levou a bolsa para o banheiro e trancou a porta. Gabriel pensou na visita de Quinn ao Iêmen, onde trabalhou com a Al-Qaeda em uma bomba capaz de derrubar um avião. *Talvez assim seria o fim*, ele pensou. Ele iria mergulhar para a morte em um campo verde da Inglaterra, preso em um assento com um empresário de Yorkshire. Então, de repente, a porta do banheiro se abriu e a mulher reapareceu. Ela tinha penteado os cabelos escuros e colocado um pouco de cor no rosto pálido. Os olhos azuis passaram por Gabriel sem traço de reconhecimento ao voltar ao seu assento.

O avião saiu do meio de uma nuvem e desceu na pista com um golpe forte que abriu alguns dos compartimentos de bagagens. Era pouco depois da uma da tarde, mas do lado de fora parecia noite. O empresário logo estava gritando no celular; parecia que a crise em seus negócios não tinha se resolvido sozinha. Gabriel ligou o BlackBerry e descobriu que um Volkswagen Passat prateado estaria esperando no Terminal três. Enviou uma mensagem de confirmação e, quando a luz de apertar o cinto apagou, ele se levantou lentamente e entrou na fila de passageiros esperando para sair. A mulher chamada Anna Huber estava presa contra a janela, encurvada, segurando a bolsa. Quando as portas da cabine se abriram, Gabriel esperou que ela saísse ao corredor. Ela agradeceu com um movimento de cabeça — novamente não havia nenhuma indicação de reconhecimento — e saiu.

Seu passaporte alemão permitia que entrasse no Reino Unido através da fila da União Europeia. Gabriel estava parado bem atrás dela quando o agente de imigração britânico perguntou qual o motivo da visita dela. Gabriel não conseguiu ouvir a resposta, apesar de ter agradado o agente de imigração, que deu um sorriso. Gabriel não recebeu o mesmo sorriso de boas-vindas. O agente carimbou o passaporte com uma violência pouco disfarçada e devolveu sem fazer contato visual.

— Desfrute sua estada — falou.

— Obrigado — respondeu Gabriel e partiu atrás da mulher.

Ele a viu nos corredores que levavam os passageiros até o portão de desembarque. Um agente de baixo nível da Estação Londres do Escritório estava parado, encostado no corrimão, ao lado de duas mulheres com véus pretos. Ele estava segurando um papel onde estava escrito Ashton e tinha uma expressão de profundo tédio. Enfiou o papel no bolso e começou a caminhar ao lado de Gabriel enquanto se enfiava no meio de um encontro choroso de uma família.

— Onde está o carro?

O agente apontou para a porta mais esquerda.

— Volte e mostre seu cartaz. Outro homem vai aparecer em alguns minutos.

O agente voltou. Do lado de fora, uma fileira de táxis e ônibus do aeroporto esperava sob o céu do começo da tarde. A mulher foi caminhando para o estacionamento. Era um cenário que Gabriel não tinha imaginado. Tirou o BlackBerry e ligou para Keller.

— Onde você está?

— Controle de passaporte.

— Tem um homem no salão de desembarque segurando um cartaz escrito Ashton. Diga que o leve até o carro.

Gabriel desligou sem falar mais nada e seguiu a mulher até o estacionamento. O carro dela estava no segundo nível, um BMW azul, registro britânico. Ela tirou a chave da bolsa, destravou com o controle remoto e sentou atrás do volante. Gabriel ligou uma segunda vez para Keller.

— Onde você está agora?

— Atrás do volante de um Passat prateado.

— Encontre-me na saída do estacionamento.

— Mais fácil falar do que fazer.

— Se não estiver lá em dois minutos, vamos perdê-la.

Gabriel desligou e se escondeu atrás de um pilar de concreto quando o BMW passou. Então desceu a rampa correndo e voltou ao nível de desembarque do terminal. O BMW estava saindo; passou por Gabriel e desapareceu de vista. Gabriel começou a ligar para Keller pela terceira vez, mas parou quando viu o farol piscando de um Volkswagen se aproximando rapidamente. Sentou-se no banco de passageiro e acenou para Keller seguir em frente. Eles alcançaram o BMW quando estava entrando na A4, em direção ao oeste de Londres. Keller diminuiu a velocidade e acendeu um cigarro. Gabriel abaixou o vidro e ligou para Graham Seymour.

A ligação chegou durante um breve intervalo entre uma reunião com a equipe e uma visita do chefe da inteligência jordaniana, um homem que Seymour detestava secretamente. Seymour anotou os detalhes principais. Mais tarde, teria preferido não ter feito isso. Uma mulher chamada Anna Huber, passaporte alemão, endereço de Frankfurt, tinha acabado de chegar em Londres via Lisboa, onde tinha passado uma única noite em um apartamento ligado a Eamon Quinn. No aeroporto de Heathrow, pegou um BMW azul, placa britânica AG62 VDR, do estacionamento de curta permanência. O carro agora ia para Londres, seguido pelo futuro chefe da inteligência israelense e um desertor da SAS transformado em assassino profissional.

Seymour tinha atendido a ligação em um aparelho reservado para suas comunicações particulares. Ao lado estava sua linha direta com Amanda Wallace, na Thames House. Ele hesitou por uns segundos; depois, levou o aparelho ao ouvido. Nem precisou digitar nenhum número. A voz de Amanda surgiu instantaneamente na linha.

— Graham — ela falou cordialmente. — O que posso fazer por você?

— Infelizmente, aquela minha operação tocou o solo britânico.

— De que forma?

— Um carro indo para o centro de Londres.

Depois de desligar, Amanda Wallace entrou em seu elevador privado e se dirigiu ao centro de operações. Ela se sentou na cadeira de sempre, no balcão alto, e pegou um telefone que a reconectou com Graham Seymour.

— Onde eles estão? — ela perguntou.

Passaram-se dez segundos tensos antes de Seymour responder. O BMW estava se aproximando do elevado de Hammersmith. Amanda Wallace mandou que um dos técnicos colocasse a imagem da CCTV na tela do centro. Vinte segundos depois ela viu o BMW azul passando rapidamente no borrão do trânsito.

— Em que carro está Allon?

Seymour respondeu quando o Passat cruzou na frente da câmera, três carros atrás do BMW. Amanda mandou que os técnicos do centro de operações seguissem os movimentos dos dois veículos. Ligou para o chefe do A4, o braço operacional e de vigilância encoberta do MI5, e mandou que colocasse os carros sob vigilância física.

Outros membros da equipe estavam agora correndo para o centro de operações, incluindo Miles Kent, o vice-diretor. Amanda pediu que fizesse uma verificação no registro do BMW. Em menos de um minuto, Kent tinha a resposta. Não havia registro do AG62 VDR no banco de dados. As placas eram falsas.

— Descubra se algum BMW azul foi roubado recentemente — gritou Amanda.

Essa busca demorou mais do que a primeira, quase três minutos. Um BMW de modelo igual tinha sido roubado quatro dias antes na cidade litorânea de Margate. Mas era cinza, não azul.

— Eles devem ter pintado — disse Amanda. — Descubra quando foi deixado em Heathrow e consiga o vídeo.

Ela olhava para o centro da tela. O BMW estava passando pela interseção de West Cromwell Road e Earl's Court Road. O Passat estava três carros atrás. Gabriel Allon, com quem Amanda tinha se encontrado só uma vez, estava bem visível no lado do passageiro, assim como o homem atrás do volante.

— Quem é o motorista do carro? — ela perguntou a Graham Seymour.

— É uma longa história.

— Tenho certeza que sim.

O BMW estava se aproximando do Museu de História Natural. As calçadas ao redor estavam cheias de estudantes. Amanda apertou o telefone tão forte que suas articulações ficaram brancas. Quando ela falou, no entanto, conseguiu parecer calma e segura.

— Não estou preparada para permitir que isso continue muito mais tempo, Graham.

— Vou apoiar qualquer decisão que você tomar.

— Agradeço por isso. — Sua voz continha uma ponta de desdém. Ainda estava olhando o centro da tela. — Mande Allon recuar. Nós assumimos a partir daqui.

Ela ouviu Seymour retransmitir a mensagem. Pegou o aparelho de uma linha conectada ao comissário do Serviço de Polícia Metropolitana. O comissário atendeu instantaneamente.

— Há um BMW azul-escuro a caminho de Cromwell Road. A placa é AG62 VDR. Sabemos que as placas são falsas, o carro quase certamente foi roubado, e a mulher dirigindo está conectada a um terrorista conhecido.

— O que você recomenda?

Amanda Wallace olhou para a tela. O BMW estava na Brompton Road indo para a Hyde Park Corner. Três carros atrás, andando na mesma velocidade, estava o Passat prateado.

Na ponta da Brompton Square, um policial estava sentado em sua motocicleta. Ele não prestou atenção no BMW. Nem virou a cabeça com a aproximação do Passat prateado. Gabriel colocou o BlackBerry no ouvido.

— O que está acontecendo? — perguntou a Graham Seymour.

— Amanda mandou que a Polícia Metropolitana interviesse e prendesse a mulher.

— Onde eles estão?

— Uma equipe está vindo pela Park Lane. Outra está se aproximando da Hyde Park Corner de Piccadilly.

Uma fileira de lojas exclusivas aparecia através da janela molhada pela chuva de Gabriel. Uma galeria de arte, uma loja de móveis, uma imobiliária, um café ao ar livre onde turistas tomavam suas bebidas sob o abrigo de um toldo verde. Ao longe, se ouvia uma sirene. Para Gabriel, parecia uma criança chamando a mãe.

Keller pisou de repente no freio. À frente, um farol vermelho tinha parado o trânsito. Dois carros — um táxi e um veículo particular — separavam Gabriel e Keller do BMW. Na frente deles estava a Brompton Road. Do lado direito da rua estavam as torres escuras da loja de departamentos Harrods. As sirenes iam ficando mais altas, mas a polícia ainda não estava à vista.

O farol mudou para verde, o trânsito começou a andar. Eles passaram pela rua Montpelier e por outra fileira de lojas e cafés. O BMW entrou na faixa reservada a ônibus e parou em frente a uma agência do HSBC. A porta da frente se abriu; a mulher desceu do carro e saiu caminhando calmamente. Em um instante, ela desapareceu no meio de guarda-chuvas que pareciam um conjunto de cogumelos na calçada.

Gabriel olhou para o carro azul estacionado no meio-fio e o conjunto de turistas e pedestres correndo debaixo da chuva; a bela fachada da famosa loja de departamentos do outro lado da rua. Então, finalmente, ele olhou para o Black-Berry, que estava vibrando silenciosamente na sua mão. Era uma mensagem de texto sem identificação do remetente, cinco palavras.

OS TIJOLOS ESTÃO NA PAREDE...

BROMPTON ROAD, LONDRES

ELES DESCERAM DO CARRO correndo, agitando os braços como loucos, gritando a mesma palavra sobre o barulho das sirenes que se aproximavam. Por alguns segundos ninguém reagiu. Então, Gabriel tirou a Beretta do porta-luvas do carro e os pedestres recuaram com medo. Esse sentimento provou ser uma ferramenta eficiente. Ele afastou a multidão do BMW, ajudando as pessoas caídas a se levantarem, enquanto Keller desesperadamente tentava evacuar um ônibus de dois andares. Passageiros aterrorizados corriam para as portas. Keller puxava-os para a rua como se fossem bonecos de pano.

Motoristas andando nas duas direções da Brompton Road tinham parado para ver o caos. Gabriel batia os punhos nos vidros dos carros e acenava para os motoristas continuarem, mas era impossível. O trânsito estava irremediavelmente travado. No assento de trás de um Ford branco, um menino de dois anos, cabelos encaracolados, estava preso em sua cadeirinha. Gabriel tentou abrir, mas a porta estava travada e a aterrorizada mãe da criança, aparentemente pensando que ele era um louco, se recusava a abrir.

— Tem uma bomba! — ele gritava pelo vidro. — Saia daqui! — Mas a mulher só olhava para trás, sem compreender e muda, quando a criança começou a chorar.

Keller tinha completado a evacuação do ônibus e estava batendo selvagemente nas portas de vidro do HSBC. Gabriel tirou os olhos da criança e olhou sobre os tetos dos carros parados, na direção da outra calçada. Uma multidão de transeuntes tinha se juntado na porta da Harrods. Gabriel correu para eles, gritando, mostrando sua arma e a multidão se dispersou horrorizada. Com o estampido, uma mulher grávida caiu no chão. Gabriel correu até ela e a ajudou a se levantar.

— Consegue andar?

— Acho que sim.

— Corra! — ele gritou para ela. — Por seu filho.

Ele a acompanhou até um lugar seguro e, em seus pensamentos, começou a calcular quanto tempo tinha passado desde que a mensagem de texto tinha aparecido em seu BlackBerry. Vinte segundos, pensou, trinta, no máximo. Nesse intervalo de tempo, eles tinham conseguido tirar mais de cem pessoas do que logo seria a zona de explosão imediata, mas ainda se juntavam carros na rua, inclusive o Ford branco.

Compradores agora estavam saindo da entrada da Harrods. Com a arma na mão, Gabriel mandava que voltassem ao prédio, gritando para se protegerem dentro do lugar. Voltando para a rua, ele viu que o trânsito não tinha se movido. O Ford branco parecia acenar para ele como uma bandeira de rendição. A mulher ainda estava atrás do volante, paralisada pela indecisão, sem saber o que estava a ponto de acontecer. No banco de trás, a criança gritava, inconsolável.

A Beretta caiu de sua mão e, de repente, ele estava correndo, abrindo o ar com as mãos, como se tentasse usá-las para ir mais rápido. Quando chegou na porta do carro, uma explosão de luz brilhante o cegou, como a luz de mil sóis. Ele foi levantado por um vento abrasador e jogado para trás no meio de uma tempestade de vidro e sangue. A mão de uma criança tentou agarrá-lo; ele a segurou brevemente, mas ela escorregou entre seus dedos. Então, caiu uma escuridão sobre ele, silenciosa e calma, e não havia mais nada.

PARTE DOIS

MORTE DE UM ESPIÃO

28

LONDRES

MAIS TARDE, A POLÍCIA Metropolitana determinaria que foram 47 — 47 desde que a mulher abandonou o carro na Brompton Road até o momento em que a bomba dentro do porta-malas detonou. Pesava 225 quilos e tinha sido muito bem construída. Não esperavam nada menos vindo de Quinn.

Inicialmente, no entanto, a Polícia Metropolitana não sabia que tinha sido Quinn. Tudo isso foi descoberto mais tarde, depois dos gritos, das ameaças de demissão e represália, e da inevitável sangria. A polícia só sabia o que Amanda Wallace, chefe do MI5, tinha contado, nos minutos antes do desastre. Uma mulher de 32 anos com um passaporte alemão tinha retirado um BMW último modelo roubado do estacionamento de curta permanência no Terminal três do Heathrow e dirigiu sozinha até o centro de Londres. O MI6 tinha sido avisado por um agente sênior de inteligência estrangeira — o agente não tinha sido identificado — que a mulher estava ligada a um conhecido terrorista e fabricante de bombas. Amanda Wallace recomendou ao comissário da Polícia Metropolitana que tomasse todas as medidas apropriadas para impedir o progresso do carro e prendesse a mulher. O comissário tinha respondido enviando unidades da SCO19, a divisão tática da polícia. O primeiro carro de resposta tinha chegado à cena no momento da detonação. Os dois policiais estavam entre os mortos.

Nada sobrou do BMW azul, só uma cratera, vinte metros de largura e dez metros de profundidade, no lugar onde estava estacionado. Uma parte do teto foi depois encontrada flutuando no lago Serpentine, a uma distância de mais de meio quilômetro. Carros e ônibus queimados como brasas na rua; um gêiser esguichava de um cano de água que havia sido rompido, limpando os membros cortados dos mortos e feridos. Curiosamente, os prédios do lado norte da rua, o lado mais perto do carro, sofreram apenas danos estruturais moderados. Foi a Harrods que recebeu o impacto da raiva da bomba. A explosão destruiu a fachada do prédio, expondo seu interior como se fosse uma casa de boneca — cama e banho, móveis e acessórios para o lar, joias finas e perfumes, roupa feminina. Por muito tempo, frequentadores do restaurante Georgian ficaram olhando a rua destruída embaixo deles. A famosa casa de chá era popular entre as mulheres ricas dos emirados cheios petróleo do Golfo. Cobertas com seus véus pretos, elas pareciam corvos empoleirados em um fio.

O número de vítimas foi difícil de calcular. À noite, os mortos chegavam a 52, com mais de quatrocentos feridos, muitos críticos. Vários especialistas na televisão demonstravam alívio — até choque — que o número não tivesse sido maior. Sobreviventes falavam de dois homens que tinham feito uma tentativa desesperada de colocar os transeuntes em segurança segundos antes de a bomba explodir. Seus esforços eram claramente visíveis em um vídeo que chegou à BBC. Um homem, armado, tirava os pedestres da calçada, enquanto o outro arrancava passageiros de um ônibus de Londres. Havia confusão sobre a identidade deles. O carro em que estavam, como o da bomba, tinha sido destruído e nenhum dos homens apareceu, pelo menos não em público. A Polícia Metropolitana negou que os conhecesse; o MI5 e o Serviço de Inteligência preferiram não comentar. O vídeo da CCTV mostrava um dos homens se protegendo segundos antes da explosão da bomba, mas o segundo homem foi visto pela última vez correndo para um Ford Fiesta preso no trânsito da Brompton Road. Os ocupantes do carro, uma mãe e seu filhinho, foram incinerados pela bola de fogo. O homem supostamente estava entre os mortos também, apesar de seu corpo não ter sido encontrado.

O choque inicial e a repugnância rapidamente deram lugar à raiva e uma busca intensa aos criminosas. No alto da lista de possíveis suspeitos estava o Estado Islâmico, o grupo jihadista extremista que tinha aberto caminho entre terror e decapitações a um califado islâmico que ia de Aleppo até perto das portas de Bagdá. O grupo tinha jurado atacar o ocidente, e suas fileiras incluíam várias centenas de residentes do Reino Unido que tinham mantido seus preciosos passaportes britânicos. Claramente, declararam os especialistas na televisão, o EI tinha o motivo e a capacidade para atacar o coração de Londres. Mas um porta-voz do EI negou que o grupo estivesse envolvido, assim como vários outros elementos no conglomerado islâmico global da morte conhecido como Al-Qaeda. Uma remota facção palestina assumiu a responsabilidade, assim como algo chamado Mártires das Duas Mesquitas Sagradas. Nenhuma das duas foi levada a sério.

A pessoa que poderia responder à pergunta da responsabilidade era a mulher que tinha levado a bomba a seu alvo: Anna Huber, 32 anos, cidadã alemã, último endereço conhecido Lessingstrasse, 11, Frankfurt. Mas 48 horas depois do ataque, sua localização continuava sendo um mistério. Tentativas de seguir seus movimentos eletronicamente foram inúteis. A CCTV mostrou-a brevemente caminhando pela Brompton Road até Knightsbridge. Mas depois da detonação, com fumaça, escombros e as multidões em pânico espalhadas pela rua, as câmeras perderam a mulher. Ninguém chamado Anna Huber tinha deixado o país de avião ou trem; ninguém chamado Anna Huber tinha cruzado outra fronteira europeia. Unidades da Bundespolizei alemã invadiram o apartamento dela e encontraram quartos vazios, sem traços da pessoa que poderia ter vivido ali. Os vizinhos a descreveram como quieta e introspectiva. Um falou que ela era voluntária internacional que passava boa parte do tempo na África. Outro disse que fazia algo na indústria de viagens. Ou era jornalismo?

A responsabilidade por proteger o solo britânico de um ataque terrorista era principalmente do MI5 e do Centro de Análise Conjunto de Terrorismo. Como resultado, a raiva pública e política pela bomba de Brompton Road foi dirigida principalmente a Amanda Wallace. A palavra *problemas* começou a aparecer perto do nome dela nos jornais ou sempre que era mencionada no rádio ou na televisão. Fontes anônimas na Polícia Metropolitana reclamaram que o Serviço de Segurança tinha sido "menos do que comunicativo" com a inteligência relacionada com o ataque. Um investigador sênior comparou o fluxo de informação da Thames House com a Scotland Yard ao avanço de uma geleira. Mais tarde, ele esclareceu sua declaração, dizendo que a cooperação entre as duas organizações era "inexistente".

Em seguida, apareceram na imprensa histórias pouco lisonjeiras do estilo de chefia de Amanda. Diziam que os subalternos tinham medo dela; que vários agentes seniores estavam procurando pastos mais verdes em outros lugares em um momento em que a Grã-Bretanha não podia perder agentes com experiência. Disseram que Amanda tinha um relacionamento difícil com Graham Seymour, seu colega no MI6. Havia boatos de que os dois quase não se falavam, que durante uma reunião de crise no Número Dez eles tinham se recusado até a se cumprimentar. Um conhecido ex-espião disse que as relações entre os dois serviços de inteligência britânicos estavam no pior ponto dos últimos anos. Um respeitado jornalista que cobria questões de segurança para o *The Guardian* escreveu que "a inteligência britânica estava no meio de uma crise de magnitude dez", e nesse momento o jornalista estava correto.

Nesse ponto começou uma vigília em frente à Thames House, com Amanda Wallace como alvo. Não durou muito — dois dias, três, no máximo. Então Amanda acabou com aquilo. A arma escolhida foi o mesmo estimado correspondente do *The Guardian*, um homem que ela conhecia há anos. A história dele começou não com a bomba em Brompton Road, mas com a morte da princesa, e foi piorando a partir daí. O nome de Quinn apareceu de forma proeminente. Assim, também, o de Graham Seymour. Foi, disse um comentarista político, o melhor exemplo de assassinato por vazamento da imprensa que ele já tinha visto.

No meio da manhã tinha começado uma nova vigília. Dessa vez, o alvo era o chefe o Serviço Secreto de Sua Majestade. Ele não fez nenhuma declaração e manteve sua agenda como sempre até onze e meia, quando seu Jaguar oficial, com os vidros escuros, foi visto entrando nos portões da Downing Street. Ele ficou dentro do Número Dez por menos de uma hora. Mais tarde, Simon Hewitt, o diretor de comunicação do primeiro-ministro, se recusou a confirmar que o chefe de espionagem tinha estado ali. Pouco depois das duas horas, seu Jaguar foi visto entrando na garagem subterrânea de Vauxhall Cross, mas Graham Seymour não estava lá. Ele estava sentado no banco traseiro de uma van sem nenhuma marca, e nesse momento a van estava longe de Londres.

DARTMOOR, DEVON

A ESTRADA NÃO TINHA NOME e não aparecia em nenhum mapa. Vista do espaço, parecia um risco no pântano, talvez remanescente de um riacho que tinha corrido pela terra nos dias em que os homens erigiam círculos de pedra. Na entrada havia um sinal, apagado e enferrujado, avisando que a estrada era particular. No final, havia um portão que sussurrava uma silenciosa autoridade.

A terra depois do portão era vazia e escura, nada convidativa. O homem que tinha construído a casa havia ganhado dinheiro com transporte. Deixou o lugar para seu único filho e este, que não teve herdeiros, tinha doado ao Serviço Secreto, onde havia trabalhado quase meio século. Ele havia trabalhado em vários cantos do império, sob diversos nomes, mas era mais conhecido como Wormwood. O serviço tinha dado o nome dele à propriedade, como uma homenagem. Aqueles que ficavam ali achavam o nome apropriado.

Estava em uma parte alta da terra e era feita de pedra de Devon que tinha escurecido com o tempo e a negligência. Atrás dela, cruzando um pátio, havia um celeiro convertido em escritórios e quartos para a equipe. Quando Wormwood Cottage estava vazio, um único zelador chamado Parish vigiava o lugar. Mas quando havia um convidado presente — eram sempre chamados de "acompanhantes" — a equipe podia chegar a dez. Dependia muito da natureza do convidado e de quem ele estava se escondendo. Um "amigo" com poucos inimigos poderia andar livre pelo lugar. Um desertor do Irã ou da Rússia seria tratado quase como prisioneiro.

Os dois homens que chegaram na noite da bomba de Brompton Road ficavam no meio. Eles tinham aparecido com pouco aviso, acompanhados por um assistente dos chefes que usava o nome de Davies e um médico que tratava as feridas. O médico tinha passado o resto da noite cuidando do mais velho dos dois. O mais jovem tinha acompanhado todos os movimentos do médico.

Era inglês, o mais jovem, um expatriado, um homem que tinha vivido em outra terra, falado outra língua. O mais velho era a lenda. Dois membros da equipe tinham cuidado dele uma vez antes, depois de um incidente no Hyde Park envolvendo a filha do embaixador norte-americano. Era um cavalheiro, natureza de artista, um pouco quieto, um toque temperamental, mas muitos eram assim. Eles cuidaram dele, trataram suas feridas e o curaram. E não falaram nunca seu nome, pois até onde eles sabiam, ele não existia. Era um homem sem passado ou futuro. Era uma página em branco. Estava morto.

Nas primeiras 48 horas de sua estada, estava mais quieto que o normal. Falava só com seu médico e com o inglês. Com a equipe ele não falou nada, só um fraco "obrigado" sempre que traziam refeição ou roupas limpas. Ele ficava em seu pequeno quarto de frente para o pântano vazio, apenas com a televisão e os jornais de Londres como companhia. Ele só fez um pedido; queria seu BlackBerry. Parish, o cuidador permanente, explicou pacientemente que os acompanhantes, até os de seu nível, não tinha a permissão de usar aparelhos de comunicação particulares em Wormwood Cottage e nos arredores.

— Preciso saber os nomes deles — disse o homem ferido na terceira manhã de sua estada, quando Parish trouxe pessoalmente o chá com torradas.

— Nome de quem, senhor?

— Da mulher e da criança. A polícia não divulgou o nome deles.

— Infelizmente, não sei nada sobre isso, senhor. Sou apenas o zelador do lugar.

— Consiga os nomes — ele falou de novo, e Parish, querendo sair do quarto, prometeu fazer o máximo.

— E meu BlackBerry?

— Desculpe — disse Parish. — Regras da casa.

No quarto dia ele estava forte o suficiente para sair do quarto. Estava sentado no jardim ao meio-dia quando o inglês saiu para caminhar ao redor do pântano e estava ali no pôr do sol quando o inglês voltou, arrastando um par de guarda-costas cansados atrás de si. O inglês caminhava toda tarde independentemente do clima — até no quinto dia, quando um vendaval caía pelo pântano. Naquele dia, ele insistiu em carregar uma mochila com algumas pedras que a equipe encontrasse. Os dois guarda-costas estavam meio mortos quando voltaram para a casa. Aquela noite, nos quartos do celeiro reformado, eles falaram com silenciosa reverência de um homem com força e resistência sobre-humana. Um dos guarda-costas era um agente da SAS e acho que tinha reconhecido a marca do Regimento. Estava na forma como caminhava e como seus olhos estudavam o contorno da terra. Às vezes parecia que ele a olhava pela primeira vez. Outras vezes parecia que estava se perguntando como pôde deixá-la. Os guarda-costas tinham cuidado de todo tipo de pessoas na casa — desertores, espiões, agentes infiltrados que foram descobertos, fraudadores buscando ganhar dinheiro dos contribuintes — mas esse era diferente. Ele era especial. Era perigoso. Tinha um passado sombrio. E, talvez, um futuro brilhante.

No sexto dia — o dia do artigo do *The Guardian*, o dia que mais tarde seria lembrado como o dia em que a inteligência britânica se dividiu —, o mais jovem dos dois homens saiu para o penhasco, uma caminhada de 16 quilômetros, 32 se o maldito insistisse em ir e voltar. Depois de oito quilômetros andando, enquanto cruzava uma colina tomada pelo vento, ele parou de repente, como se fosse alertado pela presença do perigo. Sua cabeça se levantou e virou para a esquerda com a rapidez de um animal. Então ele ficou parado, os olhos fixos no alvo.

Era uma van sem marca entrando pela estrada de Postbridge. Ele ficou olhando como ela entrava na estrada sem nome. Viu quando passava pela cerca viva como uma bola de ferro em um labirinto. Abaixou a cabeça e voltou a caminhar. Caminhava com uma mochila pesada nas costas e a um ritmo que os guarda--costas achavam difícil acompanhar. Ele caminhava como se estivesse fugindo de algo. Caminhava como se estivesse voltando para casa.

O portão foi aberto quando a van chegava ao final da estrada. Só Parish estava ali para recebê-lo. Uma visão horrível, ele pensou, a do chefe do Serviço Secreto de Sua Majestade se arrastando do fundo de uma van comum — *se arrastando*, ele contou aos outros aquela noite, como um jihadista qualquer que tinha sido arrancado do campo de batalha e sujeitado a sabe Deus o quê. Parish apertou respeitosamente a mão do chefe enquanto o vento brincava com o cabelo grisalho dele.

— Onde está ele? — perguntou.

— Qual deles, senhor?

— Nosso amigo de Israel.

— No quarto dele, senhor.

— E o outro?

— Por aí — disse Parish apontando para o pântano.

— Quando ele volta?

— Difícil dizer, senhor. Às vezes não tenho certeza se ele vai voltar. Ele parece o tipo de cara que poderia caminhar muito se quisesse.

O chefe deu um leve sorriso.

— Devo mandar a equipe de segurança trazê-lo de volta, senhor?

— Não — falou Graham Seymour quando entrou na casa. — Eu cuido disso.

30

WORMWOOD COTTAGE, DARTMOOR

AS PAREDES DE WORMWOOD Cottage continham um sistema sofistica-
do de vigilância de áudio e vídeo capaz de gravar cada palavra e ação
de seus convidados. Graham Seymour mandou que Parish desligasse
o sistema e retirasse toda a equipe, exceto a senhorita Coventry, a cozinheira,
que serviu um bule de chá Earl Grey e bolinhos recém-feitos com creme de
Devonshire. Eles se sentaram à pequena mesa na cozinha, que ficava em uma
alcova confortável, com janelas ao redor. Espalhado em uma cadeira como um
hóspede não convidado havia um exemplar do *The Guardian*. Seymour olhou
para o jornal com uma expressão tão vazia quanto o pântano.

— Vejo que esteve se mantendo informado.

— Não tinha muito mais para fazer.

— Foi para o seu bem.

— O seu também.

Seymour bebeu o chá, mas não disse nada.

— Vai conseguir sobreviver?

— Acho que sim. Afinal, o primeiro-ministro e eu somos próximos.

— Ele deve a você a vida política dele, sem mencionar o casamento.

— Na verdade, foi você que salvou a carreira do Jonathan. Eu só fui o faci-
litador secreto. — Seymour pegou o jornal e franziu a testa ao ler a manchete.

— É bastante precisa — disse Gabriel.

— Deveria ser. Tinha uma boa fonte.

— Você parece estar aceitando isso bastante bem.

— Que escolha eu tenho? Além disso, não foi pessoal. Foi autodefesa.
Amanda não ia aceitar cair.

— O resultado ainda é igual.

— É — disse Seymour, sombrio. — A inteligência britânica está uma bagunça. E até onde sabe o público, sou o culpado.

— Engraçado como tudo chegou a esse ponto.

Um silêncio caiu entre eles.

— Tem mais alguma surpresa? — perguntou Seymour.

— Um corpo no condado de Mayo.

— Liam Walsh?

Gabriel assentiu.

— Acho que ele mereceu.

— Mereceu.

Seymour, pensativo, pegou um bolinho.

— Desculpe metê-lo em tudo isso. Eu deveria ter deixado você em Roma para terminar seu Caravaggio.

— E eu deveria ter dito que uma mulher que tinha acabado de passar a noite no apartamento secreto de Eamon Quinn em Lisboa tinha embarcado em um avião para Londres.

— Teria feito alguma diferença?

— Poderia.

— Não somos policiais, Gabriel.

— O que quer dizer?

— Meus instintos teriam sido os mesmos que os seus. Não a teria detido em Heathrow. Teria deixado que ela saísse e esperado que me levasse ao prêmio maior.

Seymour colocou o jornal de novo na cadeira vazia.

— Devo admitir — ele falou depois de um momento — que você não parece tão mal para um homem que esteve cara a cara com uma bomba de duzentos quilos. Talvez seja realmente um arcanjo, afinal.

— Se eu fosse um arcanjo teria encontrado uma forma de salvá-los.

— Você salvou muitos, no entanto; pelo menos uma centena de pessoas, segundo nossa estimativa. E teria terminado sem um arranhão se tivesse o bom senso de se esconder dentro da Harrods.

Gabriel não falou nada.

— Por que você fez aquilo? — perguntou Seymour. — Por que voltou correndo para a rua?

— Eu vi os dois.

— Quem?

— A mulher e a criança que estavam no carro. Tentei avisá-la, mas ela não entendeu. Ela não...

— Não foi culpa sua — disse Seymour, cortando.

— Sabe os nomes deles?

Seymour olhou pela janela. O sol caindo parecia queimar o pântano.

— A mulher era Charlotte Harris. Ela era de Shepherd's Bush.

— E o menino?

— Chamava-se Peter, em homenagem ao avô.

— Quantos anos ele tinha?

— Dois anos e quatro meses. — Seymour parou e olhou bem para Gabriel. — Mais ou menos a mesma idade que seu filho, não é?

— Não é importante.

— Claro que é.

— Dani era alguns meses mais velho.

— E estava na cadeirinha quando a bomba explodiu.

— Já terminou, Graham?

— Não — Seymour permitiu que um silêncio tomasse conta da cozinha. — Você vai ser pai de novo. Chefe, também. E pais e chefes não enfrentam cara a cara uma bomba de duzentos quilos.

Do lado de fora, o sol se equilibrava no alto de uma colina distante. O fogo estava drenando o pântano.

— O que eles sabem sobre meu serviço? — perguntou Gabriel.

— Eles sabem que você esteve perto da bomba quando ela explodiu.

— Como?

— Sua esposa reconheceu você no vídeo da CCTV. Como dá para imaginar, ela está bastante ansiosa para que você volte para casa. O Uzi também. Ele ameaçou voar a Londres e levá-lo de volta pessoalmente.

— Por que não veio?

— Shamron o convenceu a ficar lá. Ele achou que é melhor deixar a poeira baixar.

— Um movimento inteligente.

— Você teria esperado outra coisa?

— Não do Shamron.

Ari Shamron tinha sido duas vezes diretor-geral do Escritório, chefe dos chefes, o eterno. Tinha formado o Escritório à sua semelhança, escrito sua linguagem, criado seus mandamentos, transmitido sua alma. Mesmo agora, já idoso e com problemas de saúde, ele cuidava de sua criação. Foi por causa de Shamron que Gabriel logo sucederia seu amigo como chefe do Escritório. E era por causa de Shamron, também, que ele tinha se jogado como um louco em direção a um Ford branco com uma criança sentada em uma cadeirinha no banco traseiro.

— Onde está meu celular? — ele perguntou.

— Em nosso laboratório.

— Seus técnicos estão se divertindo hackeando nosso software?

— O nosso é melhor.

— Então, acho que conseguiram descobrir onde Quinn estava quando enviou aquele texto.

— O GCHQ acha que veio de um celular em Londres. A pergunta é — ele continuou —, como ele conseguiu seu número particular?

— Suponho que tenha conseguido com as mesmas pessoas que o contrataram para me matar.

— Suspeitos?

— Só um.

WORMWOOD COTTAGE, DARTMOOR

Havia jaquetas Barbour penduradas no armário da entrada e botas Wellington alinhadas contra a parede do vestíbulo. A senhorita Coventry passou por cima delas para acender a lanterna — a noite caía de repente sobre o pântano, ela explicou, e mesmo caminhantes experientes às vezes ficavam desorientados com a paisagem sem muitos pontos de orientação. A lanterna era estilo militar e tinha uma viga como holofote. Se eles se perdessem, brincou Gabriel enquanto se vestia, poderiam usar aquilo para fazer sinais a um avião passando.

Quando saíram da casa, o sol era só uma lembrança. Faixas de luz laranja iluminavam o horizonte, mas uma lua fina flutuava no alto e uma boa quantidade de estrelas brilhava fria e dura no leste. Gabriel, fraco, o corpo dolorido com as mil feridas, movia-se hesitante pelo caminho, a lanterna apagada em sua mão. Seymour, mais alto, no momento em melhor forma, caminhava a seu lado, bastante concentrado enquanto ouvia Gabriel explicar o que tinha acontecido e, mais importante, por que aquilo tinha acontecido. A trama tinha sua gênese, ele falou, em uma casa em uma floresta, à beira de um lago congelado. Gabriel tinha cometido um ato imperdoável ali contra um homem como ele — um homem protegido por um serviço vingativo — e por isso tinha sido sentenciado à morte. Mas não apenas Gabriel; outro teria de morrer com ele. E um terceiro homem que tinha sido cúmplice na questão seria punido também. O homem seria desonrado, seu serviço enfraquecido pelo escândalo.

— Eu? — perguntou Seymour.

— Você — falou Gabriel.

Os homens por trás da trama, ele continuou, não tinham agido com pressa. Tinham planejado com grande cuidado, com o chefe político deles pensando em todos os detalhes no caminho. Quinn era a arma deles. Quinn era a isca perfeita. Os homens por trás da trama não tinham nenhuma ligação estabelecida com o fabricante de bombas, mas claramente seus caminhos tinham se cruzado. Eles levaram o terrorista até seu quartel-general, o trataram como um herói conquistador, deram-lhe brinquedos e dinheiro. E, então, tinham soltado Quinn pelo mundo para cometer um assassinato — um assassinato que iria chocar um país e colocar o resto da trama em movimento.

— A princesa?

Gabriel assentiu.

— Você não pode provar uma palavra disso.

— Não — falou Gabriel. — Ainda não.

Por vários dias depois do assassinato dela, ele continuou, a inteligência britânica não soube do envolvimento de Quinn. Então, Uzi Navot veio a Londres com uma prova de uma importante fonte iraniana. Seymour viajou a Roma; Gabriel, para Córsega. Com Keller como guia, ele fez um passeio pelo passado assassino de Quinn. Eles encontraram uma família secreta em Belfast ocidental e um pequeno apartamento nas colinas de Lisboa, onde uma mulher chamada Anna Huber passou uma única noite, vigiada por três homens. Dois deles entraram em um avião com ela, e começou o próximo ato da trama. Um BMW azul, roubado, repintado, com placa falsa, foi deixado no aeroporto de Heathrow. A mulher pegou o carro e o levou até a Brompton Road. Ela estacionou em frente a um símbolo de Londres, armou a bomba e desapareceu no meio da multidão enquanto os dois homens tentavam desesperadamente salvar o máximo de vidas possível. Eles sabiam que a bomba estava a ponto de explodir porque Quinn tinha dito. Com uma mensagem de texto misteriosa, Quinn tinha mostrado sua cara. E durante todo o tempo, os homens que o contrataram estavam olhando. Talvez, acrescentou Gabriel, ainda estivessem.

— Você acha que meu serviço está comprometido? — perguntou Seymour.

— Seu serviço está comprometido há muito tempo.

Seymour parou e olhou por cima do ombro para as luzes fracas de Wormwood Cottage.

— É seguro para você aqui?

— Diga-me você.

— Parish conhecia meu pai. Ele é totalmente leal. Mesmo assim — acrescentou —, provavelmente deveríamos levar você para outro lugar, só por segurança.

— Infelizmente, é muito tarde para isso, Graham.

— Por quê?

— Porque eu já estou morto.

Seymour olhou para Gabriel por um momento, espantado. E, então, entendeu.

— Quero que você contate Uzi pela conexão normal — disse Gabriel. — Diga que não aguentei as feridas. Expresse suas mais profundas condolências. Peça para ele mandar Shamron retirar o corpo. Não posso fazer isso sem o Shamron.

— Fazer o quê?

— Vou matar Eamon Quinn — disse Gabriel, frio. — E depois vou matar o homem que pagou pela bala.

— Deixe Quinn comigo.

— Não — falou Gabriel. — Quinn é meu.

— Você não está em condições de caçar ninguém, muito menos um dos terroristas mais perigosos do mundo.

— Então, acho que vou precisar de alguém para carregar minhas malas. Ele deveria provavelmente ser alguém do MI6 — Gabriel acrescentou rapidamente. — Alguém que cuide dos interesses britânicos.

— Tem alguém em mente?

— Tenho — respondeu Gabriel. — Mas tem um problema.

— Qual?

— Ele não é do MI6.

— Não — falou Seymour. — Ainda não.

Seymour seguiu o olhar de Gabriel para a paisagem escura. No começo não havia nada. Depois três figuras começaram a crescer lentamente na escuridão. Duas pareciam estar lutando contra a fadiga, mas a terceira estava caminhando como se ainda faltassem muitas milhas. Ele parou rapidamente e, olhando para cima, deu um único aceno com o braço duro. Então, de repente, ele estava parado na frente deles. Sorrindo, esticou a mão para Seymour.

— Graham — falou, amigável. — Faz muito tempo. Vai ficar para o jantar? Ouvi dizer que a senhorita Coventry está fazendo sua famosa torta.

Ele se virou e caminhou de volta para a escuridão. E, um instante depois, tinha desaparecido.

32

WORMWOOD COTTAGE, DARTMOOR

G RAHAM SEYMOUR REALMENTE FICOU para jantar no Wormwood Cottage aquela noite, e por várias outras também. A senhorita Coventry serviu a torta para eles com um vinho decente na mesa da cozinha e deixou-os se esquentando com o fogo da sala e do passado. Gabriel foi, na maior parte, um espectador dos acontecimentos, uma testemunha, tomando notas. Keller foi quem mais falou. Contou sobre seu trabalho secreto em Belfast, da morte de Elizabeth Conlin e de Quinn. E falou, também, da noite em janeiro de 1991, quando seu esquadrão Sabre foi atacado pela coalizão no oeste do Iraque, e de sua longa caminhada até os braços abertos de Dom Anton Orsati. Seymour ouviu bastante sem interromper e sem julgar, mesmo quando Keller descreveu alguns dos muitos assassinatos que ele realizou pelo Dom. Seymour não estava interessado em fazer nenhum julgamento. Estava só interessado em Keller.

Ele abriu uma garrafa do melhor uísque de Wormwood Cottage, acrescentou lenha à pilha de brasas na lareira, e propôs um acordo que resultaria na repatriação de Keller. Ele teria um emprego no MI6. Com isso, teria um novo nome e identidade. Christopher Keller continuaria morto para todo mundo, menos para sua família imediata e para o serviço. Ele lidaria com casos que estivessem mais próximos de suas habilidades. Sob nenhuma circunstância teria de cuidar da burocracia em uma mesa em Vauxhall Cross. MI6 tinha muitos analistas para fazer isso.

— E se eu encontrar um velho companheiro na rua?

— Diga ao velho companheiro que ele se equivocou e continue andando.

— Onde vou morar?

— Onde você quiser, desde que seja em Londres.

— E minha casa na Córsega?

— Depois vemos isso.

De sua posição perto do fogo, Gabriel deu um breve sorriso. Keller voltou com as perguntas.

— Para quem vou trabalhar?

— Para mim.

— Fazendo o quê?

— O que eu precisar.

— E quando você sair?

— Não vou a nenhum lugar.

— Não foi o que li nos jornais.

— Uma das coisas que você logo vai aprender trabalhando no MI6 é que os jornais quase sempre estão errados. — Seymour levantou o copo e examinou a cor do uísque à luz do fogo.

— O que vamos falar ao Pessoal? — perguntou Keller.

— O mínimo possível.

— Não teria como sobreviver a um exame tradicional.

— Acho que não.

— E meu dinheiro?

— Quanto é?

Keller respondeu com a verdade. Seymour levantou uma sobrancelha.

— Teremos de pensar em algo com os advogados.

— Não gosto de advogados.

— Bom, você não pode mantê-lo em contas bancárias secretas.

— Por que não?

— Porque, por razões óbvias, agentes do MI6 não podem ter contas assim.

— Não serei um agente do MI6 normal.

— Você ainda terá de seguir as regras.

— Nunca segui antes.

— É — disse Seymour. — E é por isso que você está aqui.

E assim continuou, bem depois da meia-noite, até que finalmente chegaram a um acordo e Seymour subiu com dificuldades ao fundo de sua van pouco digna. Ele deixou um notebook incapaz de fazer contato com o mundo exterior, e um dispositivo USB protegido com senha contendo dois vídeos. O primeiro era uma montagem editada das imagens da CCTV mostrando a entrega do BMW azul no aeroporto de Heathrow. O carro tinha aparecido na CCTV pela primeira vez perto de Bristol, várias horas antes da bomba. O motorista foi direto para Londres pela M4. Estava usando chapéu e óculos escuros, deixando seus traços invisíveis para as câmeras. Parou uma vez para encher o tanque, pagou em dinheiro e não disse nada para o atendente durante a operação. Nem falou com ninguém no estacionamento no Terminal três do Heathrow, onde deixou o BMW às onze e meia, meia hora depois que o voo 501 da British Airways saiu de Lisboa. Depois de tirar uma mala do banco traseiro, ele entrou no terminal e subiu no trem expresso do Heathrow para a estação Paddington, de Londres, onde havia uma motocicleta esperando. Uma hora depois a moto saiu da cobertura da CCTV em uma estrada de terra ao sul de Luton. A motocicleta não foi encontrada. O ponto de origem do carro no dia da bomba nunca foi determinado.

O segundo vídeo era dedicado inteiramente à mulher. Começou com sua passagem pelo aeroporto de Heathrow e terminou com sua desaparição na fumaça e no caos que tinha causado na Brompton Road. Gabriel adicionou vários minutos de filmagem de sua memória. Havia uma mulher sentada sozinha no restaurante ao lado da rua, uma mulher abruptamente tomando um táxi em um boulevard com muito trânsito, uma mulher em um avião olhando diretamente para o rosto dele sem um traço de reconhecimento. *Ela era boa*, ele pensou, *uma oponente importante*. Sabia que homens perigosos a seguiam, e mesmo assim, nunca tinha mostrado medo nem apreensão. Era possível que fosse alguém que Quinn tivesse conhecido durante suas viagens pelas regiões inferiores do terrorismo global, mas Gabriel duvidava. Ela era uma profissional, uma profissional da elite. Era de um calibre mais alto, de classe superior.

Gabriel assistiu ao vídeo novamente, do começo, viu o BMW entrar na faixa só para ônibus em frente ao banco HSBC, viu a mulher descer e se afastar calmamente. Então viu dois homens pularem do Passat prateado — um armado com um revólver, outro só com força bruta — e começarem a afastar as pessoas para um lugar seguro. Quarenta e cinco segundos depois, a rua ficou mortalmente quieta e silenciosa. Um homem podia ser visto correndo loucamente em direção a um Ford branco preso no trânsito. A bomba apagou a filmagem. Deveria ter apagado o homem, também. Talvez Graham Seymour estivesse certo. Talvez Gabriel fosse um arcanjo, afinal.

Era quase de manhã quando ele desligou o computador. Como instruído, devolveu a Parish, o zelador, no café da manhã, junto com um bilhete escrito a mão para ser entregue pessoalmente a Graham Seymour, em Vauxhall Cross. Nele, Gabriel pedia permissão para realizar duas reuniões — uma com a jornalista política mais conhecida de Londres, a outra com a desertora mais famosa do mundo. Seymour concordou com os dois pedidos e mandou uma van de serviço para Wormwood Cottage. No final daquela tarde, ela estava cruzando as colinas da península Lizard, no oeste da Cornualha. Keller, parecia, não estava sozinho. O falecido Gabriel Allon estava indo para casa também.

ENSEADA DE GUNWALLOE, CORNUALHA

ELE TINHA VISTO PELA primeira vez do deque de um barco a vela a uns dois quilômetros no mar, a pequena casa na ponta mais ao sul da Enseada de Gunwalloe, no alto das colinas como o quadro *La cabane des Douaniers a Pourville*, de Monet. Embaixo havia uma pequena praia de areia onde um velho barco naufragado dormia debaixo da arrebentação traidora. Atrás dela, além das armérias roxas e da festuca vermelha do alto das colinas, havia um campo verde em declive cruzado por cercas vivas. Nesse momento, Gabriel não viu nada disso, pois estava encolhido como um refugiado no fundo de uma van. Ele sabia que estavam perto, no entanto; a estrada mostrava isso. Ele conhecia cada curva e cada reta, cada declive e cada buraco, o latido de cada cachorro, o doce aroma bovino de cada pasto. E, assim, quando a van fez a curva fechada à direita no pub Lamb and Flag, e começou a descida final em direção à praia, ele se levantou um pouco, ansioso. A van diminuiu, provavelmente para evitar um pescador subindo da enseada, e então fez outra curva fechada, à esquerda, na entrada da casa. De repente, a porta traseira da van estava se abrindo e um segurança do MI6 o saudou em sua casa, como se ele fosse um estranho pisando na Cornualha pela primeira vez.

— Sr. Carlyle — ele gritou por cima do vento. — Bem-vindo a Gunwalloe. Espero que tenha feito uma boa viagem. O trânsito pode ser muito pesado nessa hora do dia.

O ar estava frio e salgado, a luz do final da tarde era laranja brilhante, o mar estava em chamas e manchado com espuma. Gabriel ficou por um momento na entrada, sentindo-se tomado pela saudade, até o segurança o empurrar de forma polida para a entrada — porque o segurança tinha ordens estritas de não permitir que ele ficasse visível a um mundo que logo acreditaria que ele estava morto. Olhando para cima, imaginou Chiara brava na porta, parada, seu cabelo despenteado caindo sobre os ombros, os braços cruzados sobre a barriga antes de estar grávida. Mas quando subiu os três degraus da entrada, ela desapareceu. Automaticamente, ele pendurou o casaco impermeável no cabideiro do hall de entrada e passou a mão pelo velho chapéu de camurça que ele usava durante suas estadas nas colinas. Então, virando-se, viu Chiara pela segunda vez. Ela estava tirando uma pesada panela de barro do forno, e quando a levantou, o cheiro de vitela, vinho e sálvia encheu a casa. Fotografias de um Rembrandt perdido estavam espalhadas pela pia da cozinha onde ela trabalhava. Gabriel tinha acabado de concordar em encontrar o quadro para um comerciante de arte chamado Julian Isherwood, sem saber que sua busca levaria diretamente ao coração do programa nuclear iraniano. Ele tinha conseguido localizar e destruir quatro instalações secretas de enriquecimento de urânio, uma realização impressionante que diminuiu significativamente o avanço do Irã em direção a uma arma nuclear. Os iranianos claramente não viram a realização de Gabriel da mesma maneira. Na verdade, eles o queriam morto tanto quanto os homens que tinham contratado Eamon Quinn.

A visão de Chiara desapareceu. Ele abriu as portas francesas e por um instante imaginou que podia ouvir os sinos da igreja de Lyonesse, a mítica cidade submersa, tocando nas profundezas do mar. Havia só um pescador parado com a água até a cintura nas ondas; a praia estava deserta, exceto por uma mulher caminhando na beira da água, seguida alguns metros atrás por um homem em uma jaqueta de nylon. Ela ia para o norte, o que significava que estava de costas para Gabriel. Uma rajada fria de vento soprava do mar, fria o suficiente para Gabriel, e em seus pensamentos ele a via caminhando por uma rua congelada em São Petersburgo. Naquele momento, como agora, ele a via de cima; estava parado no parapeito da cúpula de uma igreja. A mulher sabia que ele estava ali, mas não tinha olhado. Ela era uma profissional, uma profissional da elite. Era de um calibre mais alto, de classe superior.

Nesse momento, ela havia chegado à ponta mais norte da praia. Ela fez uma pirueta e o homem de jaqueta de nylon virou com ela. O mar adicionava uma qualidade de sonho à imagem. Ela parou para olhar o pescador levantar um robalo que lutava das ondas e, rindo por algo que o homem disse, pegou uma pedra do chão e jogou no mar. Virando-se, ela parou de novo, aparentemente distraída por algo que não esperava ver. Talvez fosse o homem parado na grade do terraço, como o homem que estivera no parapeito de uma torre de igreja em São Petersburgo. Ela jogou outra pedra no mar turbulento, abaixou a cabeça e continuou caminhando. Agora, como naquele momento, Madeline Hart não olhou para cima.

Tinha começado como um caso entre o primeiro-ministro Jonathan Lancaster e uma jovem que trabalhava na sede de seu partido. Mas a mulher não era alguém qualquer — era uma agente russa dormente que tinha sido plantada na Inglaterra quando era criança — e o caso não era algo comum. Era parte de um elaborado plano russo criado para pressionar o primeiro-ministro a assinar um acordo lucrativo para exploração de petróleo no mar do Norte com uma empresa do Kremlin chamada Volgatek Oil & Gas. Gabriel tinha descoberto a verdade com o homem que dirigia a operação, um agente do SVR, o serviço de inteligência russo, chamado Pavel Zhirov. No final, Gabriel e sua equipe de agentes do Escritório tinham tirado Madeline Hart de São Petersburgo e do país. O escândalo que acompanhou sua deserção foi o pior na história britânica. Jonathan Lancaster, pessoalmente humilhado e politicamente ferido, respondeu cancelando o acordo no mar do Norte e congelando o dinheiro russo depositado em bancos britânicos. Uma estimativa dizia que o presidente russo tinha perdido pessoalmente vários bilhões de dólares. Francamente, pensou Gabriel, era incrível que ele tivesse esperado tanto para retaliar.

Era a intenção da KGB transformar Madeline Hart em uma garota inglesa e, através de anos de treinamento e manipulação, tinham conseguido. Seu domínio do idioma russo era limitado, e ela não sentia nenhuma lealdade pela terra que deixara ainda criança. Ela queria voltar à Inglaterra para retomar sua vida antiga, mas considerações políticas e de segurança tornaram isso impossível. Gabriel deixou que usasse sua adorada casa na Cornualha. Ele sabia que ela gostaria do lugar. Ela fora criada na pobreza, com a família ajudada pelo governo em uma casa em Basildon, Inglaterra. Ela só queria na vida um quarto com vista.

— Como você me encontrou? — ela perguntou enquanto subia a escada até o terraço. Então, sorriu. Era a mesma pergunta que tinha feito a Gabriel aquela tarde em São Petersburgo. Os olhos dela eram do mesmo azul-cinzento e estavam bem abertos pela animação. Agora se fecharam com preocupação quando ela viu os danos no rosto dele.

— Você está absolutamente horrível — ela disse com o sotaque inglês. Era uma combinação de Londres e Essex, mas sem nenhum traço de Moscou. — O que aconteceu?

— Foi um acidente de esqui.

— Você não me parece o tipo que gosta de esquiar.

— Foi a primeira vez.

Um momento meio estranho se seguiu quando ela o convidou a entrar na casa dele. Madeline pendurou o casaco no cabide ao lado do dele e foi para a cozinha fazer chá. Encheu a chaleira elétrica com água de uma garrafa e pegou uma caixa velha de Harney & Sons do armário. Gabriel tinha comprado centenas de anos antes na Morrisons em Marazion. Sentou-se em seu banco favorito e ficou olhando outra mulher usar o espaço normalmente ocupado por sua esposa. Os jornais de Londres estavam sobre o balcão e não tinham sido lidos. Todos mostravam uma cobertura sensacionalista da bomba na Brompton Road e a luta interna nos serviços de inteligência britânica. Ele olhou para Madeline. O ar marítimo frio tinha acrescentado cor a seu rosto pálido. Ela parecia contente, até feliz, nada parecida com a mulher quebrada que ele tinha encontrado em São Petersburgo. De repente, ele não teve coragem de contar que ela era a causa de tudo que tinha acontecido.

— Estava começando a pensar que nunca mais veria você — ela disse. — Já faz...

— Muito tempo — disse Gabriel, cortando.

— Quando foi a última vez que esteve no Reino Unido?

— Eu estive aqui nesse verão.

— Negócios ou prazer?

Ele hesitou antes de responder. Por muito tempo depois da deserção dela, ele tinha se recusado a até dizer seu nome para Madeline. Desertores têm a tendência a ficar com saudades de casa.

— Foi um empreendimento de negócios — ele falou finalmente.

— Bem-sucedido, espero.

Ele teve de pensar.

— Foi — falou depois de um momento. — Acho que foi.

Madeline tirou a chaleira do fogo e serviu a água fervendo em uma xícara grande e branca que Chiara tinha comprado em uma loja em Penzance. Olhando para ela, Gabriel perguntou:

— Você está feliz aqui, Madeline?

— Vivo com medo de que você me expulse.

— Por que acha que vou fazer uma coisa dessas?

— Nunca tive uma casa própria antes — ela falou. — Nem mãe, nem pai, só a KGB. Virei a pessoa que queria ser. E então eles tiraram isso de mim também.

— Você pode ficar aqui o tempo que quiser.

Ela abriu a geladeira, tirou uma garrafa de leite, e serviu um pouco no pequeno jarro de Chiara.

— Quente ou frio? — ela perguntou.

— Frio.

— Açúcar?

— De jeito nenhum.

— Pode ser que tenha um pacote de biscoito McVitie's no armário.

— Já comi.

Gabriel serviu leite no fundo de sua xícara e colocou o chá por cima.

— Meus vizinhos estão se comportando?

— São um pouco barulhentos.

— Não me diga.

— Parece que você os impressionou muito.

— Não fui eu.

— Não — ela falou. — Foi Giovanni Rossi, o grande restaurador de arte italiano.

— Não tão grande.

— Não foi o que disse Vera Hobbs.

— Como estão os bolinhos dela hoje em dia?

— Quase tão bons quanto os bolinhos do café no alto de Lizard Point.

O sorriso dele deve ter traído o quanto ele sentia saudades.

— Não sei como você deixou esse lugar — ela falou.

— Nem eu.

Ela olhou pensativa para ele sobre sua xícara.

— Você já é o chefe do seu serviço?

— Ainda não.

— Quanto falta?

— Uns meses, talvez menos.

— Vou ler nos jornais?

— Agora divulgamos o nome de nosso chefe, como o MI6.

— Pobre Graham — ela falou olhando para os jornais.

— É — falou Gabriel, distante.

— Acha que Jonathan vai demiti-lo?

Era estranho ouvi-la se referir ao primeiro-ministro pelo seu primeiro nome. Ele ficou pensando como ela o chamava naquelas noites na Downing Street, quando Diana Lancaster estava fora.

— Não — falou depois de um momento. — Acho que não.

— Graham sabe muito.

— Tem isso?

— E Jonathan é muito leal.

— Com todo mundo, menos com a esposa.

Ela não gostou do comentário.

— Desculpe, Madeline. Não deveria...

— Tudo bem — ela falou, rapidamente. — Eu mereci.

Suas longas e fortes mãos ficaram quietas, de repente. Ela as acalmou tirando os saquinhos de chá do bule, adicionando um pouco de água quente e recolocando a tampa.

— Está tudo como você se lembra? — ela perguntou.

— A mulher atrás do balcão é diferente. Fora isso, tudo está igual.

Ela sorriu, desconfortável, mas não disse nada.

— Esteve espiando minhas coisas? — ele perguntou.

— O tempo todo.

— Encontrou algo interessante?

— Infelizmente, não. É quase como se o homem que vivia aqui não existisse.

— Assim como Madeline Hart.

Ele viu consternação em seus olhos. Eles se moveram lentamente ao redor da sala, o quarto com vista.

— Você vai me contar por que está com essa cara detonada?

— Eu estava na Brompton Road quando a bomba explodiu.

— Por quê?

Gabriel respondeu com a verdade.

— Então você é o agente de inteligência estrangeiro.

— Infelizmente.

— E foi você que tentou salvar as pessoas.

Ele não falou nada.

— Quem era o outro homem?

— Não é importante.

— Você sempre fala isso.

— Só quando realmente é verdade.

— E a mulher? — ela perguntou.

— Seu passaporte dizia que era...

— É — ela o interrompeu. — Eu li nos jornais.

— Viu o vídeo da CCTV?

— Não dá para ver muito, na verdade. Uma mulher sai do carro, uma mulher se afasta calmamente, uma rua explode.

— Muito profissional.

— Muito — ela concordou.

— Viu a foto dela tirada no Heathrow?

— Muito granulada.

— Acha que ela é alemã?

— Metade, eu diria.

— E a outra metade?

Madeline olhou para o mar.

ENSEADA DE GUNWALLOE, CORNUALHA

HAVIA QUATRO FOTOGRAFIAS NO total: a foto que Gabriel tinha tirado da mulher sentada sozinha no restaurante e três mais que ele havia tirado quando ela apareceu na varanda enferrujada de Quinn. Ele as organizou no balcão, onde já tinha colocado as fotografias de um Rembrandt roubado para Chiara, e sentiu culpa quando Madeline se abaixou para observá-las.

— Quem tirou essas?

— Não é importante.

— Você tem um bom olho.

— Quase tão bom quanto o de Giovanni Rossi.

Ela pegou a primeira fotografia, uma mulher de óculos escuros sozinha em uma mesa na rua, sentada em uma direção que permitia ter uma visão inferior da cidade.

— Ela não fechou a bolsa.

— Você notou isso também.

— Uma turista normal fecharia a bolsa por causa de ladrões e batedores de carteira.

— Fecharia.

Ela colocou a foto de novo em seu lugar no balcão e levantou outra. Mostrava uma mulher sozinha na balaustrada de uma varanda, uma videira florida saindo de seus pés. A mulher estava levando um cigarro a seus lábios de uma maneira que expunha a parte de baixo de seu braço direito. Madeline se aproximou e levantou a sobrancelha pensativa.

— Está vendo isso? — ela perguntou.

— O quê?

Ela levantou a fotografia.

— Ela tem uma cicatriz.

— Pode ser um problema na imagem.

— Poderia ser, mas não é. É um problema na garota.

— Como pode ter certeza?

— Porque — disse Madeline — eu estava lá quando aconteceu.

— Você a conhece?

— Não — ela falou, olhando para a fotografia. — Mas eu conheci a garota que ela era antes.

35

ENSEADA DE GUNWALLOE, CORNUALHA

GABRIEL TINHA OUVIDO A história pela primeira vez na beira de um lago russo congelado, da boca de um homem chamado Pavel Zhirov. Agora, em uma casa na praia, ele ouviu novamente da mulher que tinha se tornado Madeline Hart. Ela não sabia o nome verdadeiro da mulher; de seus pais biológicos sabia muito pouco. O pai dela tinha sido um general sênior na KGB, talvez o chefe do todo-poderoso Primeiro Diretório Central. Sua mãe, uma datilógrafa da KGB que não tinha nem vinte anos, não havia sobrevivido muito depois do parto. Uma overdose de pílulas para dormir e vodca tinham tirado sua vida, ou foi o que contaram a Madeline.

Ela tinha sido colocada em um orfanato. Não um orfanato real, mas um orfanato da KGB onde, como ela gostava de dizer, tinha sido criada por lobos. Em certo momento — ela não se lembrava quando — seus cuidadores tinham parado de falar com ela em russo. Por um tempo ela foi criada em completo silêncio, até que os últimos traços do idioma russo tinham desaparecido de sua memória. Então, ela foi colocada aos cuidados de uma unidade que só falava com ela em inglês. Ela assistia a vídeos de programas infantis britânicos e lia livros infantis britânicos. A limitada exposição à cultura britânica fez pouco por seu sotaque. Ela falava inglês, dizia, como um locutor da Rádio Moscou.

A instalação onde ela vivia ficava no subúrbio de Moscou, não muito longe da sede do Primeiro Diretório Central, em Yasenevo, que a KGB chamava de Moscou Center. Depois, foi transferida para um campo de treinamento da KGB no interior da Rússia, perto de uma cidade fechada que não tinha nome, só um número. O campo continha uma pequena cidade inglesa, com lojas, um parque, um ônibus com um motorista que falava inglês e um conjunto de casas de tijolos onde eles viviam juntos como famílias. Em uma parte separada do campo havia uma pequena cidade norte-americana com um cinema que passava filmes populares dos Estados Unidos. E, a pouca distância da cidade norte-americana, havia uma vila alemã. Era administrada junto com a Stasi da Alemanha Oriental. A comida era trazida semanalmente de Berlim Oriental: salsicha alemã, cerveja, presunto fresco. Todo mundo concordava que os aprendizes alemães estavam melhores que os outros.

Na maior parte do tempo, eles ficavam em seus falsos mundos separados. Madeline vivia com o homem e a mulher que iriam se mudar com ela para a Grã-Bretanha. Ela ia a uma rígida escola inglesa, tomava chá e muffins em uma loja pequena e brincava no parque inglês que estava sempre enterrado debaixo de vários centímetros de neve russa. Algumas vezes, no entanto, ela tinha permissão para assistir a um filme na cidade norte-americana, ou jantar no jardim de cerveja da vila alemã. Foi em uma dessas saídas que ela conheceu Katerina.

— Presumo que não estava morando na cidade norte-americana — disse Gabriel.

— Não — respondeu Madeline. — Katerina era uma garota alemã.

Ela era vários anos mais velha que Madeline, uma adolescente às portas do mundo adulto. Já era linda, mas não tão linda quanto ficaria depois. Falava um pouco de inglês — os aprendizes no programa alemão eram bilíngues — e ela gostava de treinar com Madeline, cujo inglês, apesar do sotaque estranho, era perfeito. Como regra, amizades entre aprendizes de diferentes escolas eram desencorajadas mas, no caso de Madeline e Katerina, os treinadores fizeram uma exceção. Katerina estava se sentido deprimida por algum tempo. Seus treinadores não estavam convencidos de que ela aguentaria a vida no ocidente como ilegal.

— Como ela terminou no programa de ilegais? — perguntou Gabriel.

— Da mesma forma que eu.

— O pai dela era da KGB?

— A mãe, na verdade.

— E o pai?

— Era um agente de inteligência alemão que tinha sido alvo de uma armadilha sexual. Katerina foi o resultado do relacionamento.

— Por que a mãe não abortou?

— Ela queria o bebê. Que foi tirado dela. E depois tiraram a vida dela.

— E a cicatriz?

Madeline não respondeu. Em vez disso, pegou a fotografia de novo — a fotografia da garota que ela tinha conhecido como Katerina parada em uma varanda em Lisboa.

— O que ela estava fazendo ali? — perguntou. — E por que deixou uma bomba na Brompton Road?

— Ela estava em Lisboa porque os controladores dela sabiam que estávamos espionando o apartamento.

— E a bomba?

— Era para mim.

Ela olhou para ele.

— Por que estavam tentando matar você?

Gabriel hesitou, depois falou:

— Por sua causa, Madeline.

Um silêncio instalou-se entre eles.

— O que você acha que iria acontecer — ela disse finalmente — depois de matar um oficial da KGB em solo russo e me ajudar a desertar para o ocidente?

— Achei que o presidente russo ficaria bravo. Mas não achei que ele colocaria uma bomba na Brompton Road.

— Você subestima o presidente russo.

— Nunca — respondeu Gabriel. — O presidente russo e eu temos uma longa história.

— Ele já tentou matar você antes?

— Já — falou Gabriel. — Mas essa é a primeira vez que conseguiu.

Os olhos azul-escuros dela se voltaram para ele, estranhando. E, então, ela entendeu.

— Quando você morreu? — ela perguntou.

— Há várias horas, em um hospital militar britânico. Eu lutei muito, mas não teve jeito. Minhas feridas foram muito severas.

— Quem mais sabe?

— Meu serviço, claro, e minha esposa foi notificada da minha morte.

— E o Moscou Center?

— Se, como eu suspeito, eles estão lendo o correio do MI6, já estão fazendo brindes com vodca pela minha morte. Mas só para garantir, vou deixar tudo muito claro.

— Tem algo mais que poderia fazer?

— Diga coisas bonitas sobre mim no meu funeral. E leve mais de um guarda-costas quando caminhar pela praia.

— Eram dois, na verdade.

— O pescador?

— Vamos ter robalo assado para o jantar.

Ela sorriu e perguntou:

— O que você vai fazer com todo o seu tempo livre agora que está morto?

— Vou encontrar os homens que me mataram.

Madeline pegou a fotografia de Katerina na varanda.

— E ela? — perguntou.

Gabriel ficou em silêncio por um momento. Então disse:

— Você não me contou sobre a cicatriz em seu braço.

— Aconteceu durante um exercício de treinamento.

— Que tipo de treinamento?

— Assassinato silencioso.

— Ela olhou para Gabriel e acrescentou, sombria:

— A KGB começa cedo.

— Você?

— Eu era muito jovem — ela disse, balançando a cabeça. — Mas Katerina era mais velha e eles tinham outros planos para ela. O instrutor dela entregou uma faca um dia e mandou que ela o matasse. Katerina obedeceu. Katerina sempre obedecia.

— Continue.

— Mesmo depois de ter sido desarmada, ela continuou atacando. No final, se cortou com a própria arma. Teve sorte de não sangrar até a morte. — Madeline olhou para a fotografia. — Onde você acha que ela está agora?

— Acho que está em algum lugar na Rússia.

— Em uma cidade sem nome. — Madeline devolveu a fotografia a Gabriel.

— Vamos esperar que ela fique lá.

Quando Gabriel voltou a Wormwood Cottage, ele subiu as escadas até o quarto e caiu exausto na cama. Queria muito ligar para sua esposa, mas não ousava. Claro, seus inimigos estavam rondando a rede procurando traços de sua voz. Homens mortos não fazem ligações telefônicas.

Quando o sono finalmente o dominou, ele não conseguiu descansar pelos sonhos. Em um, estava cruzando a nave de uma catedral em Viena, carregando uma caixa de madeira cheia de suas ferramentas de restauração. Uma garota alemã esperava na porta para conversar com ele, como tinha feito aquela noite, mas em seu sonho ela era Katerina e o sangue fluía livremente de uma ferida profunda em seu braço. "Consegue consertar isso?", ela perguntou, mostrando a ferida, mas ele passou sem uma palavra e foi caminhando por ruas vienenses silenciosas, até uma praça no velho Bairro Judeu. A praça estava branca pela neve e cheia de ônibus de Londres. Uma mulher estava tentando ligar uma Mercedes, mas o motor não funcionava porque a bomba estava tirando força da bateria. Seu filho estava na cadeirinha, no banco de trás, mas a mulher atrás do volante não era sua esposa. Era Madeline Hart. "Como você me encontrou?", ela perguntou pelo vidro quebrado. E então a bomba explodiu.

Ele deve ter gritado dormindo porque Keller estava parado na entrada do quarto quando ele acordou. A senhorita Coventry serviu o café da manhã na cozinha e depois viu quando eles saíam para caminhar no pântano sob a fria neblina da manhã. As pernas de Gabriel estavam fracas pela inatividade, mas Keller teve misericórdia dele. Eles passaram o primeiro quilômetro em um ritmo moderado que foi aumentando gradualmente enquanto Gabriel contava sobre Madeline e o fruto de uma armadilha sexual da KGB chamada Katerina. Eles iam encontrá-la, disse Gabriel. E depois iam enviar uma mensagem ao Kremlin que não precisava de tradução.

— Não se esqueça do Quinn — disse Keller.

— Talvez não haja nenhum Quinn. Talvez o Quinn seja apenas um nome e um histórico. Talvez ele seja somente uma isca que jogaram na água para nos levar à superfície.

— Você não acredita realmente nisso, acredita?

— Isso cruzou minha mente.

— Quinn matou a princesa.

— De acordo com uma fonte dentro da inteligência iraniana — disse Gabriel enfaticamente.

— Quando vamos poder agir?

— Depois do meu enterro.

Voltando a Wormwood Cottage, ele encontrou uma muda de roupa dobrada aos pés de sua cama. Tomou um banho, se vestiu e subiu mais uma vez no fundo da van. Dessa vez, ela o levou para o leste até uma casa segura em Highgate. A casa era conhecida; ele tinha trabalhado ali antes. Ao entrar, jogou o casaco sobre o encosto de uma cadeira na sala de estar e subiu as escadas até um pequeno escritório no segundo andar. Tinha uma pequena janela que dava para uma rua sem saída. A chuva murmurava nas calhas, os pombos pareciam chorar nos beirais. Trinta minutos se passaram, tempo suficiente para a escuridão cair e uma fileira de postes de luz começarem a piscar, hesitantes. Um carro cinza veio subindo a colina, sendo dirigido de um jeito que parecia descuidado. Estacionou na frente da casa e o motorista, um jovem com jeito inocente, desceu. Uma mulher desceu também — a mulher que iria informar ao mundo sobre sua trágica morte. Ele olhou para o relógio e sorriu. Ela estava atrasada. Ela sempre estava.

HIGHGATE, LONDRES

— DE JEITO NENHUM — disse Samantha Cooke. — Nem agora, nem nunca. Nem em um milhão de anos.

— Por que não?

— Preciso enumerar as razões?

Ela estava parada no meio da sala, uma mão suspensa, a palma virada para cima, o inquisidor esperando sua resposta. Ao entrar, tinha largado a bolsa em uma cadeira de balanço, mas ainda não tinha tirado o casaco encharcado. Seu cabelo era loiro acinzentado na altura dos ombros, os olhos eram azuis e naturalmente inquisidores. No presente, eles estavam fixos no rosto de Gabriel, sem acreditar. Um ano antes ele tinha dado a Samantha Cooke e seu jornal, o *The Telegraph*, uma das maiores exclusivas do jornalismo britânico — uma entrevista com Madeline Hart, a espiã russa que tinha sido a amante secreta do primeiro-ministro. Agora ele estava pedindo um favor em retorno. Outra exclusiva: essa tinha a ver com sua morte.

— Para começar — ela estava dizendo — não seria ético. De jeito nenhum.

— Amo quando os jornalistas britânicos falam sobre ética.

— Não trabalho para um tabloide. Eu trabalho para um jornal de qualidade.

— E é por isso que preciso de você. Se a história aparece no *The Telegraph*, as pessoas vão pensar que é verdade. Se ele aparece no...

— Já entendi. — Ela tirou o casaco e jogou em cima da bolsa. — Acho que preciso de uma bebida.

Gabriel apontou para o carrinho.

— Quer uma também?

— É um pouco cedo para mim, Samantha.

— Para mim, também. Tenho uma história para escrever.

— Sobre o quê?

— O mais novo plano de Jonathan Lancaster para consertar o National Health Service. Algo realmente instigante.

— Tenho uma história melhor.

— Tenho certeza que sim. — Ela pegou a uma garrafa de Beefeater, hesitou, e preferiu Dewar's: dois dedos em um copo para uísque, gelo, água suficiente para não perder a noção. — A quem pertence essa casa?

— Está na família há muitos anos.

— Nunca soube que você era um judeu inglês. — Ela levantou um vaso decorativo de uma mesa e virou.

— O que está procurando?

— Grampos.

— A senhora da limpeza passou ontem.

— Estava me referindo a aparelhos de escuta.

— Ah.

Ela olhou debaixo de um abajur.

— Não perca seu tempo.

Ela olhou para ele, mas não disse nada.

— Você nunca publicou uma história que acabou sendo falsa?

— Não intencionalmente.

— É mesmo?

— Não dessa magnitude — ela falou.

— Entendo.

— Em algumas ocasiões — ela disse, o copo pairando debaixo dos lábios —, achei necessário publicar uma história incompleta, assim, o alvo da matéria se sentiria obrigado a terminá-la.

— Interrogadores fazem a mesma coisa.

— Mas eu não afogo meus assuntos ou arranco as unhas deles.

— Deveria. Iria conseguir matérias melhores.

Ela sorriu, apesar de tudo.

— Por quê? — ela perguntou. — Por que você quer que eu mate você no jornal?

— Infelizmente não posso contar isso.

— Mas você precisa me contar. Ou não há história. — Ela estava certa e sabia disso. — Vamos começar com o básico, certo? Quando você morreu?

— Ontem à tarde.

— Onde?

— Um hospital militar britânico.

— Qual?

— Não posso falar.

— Longa doença?

— Na verdade, fui ferido gravemente em um atentado à bomba.

O sorriso dela desapareceu. Colocou a bebida cuidadosamente na mesinha.

— Onde terminam as mentiras e começa a verdade?

— Não são mentiras, Samantha. Enganos.

— Onde? — ela perguntou de novo.

— Eu era o agente que avisou a inteligência britânica sobre a bomba na Brompton Road. Fui um dos homens que tentou afastar os pedestres antes da explosão.

Ele parou, depois acrescentou:

— E era o alvo.

— Consegue provar?

— Olhe o vídeo da CCTV.

— Já vi. Poderia ser qualquer um.

— Mas não é qualquer um, Samantha. Era Gabriel Allon. E agora ele está morto.

Samantha terminou a bebida e preparou outra: mais Dewar's, menos água.

— Tenho que contar ao meu editor.

— Impossível.

— Eu confiaria minha vida ao meu editor.

— Mas não é da sua vida que estamos falando. É da minha.

— Você não tem mais vida, lembra? Está morto.

Gabriel olhou para o teto e soltou o ar lentamente. Estava se cansando da luta de espadas.

— Desculpe trazê-la até aqui — ele falou depois de um momento. — O sr. Davies vai levá-la de volta à redação. Vamos fingir que isso nunca aconteceu.

— Mas eu não terminei minha bebida.

— Que tal sua matéria sobre o plano de Jonathan Lancaster para salvar a NHS?

— É lixo.

— O plano ou a matéria?

— Os dois. — Ela caminhou até o carrinho de bebidas e usou a pinça prateada para levantar um gelo do balde. — Você já me deu uma boa matéria, sabe disso.

— Confie em mim, Samantha. Há mais.

— Como você sabia que havia uma bomba naquele carro?

— Ainda não posso contar isso.

— Quem era a mulher?

— Não era Anna Huber. E não era da Alemanha.

— De onde ela era?

— Um pouco mais para o leste.

Samantha Cooke deixou o gelo cair na bebida e depois colocou a pinça de volta ao carrinho. Virou de costas para Gabriel. Mesmo assim, ele conseguia ver que ela estava em uma luta profunda com sua consciência jornalística.

— Ela é russa. É isso que está falando?

Gabriel não respondeu.

— Vou presumir como um sim. A pergunta é: por que uma russa deixaria um carro-bomba na Brompton Road?

— Diga você.

Ela ficou pensativa.

— Acho que queriam mandar uma mensagem a Jonathan Lancaster.

— E a natureza da mensagem?

— Não ferre com a gente — ela falou, fria. — Especialmente quando se trata de dinheiro. Aqueles direitos de perfuração no mar do Norte teriam representado bilhões para o Kremlin. E Lancaster conseguiu arrebatá-los.

— Na verdade, fui eu que os arrebatei. E é por isso que o presidente russo e seus seguidores me queriam morto.

— E agora você quer que eles pensem que conseguiram?

Ele assentiu.

— Por quê?

— Porque vai facilitar meu trabalho.

— Que trabalho?

Ele não falou nada.

— Entendo — ela disse, com a voz baixa. Samantha se sentou e deu um gole em seu uísque. — Se vier a público alguma vez que eu...

— Acho que você me conhece bem.

— Qual seria a fonte?

— Inteligência britânica.

— Outra mentira.

— Engano — ele a corrigiu gentilmente.

— E se eu chamar seu serviço?

— Eles não vão responder. Mas se você ligar para este número — ele falou, entregando um pedaço de papel — um cavalheiro um tanto quanto taciturno vai confirmar meu prematuro falecimento.

— Ele tem nome?

— Uzi Navot.

— O chefe do Escritório?

Gabriel assentiu.

— Ligue de uma linha aberta. E não importa o que, nunca mencione que falou recentemente com o morto. O Moscou Center estará ouvindo.

— Vou precisar de uma fonte britânica. Uma real.

Ele entregou outro pedaço de papel. Outro número de telefone.

— É uma linha privada. Não abuse do privilégio.

Samantha enfiou os dois números na bolsa.

— Quando consegue publicar?

— Se eu conseguir, posso colocar no jornal de amanhã.

— A que horas vai aparecer no website?

— À meia-noite, mais ou menos.

Os dois ficaram em silêncio. Ela levou o copo até os lábios, mas parou. Tinha uma longa noite pela frente.

— O que acontecerá quando o mundo descobrir que você não está morto? — ela perguntou.

— Quem disse que vai?

— Você não tem a intenção de ficar morto, tem?

— Há uma grande vantagem — ele disse.

— Qual?

— Ninguém vai tentar me matar de novo.

Ela colocou a bebida na mesinha e se levantou.

— Tem algo especial que você quer me contar sobre você?

— Diga que amei meu país e meu povo. E diga que eu gostava muito da Inglaterra também.

Gabriel ajudou-a com o casaco. Ela colocou a bolsa no ombro e esticou a mão.

— Foi um prazer quase conhecê-lo — ela disse. — Acho que vou sentir sua falta.

— Chega de lágrimas agora, Samantha.

— Não — ela falou. — Vamos pensar na vingança.

WORMWOOD COTTAGE, DARTMOOR

QUANDO GABRIEL VOLTOU A Wormwood Cottage aquela noite, encontrou um carro com aparência oficial estacionado na entrada. Na cozinha, a senhorita Coventry estava tirando o jantar da mesa e, no escritório, dois homens estavam encurvados sobre uma disputada partida de xadrez. Os dois combatentes estavam fumando. As peças pareciam soldados perdidos na fumaça da guerra.

— Quem está ganhando? — perguntou Gabriel.

— Quem você acha? — respondeu Ari Shamron. Ele olhou para Keller e perguntou: — Você vai fazer sua jogada em algum momento?

Keller fez. Shamron suspirou triste e acrescentou o segundo bispo de Keller em seu pequeno campo de prisioneiros de guerra. As peças estavam em duas fileiras arrumadas perto do cinzeiro. Shamron sempre impunha certa disciplina naqueles infelizes que caíam em suas mãos.

— Coma algo — ele falou para Gabriel. — Não vamos demorar.

A senhorita Coventry tinha deixado um prato de cordeiro com ervilha no forno. Ele comeu sozinho à mesa da cozinha enquanto ouvia o jogo que acontecia na sala ao lado. O barulho das peças de xadrez, o barulho do velho isqueiro Zippo de Shamron: era tudo estranhamente confortável. Do silêncio agonizante de Keller ele inferia que a batalha não ia bem. Lavou seu prato e os talheres, colocou-os para secar e voltou à sala. Shamron estava esquentando as mãos no fogo de carvão e madeira na lareira. Usava calça cáqui, uma camisa branca e uma velha jaqueta de couro com um rasgo no ombro esquerdo. A luz do fogo refletia nas lentes dos feios óculos de aço.

— E então? — perguntou Gabriel.

— Ele lutou muito, mas não teve jeito.

— Como ele joga?

— É corajoso, habilidoso, mas falta visão estratégica. Sente grande prazer em matar, mas não entende que às vezes é melhor deixar um inimigo viver do que destruí-lo com a espada. — Shamron olhou para Gabriel e sorriu. — Ele é um operador, não é um planejador.

Shamron voltou a olhar para o fogo.

— É assim que você imaginou que seria?

— O quê?

— Sua última noite na terra.

— É — falou Gabriel. — É assim que imaginei que seria.

— Preso em uma casa segura comigo. Uma casa segura britânica — Shamron acrescentou com desdém. Ele olhou para as paredes e o teto. — Estão ouvindo?

— Dizem que não.

— Confia neles?

— Confio.

— Não deveria. Na verdade — disse Shamron —, não deveria nem ter entrado nessa busca do Quinn. Para que fique registrado, eu fui contra. Uzi prevaleceu.

— Desde quando você ouve o Uzi?

Shamron deu de ombros, concedendo a derrota.

— Tive quadradinho vazio ao lado do nome de Eamon Quinn por um bom tempo — ele falou. — Queria que você e seu amigo marcassem o quadradinho antes que outro avião caísse do céu.

— O quadradinho ainda está vazio.

— Não por muito tempo. — O isqueiro de Shamron se iluminou. O cheiro acre do tabaco turco se misturou com o cheiro da madeira e do carvão inglês.

— E você? — perguntou Gabriel. — Achou que terminaria dessa forma?

— Com sua morte?

Gabriel assentiu.

— Vezes demais para me lembrar.

— Houve aquela noite no Quarteirão Vazio— disse Gabriel.

— E em Harwich?

— E Moscou.

— É — disse Shamron. — Sempre teremos Moscou. Moscou é o motivo de estarmos aqui.

Ele fumou em silêncio por um momento. Normalmente, Gabriel teria pedido que parasse, mas não agora. Shamron estava de luto. Estava a ponto de perder um filho.

— Sua amiga do *The Telegraph* acabou de falar por telefone com o Uzi.

— Como foi?

— Aparentemente, ele falou bastante bem de você. Um talento excepcional, uma grande perda para o país. Parece que Israel está menos segura essa noite. — Shamron parou, depois acrescentou: — Acho que ele gostou disso, na verdade.

— Qual parte?

— Tudo. Afinal — disse Shamron —, se você está morto, não pode se tornar o próximo chefe.

Gabriel sorriu.

— Não comece com essas ideias — disse Shamron. — Assim que isso terminar, você volta para Jerusalém, onde vai realizar uma milagrosa ressurreição.

— Exatamente como...

Shamron levantou a mão. Ele tinha sido criado em uma vila no leste da Polônia onde haviam ocorrido ataques regulares. Ainda precisava fazer as pazes com o cristianismo.

— Estou surpreso porque você não veio para a Inglaterra com uma equipe de resgate — disse Gabriel.

— Pensei nisso.

— Mas?

— É importante enviarmos uma mensagem aos russos de que vão pagar um preço pesado se assassinarem nosso próximo chefe. A ironia disso é que a mensagem será entregue por você.

— Acha que os russos entendem ironia?

— Tolstói entendia. Mas o czar só entende força.

— E os iranianos?

Shamron pensou na questão antes de responder.

— Eles têm menos a perder — disse finalmente. — Portanto, devemos tratá-los com mais cuidado.

Ele jogou a ponta do cigarro no fogo e tirou outro do maço.

— O homem que você está procurando está em Viena. Está hospedado no hotel InterContinental. A Organização Interna conseguiu acomodações para você e Keller. Vai encontrar dois velhos amigos ali também. Use-os como achar melhor.

— E o Eli?

— Ele ainda está sentado naquela pocilga em Lisboa.

— Mande que vá a Viena.

— Quer manter o apartamento em Lisboa sob vigilância?

— Não — falou Gabriel. — Quinn nunca vai pisar ali de novo. Lisboa já serviu ao seu objetivo.

O ESPIÃO INGLÊS

Shamron assentiu lentamente.

— Quanto às suas comunicações — ele disse —, teremos de usar métodos tradicionais a forma como fazíamos durante a Ira de Deus.

— É duro voltar à tradição no mundo moderno.

— Você tem a capacidade de fazer um quadro de quatrocentos anos parecer novo outra vez. Tenho certeza de que vai pensar em alguma coisa. — Shamron consultou o relógio. — Gostaria que você pudesse fazer uma última ligação para sua esposa, mas infelizmente não é possível nessas circunstâncias.

— Como ela está levando essa história da minha morte?

— Tão bem quanto era esperado. — Shamron olhou para Gabriel. — Você é um homem de sorte. Não há muitas mulheres que deixariam o marido ir para uma guerra contra o Kremlin nas semanas finais da gravidez.

— É parte do acordo.

— Foi o que pensei também. Devotei minha vida a meu povo e meu país. E, nesse tempo, afastei todo mundo que amei.

Shamron parou, depois acrescentou:

— Todo mundo, menos você.

Do lado de fora, estava começando a chover de novo, uma rajada repentina enviava gotas gordas que entraram pela lareira. Shamron pareceu não notar; estava olhando para o relógio. O tempo sempre tinha sido um inimigo, nunca tanto quanto agora.

— Quanto tempo mais? — ele perguntou.

— Não muito — respondeu Gabriel.

Shamron fumou em silêncio enquanto as gotas de chuva se sacrificavam na lareira quente.

— É assim que você imaginou que seria? — ele perguntou.

— É exatamente como eu imaginei.

— Uma coisa terrível, não é?

— O quê, Ari?

— O filho morrer antes dos pais. Isso subverte a ordem natural das coisas. — Ele jogou o cigarro no fogo. — Não podemos ficar de luto de forma apropriada. Só podemos pensar em vingança.

Ari Shamron, como Gabriel, tinha se acostumado de forma limitada ao mundo moderno. Ele carregava um celular de má vontade, pois sabia bem a que grau essas geringonças poderiam se voltar contra seus usuários. Atualmente, o aparelho estava descansando na caixa de madeira na mesa de Parish, reservada para posses proibidas do "acompanhante". Parish não tinha vergonha de admitir que não gostava do velho. "Como fuma! Nossa, como fuma." Pior do que o jovem inglês que estava sempre caminhando pelo pântano. O velho tinha cheiro de cinzeiro. Era cadavérico. "E os dentes!" Tinha um sorriso que parecia uma armadilha de aço e era tão agradável quanto.

Estava pouco claro se o velho planejava passar a noite ali. Ele não tinha dado nenhuma indicação de seus planos, e Parish não tinha recebido nenhuma orientação de Vauxhall Cross, exceto uma curiosa nota sobre o site do *The Telegraph*. Parish deveria verificar regularmente depois da meia-noite. Uma matéria iria aparecer ali que seria de interesse para os dois homens de Israel. Vauxhall Cross não se incomodou de falar *por que* seria de interesse. Aparentemente, seria evidente. Parish deveria imprimir a história e entregar para os dois homens sem comentar e com a solenidade apropriada, independentemente do conteúdo. Parish tinha trabalhado para o MI6 por quase trinta anos em vários cargos. Estava acostumado a estranhas instruções do quartel-general. Em sua experiência, elas iam de mãos dadas com importantes operações.

Ele ficou em sua mesa até tarde aquela noite, muito depois que a senhorita Coventry tinha sido levada para casa em sua deprimente vila de Devon, e muito depois que os seguranças, mais magros depois de um dia perseguindo o jovem inglês pelo pântano, tinham ido dormir. A instalação tinha se tornado eletrônica, o que significava que estava sendo protegida por máquinas, e não por homens. Parish leu umas poucas páginas de P. D. James, abençoou a alma dela e ouviu um pouco de Handel no rádio. Ele ouvia mais a chuva. Outra noite complicada. Quando isso ia terminar?

Finalmente, à meia-noite, ele abriu o browser em seu computador e teclou o endereço do *The Telegraph*. Era a bobagem de sempre: uma briga em Westminster sobre a NHS, uma bomba em Bagdá, algo sobre a vida amorosa de uma estrela pop que Parish achou profundamente repulsiva. Não havia nada, no entanto, que parecesse remotamente de interesse para o "acompanhante" da Terra Santa. Ah, houve algum vislumbre de esperança sobre as negociações nucleares do Irã, mas claramente eles não precisavam que Parish contasse algo sobre isso.

Ele voltou a seu P.D. James e seu Handel até se passarem cinco minutos, quando clicou em ATUALIZAR e viu a mesma porcaria de antes. Depois de dez minutos, nada tinha mudado. Mas quando apertou de novo, à 00h15, a página ficou congelada como um bloco de gelo. Parish não era especialista em questões cibernéticas, mas sabia que sites podem congelar durante períodos de transição ou muito tráfego. Sabia, também, que não adiantaria ficar clicando ou digitando para acelerar o processo, então se permitiu ler mais algumas linhas do romance enquanto a página se livrava de suas restrições digitais.

Isso aconteceu precisamente à 00h17. A página foi carregando, três palavras apareceram no alto. Grande fonte, tão grande quanto Dartmoor. Parish falou o nome do Senhor em vão, imediatamente se arrependeu e clicou para imprimir. Enfiou as páginas no bolso do casaco e cruzou o jardim até a porta traseira da casa. E, enquanto isso, ele estava repassando as curiosas instruções que tinha recebido de Vauxhall Cross. *Apropriada solenidade, realmente.* Mas como exatamente alguém deveria contar a um homem que ele estava morto?

38

LONDRES — KREMLIN

ICOU ALI POR QUASE uma hora, sem ser reproduzido pelo resto da imprensa, talvez nem tinha sido notado. Então, um produtor da BBC World Service, avisado por uma ligação de um editor do *The Telegraph*, inseriu a história em um boletim de notícias da uma da manhã. A Rádio Israel estava ouvindo e, poucos minutos depois, os telefones estavam tocando e repórteres estavam sendo tirados da cama, assim como membros dos influentes serviços de segurança e inteligência do país, do passado e do presente. Publicamente, ninguém falava nada. Internamente, eles sugeriram que provavelmente era verdade. O ministro de relações exteriores disse somente que estava pensando sobre a questão; o escritório do primeiro-ministro disse que esperava que houvesse algum erro. Mesmo assim, quando os primeiros raios do sol caíram sobre Jerusalém naquela manhã, uma música sombria enchia as ondas do rádio. Gabriel Allon, o anjo vingador de Israel, próximo na fila para ser o chefe do Escritório, estava morto.

Em Londres, no entanto, as notícias da morte de Allon eram uma ocasião para controvérsia, em vez de tristeza. Ele tinha um longo histórico em solo britânico, sendo que parte era conhecido do público; a maioria, ainda bem, não era. Havia suas operações contra Zizi al-Bakari, o financista saudita do terror, e Ivan Kharkov, o contrabandista de armas favorito do Kremlin. Também havia o incrível resgate de Elizabeth Halton, a filha do embaixador norte-americano, em frente à abadia de Westminster, e o pesadelo em Covent Garden. Mas por que ele tinha seguido o carro-bomba na Brompton Road? E por que ele tinha feito uma corrida precipitada em direção a um Ford branco preso no trânsito? Estava trabalhando junto com o MI6 ou tinha voltado para Londres por conta própria? O famoso serviço de inteligência de Israel tinha alguma culpa pela tragédia? A inteligência britânica se recusou a comentar, assim como a Polícia Metropolitana. O primeiro-ministro Lancaster, enquanto visitava uma escola pública em má situação na East End de Londres, ignorou a pergunta de um repórter sobre a questão, o que o resto da imprensa britânica assumiu como prova de que a história era verdadeira. O líder da oposição exigiu uma investigação parlamentar, mas o imame da mesquita mais radical de Londres não conseguia conter a alegria. Ele chamou a morte de Allon "de um presente atrasado e bem-vindo de Alá para o povo palestino e o mundo islâmico como um todo". O arcebispo da Cantuária gentilmente criticou os comentários como "de pouca ajuda".

No Green's Restaurant and Oyster Bar, um elegante estabelecimento em St. James's frequentado por habitantes do mundo da arte de Londres, o clima era totalmente de funeral. Eles tinham conhecido Gabriel Allon não como um agente de inteligência, mas como um dos melhores restauradores de arte daquela geração — apesar de que alguns tinham participado sem nem saber de suas operações, e outros poucos tinham sido cúmplices por vontade própria. Julian Isherwood, o famoso negociante que tinha contratado Allon por mais tempo que podia se lembrar, estava inconsolável. Até o gorducho Oliver Dimbleby, o negociante lascivo da Bury Street, que todos achavam que fosse incapaz de chorar, foi visto soluçando com uma taça de um Montrachet surrupiado de Roddy Hutchinson. Jeremy Crabbe, o diretor de quadros dos Velhos Mestres na venerável casa de leilões Bonhams, chamou Allon de "um dos maiores, realmente". Não pode ser esquecido que Simon Mendenhall, o leiloeiro chefe da Christie's, sempre queimado de sol, disse que o mundo da arte nunca mais seria o mesmo. Simon nunca tinha visto Gabriel Allon e provavelmente não o reconheceria nem em uma fila de identificação da polícia. Porém, de alguma forma tinha falado palavras de inegável verdade, algo que raramente fazia.

Havia tristeza também do outro lado do oceano. Um ex-presidente para quem Allon tinha realizado várias tarefas secretas disse que o agente de inteligência israelense tivera um papel crucial na segurança dos Estados Unidos evitando outros atentados estilo 11 de setembro. Adrian Carter, por muito tempo o chefe do Serviço Clandestino de Defesa da CIA, disse que era "um parceiro, um amigo, talvez o homem mais corajoso que já conheci". Zoe Reed, âncora da CNBC, titubeou enquanto lia uma nota sobre a morte de Allon. Sarah Bancroft, curadora especial do Museu de Arte Moderna de Nova York, inexplicavelmente cancelou seus compromissos para aquele dia. Algumas horas depois, ela disse a sua secretária que iria tirar o resto da semana de folga. Quem presenciou sua abrupta saída do museu descreveu-a como consternada.

Não era segredo que Allon adorava a Itália, e no geral a Itália também gostava dele. No Vaticano, Sua Santidade o Papa Paulo VII se retirou para sua capela privada ao ouvir as notícias, enquanto seu poderoso secretário particular, Monsenhor Luigi Donati, fez várias ligações urgentes, tentando confimar se era verdade. Uma das ligações foi para o General Cesare Ferrari, chefe do famoso Esquadrão de Arte dos Carabinieri. O general não tinha nada a informar. Nem Francesco Tiepolo, o dono de uma conhecida empresa de restauração veneziana que tinha contratado Allon para restaurar secretamente vários retábulos da cidade. A esposa de Allon era do antigo gueto judeu e seu sogro era o rabino chefe da cidade. Donati fez várias ligações para o escritório e para a casa do rabino. Nenhuma foi atendida, fazendo com que o secretário do papa não tivesse outra escolha a não ser presumir o pior.

Em vários outros lugares ao redor do mundo, no entanto, a reação à morte de Allon foi muito diferente — especialmente dentro de complexos fortemente guardados localizados no subúrbio de Yasenevo, no sudoeste de Moscou. O complexo já tinha sido o quartel-general do Primeiro Diretório da KGB. Agora pertencia ao SVR. Mesmo assim, a maioria dos que trabalhavam ali ainda se referia a ele pelo velho nome da KGB, que era Moscou Center.

Na maior parte do complexo, a vida continuava normalmente naquele dia. Mas não no escritório do terceiro andar do Coronel Alexei Rozanov. Ele chegou a Yasenevo às três da manhã, no meio de uma tempestade de neve e tinha passado o resto da manhã em uma tensa troca de mensagens com o chefe do SVR em Londres, um amigo próximo chamado Dmitry Ulyanin. As mensagens eram protegidas pela encriptação mais recente do SVR e transmitidas pelo link mais seguro do serviço. Mesmo assim, Rozanov e Ulyanin discutiram a questão como se se tratasse de um problema de rotina envolvendo o pedido de visto de um empresário britânico. À uma da tarde, Ulyanin e sua Estação Londres, com uma boa equipe, tinham visto o suficiente para convencê-los de que a informação do *The Telegraph* era verdade. Rozanov, um cínico por natureza, continuou cético, no entanto. Finalmente, às duas horas, ele pegou seu telefone seguro e ligou diretamente para Ulyanin. Ulyanin tinha notícias encorajadoras.

— Nós vimos o velho deixando o grande edifício no Tâmisa há uma hora.

O grande edifício no Tâmisa era a sede do MI6 e o velho era Ari Shamron. A Estação Londres tinha seguido Shamron desde sua chegada ao Reino Unido.

— Onde ele foi depois?

— Foi para o Heathrow e embarcou em um voo da El Al para Ben-Gurion. Por falar nisso, Alexei, o voo atrasou vários minutos.

— Por quê?

— Parece que a equipe de terra tinha de carregar um item final na área de carga.

— O que era?

— Um caixão.

A linha segura estalou e silvou durante os dez longos segundos em que Alexei Rozanov não falou.

— Tem certeza de que era um caixão? — perguntou finalmente.

— Alexei, por favor.

— Talvez era um judeu britânico morto recentemente que queria ser enterrado na Terra Prometida.

— Não era — disse Ulyanin. — O velho estava parado na pista enquanto o caixão estava sendo carregado.

Rozanov desligou, hesitou e depois ligou para o número mais importante na Rússia. Uma voz masculina atendeu. Rozanov a reconheceu. Dentro do Kremlin, o homem era conhecido apenas como Porteiro.

— Preciso ver o Chefe — disse Rozanov.

— O Chefe tem compromissos à tarde.

— É importante.

— Também é importante nossa relação com a Alemanha.

Rozanov xingou baixinho. Tinha esquecido que o chanceler alemão estava na cidade.

— Só vou precisar de poucos minutos — ele falou.

— Há um curto espaço entre a última reunião e o jantar. Eu poderia encaixá-lo.

— Diga que tenho boas notícias.

— É melhor mesmo — disse Porteiro —, porque o chanceler está se cansando com a Ucrânia.

— Que horas devo chegar aí?

— Cinco horas — disse Porteiro e cortou a ligação. Alexei Rozanov desligou e ficou olhando a neve caindo em Yasenevo. Então, pensou em um caixão sendo carregado em um avião israelense no aeroporto de Heathrow enquanto um velho observava na pista e, pela primeira vez em quase um ano, ele sorriu.

Na verdade, tinham sido dez meses. Dez meses desde que Alexei Rozanov tinha descoberto que seu velho amigo e camarada Pavel Zhirov fora encontrado em uma floresta de bétulas em Tver Oblast, congelado, duas balas na cabeça. Dez meses desde que ele tinha sido chamado ao Kremlin para uma reunião com o presidente. O Chefe queria que Rozanov realizasse uma missão de vingança. Uma série de assassinatos confusos não funcionaria. O Chefe queria punir seus inimigos de uma forma que iria plantar a discórdia em suas fileiras e fazer com que pensassem duas vezes antes de se intrometer nos assuntos russos de novo.

Mais do que tudo, entretanto, o Chefe queria ter certeza de que Gabriel Allon nunca se tornaria chefe do serviço de inteligência de Israel. O Chefe tinha grandes planos. Ele queria restaurar a glória perdida da Rússia, reclamar seu império perdido. E Gabriel Allon, um agente de inteligência de um minúsculo país, era um dos seus oponentes mais intrometidos.

Rozanov tinha pensado muito sobre seu plano, tinha organizado com cuidado e montado as peças necessárias. Então, com a bênção do presidente, ordenou o assassinato que havia colocado as rodas operativas em movimento. Graham Seymour, o chefe do MI6, tinha reagido da forma como Rozanov esperava que faria, assim como Allon. Agora seu corpo estava na barriga de um avião indo para o Aeroporto Internacional Ben-Gurion. Rozanov imaginou que seria enterrado no monte das Oliveiras, perto do túmulo de seu filho. Ele não se preocupou muito. Só se preocupava com que Allon não estivesse mais entre os vivos.

Abriu a última gaveta de sua mesa. Continha uma garrafa, um copo e um maço de Dunhill, um gosto que tinha adquirido enquanto trabalhava em Londres antes do colapso da União Soviética — a grande catástrofe, como Rozanov se referia. Ele não tinha tocado em álcool ou tabaco em dez meses. Agora serviu uma generosa dose de vodca e pegou um Dunhill. Algo o fez hesitar antes de acendê-lo. Ele pegou o telefone de novo, parou e preferiu inserir um DVD em seu computador. O disco fez um zumbido; Brompton Road apareceu em sua tela. Ele assistiu a tudo desde o começo. Então, viu o homem correndo desesperado para o carro branco. Quando a imagem cortou, Alexei Rozanov sorriu pela segunda vez.

— Que tonto — disse baixinho, e acendeu o cigarro.

Rozanov pediu que um carro estivesse pronto para as quatro horas. Como ia no contrafluxo do trânsito horrível de Moscou, demorou apenas quarenta minutos para chegar à Torre Borovitskaya do Kremlin. Entrou no Grande Palácio Presidencial e, acompanhado por um assistente que o esperava, subiu as escadas até o escritório do presidente. Porteiro estava em sua mesa na antessala. Sua expressão austera era idêntica à usada pelo próprio presidente.

— Chegou cedo, Alexei.

— Melhor do que tarde.

— Sente-se.

Rozanov se sentou. O relógio marcou as cinco e continuou. Depois as seis. Finalmente, às seis e meia, Porteiro se aproximou.

— Ele pode dar dois minutos.

— Dois minutos é tudo de que preciso.

O ESPIÃO INGLÊS

Porteiro levou Rozanov por um corredor de mármore até um par de portas douradas. Um guarda abriu uma delas, Rozanov entrou sozinho. A sala era um espaço cavernoso, escuro, exceto por uma esfera de luz que iluminava a mesa onde se sentava o Chefe. Ele estava olhando para uma pilha de papéis e continuou a fazer isso mesmo depois da entrada de Rozanov. O homem do SVR ficou parado em frente à mesa em silêncio, as mãos unidas protegendo a altura dos genitais.

— Então? — Perguntou finalmente o Chefe. — É verdade ou não?

— O chefe da Estação Londres diz que é.

— Não estou perguntando ao chefe da Estação Londres. Estou perguntando a você.

— É verdade, senhor.

O Chefe levantou a cabeça.

— Tem certeza?

Rozanov assentiu.

— Diga, Alexei.

— Ele está morto, senhor.

O Chefe olhou para seus documentos de novo.

— Lembre-me quanto devemos ao irlandês.

— Segundo nosso acordo — disse Rozanov, tranquilo —, ele deveria receber dez milhões ao final da primeira fase da operação e outros dez milhões na segunda.

— Onde ele está agora?

— Em uma casa segura do SVR.

— *Onde*, Alexei?

— Budapeste.

— E a mulher?

— Aqui em Moscou — respondeu Rozanov —, esperando uma ordem de partida.

Fez-se silêncio entre eles, como o silêncio de um cemitério à noite. Rozanov sentiu-se aliviado quando o Chefe finalmente falou.

— Gostaria de fazer uma pequena mudança — ele falou.

— Que tipo de mudança?

— Diga ao irlandês que vai receber os vinte milhões depois de completar as *duas* fases da operação.

— Isso poderia ser um problema.

— Não vai ser.

O Chefe empurrou uma pasta em sua enorme mesa. Rozanov levantou a capa e olhou dentro. *A morte resolve todos os problemas*, ele pensou. Sem homem, sem problema.

LONDRES — VIENA

MAS GABRIEL ALLON NÃO estava morto, claro. Na verdade, no exato momento em que Alexei Rozanov estava entrando no Kremlin, ele estava embarcando em um voo da British Airways no aeroporto de Heathrow, em Londres. Seu cabelo estava grisalho; os olhos não eram mais verdes. No bolso de seu casaco havia um passaporte britânico falso e vários cartões de crédito com o mesmo nome, um presente de Graham Seymour, dados com a aprovação do próprio primeiro-ministro. Seu assento era na primeira classe, terceira fileira, perto da janela. Quando ele se sentou, a aeromoça ofereceu uma bebida e uma seleção de jornais. Ele escolheu o *The Telegraph* e leu sobre sua morte enquanto os subúrbios ocidentais de Londres desapareciam embaixo dele.

O voo de Heathrow a Viena durava duas horas. Ele fingiu ler, fingiu dormir, comeu algo de sua comida de plástico, evitou uma tentativa de conversa iniciada por seu vizinho de assento. Homens mortos, aparentemente não conversavam em aviões. Nem carregavam celulares. Quando o avião tocou a pista do aeroporto Schwechat de Viena, ele foi o único passageiro na primeira classe que não tirou automaticamente o celular. *Sim*, ele pensou enquanto tirava a mala do guarda-volumes em cima do assento, *a morte tinha suas vantagens*.

No saguão, ele seguiu as placas para controle de passaporte, parando de vez em quando para ver aonde estava indo, apesar de que poderia se localizar ali, mesmo de olhos fechados. Os olhos do jovem agente de imigração ficaram parados no rosto dele por um momento longo demais.

— Sr. Stewart? — ele perguntou, olhando para o passaporte.

— Sim — respondeu Gabriel com um sotaque neutro.

— Sua primeira vez na Áustria?

— Não.

O policial de fronteira folheou as páginas do passaporte e encontrou provas de visitas anteriores.

— O que o traz dessa vez?

— Música.

O austríaco carimbou o passaporte e devolveu sem comentários. Gabriel caminhou até o saguão de chegada, onde Christopher Keller estava parado ao lado de um quiosque de câmbio. Ele seguiu Gabriel até o lado de fora, no estacionamento de curta permanência. Um carro tinha sido deixado lá, um Audi A6, cinza.

— Melhor que um Škoda — disse Keller.

Gabriel pegou a chave do pneu esquerdo traseiro e procurou por uma bomba embaixo do carro. Então, abriu as portas, colocou a mala no banco de trás e sentou-se no banco do motorista.

— Talvez eu devesse dirigir — disse Keller.

— Não — respondeu Gabriel, quando ligou o motor. Era sua área.

Ele não precisava de mapa ou GPS; sua memória servia como guia. Pegou a Ost Autobahn até Donaukanal e depois virou para o oeste passando pelo bloco de apartamentos de Landstrasse até o Stadtpark. O hotel InterContinental estava no flanco sul do parque, em Johannesgasse. Havia um número incomum de policiais uniformizados nas ruas ao redor e mais na entrada do hotel.

— As negociações nucleares — explicou um manobrista quando Gabriel desceu do carro e retirou a mala do banco traseiro.

— Que delegação está hospedada aqui? — Ele perguntou, mas o manobrista deu um sorriso insincero apenas.— Desfrute sua estada, Herr Stewart.

Havia mais policiais no saguão, uniformizados e com roupas civis, e alguns poucos capangas sem gravatas que pareciam seguranças iranianos. Gabriel e Keller passaram por eles até a recepção, fizeram check-in em seus quartos e subiram o elevador até o quarto andar. Keller estava no 428. Gabriel estava no 409. Ele passou o cartão e hesitou um pouco antes de girar a maçaneta. Dentro, Mozart tocava baixinho no rádio. Ele desligou, fez uma busca completa no quarto e pendurou as roupas no armário para ajudar a equipe de arrumação. Pegou o telefone e ligou para o operador do hotel.

— Feliks Adler, por favor.

— Com prazer.

O telefone tocou duas vezes. Eli Lavon atendeu.

— Em que quarto você está, Herr Adler?

— Sete doze.

Gabriel desligou e subiu pelas escadas.

40

HOTEL INTERCONTINENTAL, VIENA

ELI LAVON ABRIU A porta e o puxou rapidamente. Lavon não era o único presente. Yaakov Rossman estava espiando pelo meio das cortinas e, esticado na cama dupla, os olhos fixos em uma partida de futebol da Premier League, estava Mikhail Abramov. Nenhum homem pareceu especialmente aliviado por ver Gabriel ainda entre os vivos, especialmente Mikhail, que já tinha morrido algumas vezes.

— Boas notícias de casa — disse Lavon. — Seu corpo chegou em segurança. Está a caminho de Jerusalém agora.

— Até onde vamos levar isso?

— Só o suficiente para que os russos notem.

— E minha esposa?

— Ela está de luto, claro, mas está cercada por amigos.

Gabriel tirou o controle remoto de Mikhail e navegou pelos canais de notícias. Aparentemente, seus 15 minutos de fama tinham terminado, pois até a BBC falava de outras coisas. Ele parou na CNN, onde um repórter estava parado em frente à sede da Agência Internacional de Energia Atômica, lugar das negociações entre os Estados Unidos, seus aliados europeus e a República Islâmica do Irã. Infelizmente para Israel e os estados árabes sunitas do Oriente Médio, os dois lados estavam perto de um acordo que deixaria o Irã à beira de se tornar uma potência nuclear.

— Parece que sua morte não poderia ter acontecido em momento pior — disse Lavon.

— Fiz o melhor que pude. — Gabriel olhou para os outros ocupantes da sala e acrescentou: — Que todos nós pudemos.

— É — concordou Lavon. — Mas os iranianos também.

Gabriel estava olhando de novo para a tela.

— O nosso amigo está aí?

Lavon assentiu.

— Ele não se senta à mesa com os negociadores, mas é parte da equipe de apoio iraniana.

— Já tivemos algum contato com ele desde que chegou a Viena?

— Por que não pergunta ao agente do caso dele?

Gabriel olhou para Yaakov Rossman, que ainda estava espionando a rua. Ele tinha cabelo escuro curto e o rosto esburacado. Yaakov tinha passado sua carreira acompanhando agentes em alguns dos lugares mais perigosos do mundo — Cisjordânia, Faixa de Gaza, Líbano, Síria e agora Irã. Ele mentia para seus agentes rotineiramente e sabia que em algumas ocasiões eles também mentiam. Algumas mentiras eram parte aceitável da barganha, mas não a mentira que sua fonte iraniana tinha contado. Tinha sido parte de um complô para matar o futuro chefe do serviço de Yaakov e por isso o iraniano seria punido. Não imediatamente, no entanto. Primeiro, ele receberia uma chance de reparar seus pecados.

— Eu normalmente vou à cidade — explicou Yaakov — em que os dois lados estão negociando. Os norte-americanos nem sempre são abertos sobre suas avaliações do que está acontecendo na mesa. Reza preenche os espaços para nós.

— Então ele não vai ficar surpreso ao ver você?

— De jeito nenhum. Na verdade — acrescentou Yaakov —, deve estar se perguntando por que ainda não fiz contato.

— Ele provavelmente deve estar pensando que você está fazendo o retiro de shivá por mim em Jerusalém.

— Vamos esperar que sim.

— Onde está a família?

— Cruzaram a fronteira faz algumas horas.

— Algum problema?

Yaakov balançou a cabeça.

— E Reza não sabe de nada?

Yaakov sorriu.

— Ainda não.

Ele retomou sua vigilância da rua. Gabriel olhou para Lavon e perguntou:

— Em que quarto ele está?

Lavon apontou para o corredor.

— Como você conseguiu isso?

— Invadimos o sistema e conseguimos o número de quarto dele.

— Já entraram?

— Foi muito fácil.

Os magos no Departamento de Tecnologia do Escritório tinham desenvolvido um cartão mágico capaz de abrir qualquer porta eletrônica de hotel no mundo. A primeira passada roubava o código. A segunda abria a fechadura.

— E deixamos uma coisinha para trás — disse Lavon.

Ele se abaixou e aumentou o volume em seu notebook. Um concerto de Bach estava tocando no rádio do quarto ao lado.

— Qual é a cobertura? — perguntou Gabriel.

— Só o quarto. Não nos preocupamos com o telefone. Ele nunca usa para ligações externas.

— Algo diferente?

— Ele fala dormindo, e bebe em segredo. Tirando isso, nada.

Lavon abaixou o volume do notebook; Gabriel olhou para a tela da televisão. Dessa vez, um repórter estava parado em uma varanda de frente para a Cidade Velha de Jerusalém.

— Ouvi que estava a ponto de ser pai — disse Mikhail.

— É mesmo? — perguntou Gabriel.

— Gêmeos.

— Não me diga.

Mikhail, fingindo tédio, mudou de novo para o jogo de futebol. Gabriel voltou a seu quarto e esperou que o telefone tocasse.

A sede brilhante da Agência Internacional de Energia Atômica estava localizada no lado oposto do rio Danúbio, em um distrito de Viena conhecido como a Cidade Internacional. As negociações entre norte-americanos e iranianos continuaram ali até as oito da noite, quando os dois lados, em uma rara mostra de acordo, concordaram que era hora de parar para descansar. O negociador-chefe norte-americano apareceu brevemente para os repórteres para dizer que houve progresso. Sua contraparte iraniana estava menos animada. Ele murmurou algo sobre a intransigência norte-americana e entrou em sua limusine oficial.

Eram oito e meia quando o comboio iraniano chegou ao hotel InterContinental. A delegação cruzou o lobby sob forte segurança e subiu em vários elevadores que tinham ficado parados para a conveniência deles, irritando os outros convidados do hotel. Só um membro da delegação, Reza Nazari, um agente veterano do VEVAK que estava disfarçado de diplomata iraniano, ficou no sétimo andar. Ele caminhou pelo corredor vazio até o quarto 710, enfiou seu cartão na porta e entrou. O som da porta fechando foi ouvido no quarto ao lado, onde só tinha ficado um homem, Yaakov Rossman. Por causa do transmissor escondido debaixo da cama do iraniano, Yaakov ouviu outros sons também. Um casaco jogado sobre uma cadeira, sapatos batendo no chão, uma ligação para o serviço de quarto, uma descarga de privada. Yaakov abaixou o volume do notebook, levantou o fone e marcou um número. Dois toques, então a voz de Reza Nazari. Em inglês, Yaakov explicou o que ele queria.

— Não é possível, meu amigo — disse Nazari. — Não esta noite.

— Tudo é possível, Reza. Especialmente esta noite.

O iraniano hesitou, depois perguntou:

— Quando?

— Cinco minutos.

— Onde?

Yaakov disse ao iraniano o que fazer, desligou o telefone e levantou o volume do notebook. Um homem cancelando seu pedido ao serviço de quarto, um homem colocando os sapatos e o casaco, uma porta se fechando, passos no corredor. Yaakov pegou o telefone de novo e ligou para o quarto 409. Dois toques, então, a voz de um homem morto. O homem morto parecia feliz com a notícia. *Tudo é possível*, pensou Yaakov quando desligou o telefone. *Especialmente esta noite*.

Três andares abaixo, Gabriel levantou-se da cama e caminhou calmamente até a janela. Em seus pensamentos, ele estava calculando quanto tempo demoraria antes que o homem que tinha conspirado para matá-lo apareceria no jardim iluminado do hotel. Quarenta e cinco segundos foi quanto ele demorou para aparecer na entrada. Visto de cima, ele era uma figura pouco ameaçadora, um pontinho na noite, um nada. Foi até a rua, esperou que o pouco trânsito da noite passasse e cruzou para o Stadtpark, um losango de escuridão no meio de uma cidade iluminada. Ninguém da delegação iraniana o seguiu, só um pequeno homem com um chapéu fedora que estava registrado no hotel com o nome de Feliks Adler.

Gabriel foi até o telefone e fez duas ligações, uma para o hóspede no quarto 428, a outra para o manobrista, pedindo seu carro. Então, ele colocou uma Beretta na cintura, vestiu uma jaqueta de couro e cobriu o rosto, que tinha aparecido em muitas telas de televisão aquele dia, com um chapéu. O corredor do lado de fora do seu quarto estava vazio, assim como o elevador que o levou ao lobby. Ele passou sem ser notado pela segurança e os policiais, saindo para a noite fria. O Audi esperava na entrada; Keller já estava atrás do volante. Gabriel o levou para a ponta oriental do Stadtpark e seguiram o caminho enquanto Reza Nazari passava debaixo de um poste de luz. Uma Mercedes esperava ali, as luzes apagadas, dois homens dentro. Nazari entrou no banco traseiro e o carro se afastou rapidamente. O iraniano não sabia naquele momento, mas tinha acabado de cometer o segundo grande erro de sua vida.

Gabriel ficou olhando os faróis traseiros do carro desaparecerem em uma linda rua vienense. Então, viu Herr Adler sair do parque. Tinha tirado o chapéu, o sinal de que o iraniano estava limpo e começou a voltar para o hotel. Herr Adler tinha pedido permissão para não participar das festividades daquela noite. Herr Adler nunca tinha gostado das partes mais duras.

41
BAIXA ÁUSTRIA

— AONDE ESTAMOS INDO?
— Algum lugar calmo.
— Não posso ficar longe do hotel por muito tempo.
— Não se preocupe, Reza. Ninguém vai virar abóbora essa noite.

Yaakov olhou muito por cima do ombro. Viena era uma mancha de luz amarela no horizonte. Na frente deles apareceram as terras cultiváveis e as videiras da Baixa Áustria. Mikhail estava dirigindo alguns quilômetros acima do limite de velocidade. Estava segurando o volante com uma mão e com a outra estava mantendo um ritmo nervoso no câmbio. Isso parecia incomodar Reza Nazari.

— Quem é seu amigo? — ele perguntou a Yaakov.
— Pode chamá-lo de Isaac.
— Filho de Abraão, pobre rapaz. Ainda bem que o arcanjo apareceu. Ou então... — Sua voz desapareceu. Estava olhando os campos escuros pela janela. — Por que não vamos nos encontrar em nosso local de sempre?
— Mudança de cenário.
— Por quê?
— Você viu as notícias hoje?
— Allon?

Yaakov assentiu.

— Minhas condolências — disse o iraniano.
— Poupe-me, Reza.
— Ele ia ser o chefe, não ia?
— Ouvimos rumores sobre isso.
— Então suponho que Uzi vai manter seu emprego. Ele é um bom homem, Uzi, mas não é Gabriel Allon. Uzi recebeu todo o crédito por detonar nossas

instalações de enriquecimento, mas todo mundo sabe que foi Allon que inseriu aquelas centrífugas sabotadas em nossa cadeia de suprimentos.

— Que centrífugas?

Reza Nazari sorriu. Foi um sorriso profissional, cuidadoso, discreto. Era um homem pequeno e magro com profundos olhos castanhos e uma barba bem aparada, um homem de escritório em vez de campo, um homem moderado — ou era o que ele afirmou quando se aproximou do Escritório dois anos antes, durante uma visita de trabalho a Istambul. Ele disse que queria poupar seu país de outra guerra desastrosa, que queria servir como uma ponte entre o Escritório e os homens progressistas dentro do VEVAK, como ele. A ponte não tinha saído barata. Nazari tinha recebido mais de um milhão de dólares, uma soma assombrosa pelos padrões do Escritório. Em troca, forneceu constantes informações de inteligência de alto grau que tinha dado aos líderes políticos e militares de Israel uma janela sem precedentes das intenções iranianas. Nazari era tão valioso que o Escritório tinha criado uma via de escape para sua família caso sua traição fosse descoberta. Sem que Nazari soubesse, os procedimentos de fuga tinham sido ativados naquele dia.

— Estávamos mais perto de uma arma do que vocês tinham pensado — Nazari estava falando. — Se Allon não tivesse destruído aquelas quatro instalações de enriquecimento, poderíamos ter uma arma em um ano. Mas reconstruímos essas instalações e acrescentamos mais algumas. E agora...

— Estão perto de novo.

Nazari assentiu.

— Mas isso parece não incomodar seus amigos nos Estados Unidos. O presidente quer esse acordo. É seu legado, como eles dizem.

— O legado do presidente não é problema do Escritório.

— Mas vocês compartilham a conclusão dele de que um Irã nuclear é inevitável. Uzi não tem apetite para um confronto militar. Allon era outra história, no entanto. Ele teria nos arrasado se tivesse a chance. — O iraniano balançou a cabeça lentamente. — Fico me perguntando por que ele estava seguindo aquele carro em Londres.

— É — disse Yaakov. — A gente fica se perguntando.

Uma placa na estrada passou rápido pela janela de Nazari: REPÚBLICA TCHECA 42 KM. Ele olhou para o relógio de novo.

— Por que não nos encontramos no local de sempre?

— Temos uma pequena surpresa para você, Reza.

— Que tipo de surpresa?

— Algo para mostrar nosso apreço por tudo que você fez.

— Muito longe ainda?

— Não está longe.

O ESPIÃO INGLÊS

— Tenho de voltar ao hotel à meia-noite, no máximo.

— Não se preocupe, Reza. Sem abóboras.

Yaakov Rossman tinha sido inteiramente honesto em relação a duas coisas importantes. Ele realmente tinha uma surpresa para seu agente e eles não estavam longe do destino. Era uma casa localizada a cinco quilômetros ao oeste da cidade de Eibesthal, uma construção pequena e pitoresca com um vinhedo de um lado e um campo vazio do outro. O exterior seguia um agradável estilo italiano amarelo; as janelas eram brancas. Era pouco ameaçadora em todos os aspectos, exceto pelo isolamento. Mais de um quilômetro separava a casa de seu vizinho mais próximo. Um grito de ajuda não seria ouvido. O barulho de uma arma sem silenciador morreria no terreno acidentado.

A casa estava a uns cinquenta metros da estrada e um caminho de terra com pinheiros levava até a entrada. Estacionado do lado de fora havia um Audi A6, com o motor ligado, a capota ainda quente. Mikhail parou ao lado, desligou o carro, apagou as luzes. Yaakov olhou para Nazari e sorriu, hospitaleiro.

— Você não trouxe nada estúpido essa noite, não é, Reza?

— Como o quê?

— Como uma arma.

— Nada de armas — respondeu o iraniano. — Só um cinturão de bombas.

O sorriso de Yaakov desapareceu.

— Abra o casaco — falou.

— Há quanto tempo estamos trabalhando juntos?

— Dois anos — respondeu Yaakov —, mas esta noite é diferente.

— Por quê?

— Você vai ver em um minuto.

— Quem está aí?

— Abra o casaco, Reza.

O iraniano obedeceu. Yaakov fez uma busca rápida, mas completa. Não encontrou nada além de uma carteira, um celular, um maço de cigarros franceses, um isqueiro e a chave do quarto no InterContinental de Viena. Ele enfiou todos os itens no porta-luvas e acenou para o espelho retrovisor. Mikhail saiu do banco do motorista e abriu a porta de Nazari. Na luz rápida, Yaakov viu o primeiro traço de algo mais do que apenas apreensão no rosto do iraniano.

— Algo errado, Reza?

— Você é um israelense, sou iraniano. Por que deveria estar nervoso?

— Você é o nosso ativo mais importante, Reza. Algum dia, vão escrever um livro sobre nós.

— Que seja publicado muito tempo depois da nossa morte.

Nazari saiu do carro e, com Mikhail ao lado, começou a avançar para a entrada da casa. Era um caminho de vinte passos, tempo suficiente para Yaakov sair do banco de trás e tirar a arma do coldre. Ele enfiou a arma no bolso do casaco e estava a um passo atrás de seu agente quando chegaram à porta. Mikhail a abriu. Nazari hesitou, depois, cutucado por Yaakov, seguiu Mikhail.

O hall de entrada estava na semiescuridão, mas a luz brilhava de dentro e havia fumaça de madeira no ar. Mikhail seguiu em frente até a sala de estar, onde havia uma grande lareira acesa. Gabriel e Keller estavam na frente dela, de costas para a sala, aparentemente perdidos em seus pensamentos. Vendo os dois homens, Nazari congelou e depois recuou. Yaakov segurou um braço, Mikhail, o outro. Juntos, levantaram Nazari um pouco, assim seus sapatos podiam se afastar do chão de madeira.

Gabriel e Keller se olharam, deram um sorriso, uma piada interna à custa de seu visitante. Então Gabriel se virou lentamente, como se até aquele momento não tivesse prestado atenção na comoção atrás de si. Nazari estava se contorcendo, os olhos fundos abertos com terror. Gabriel olhou para ele calmamente, a cabeça inclinada para um lado, uma mão descansando no queixo.

— Algo errado, Reza? — ele perguntou finalmente.

— Você está...

— Morto? — Gabriel sorriu. — Desculpa, Reza, mas parece que você errou.

Na mesinha de centro havia uma Glock calibre 45, uma arma de destruição em massa. Gabriel se abaixou, pegou a arma, verificou seu peso e equilíbrio. Ofereceu-a para Keller, que afastou a mão na defensiva, como se fosse a oferta de uma brasa do fogo. Então Gabriel se aproximou de Nazari lentamente e parou a um metro dele. A arma estava na mão direita de Gabriel. Com a mão esquerda ele agarrou, com a velocidade de ataque de uma cobra, a garganta de Nazari. Instantaneamente, o rosto do iraniano ficou da cor de uma ameixa madura.

— Tem algo que gostaria de me contar? — perguntou Gabriel.

— Sinto muito — arfou o iraniano.

— Eu também, Reza. Infelizmente, é muito tarde para isso.

Gabriel apertou mais forte até conseguir sentir a cartilagem começar a quebrar. Então, colocou a arma na testa de Nazari e apertou o gatilho. Quando a arma estourou, Keller se virou e olhou para o fogo. *Era pessoal*, ele estava pensando. E, quando é pessoal, tudo tende a ficar confuso.

42

BAIXA ÁUSTRIA

A BALA DE 45 QUE Gabriel atirou em Reza Nazari não continha projetil, mas sua carga de pólvora era suficiente para produzir ruído que estilhaçava o ouvido e muita luz que deixava um pequeno círculo queimado no centro da testa, como uma marca de oração de um devoto muçulmano. Também era suficiente para derrubar Nazari no chão como uma pedra. Por vários segundos, ele não se mexeu nem parecia respirar. Então, Yaakov se ajoelhou e deu um tapa no seu rosto que o trouxe de volta à consciência.

— Seu maldito — ele gaguejou. — Seu maldito filho da puta.

— Eu tomaria cuidado com o que fala, Reza. Ou da próxima vez a bala pode ser real.

Há alguns homens que ficam catatônicos com o medo e outros que respondem com inúteis amostras de falsa coragem. Reza Nazari escolheu a segunda, talvez reagindo a seu treinamento, talvez porque temesse que não havia nada a perder. Ele deu um chute violento do qual Gabriel desviou facilmente. Depois se agarrou à perna de Mikhail em uma tentativa de derrubá-lo. Um golpe violento abaixo da omoplata foi suficiente para evitar o ataque. Então Mikhail saiu de lado para permitir que Yaakov terminasse o trabalho. Por dois anos, Yaakov tinha cuidado de seu agente, adulado, tinha dado a ele uma soma exorbitante de dinheiro. Agora, por dois horríveis minutos, ele deu uma surra que combinava com as transgressões de Nazari. Ele evitou acertar o rosto do iraniano, no entanto. Era importante que Nazari continuasse apresentável.

Keller não participou na surra em Reza Nazari. Em vez disso, tranquilo, tinha colocado uma cadeira de madeira e sem braços, na frente do fogo. Nazari caiu sobre ela e não ofereceu resistência quando Yaakov e Mikhail prenderam seu torso com fita adesiva. Em seguida, prenderam suas pernas enquanto Gabriel calmamente recarregou a Glock. Ele mostrou cada bala para Nazari antes de enfiá-las no pente. Não havia mais nenhuma vazia. A arma estava carregada com munição de verdade.

— Você tem uma escolha simples — disse Gabriel depois de enfiar o pente no cabo e armá-la. — Pode viver ou pode se tornar um mártir. — Ele colocou a ponta do revólver no meio dos olhos de Nazari. — Qual vai ser, Reza?

O iraniano olhou para a arma em silêncio. Finalmente, falou:

— Eu gostaria de viver.

— Escolha inteligente. — Gabriel abaixou a arma. — Mas, infelizmente, você não vai viver de graça, Reza. Terá de pagar um tributo.

— Quanto?

— Primeiro, você vai me contar como você e seus amigos russos conspiraram para me matar.

— E depois?

— Você vai me ajudar a encontrá-los.

— Eu não aconselho isso, Allon.

— Por que não?

— Porque o homem que ordenou sua morte é muito importante para ser morto.

— Quem foi?

— Diga você.

— O chefe do SVR?

— Não seja tonto — disse Nazari, incrédulo. — Nenhum chefe do SVR iria atrás de você sem aprovação. A ordem veio do alto.

— O presidente russo?

— Claro.

— Como você sabe?

— Confie em mim, Allon, eu sei.

— Isso poderia ser surpresa para você, Reza, mas você é a última pessoa do mundo em quem eu confio nesse momento.

— Posso garantir — disse Nazari, olhando para a arma — que o sentimento é mútuo.

Ele pediu para ser liberado e ser tratado com um pouco de dignidade. Gabriel se recusou a fazer as duas coisas, apesar de servir um pouco de água, para pelo menos limpar a garganta machucada dele. Yaakov colocou o copo nos lábios do agente enquanto ele bebia e depois limpou umas gotas do terno dele. O iraniano notou o gesto.

— Posso fumar um cigarro? — ele pediu.

— Não — respondeu Gabriel.

Nazari sorriu.

— Então é realmente verdade. O grande Gabriel Allon não gosta de fumaça de cigarro. — Ainda sorrindo, ele olhou para Yaakov. — Mas não meu amigo aqui. Lembro-me de nossa primeira reunião naquele quarto de hotel em Istambul. Achei que íamos colocar o alarme de fumaça para funcionar.

Parecia um bom começo, então Gabriel iniciou seu interrogatório aí — o dia de outono, dois anos antes, quando Reza Nazari estava em Istambul para uma rodada de reuniões com a inteligência turca. Durante uma parada nas reuniões, ele caminhou até um pequeno hotel no Bósforo e, em um quarto, teve sua primeira reunião com um homem que só conheceria como o "sr. Taylor". Ele falou para o sr. Taylor que queria trair seu país e como prova de sua boa-fé entregou um pendrive cheio de informações de alto nível, incluindo documentos relacionados com o programa nuclear do Irã.

— Os documentos eram verdadeiros?

— Claro.

— Você os roubou?

— Não precisei.

— Quem deu para você?

— Meus superiores no Ministério de Inteligência.

— Você mentiu desde o começo?

Nazari assentiu.

— Quem era seu oficial de controle?

— Prefiro não falar.

— E eu prefiro não espalhar seu cérebro pela parede, mas farei isso se for preciso.

— Era Esfahani.

Mohsen Esfahani era o segundo na hierarquia do VEVAK.

— Qual era o objetivo da operação? — perguntou Gabriel.

— Influenciar o pensamento do Escritório sobre as capacidades e intenções iranianas.

— *Taqiyya*.

— Chame como quiser, Allon. Nós, os persas, fazemos isso há muito tempo. Até mais do que os judeus.

— Se eu fosse você, Reza, não ficaria me vangloriando. Ou vou deixar o sr. Taylor se divertir com você.

O iraniano ficou em silêncio. Gabriel perguntou sobre o milhão de dólares que o Escritório tinha colocado em um banco privado em Luxemburgo para uso de Nazari.

— Presumimos que vocês estavam vigiando o dinheiro — respondeu o iraniano —, então, Esfahani me instruiu a gastar um pouco. Comprei presentes para meus filhos e um colar de pérolas para minha esposa.

— Nada para Esfahani?

— Um relógio de ouro, mas ele mandou que eu devolvesse. Mohsen é um verdadeiro crente. Ele é como você, Allon. Totalmente incorruptível.

— Onde você ouviu algo assim?

— Nossos arquivos sobre você são bem grossos.

Nazari parou, e então disse:

— Quase tão grosso quanto o do Moscou Center. Mas acho que isso é compreensível. Você nunca pisou em solo iraniano, pelo menos não que saibamos. Na Rússia, no entanto... — Ele sorriu. — Bom, digamos apenas que você tem muitos inimigos lá, Allon.

Entre as muitas coisas que o Escritório não sabia sobre seu apreciado agente era que ele tinha sido a principal ligação entre o VEVAK e o SVR. A razão era bastante simples, ele explicou. Nazari tinha estudado história russa na universidade, falava russo fluentemente e tinha operado no Afeganistão durante a ocupação soviética. Em Cabul, ele tinha conhecido vários agentes da KGB, inclusive um jovem que parecia destinado à promoção. Isso acabou sendo realidade; o homem, agora, era um dos mais poderosos do Moscou Center. Nazari se encontrava regularmente com ele para resolver questões que iam do programa nuclear do Irã à guerra civil na Síria, onde VEVAK e SVR tinham trabalhando incansavelmente para garantir a sobrevivência de seu estado de sítio.

— O nome dele? — perguntou Gabriel.

— Como você — respondeu Nazari —, ele usa muitos nomes diferentes. Mas se eu tivesse de adivinhar, diria que seu nome real é Rozanov.

— Primeiro nome?

— Alexei.

— Descreva-o.

O iraniano fez uma vaga descrição de um homem que media aproximadamente 1,82m e tinha cabelo loiro meio grisalho, o qual penteava igual ao do presidente russo.

— Idade?

— Pode ter uns cinquenta.

— Idiomas?

— Ele pode falar qualquer idioma que quiser.

— Com que frequência você se encontra com ele?

— Uma vez a cada dois ou três meses, mais frequentemente se for necessário.

— Onde?

— Às vezes viajo a Moscou. Normalmente, nos encontramos em um terreno neutro na Europa.

— Que tipo de terreno neutro?

— Casas seguras, restaurantes — ele deu de ombros —, como sempre.

— Quando foi a última vez?

— Há um mês.

— Onde?

— Copenhague.

— Em que lugar de Copenhague?

— Um pequeno restaurante em New Harbor.

— Você falou sobre mísseis nucleares e Síria aquela noite?

— Na verdade — disse Nazari —, só havia um item na agenda.

— Qual era?

— Você.

43

BAIXA ÁUSTRIA

MAS ELES ESTAVAM INDO rápido demais, porque Copenhague não foi a primeira vez que Reza Nazari e Alexei Rozanov tinham conversado muito sobre Gabriel Allon. O nome tinha sido importante em muitos de seus encontros anteriores, mas nunca com mais urgência ou raiva do que durante um jantar dez meses antes na cidade velha de Zurique. O SVR estava em crise. O corpo de Pavel Zhirov tinha acabado de ser encontrado congelado em Tver Oblast, Madeline Hart tinha fugido para a Inglaterra e a empresa de energia do Kremlin tinha perdido os direitos de exploração de petróleo no mar do Norte.

— E o culpado de tudo isso — disse Nazari —, tinha sido você.

— Quem falou isso?

— A única pessoa que importa na Rússia. O Chefe.

— Imagino que o Chefe me queria morto.

— Não apenas morto — respondeu Nazari. — Queria que fosse feito de um jeito que a Rússia não pudesse ser envolvida. Também queria punir os britânicos. Graham Seymour, em especial.

— E foi por isso que os russos escolheram Eamon Quinn.

Nazari não falou nada.

— Presumo que você conhecia o nome de Quinn.

— Eu o considerava um amigo.

— Porque foi você que chamou Quinn para construir armas antitanque para o Hezbollah.

Nazari assentiu.

— Uma arma que poderia fazer uma bola de fogo viajar a trezentos metros por segundo.

— Eram muito eficientes, como descobriu a IDF.

Yaakov se aproximou com raiva de Nazari, mas Gabriel o impediu e continuou com seu questionamento.

— O que Rozanov queria de você?

— Naquele momento, só que eu o apresentasse.

— E você concordou?

— Quando se tratava de você — disse Nazari —, nossos interesses combinavam com os dos russos.

Naquela época, Nazari contou, Quinn estava vivendo na Venezuela sob a proteção de Hugo Chávez, que logo morreria. Seu futuro era incerto. Não estava muito claro se o sucessor de Chávez iria permitir que ele ficasse no país ou se poderia usar um passaporte venezuelano. Cuba era uma possibilidade, mas Quinn não estava interessado em viver aos pés dos irmãos Castro. Ele precisava de um novo lar, um novo patrocinador.

— O momento — disse Nazari — não poderia ser melhor.

— Onde se encontrou com ele?

— Em um hotel no centro de Caracas.

— Havia outra pessoa ali?

— Rozanov trouxe uma mulher.

Gabriel colocou uma fotografia de Katerina parada na varanda de Quinn em Lisboa. Nazari assentiu.

— Qual era o papel dela na operação?

— Não tinha conhecimento de todos os detalhes. Nesse momento, eu era apenas a ligação com Quinn.

— Quanto ele recebeu?

— Dez milhões.

— Antecipadamente?

— Depois de completada a missão.

— Minha morte?

Nazari olhou para Keller e disse:

— A dele também.

O que os levou de volta a Copenhague. Alexei Rozanov estava nervoso, mas animado aquela noite. O primeiro alvo tinha sido escolhido. Tudo de que Rozanov precisava era alguém para sussurrar o nome de Quinn no ouvido da inteligência israelense e britânica. Ele pediu que Nazari fosse seu mensageiro e ele imediatamente recusou.

— Por quê?

— Porque não queria fazer nada que pudesse causar problemas para minha posição com o sr. Taylor.

— O que o fez mudar de ideia?

Nazari ficou em silêncio.

— Quanto ele pagou a você, Reza?

— Dois milhões.

— Onde está o dinheiro?

— Ele queria depositar em um banco em Moscou, mas eu insisti na Suíça.

Gabriel pediu a Nazari o nome do banco, o número da conta e a senha. Nazari forneceu a informação. O banco ficava em Genebra. Recentemente, o Escritório tinha achado necessário examinar o balanço da instituição. Ter acesso aos fundos de Nazari não seria um grande desafio.

— Acho que você não mencionou nada disso a Mohsen Esfahani.

— Não — respondeu Nazari depois de hesitar por um momento. — Mohsen não sabe de nada.

— E sua esposa? — Perguntou Gabriel. — Você mencionou algo a ela?

— Por que está perguntando algo assim?

— Porque sou curioso por natureza.

— Não — falou Nazari, novamente depois de hesitar. — Minha esposa não sabe de nada.

— Talvez você devesse contar a ela.

Gabriel aceitou um celular de Mikhail e ofereceu a Nazari. O iraniano olhou para o aparelho, sem compreender.

— Vá em frente, Reza. Ligue para ela.

— O que você fez?

— Puxamos o alarme de incêndio.

— O que isso significa?

Foi Yaakov que explicou.

— Lembra-se da saída de emergência que criamos para você e sua família, Reza? A saída de emergência que não seria necessária porque você nunca disse a verdade?

O pânico se espalhou como fogo pelo rosto do iraniano.

— Mas você nunca mencionou nada disso para sua esposa — continuou Yaakov. — Na verdade, você deixou a saída de emergência no lugar, caso as coisas dessem errado no VEVAK e você precisasse de um porto no meio da tempestade. Tudo que precisamos fazer foi puxar o alarme de incêndio e eles...

— Onde estão eles? — Nazari interrompeu.

— Posso dizer onde eles *não estão*, Reza, e é na República Islâmica do Irã.

Uma calma perigosa se estabeleceu nos olhos fundos de Nazari. Eles foram lentamente de Yaakov para Gabriel.

O ESPIÃO INGLÊS

— Você acabou de cometer um erro, meu amigo. Um homem como você sabe bem os riscos de usar membros inocentes da família como alvos.

— Essa é uma das grandes coisas de estar morto, Reza. Não sou mais vítima de uma consciência culpada.

Gabriel hesitou e depois continuou:

— Isso deixa meu pensamento mais claro. — Ele afastou o celular. — A pergunta é: eu deixei seu pensamento mais claro também?

O olhar de Nazari foi do rosto de Gabriel para o fogo. A calma perigosa tinha desaparecido. Tinha sido substituída por desespero, a percepção de que não tinha escolha a não ser se colocar à mercê de um inimigo mortal.

— O que você quer de mim? — ele perguntou finalmente.

— Quero que você salve sua família. E a si mesmo.

— E como eu poderia fazer isso?

— Ajudando-me a encontrar Eamon Quinn e Alexei Rozanov.

— Não é possível, Allon.

— Quem falou isso?

— O Chefe.

— Eu sou o chefe agora — falou Gabriel. — E você está trabalhando para mim.

Eles usaram a hora seguinte para repassar tudo novamente, desde o começo. Prestaram particular atenção aos detalhes da conta bancária em Genebra e as circunstâncias da última reunião de Nazari com Alexei Rozanov em Copenhague. A data precisa, o nome do restaurante, a hora e a maneira da chegada deles, os nomes dos hotéis onde tinham ficado.

— E sua próxima reunião? — perguntou Gabriel.

— Não temos nada planejado.

— Quem normalmente inicia o contato?

— Isso depende da situação. Se Alexei tem algo a discutir, ele faz contato e sugere um local. E se eu preciso vê-lo...

— Como você faz contato com ele?

— De uma forma que vocês e a NSA não conseguem monitorar.

— Você manda um e-mail inocente em uma conta que parece inofensiva?

— Às vezes — disse Nazari — as formas simples são as melhores.

— Qual é o e-mail de Rozanov?

— Ele usa vários.

Nazari então recitou quatro endereços de memória. Eram todas combinações aleatórias de letras e números. Foi uma demonstração incrível de memória.

Nesse momento, já eram quase 11 horas. Havia pouco tempo para devolver Nazari ao InterContinental. Gabriel avisou o iraniano das consequências de qualquer quebra do acordo ao qual tinham chegado. Então, o liberou da cadeira. Nazari parecia surpreendentemente bem para um homem que tinha sido sujeitado a uma surra e a uma falsa execução. A única evidência visível de seu sofrimento era a pequena queimadura no centro da testa.

— Coloque um pouco de gelo quando voltar ao quarto — disse Yaakov enquanto colocava Nazari de volta no carro. — Queremos que você esteja bem para as negociações amanhã.

Eles o deixaram na parte oriental do Stadtpark, e Mikhail o seguiu de volta ao hotel. O lobby estava deserto; Nazari entrou sozinho em um elevador e subiu até o sétimo andar, onde seu quarto comprometido esperava por ele. Em frente a um laptop no quarto ao lado, Eli Lavon ouviu o que aconteceu em seguida. Um homem vomitando muito no banheiro, um homem chorando incontrolavelmente depois que uma ligação para sua casa em Teerã não foi atendida. Lavon abaixou o volume e deu à sua presa um pouco de privacidade. *Jogo de gente grande*, ele pensou. *Regras de gente grande*.

44

COLINAS SPARROW, MOSCOU

O SONHO DE KATERINA AKULOVA aconteceu como sempre. Ela estava caminhando por uma floresta de bétulas perto de seu antigo campo de treinamento quando as árvores se abriram como uma cortina e um lago azul cristalino apareceu. Ela não precisava tirar a roupa; em seus sonhos ela estava sempre nua, não importava a situação. Deslizou pela superfície calma e nadou pelas ruas de sua falsa vila alemã. Então, a água se transformava em sangue e ela percebia que estava se afogando. Sem oxigênio, seu coração batendo nas costelas, lutava selvagemente para chegar à luz, mas sempre que alcançava a superfície, uma mão a puxava para baixo de novo. Era a mão de uma mulher, macia e perfeita. Apesar de Katerina nunca ter sentido seu toque, ela sabia que era a mão da sua mãe.

Finalmente, se sentava na cama, procurando por ar como se não tivesse respirado por vários minutos. O cabelo dela estava úmido, as mãos tremiam de medo. Pegou o cigarro, acendeu um com dificuldade e tragou fundo a fumaça em seus pulmões. A nicotina a acalmou, como sempre. Olhou o relógio e viu que era quase meio-dia. De alguma forma, tinha dormido quase 12 horas. Do lado de fora, a neve da noite anterior tinha parado e um raio branco de sol brilhava no céu pálido. Moscou, ao que parecia, tinha conseguido que o inverno fosse adiado por algumas horas.

Katerina colocou os pés no chão, foi se arrastando até a cozinha e fez uma xícara de café na cafeteira automática. Bebeu enquanto estava parada na frente da máquina e imediatamente preparou outra. O celular do SVR estava em cima do balcão. Ela o pegou e franziu a testa ao olhar a tela. Ainda não havia nenhuma ordem de partida de Alexei. Ela estava convencida de que não era um descuido da parte dele. Ele tinha seus motivos. Sempre tinha.

Verificou a previsão do tempo. Estava alguns graus acima de zero, algo raro em Moscou nessa época do ano, e esperava-se um céu limpo pelo resto da tarde. Já fazia um bom tempo que ela não se exercitava e decidiu que uma corrida faria bem. Levou o café até o quarto e se vestiu: calça e camiseta, um agasalho para baixas temperaturas, um par de tênis novos — tênis genuínos norte-americanos, não os baratos e surrados que saíam das fábricas russas. *Melhor correr descalça do que com tênis russos.* Em seguida, tirou um par de luvas pesadas e prendeu o cabelo debaixo de um chapéu de lã. Tudo que faltava era sua arma, uma Makarov 9mm que ela odiava carregar quando estava correndo. Além disso, se algum pervertido cheio de vodca na cabeça fosse tonto o suficiente para tentar algo, era mais do que capaz de se cuidar. Ela já tinha deixado um assediador inconsciente nos caminhos do parque Gorky. Alexei tinha terminado o trabalho — pelo menos era o rumor no Moscou Center. Katerina nunca se preocupou em perguntar o destino do homem. Ele tinha merecido, quem quer que fosse.

Ela se alongou por uns minutos enquanto fumava o segundo cigarro e bebia a terceira xícara de café preto. Desceu de elevador até o lobby e, ignorando o cumprimento bêbado do porteiro com a barba por fazer, saiu para a rua. A calçada estava sem neve; ela estabeleceu um ritmo tranquilo para o oeste até Michurinsky Prospekt. Deu a volta na Universidade Estatal de Moscou, a escola que Katerina poderia ter frequentado se tivesse sido uma criança normal e não a filha de uma oficial da KGB que tinha se esquecido de tomar a pílula anticoncepcional enquanto era parte de uma armadilha sexual.

No fundo da colina, virou à direita seguindo a gentil curva da rua Kosygina. No meio havia um caminho pavimentado com fileiras de árvores sem folhas dos dois lados. Suas pernas estavam começando a esquentar; ela podia sentir as primeiras gotas de transpiração formando-se debaixo da jaqueta. Aumentou o ritmo. Passou por uma igreja verde e branca, e o ponto de observação das colinas Sparrow, onde dois recém-casados sorrindo estavam posando para fotografias tendo a cidade como fundo. Era uma tradição dos casais russos que Katerina nunca iria experimentar. No improvável evento de que ela se casasse, o SVR teria de aprovar seu marido. O casamento aconteceria em segredo e nenhum fotógrafo estaria presente. Nem família também. Não era problema para Katerina, pois ela não tinha ninguém.

Era sua intenção correr até a Academia de Ciências da Rússia e depois voltar para casa pela margem do rio Moscou. Porém, quando passou pela entrada espalhafatosa do hotel Korston, percebeu que estava sendo seguida por um Range Rover com vidros escurecidos. Ela tinha visto o carro pela primeira vez em Michurinsky Prospekt e uma segunda vez no ponto de observação das Sparrow, onde um dos ocupantes, um homem com casaco de couro, tinha fingido admirar

O ESPIÃO INGLÊS

a vista. Agora o veículo estava estacionado em frente ao Korston, e o homem de casaco de couro estava caminhando na direção de Katerina por entre as árvores. Tinha mais de 1,82m, bem mais de noventa quilos e caminhava movendo os braços como alguém que passou muito tempo na academia.

Ia contra o treinamento de Katerina virar as costas para um perigo em potencial, então, ela continuou na direção do homem no mesmo ritmo, os olhos para frente, como se apenas tivesse percebido vagamente a presença dele. As mãos dele estavam enfiadas nos bolsos do casaco de couro. Quando ela tentou passar, ele tirou a mão direita e agarrou-a pelo bíceps. Era como ser agarrada pela garra de uma escavadeira mecânica. O pé de Katerina derrapou. Ela teria caído no chão se a mão não a tivesse mantido de pé.

— Ei, me solta! — ela gritou.

— *Nyet* — ele disse friamente.

Katerina tentou empurrá-lo, mais um aviso do que uma verdadeira tentativa de fugir, mas ele a apertou ainda mais forte. O movimento dela foi totalmente instintivo. Ela pisou forte no pé direito dele e cegou-o enfiando os dois dedos nos olhos. Ele relaxou o aperto, ela se equilibrou e levantou um joelho na direção da virilha. Ela se equilibrou de novo e deu uma violenta cotovelada na testa, que o derrubou no chão. Estava se preparando para fazer um dano permanente em seu pescoço exposto, mas parou quando ouviu uma risada no caminho atrás dela. Colocou as mãos no joelho e lutou para conseguir respirar o ar gelado. Sua boca tinha gosto de sangue. Ela imaginou que era o sangue dos seus sonhos.

— Por que fez isso?

— Queria ter certeza de que você estava pronta para voltar ao campo.

— Estou sempre pronta.

— Você deixou isso bem óbvio. — Alexei Rozanov balançou a cabeça lentamente. — Esse pobre diabo nunca mais vai precisar se preocupar com camisinhas. Acho que está melhor assim.

Eles estavam no carro de Rozanov, que estava preso no trânsito na rua Kosygina. Aparentemente, houve um acidente em algum ponto. Isso era comum.

— Quem era ele? — Katerina perguntou.

— O jovem que você quase matou?

Ela assentiu.

— É recém-formado na escola de inteligência da KGB. Até hoje eu tinha muita esperança nele.

— Em que planejava usá-lo?

— Trabalho muscular — disse Rozanov, sem um traço de ironia.

O carro avançava muito lentamente. Rozanov tirou um Dunhill do bolso do casaco e permaneceu pensativo.

— Quando você voltar a seu apartamento — disse após um momento —, vai encontrar uma maleta esperando no hall de entrada, junto com um passaporte e seus documentos de viagem. Você parte amanhã de manhã.

— Para onde?

— Vai passar uma noite em Varsóvia para estabelecer sua identidade. Depois, vai cruzar a Europa até Roterdã. Reservamos um quarto para você em um hotel perto do terminal de balsa. Um carro estará esperando do outro lado.

— Que tipo de carro?

— Um Renault. A chave estará escondida no lugar de sempre. As armas estarão escondidas na parte de trás. Vamos colocar uma Skorpion. — Rozanov sorriu. — Você sempre gostou da Skorpion, não é, Katerina?

— E o Quinn? — perguntou.

— Ele vai até seu hotel. — Rozanov parou, depois acrescentou: — Acho que ele não vai estar de bom humor.

— Qual é o problema?

— O presidente decidiu adiar o pagamento do dinheiro até ele completar a segunda fase da operação.

— Por que o presidente faria algo assim?

— Para dar um incentivo ao Quinn — respondeu Rozanov. — Nosso amigo irlandês tem um longo histórico de resolver as coisas do seu jeito. Aquela mensagem de texto que ele insistiu em mandar a Allon quase destruiu uma operação perfeitamente planejada.

— Você não deveria ter dado o número do Allon.

— Não tive escolha. Quinn foi muito específico em suas exigências. Ele queria que Allon soubesse que havia uma bomba naquele carro. E queria que ele soubesse quem tinha colocado.

Eles tinham conseguido voltar ao ponto de observação da colina. Os recém--casados tinham ido embora; um novo casal havia tomado o lugar deles. Posando junto havia uma criança, uma menina de seis ou sete anos usando um vestido branco, com flores no cabelo.

— Bonita garota — disse Rozanov.

— É — disse Katerina, distante.

Rozanov olhou para ela por um momento.

— É minha imaginação — ele perguntou finalmente — ou você está relutante em voltar a campo?

— É sua imaginação, Alexei.

— Porque se não for capaz de realizar seus deveres, eu preciso saber.

— Pergunte ao seu novo *castrati* se sou capaz.

— Sei que você é...

— Não tem nenhum problema — ela disse, cortando.

— Esperava que essa fosse sua resposta.

— Você sabia que seria.

Eles tinham chegado à fonte do congestionamento. Havia uma idosa morta na rua. Sua sacola de compras desamarrada estava caída ao lado dela; maçãs espalhadas por todo o asfalto. Alguns carros buzinavam em protesto. Nova ou velha, não importava. A vida era barata na Rússia.

— Meu Deus — disse Rozanov baixinho quando o corpo esmagado da velha passou por sua janela.

— Não acredito que fique mal pela visão de um pouco de sangue.

— Não sou como você, Katerina. Mato com papel e caneta.

— Eu também, se não tiver outra coisa disponível.

Rozanov sorriu.

— É bom saber que você ainda tem seu senso de humor.

— É preciso ter senso de humor nessa linha de trabalho.

— Concordo plenamente. — Rozanov tirou uma pasta da maleta.

— O que é isso?

— O presidente tem mais um trabalho que ele gostaria que você resolvesse antes de voltar para a Rússia.

Katerina aceitou a pasta e olhou para a fotografia na primeira página. Novo ou velho, não importava. A vida era barata na Rússia. Inclusive a dela.

COPENHAGUE, DINAMARCA

— Desculpe — disse Lars Mortensen —, mas não entendi seu nome.

— Merchant — respondeu Christopher Keller.

— Você é israelense?

— Infelizmente, sim.

— E o sotaque?

— Nascido em Londres.

— Entendo.

Mortensen era o chefe do PET, o pequeno mas eficiente serviço de segurança e inteligência interno da Dinamarca. Oficialmente, era um ramo da polícia nacional do país e operava sob a autoridade do Ministério da Justiça. Sua sede estava localizada em um escritório anônimo ao norte dos Jardins de Tivoli. O escritório de Mortensen ficava no andar mais alto. Os móveis eram sólidos, pálidos e dinamarqueses. Assim como Mortensen.

— Como você poderia esperar — Mortensen estava falando —, a morte de Allon foi um terrível choque para mim. Eu o considerava um amigo. Trabalhamos juntos em um caso há alguns anos. As coisas deram errado em uma casa no norte. Eu cuidei disso para ele.

— Eu lembro.

— Você trabalhou naquele caso também?

— Não.

Mortensen bateu a ponta de uma caneta prateada contra o conteúdo de uma pasta aberta.

— Allon parecia o tipo de homem que seria difícil de matar. É difícil imaginar que ele realmente morreu.

— Sentimos o mesmo.

— E esse pedido de vocês? Tem algo a ver com a morte de Allon?

— Prefiro não falar.

— E eu prefiro não estar nessa reunião — disse Mortensen, frio. — Mas quando um amigo pede um favor, eu tento acomodar as coisas.

— Nosso serviço passou por uma terrível perda — disse Keller depois de um tempo. — Como você pode imaginar, não estamos focados em nada mais.

Era pouca coisa, mas o suficiente para o agente dinamarquês.

— O que vamos procurar no vídeo?

— Dois homens.

— Onde eles se encontraram?

— Um restaurante chamado Ved Kajen.

— Em New Harbor?

Keller assentiu. Mortensen pediu a data e a hora. Keller as forneceu.

— E os dois homens? — perguntou Mortensen.

Keller entregou uma fotografia.

— Quem é ele?

— Reza Nazari.

— Iraniano?

Keller assentiu.

— VEVAK?

— Exatamente.

— E o outro homem?

— É um chefe do SVR chamado Alexei Rozanov.

— Você tem uma fotografia?

— É por isso que estou aqui.

Mortensen colocou a fotografia do iraniano em sua mesa e ficou pensativo.

— Somos um país pequeno — ele disse depois de um momento. — Um país pacífico, exceto por alguns milhares de islâmicos esquentados. Entende o que estou falando?

— Acho que sim.

— Não quero nenhum problema com os persas. Nem com os russos, por falar nisso.

— Não se preocupe, Lars.

Mortensen olhou para o relógio.

— Isso pode levar algumas horas. Onde você está hospedado?

— No D'Angleterre.

— Qual a melhor forma de entrar em contato?

— Telefone do hotel.

— Qual é o nome?

— LeBlanc.

— Achei que tinha dito que seu nome era Merchant.

— Disse.

Keller deixou a sede do PET a pé e caminhou até os Jardins de Tivoli — longe o suficiente para confirmar que Mortensen tinha designado duas equipes de vigilantes para segui-lo. O céu sobre Copenhague estava da cor de granito, e uns poucos flocos de neve giravam sob a luz dos postes. Keller cruzou o Rådhuspladsen e caminhou por Strøget, a principal rua para pedestres de Copenhague, antes de voltar ao imponente hotel D'Angleterre. No seu quarto, ele matou o tempo por uma hora assistindo às notícias. Então, ligou para a telefonista e, em um inglês com sotaque francês, disse que estava indo para o bar Balthazar. Passou mais uma hora na mesa de canto com apenas uma taça de brut. Era, ele pensou, desanimado, uma prévia da vida que o esperava no MI6. O grande Gabriel Allon, que descanse em paz, já tinha descrito a existência de um espião profissional como uma vida de viagens constantes e tédio entorpecedor quebrado por interlúdios de terror absoluto.

Finalmente, alguns minutos depois das sete, uma garçonete veio até ele e informou a Keller que tinha uma ligação. Ele atendeu no lobby. Era Lars Mortensen.

— Acho que podemos ter encontrado a imagem que você está procurando — ele falou. — Há um carro esperando do lado de fora.

Não foi difícil encontrar o sedan do PET. Estava ocupado por dois dos mesmos homens que o seguiram mais cedo. Eles o levaram de volta e o depositaram em uma sala na sede do PET equipada com uma grande tela de televisão. Nela havia uma imagem congelada de um homem com aparência de persa cruzando uma rua estreita de paralelepípedos. A data e a hora batiam com a informação que o iraniano tinha fornecido durante seu interrogatório nos arredores de Viena.

— Nazari? — perguntou Lars Mortensen.

Quando Keller assentiu, Mortensen apertou algumas teclas em um laptop aberto e novas imagens apareceram na tela. Um homem alto, rosto largo, com pouco cabelo. Um chefe do Moscou Center, se é que isso existe.

— Esse é o homem que você está procurando?

— Diria que é ele.

— Tenho mais umas poucas fotos e um pouco de vídeo, mas essa é definitivamente a melhor imagem.

Mortensen ejetou um disco do computador, colocou em uma caixinha e mostrou para Keller.

— Com os cumprimentos do povo dinamarquês — ele falou. — Sem custos.

— Foram capazes de encontrar algo sobre a viagem deles?

— O iraniano deixou Copenhague na manhã seguinte em um voo para Frankfurt. Era escala para Teerã.

— E o russo?

— Ainda estamos trabalhando nisso. — Mortensen entregou o disco a Keller. — Por falar nisso, a conta pelo jantar foi de mais de quatrocentos euros. O russo pagou em dinheiro.

— Foi uma ocasião especial.

— O que estavam comemorando?

Keller enfiou o disco no bolso do casaco.

— Entendo — disse Mortensen.

Na manhã seguinte, Christopher Keller voou para Londres. Foi recebido no aeroporto de Heathrow por uma equipe do MI6 e levado a uma velocidade estranhamente alta até uma casa segura na Bishop's Road, em Fulham. Graham Seymour estava sentado em frente a uma mesa de linóleo na cozinha, o casaco Chesterfield jogado sobre uma das cadeiras. Com um movimento de olhos, ele instruiu Keller a se sentar. Empurrou uma única folha de papel sobre a mesa e colocou uma caneta prateada sobre ela.

— Assine.

— O que é isso?

— É pelo seu novo telefone. Se vai trabalhar para nós, não pode usar mais o antigo.

Keller pegou o documento.

— Minutos? Plano de dados? Esse tipo de coisa?

— Assine logo.

— Que nome devo usar?

— Seu nome real.

— Quando vou ter meu novo nome?

— Estamos trabalhando nisso.

— Tenho escolha?

— Não.

— Não parece muito justo.

— Nossos pais não permitem que a gente escolha nosso nome, nem o MI6.

— Se você tentar me chamar de Francis, eu volto para a Córsega.

Keller rabiscou algo ilegível na linha de assinatura do documento. Seymour entregou um BlackBerry novo e recitou um número de oito dígitos para a encriptação do MI6.

— Repita o número para mim — ele falou.

Keller repetiu.

— Não importa o que aconteça — disse Seymour —, nunca escreva esse número.

— Por que eu faria algo estúpido assim?

Seymour colocou outro documento na frente de Keller.

— Esse permite que você manuseie documentos do MI6. Você é membro do clube agora, Christopher. É um dos nossos.

A caneta de Keller se moveu sobre o papel.

— Algo errado? — perguntou Seymour.

— Só estou pensando se você realmente quer que eu assine isso.

— Por que não iria querer?

— Porque se eu puder atirar em Eamon Quinn...

— Então eu espero que você atire.

Seymour parou, depois acrescentou:

— Exatamente como quando você estava em Ulster.

Keller assinou o documento. Seymour entregou a ele um pendrive.

— O que é isso?

— Alexei Rozanov.

— Engraçado — disse Keller —, mas ele parecia mais alto nas fotos.

Keller voltou ao Heathrow a tempo de pegar o voo da British Airways do começo da tarde para Viena. Ele chegou alguns minutos depois das quatro e pegou um táxi para um endereço logo depois da Ringstrasse. Era um belo e antigo prédio estilo Biedermeier, com um café no térreo. Keller tocou a campainha, foi admitido no vestíbulo e subiu até o apartamento no terceiro andar. A porta se abriu um pouco. Um homem morto esperava ansiosamente dentro do apartamento.

46

VIENA

As fotografias de Copenhague provaram que Reza Nazari tinha se encontrado com um homem que parecia russo no momento e lugar especificados durante o interrogatório. E o arquivo do MI6 provou que o homem que parecia russo era realmente Alexei Rozanov. Ele tinha trabalhado em Londres sob cobertura diplomática nos anos noventa. Tanto o MI5 quanto o MI6 o conheciam muito bem.

— Seu nome completo é Alexei Antonovich. — Keller inseriu o pendrive no laptop de Gabriel, digitou uma senha encriptada e abriu o arquivo. — Ele dirigia uma série de ativos de nível médio do SVR nas embaixadas por toda a cidade. Tentou ganhar uns agentes do MI5 também. Francamente, o MI5 nunca prestou muita atenção nele. Nem o MI6. Mas quando Alexei voltou ao Moscou Center, sua estrela de repente começou a ascender.

— Sabemos por quê?

— Provavelmente tinha algo a ver com sua amizade com o presidente russo. Alexei é parte do círculo íntimo do czar. Um peixe muito grande, para dizer a verdade.

Gabriel repassou o arquivo do MI6 até chegar a uma fotografia. Mostrava um homem caminhando por uma rua úmida de Londres — Kensington High Street, de acordo com o relatório anexado. O sujeito tinha acabado de sair de uma reunião no almoço com um diplomata da embaixada canadense. O ano era 1995. A União Soviética estava morta, a Guerra Fria tinha acabado e no Moscou Center nada tinha mudado muito. O SVR via os Estados Unidos, a Grã-Bretanha e os outros membros da aliança ocidental como inimigos mortais, e agentes como Alexei Antonovich Rozanov tinham ordens de espioná-los. Gabriel comparou a fotografia com uma das de Copenhague. A testa estava mais alta, o rosto um pouco mais gordo e mais decadente, mas era claramente o mesmo homem.

— A pergunta é — disse Keller —: podemos trazê-lo para fora?

— Não vamos precisar — respondeu Gabriel. — Nazari vai fazer isso para nós.

— Outra reunião?

Gabriel assentiu. Keller pareceu duvidar.

— Algo errado?

— As negociações entre os Estados Unidos e o Irã vão durar até a semana que vem.

— É — disse Gabriel, dando um tapa em uma cópia do *Times* de Londres. — Acho que li algo sobre isso nos jornais essa manhã.

— E quando as conversas terminarem — disse Keller —, Reza sem dúvida terá de voltar a Teerã.

— A menos que tenha assuntos urgentes em outro lugar.

— Uma reunião com Alexei Rozanov?

— Exatamente.

Bem nesse momento, apareceu uma mensagem na tela do computador. Afirmava que a delegação iraniana tinha acabado de voltar ao InterContinental. Gabriel aumentou o volume e, um momento depois, ouviu Reza Nazari andando pelo seu quarto no hotel.

— Não parece alguém feliz para mim — disse Keller.

Gabriel não falou nada.

— Há algo mais que você não considerou — disse Keller depois de um momento. — Há uma boa chance de que Alexei Rozanov não esteja interessado na reunião com seu colega de conspiração.

— Na verdade, acho que Alexei vai ficar aliviado só de ouvir o som da voz de Reza.

— Como vai conseguir fazer isso?

Gabriel sorriu e disse:

— *Taqiyya*.

Às sete e meia, o telefone no quarto de Reza Nazari tocou baixinho. Ele levantou o aparelho, colocou na orelha, ouviu as instruções e desligou sem falar nada. Seu casaco estava no chão, onde ele tinha deixado cair no começo daquela noite. Ele o pegou e desceu em um elevador vazio até o lobby. Um segurança iraniano fez um gesto com a cabeça quando Nazari passou. Ele não perguntou por que o agente do VEVAK estava deixando o hotel sozinho. Não ousaria.

Nazari cruzou a rua e entrou no Stadtpark. Quando caminhava pelas margens do rio Viena, percebeu que estava sendo seguido. Era o mais baixo, o que tinha um rosto esquecível e que se vestia como uma pilha de roupa suja. O carro estava esperando no mesmo lugar, na ponta leste do parque. O israelense que Nazari conhecia como sr. Taylor estava sentado no banco de trás. Como sempre, não parecia feliz. Fez uma busca completa em Nazari e depois assentiu para o espelho retrovisor. Quem estava no volante era o mesmo da noite anterior, o homem com pele pálida e olhos como gelo. Ele se livrou do trânsito noturno e aos poucos foi acelerando o carro.

— Para onde vamos? — perguntou Nazari enquanto Viena deslizava graciosamente pela janela.

— O chefe gostaria de ter uma conversa em particular.

— Sobre o quê?

— Seu futuro.

— Não sabia que tinha um.

— Um bastante brilhante, se fizer o que mandarem.

— Não posso demorar.

— Não se preocupe, Reza. Sem abóboras.

47

VIENA

DISSERAM QUE ELE ERA um vidente, um visionário, um profeta. Quase nunca estava errado — e, até quando estava, era só porque não tinha se passado tanto tempo para provar que ele estava certo. Tinha o poder de mover mercados, levantar alertas, influenciar políticas. Era inegável, era infalível. Era uma sarça ardente.

Sua identidade não era conhecida e até sua nacionalidade era um mistério. Todos achavam que era australiano — o site estava hospedado ali —, apesar de muitos acreditarem que ele era do Oriente Médio, pois suas ideias sobre a política confusa da região eram sutis demais para serem o produto de uma mente de fora da região. E outros ainda estavam convencidos de que era, na verdade, uma mulher. Uma análise de gênero em seu estilo de escrever dizia que era, pelo menos, uma possibilidade.

Apesar de influente, seu blog não era lido pelas massas. A maioria dos seus leitores era parte da elite de negócios, executivos de empresas de segurança privada, tomadores de decisões políticas e jornalistas que focavam questões relacionadas com terrorismo internacional e a crise que enfrentava o islamismo e o Oriente Médio. Foi um grande jornalista, um respeitado repórter investigativo de uma rede de televisão norte-americana, que deu a notícia que apareceu cedo na manhã seguinte. O repórter ligou para uma de suas fontes — um agente aposentado da CIA que tinha um blog —, que disse que a história tinha passado pelo teste de cheiro. Isso era bom o suficiente para o respeitado repórter investigativo, que imediatamente postou umas linhas em seu feed de mídia social. E assim nasceu a crise internacional.

Os norte-americanos ficaram céticos no começo, os britânicos, menos. Na verdade, um especialista de proliferação do MI6 chamou de um cenário de pesadelo que se tornava verdade: 45 quilos de material nuclear altamente radioativo, suficiente para produzir uma grande bomba ou vários aparelhos menores que seriam capazes de deixar cidades importantes inabitáveis por anos. O material radioativo — sua natureza precisa não foi especificada — tinha sido roubado de um laboratório secreto iraniano perto da cidade sagrada de Qom e vendido no mercado negro para um traficante ligado aos terroristas dos chechenos islâmicos. A localização dos chechenos e do material era desconhecida, embora os iranianos dissessem que estavam procurando freneticamente pelos dois. Por razões que não eram claras, eles tinham preferido não informar seus amigos russos sobre a situação.

Os iranianos denunciaram que o relatório era uma provocação ocidental e uma mentira sionista. O laboratório nomeado no relatório não existia, disseram, e todo o material nuclear no país estava seguro e completo. Mesmo assim, no final daquele dia, era o que todo mundo estava comentando em Viena. O negociador-chefe norte-americano disse que o relatório, independentemente de sua veracidade, demonstrava a importância de chegar a um acordo. Sua contraparte iraniana parecia menos convencida. Ele deixou as negociações sem falar com os repórteres e entrou em seu carro oficial. A seu lado estava Reza Nazari.

Eles viajaram para a embaixada iraniana e permaneceram ali até as dez da noite, quando finalmente voltaram ao hotel InterContinental. Reza Nazari foi até seu quarto e só deixou o casaco e a maleta, depois bateu na porta de seu vizinho. Mikhail Abramov deixou que ele entrasse. Yaakov Rossman serviu um uísque do minibar.

— Está proibido — disse Nazari.

— Aceite, Reza. Você merece.

O iraniano aceitou a bebida e levantou um pouco o copo como forma de saudação.

— Meus parabéns — ele disse. — Você e seus amigos conseguiram criar uma bela confusão hoje.

— O que Teerã acha?

— Estão céticos sobre o momento, para dizer o mínimo. Supõem que o relatório foi parte de um complô do Escritório destinado a sabotar as negociações e prevenir um acordo.

— O nome de Allon apareceu?

— Como poderia? Allon está morto.

Yaakov sorriu.

— E os russos? — ele perguntou.

— Muito preocupados — respondeu Nazari. — Isso é dizer o mínimo.

— Você foi voluntário para acalmá-los?

— Não precisei. Mohsen Esfahani me instruiu a fazer contato e organizar uma reunião.

— Alexei vai concordar em se encontrar com você?

— Não posso garantir isso.

— Então, talvez devêssemos prometer algo um pouco mais interessante do que uma sessão de apertos de mão mútuos.

Nazari ficou em silêncio.

— Você trouxe seu BlackBerry do VEVAK?

O iraniano o levantou para que Yaakov visse.

— Envie uma mensagem a Alexei. Diga que gostaria de discutir os recentes desenvolvimentos aqui em Viena. Diga que a Rússia não tem nada com o que se preocupar.

Nazari rapidamente escreveu o e-mail, mostrou o texto a Yaakov e depois apertou ENVIAR.

— Muito bom. — Yaakov apontou para seu laptop.— Agora envie aquele para ele.

Nazari se aproximou e olhou para a tela:

Meu governo está mentindo para você sobre a seriedade da situação. É urgente que nos encontremos imediatamente.

Nazari digitou o endereço e clicou em SEND.

— Isso deverá chamar a atenção dele — disse Yaakov.

— É — disse Nazari. — Eu acho que sim.

48

VIENA

ELES NÃO OUVIRAM NADA de Alexei Rozanov aquela primeira noite, nem houve uma resposta na manhã seguinte. Reza Nazari deixou o hotel às oito e meia junto com o resto da delegação iraniana e, vinte minutos depois, desapareceu no buraco negro das negociações nucleares. Nesse ponto, Gabriel, preso em um apartamento seguro em Viena com Christopher Keller, se permitiu refletir longamente sobre todas as razões pelas quais sua operação tinha fracassado antes mesmo de começar. Era possível, claro, que Reza Nazari tivesse falado com seu serviço logo depois do brutal interrogatório. Era possível, também, que ele tivesse contado a Alexei Rozanov que o homem que tinha conspirado para matar tão espetacularmente estava bem vivo e procurando vingança. Ou talvez não houvesse nenhum Alexei Rozanov. Talvez ele não fosse mais do que parte da imaginação fervilhante de Nazari, uma peça inteligente da *taqiyya* criada para torná-lo útil a Gabriel e assim salvar a própria vida.

— É óbvio — disse Keller — que você ficou doido.

— Acontece com gente morta. — Gabriel pegou uma fotografia de Rozanov caminhando por uma rua de paralelepípedos em Copenhague. — Talvez ele não venha. Talvez seus superiores no SVR tenham decidido colocá-lo no gelo por um tempo. Talvez ele vá pedir que seu velho amigo Reza vá até Moscou para uma noite de vodca e garotas.

— Então vamos para Moscou, também. E vamos matá-lo lá.

"Não", disse Gabriel, balançando a cabeça lentamente, eles não iam voltar a Moscou. Moscou era a cidade proibida deles. Tiveram sorte de sobreviver à última visita. Eles não voltariam para um bis.

À uma hora da tarde os negociadores pararam para almoçar. A sessão da manhã tinha sido especialmente improdutiva porque os dois lados ainda estavam em pânico pelo desaparecimento do material radioativo de Gabriel. Reza Nazari se afastou da delegação tempo suficiente para ligar para Yaakov Rossman no InterContinental. Yaakov ligou para Keller no apartamento seguro e repetiu a mensagem.

— Silêncio de Moscou. Nenhuma palavra de Alexei.

Nesse momento, já eram quase duas horas. O céu estava fechado e cinzento; uns poucos flocos de neve estavam soprando do outro lado das janelas do apartamento. Exceto pelo interrogatório de Nazari, Gabriel tinha sido um prisioneiro de seus quartos, escondido de todos, protegido das lembranças espreitando do lado de fora. Foi Keller que sugeriu uma caminhada. Ele ajudou Gabriel com o casaco, colocou um cachecol ao redor do pescoço e tampou o rosto com um chapéu. Então, deu a ele uma arma, uma Glock calibre 45, uma arma de destruição em massa.

— O que devo fazer com isso?

— Atire em qualquer russo que pedir informação.

— E se eu me encontrar com um iraniano?

— Vá — respondeu Keller.

Quando Gabriel saiu do prédio, a neve estava caindo forte do céu, e a calçada parecia um daqueles bolos vienenses cobertos de açúcar. Ele caminhou sem objetivo por alguns minutos, não se preocupando em verificar se estava sendo seguido. Viena tinha, há muito tempo, zombado de seu ofício. Ele adorava sua beleza, odiava sua história. Tinha inveja dela. Tinha pena dela.

O apartamento estava localizado no segundo distrito de Viena. Antes da guerra estava tão cheio de judeus que os vienenses se referiam, de forma depreciativa, como Mazzesinsel ou a Ilha Matzo. Gabriel cruzou o Ringstrasse, trocando o segundo distrito pelo primeiro e parou em frente ao Café Central, onde tinha se encontrado com um homem chamado Erich Radek, um ex-oficial da SS que tinha recebido a ordem de Adolf Eichmann para esconder provas do Holocausto. Ele caminhou um pouco até a velha mansão imponente de Radek, onde uma equipe de agentes do Escritório tinha agarrado o criminoso de guerra e começado a primeira perna de uma viagem que terminaria em uma cela de prisão israelense. Gabriel ficou sozinho no portão enquanto a neve deixava seus ombros brancos. O exterior da casa estava velho e quebrado, e as cortinas penduradas atrás de janelas sujas pareciam puídas. Parecia que ninguém queria morar na casa de um assassino. Talvez, pensou Gabriel, houvesse esperança para eles, afinal.

Da mansão em ruínas de Radek, ele cruzou para o Bairro Judeu até Stadttempel. Dois anos antes, na rua estreita saindo da sinagoga, ele e Mikhail Abramov tinham matado um grupo de terroristas do Hezbollah que estava planejando realizar um massacre na noite do Sabá. O resto do mundo tinha sido levado a acreditar que dois membros do EKO Cobra, a unidade de polícia tática de elite da Áustria, tinham matado os terroristas. Havia até uma placa do lado de fora da sinagoga comemorando a coragem deles. Lendo isso, Gabriel sorriu, apesar de tudo. É como deveria ser, ele pensou. Tanto no trabalho de inteligência quanto no de restauração, seu objetivo era o mesmo. Ele gostaria de ir e vir sem ser visto, não deixar nenhum rastro. Para bem ou para o mal, nem sempre havia funcionado dessa forma. E agora ele estava morto.

Depois de sair da sinagoga, Gabriel caminhou até um edifício próximo que já tinha abrigado uma pequena organização investigadora chamada Wartime Claims and Inquiries. Seu organizador, Eli Lavon, tinha fugido de Viena vários anos antes, depois que uma bomba destruiu seu escritório e matou suas duas jovens assistentes. Quando Gabriel voltou a caminhar, percebeu que estava sendo seguido por Lavon. Ele parou na rua e, com um movimento quase imperceptível de cabeça, instruiu Lavon para se juntar a ele. O vigilante pareceu tímido. Não gostava de ser visto por seu alvo, mesmo se o alvo o conhecesse desde que era garoto.

— O que está fazendo? — Gabriel perguntou a Lavon em alemão.

— Ouvi um estranho rumor — respondeu Lavon no mesmo idioma — de que o futuro chefe do Escritório estava caminhando por Viena sem um guarda-costas.

— Onde você ouviu algo assim?

— Keller me contou. Estou seguindo você desde que saiu do apartamento.

— Sim, eu sei.

— Não sabia, não — sorriu Lavon. — Você realmente deveria ser mais cuidadoso, sabe. Tem muitas coisas pelas quais viver.

Eles caminharam pela rua tranquila, a neve abafando o som de seus passos, até chegarem a uma pequena praça. O coração de Gabriel batia como um sino em seu peito e suas pernas pareceram muito pesadas de repente. Ele tentou continuar caminhando, mas as lembranças fizeram com que parasse. Lembrou-se de colocar o cinto de segurança no filho e o delicioso gosto de vinho nos lábios de sua esposa. E conseguia ouvir o motor hesitar porque uma bomba estava arrancando a força da bateria. Tarde demais, ele tinha tentado avisá-la para não virar a chave uma segunda vez. Então, em uma explosão branca brilhante, seu mundo tinha sido destruído. Agora, finalmente, sua restauração estava quase completa. Ele pensou em Chiara e por um instante desejou que Alexei Rozanov não caísse na isca. Lavon parecia saber o que Gabriel estava pensando. Ele sempre sabia.

— Minha oferta ainda está de pé — ele falou baixinho.

— Que oferta?

— Deixe Alexei conosco — respondeu Lavon. — Está na hora de ir para casa agora.

Gabriel avançou lentamente e parou no mesmo ponto em que o carro tinha queimado até virar um esqueleto escurecido. Apesar do tamanho compacto da bomba, tinha produzido uma explosão e um fogo estranhamente intenso.

— Já teve a chance de olhar o arquivo do Quinn? — ele perguntou.

— Leitura interessante — respondeu Lavon.

— Quinn estava em Ras al Helal em meados dos anos oitenta. Lembra-se de Ras al Helal, não Eli? Era aquele campo no leste da Líbia, perto do mar. Os palestinos treinavam ali, também. — Gabriel olhou sobre o ombro. — Tariq estava lá.

Lavon não falou nada. Gabriel olhou para os paralelepípedos cobertos de neve.

— Ele chegou em 85. Ou foi 86? Estava tendo problemas com as bombas. Falhas no detonador, problemas com o estopim e seus temporizadores. Mas quando ele saiu da Líbia...

A voz de Gabriel falhou.

— Foi um banho de sangue — disse Lavon.

Gabriel ficou em silêncio por um momento.

— Você acha que eles se conheceram? — perguntou finalmente.

— Quinn e Tariq?

— É, Eli.

— Difícil imaginar que não.

— Talvez tenha sido Quinn quem ajudou Tariq a resolver os problemas que ele estava tendo. — Gabriel hesitou.— Talvez tenha sido Quinn quem montou a bomba que destruiu minha família.

— Você já cobrou essa conta há muito tempo.

Gabriel olhou para Lavon, mas ele não estava mais ouvindo. Estava olhando para a tela do BlackBerry.

— O que diz? — perguntou Gabriel.

— Parece que Alexei Rozanov gostaria de ter uma palavrinha com Nazari, afinal.

— Quando?

— Depois de amanhã.

— Onde?

Lavon aproximou o BlackBerry. Gabriel olhou para a tela e virou o rosto para a neve caindo. *Não é linda?*, ele pensou. A neve absolve Viena de seus pecados. A neve cai sobre Viena enquanto os mísseis caem sobre Tel Aviv.

ROTERDÃ, PAÍSES BAIXOS

HAVIA PASSADO UNS POUCOS minutos depois das onze da manhã quando Katerina Akulova saiu da estação central de trem de Roterdã. Ela entrou em um táxi e em um bom holandês instruiu o motorista a levá-la para o hotel Noordzee. A rua do hotel era mais residencial do que comercial, e o edifício tinha um ar de casa de praia decadente que havia prosperado. Katerina foi até a recepção. A atendente, uma jovem holandesa, pareceu surpresa em vê-la.

— Gertrude Berger — disse Katerina. — Meu amigo chegou ontem. Sr. McGinnis.

A mulher franziu a testa na frente do terminal de computador.

— Na verdade — ela falou —, seu quarto está vazio.

— Tem certeza?

A mulher deu o sorriso sereno que reservava para as perguntas mais vãs.

— Mas um cavalheiro deixou algo para você hoje de manhã. — Ela entregou um envelope pequeno com a insígnia do hotel Noordzee no canto superior esquerdo.

— Você sabe a que horas ele deixou isso?

— Às nove, se lembro bem.

— Lembra-se de como ele era?

A mulher descreveu um homem de aproximadamente 1,78m de altura, com cabelo e olhos escuros.

— Era irlandês?

— Não saberia dizer. Era difícil saber de onde era seu sotaque.

Katerina colocou um cartão de crédito sobre o balcão.

— Só vou precisar do quarto por algumas horas.

A mulher pegou o cartão de crédito e depois entregou uma chave.

— Precisa de ajuda com a bagagem?

— Eu me viro, obrigada.

Katerina subiu as escadas até o segundo andar. Seu quarto ficava no final de um corredor decorado com papel de parede floral e quadros de cenas bucólicas de canais e paisagens holandesas. Não havia câmeras de segurança visíveis, então ela correu a mão pelo marco da porta antes de inserir a chave na fechadura. Deixou a mala ao pé da cama e procurou no interior do quarto por câmeras escondidas ou microfones. O ar tinha o cheiro de lima e cigarros apagados. Era um aroma singularmente masculino.

Ela abriu a janela do banheiro para dispersar o cheiro, voltou ao quarto e pegou o envelope que tinha recebido da garota na recepção. Verificou o selo para ter certeza de que não tinha sido adulterado e depois abriu a aba. Dentro havia uma única folha de papel, bem dobrada em três. Nela, em letras de forma, havia uma breve explicação para a ausência de Quinn.

— Seu maldito — sussurrou Katerina. Então, queimou o bilhete na pia do banheiro.

Alexei Rozanov tinha pedido que Katerina viajasse para o país-alvo sem se comunicar com o Moscou Center. O bilhete, no entanto, mudava tudo. Dizia que Quinn não viajaria com ela como planejado. Em vez disso, ele a encontraria na próxima parada do itinerário deles, um pequeno hotel à beira-mar na costa de Norfolk, na Inglaterra. Sob as restritas regras operacionais do SVR, Katerina não poderia continuar sem a aprovação de seu controlador, e a única forma de obter essa aprovação era arriscar um contato.

Ela pegou o telefone da bolsa e escreveu um breve e-mail para um endereço com um domínio alemão. O endereço era uma fachada do SVR que automaticamente encriptava o e-mail e enviava através de uma rota tortuosa de nós e servidores para o Moscou Center. A resposta de Alexei chegou dez minutos depois. Eram poucas palavras, mas claras em suas intenções. Ela deveria seguir Quinn, pelo menos por enquanto.

Era pouco depois do meio-dia. Katerina se reclinou na cama e cochilou de forma intermitente até três e meia, quando deixou o hotel e pegou um táxi para o terminal P&O Ferries. O *Orgulho de Roterdã*, uma balsa de 215 metros capaz de carregar 250 carros e mais de mil passageiros, estava em processo de embarque. O SVR tinha reservado acomodações de primeira classe para Katerina sob o nome de Gertrude Berger. Ela deixou a mala na cabine, trancou a porta e subiu para um dos bares. Já estava cheio de passageiros, muitos dos quais em busca de um pouco de companhia para diminuir a solidão das dez horas de

O ESPIÃO INGLÊS

travessia. Katerina pediu uma taça de vinho e sentou-se a uma mesa virada para o porto.

Não demorou muito para os homens no bar notarem a jovem atraente sentada com a companhia apenas de seu telefone. Um deles acabou se aproximando, duas bebidas na mão e perguntou, em inglês, se poderia se sentar. Katerina notou pelo sotaque que ele era alemão. Tinha quarenta e poucos anos, cabelo fino, bem vestido. Era possível que fosse empregado de um dos serviços de segurança europeus. Mesmo assim, ela avaliou que era melhor aceitar a bebida do que ignorá-lo. Ela pegou a taça de vinho e, com um olhar, convidou-o a se sentar.

Ele trabalhava como gerente de contas de uma empresa em Bremen que fabricava ferramentas para máquinas de alta qualidade — nenhum trabalho excitante, ele disse, mas estável. Parecia que sua empresa fazia muitos negócios no norte da Inglaterra, o que explicava sua presença na balsa Roterdã-Hull. Ele preferia balsas a aviões porque dava o tempo necessário de distância de seu casamento, que, não era surpresa, estava em um estado muito ruim. Por duas horas Katerina flertou com ele em seu alemão impecável, ocasionalmente se aprofundando em assuntos tão obscuros como a deflação na zona do euro ou a crise da dívida na Grécia. O empresário ficou obviamente encantado. Seu único desapontamento chegou no final da noite, quando ela recusou a oferta para que fossem à cabine dele.

— Eu seria cuidadosa se fosse você — ele disse, levantando-se lentamente em sua derrota. — Parece que você tem um admirador secreto.

— Quem?

Ele apontou para o outro lado do bar, onde havia um homem sentado sozinho em uma mesa.

— Está olhando para você desde que me sentei aqui.

— É mesmo?

— Você o conhece?

— Não — ela falou. — Nunca o vi antes.

O alemão partiu em busca de um alvo mais promissor. Katerina se levantou e saiu para o deque de observação vazio para fumar um cigarro. Quinn se juntou a ela um momento depois.

— Quem é seu amigo? — ele perguntou.

— Um vendedor com esperanças de glória.

— Tem certeza?

— Tenho certeza. — Ela se virou para olhar para ele. Estava usando um terno cinza de empresário, um casaco cor de canela e óculos de aro preto que pareciam alterar o formato de seu rosto. A transformação era extraordinária. Katerina quase não tinha conseguido reconhecê-lo. Não era à toa que tinha conseguido sobreviver todos esses anos.

— Por que não estava no hotel? — ela perguntou.

— Você é uma garota inteligente. Diga você.

Ela virou o rosto para o mar de novo.

— Você não estava lá — disse depois de pensar por um momento — porque tinha medo de que Alexei fosse matá-lo.

— E por que eu teria medo disso?

— Porque ele está se recusando a pagar o dinheiro que deve a você. E está convencido de que a segunda fase da operação é, na verdade, um complô para se livrar de você; assim, não haverá nenhuma conexão com o SVR.

— E é?

— Contenha-se, Quinn.

A vista dele estava se movendo por ela, de cima para baixo, de um lado para o outro.

— Está armada? — ele perguntou finalmente.

— Não.

— Se incomoda se eu verificar?

Antes que pudesse responder, ele a puxou para perto em um abraço aparentemente romântico e estava passando a mão pelo corpo dela. Demorou um ou dois segundos para encontrar a pistola Makarov debaixo do suéter. Ele a enfiou no bolso do casaco. Então, abriu sua bolsa e tirou o celular. Ligou e procurou pela caixa de e-mails.

— Está perdendo seu tempo — ela disse.

— Quando foi seu último contato com Alexei?

— Meio-dia.

— Quais foram as instruções dele?

— Seguir como planejado.

— Quem era o homem que pagou uma bebida no bar?

— Eu falei...

— Era do SVR?

— Você está paranoico.

— Verdade — disse Quinn. — E é por isso que ainda estou vivo.

Ele desligou o celular e, sorrindo, fez como se fosse entregar a ela. Então, com um movimento do pulso, mandou para o fundo do mar.

— Seu maldito — disse Katerina.

— Golpe de sorte — disse Quinn.

A cabine de Quinn estava no mesmo andar que a de Katerina, algumas poucas portas mais perto da proa. Ele a forçou a entrar e imediatamente jogou o conteúdo de sua bolsa na cama. Não havia nada eletrônico, somente uma carteira contendo seu passaporte alemão, cartões de crédito e um pouco de maquiagem. Havia um silenciador para a Makarov. Quinn colocou-o no bolso e instruiu Katerina a tirar a roupa.

— Vai sonhando — ela disse.

— Como se já não tivesse visto você...

— A única razão pela qual dormi com você foi porque Alexei mandou.

— Ele me mandou fazer o mesmo. Agora tire a roupa. — Quando ela permaneceu imóvel, Quinn armou o silenciador na Makarov e apontou para o rosto dela. — Vamos começar com o casaco, certo?

Ela hesitou antes de tirar o casaco e entregar para Quinn. Ele procurou nos bolsos e no forro, mas não encontrou nada a não ser cigarros e um isqueiro. O isqueiro era grande o suficiente para conter um aparelho rastreador. Ele o guardou para jogar fora depois.

— Agora o suéter e o jeans.

Katerina hesitou novamente. Passou o suéter por cima da cabeça e tirou o jeans. Quinn procurou nas duas peças de roupa, então, com um sinal, mandou que continuasse.

— Você está em um jogo muito perigoso, Quinn.

— Muito — ele concordou.

— O que está querendo fazer?

— É bem simples, na verdade. Quero meu dinheiro. E você vai garantir que eu o receba.

Quinn passou um dedo seguindo a curva de seus seios enquanto olhava diretamente para os olhos dela. O bico do seio dela ficou imediatamente duro. O rosto, no entanto, continuava desafiador.

— O que você esperava que aconteceria quando concordou em trabalhar para o SVR?

— Esperava que Alexei mantivesse sua palavra.

— Como você é ingênuo.

— Tínhamos um acordo. Promessas foram feitas.

— Quando se trata de russos — ela falou —, promessas não significam nada.

— Entendo isso agora — disse Quinn olhando para a Makarov.

— E se conseguir seu dinheiro? Para onde vai?

— Vou encontrar um lugar. Sempre encontro.

— Nem mesmo os iranianos querem você agora.

— Então eu volto para o Líbano. Ou para a Síria. — Ele parou, depois acrescentou: — Ou talvez eu vá para casa.

— Para a Irlanda? — ela perguntou. — Sua guerra terminou, Quinn. O SVR é tudo que você tem.

— É — ele disse, deslizando a tira do sutiã de Katerina de seu ombro. — O SVR mandou você me matar.

Katerina não falou nada.

— Você não nega?

Ela cruzou os braços sobre os seios.

— E agora?

— Vou propor um acordo simples. Vinte milhões de dólares em troca de uma das agentes mais valiosas do SVR. Tenho bastante confiança de que Alexei vai pagar.

— E onde você pensa em me manter enquanto realiza as negociações?

— Em algum lugar onde Alexei e seus capangas nunca irão encontrá-la. E caso você esteja se perguntando — ele acrescentou —, os arranjos para sua viagem e confinamento indefinido já foram feitos. — Ele sorriu. — Alexei parece ter esquecido que já fiz coisas assim uma ou duas vezes.

Quinn ofereceu a Katerina seu suéter, mas ela não quis aceitá-lo. Em vez disso, colocou a mão para trás, soltou o fecho do sutiã e permitiu que ele caísse de seu corpo. Ela era perfeita, pensou Quinn — perfeita exceto pela cicatriz no pulso direito. Ele tirou o pente da Makarov e apagou a luz.

50

VIENA — HAMBURGO

A MENSAGEM DE ALEXEI ROZANOV não poderia ser mais concisa. Um restaurante, uma cidade, um horário. O restaurante era Die Bank, uma cervejaria com frutos do mar na seção Neustadt de Hamburgo. O horário era às nove da noite da quinta-feira. Significava que Gabriel teria apenas 48 horas para planejar a operação e mandar os ativos necessários para o lugar. Ele começou a trabalhar imediatamente depois de voltar para o apartamento de Viena com Eli Lavone, à meia-noite, eles tinham conseguido alojamento, carros, armas e equipamentos de comunicação segura para essa missão. Conseguiram pessoal adicional do Barak, o fabuloso time de agentes de campo de Gabriel. O único item que faltava era uma segunda reserva no restaurante. Parecia que o russo tinha assegurado a última mesa disponível para a noite de quinta. Keller sugeriu hackear o computador do restaurante e matar umas mesas — metaforicamente, claro —, mas Gabriel discordou. Ele conhecia bem o Die Bank. Havia um grande bar barulhento onde alguns agentes poderiam passar uma ou duas horas sem chamar a atenção.

O Escritório não estava sozinho em seus preparativos. O VEVAK, defensores da revolução islâmica, arqui-inimigos de Israel e do Ocidente, estava se preparando, também. O Departamento de Viagem do serviço secreto reservou a Nazari um assento no voo 171 da Austrian Airlines, que saiu de Viena às cinco e meia da tarde e chegou em Hamburgo às sete. Gabriel teria preferido um voo um pouco mais cedo, mas a chegada tardia de Nazari significaria menos tempo para algum truque do iraniano ou do russo. A escolha de um hotel pelo VEVAK — um hotel barato perto do aeroporto — era um problema, no entanto. Gabriel pediu a Nazari para mudar para o Marriott em Neustadt. Era uma curta distância do restaurante e vários membros do time israelense já tinham reserva ali. Nazari pediu um upgrade e Teerã aceitou imediatamente — fazendo com que fosse, disse Gabriel, a primeira operação conjunta Escritório-VEVAK da história. Reza Nazari não achou a observação engraçada. Naquela noite, quando chegou ao quarto de Yaakov no InterContinental para uma reunião final, estava suando de nervoso. Gabriel começou a sessão apresentando ao iraniano uma caneta de ouro.

— Um símbolo da sua estima? — perguntou Nazari.

— Pensei em conseguir um alfinete de gravata, mas vocês, iranianos, não usam gravatas.

— Os israelenses não gostam muito delas, também. — Nazari examinou a caneta com cuidado. — Qual é o alcance?

— Não é problema seu.

— Vida da bateria?

— Vinte e quatro horas, mas não seja muito ambicioso. Vire a tampa para a direita quando for hora de ligar. Se perdermos transmissão em algum momento durante o jantar, vou presumir que você desligou intencionalmente. E isso seria ruim para sua saúde.

Nazari não falou nada.

— Mantenha no bolso do peito do seu terno — continuou Gabriel. — O microfone é sensível, então sente-se naturalmente. Se você de repente tentar se sentar no colo de Alexei, ele poderia ter a impressão errada.

Nazari enfiou a caneta no bolso do casaco.

— Que mais?

— Temos de repassar o roteiro da noite.

— Roteiro?

— Não tenho nenhuma vontade de interrogar Alexei Rozanov. Portanto, vou precisar que faça isso por mim. Educadamente, claro.

— O que está procurando?

— Quinn — falou Gabriel.

Nazari ficou em silêncio. Gabriel levantou uma única folha de papel.

— Memorize as perguntas, use suas palavras. Mas não se esqueça de ser leve. Se parecer um advogado de acusação, Alexei vai suspeitar.

Gabriel entregou as perguntas a Nazari.

— Use um fósforo quando terminar essa noite. Vamos fazer uma revisão durante o voo para Hamburgo se você precisar.

— Não será necessário. Sou um profissional, Allon. Como você.

Nazari aceitou a lista.

— Em que idioma vocês vão falar? — perguntou Gabriel.

— Ele fez a reserva com o nome de Alexei Romanov, então presumo que será russo.

— Sem piscadas ou pequenos sinais com a mão — disse Gabriel. — E não tente passar nada para ele sob a mesa. Vamos ficar de olho em você o tempo todo. Não me dê motivos para matá-lo. Não são necessários muitos.

— O que acontece depois do jantar?

— Isso depende da qualidade do seu trabalho.

— Você vai matá-lo, não?

— Eu me preocuparia comigo mesmo, se fosse você.

— Eu estou. — Nazari ficou em silêncio. — Se você matar Alexei em Hamburgo amanhã à noite — ele disse depois de um instante—, os russos vão suspeitar do meu envolvimento. E depois vão *me* matar.

— Então sugiro que se tranque em um quarto seguro em Teerã e não saia nunca mais. — Gabriel sorriu. — Olhe o lado bom, Reza. Você salva sua família e sua vida, sem mencionar os dois milhões em dinheiro ensanguentado que o SVR guardou em Genebra para você. No final, eu diria que você se saiu bastante bem.

Gabriel se levantou. Reza Nazari fez o mesmo e esticou a mão, mas Gabriel só olhou com raiva.

— Seja um bom rapaz e faça sua lição de casa, porque se você errar suas falas em Hamburgo amanhã à noite, vou pessoalmente estourar seu cérebro. — Gabriel envolveu sua mão ao redor da de Nazari e apertou até conseguir sentir os ossos começando a quebrar. — Bem-vindo à nova ordem mundial, Reza.

***

Não foi surpreendente que Reza Nazari não tenha dormido bem aquela noite em Viena, e nem Gabriel. Ele estava no apartamento seguro no segundo distrito, em companhia de Christopher Keller e Eli Lavon. Lisboa nunca esteve longe de seus pensamentos: o pequeno apartamento deprimente no Bairro Alto, as videiras caindo da varanda de Quinn, a atraente mulher de talvez trinta anos que ele seguiu até a Brompton Road, em Londres. Lisboa tinha sido um cenário importante para que ele e Gabriel tivessem respondido criando uma história própria — uma história de material radioativo desaparecido e de um lendário espião que tinha morrido prematuramente. O ato final iria ser encenado na noite seguinte em Hamburgo e a estrela do espetáculo seria Reza Nazari. Era muita responsabilidade usar um inimigo mortal, mas Gabriel não tinha escolha. Nazari era a estrada que levava a Alexei Rozanov, aliado do presidente russo, patrono de Eamon Quinn. O homem que poderia fazer uma bola de fogo viajar a trezentos metros por segundo. O homem que tinha estado em um campo de treinamento terrorista na Líbia com Tariq al-Hourani. *Não*, ele pensou enquanto ficava olhando a neve cair gentilmente sobre Viena, ele não ia dormir essa noite.

O computador era sua única companhia. Ele releu o dossiê britânico sobre Alexei Rozanov e revisou as fotos de Copenhague. O russo tinha chegado uns minutos atrasado aquela noite, o que, de acordo com Nazari, era o costume dele. Dois guarda-costas do SVR tinham entrado atrás dele no restaurante e um terceiro tinha ficado no carro. Era uma aquisição local, uma grande Mercedes, com placa da Dinamarca. O motorista tinha esperado em uma rua lateral tranquila até Alexei Rozanov chamá-lo com uma ligação no final do jantar. O russo tinha saído do restaurante sozinho para preservar a ilusão de que não era um homem sob proteção física em tempo integral.

A madrugada veio tarde naquela última manhã em Viena, e a luz não chegou a sair completamente. Gabriel e Keller deixaram o apartamento seguro uns minutos depois das oito e tomaram um táxi até o aeroporto. Fizeram check-in separados no voo da manhã para Hamburgo e, ao chegarem, pegaram táxis para o mesmo ponto na Mönckebergstrasse, a principal rua comercial de Hamburgo. Dali eles caminharam juntos da cidade velha até a nova e, de algum lugar no fundo de sua memória, Gabriel lembrou que Hamburgo tinha mais canais e pontes do que Amsterdã e Veneza juntas.

— E São Petersburgo? — perguntou Keller.

— Não saberia dizer — disse Gabriel com um sorriso tenso.

A rua chamada Hohe Bleichen se esticava do hotel Marriott até perto da movimentada Axel-Springer-Platz. Era parte Bond Street e parte Rodeo Drive; era a Alemanha moderna mais próspera. Ralph Lauren ocupou um prédio em formato de bolo de casamento na ponta ao norte. Prada e Dibbern estavam lado a lado um pouco mais ao sul. E perto da luxuosa sapataria Ludwig Reiter estava Die Bank, o templo de mármore da comida tão adorado pela elite financeira e comercial de Hamburgo. Bandeiras vermelhas com o nome do restaurante em uma insígnia pendurada da fachada. Pilares esculpidos guardavam sua entrada.

Nesse momento, tinha passado uns minutos da uma da tarde, e a batalha da volta do almoço estava em seu ponto mais alto. Gabriel entrou sozinho e encontrou um lugar no bar dourado. Ele se forçou a beber uma taça de rosé enquanto se lembrava da decoração do restaurante. Então, pagou a conta em dinheiro e voltou para a rua. Era estreita, com apenas uns poucos espaços para estacionar. O trânsito fluía do norte para o sul. Bem em frente ao restaurante havia uma pequena esplanada retangular onde Keller estava sentado na ponta de um vaso de concreto. Gabriel se aproximou.

— Então? — ele perguntou.

— Bonito lugar — respondeu Keller.

— Para quê?

— O que você decidir. — Keller olhou para a extensão da rua. — Todas essas lojas exclusivas fecham cedo. Às nove horas esse lugar vai ficar bem tranquilo. Às onze vai estar morto. — Ele olhou para Gabriel e acrescentou: — Sem trocadilhos.

Gabriel ficou em silêncio.

— São cinco passos da entrada do restaurante até o meio-fio — disse Keller. — Eu poderia acertá-lo daqui e desaparecer antes que o corpo caísse no chão.

— Eu também — respondeu Gabriel. — Mas é possível que eu precise repassar algumas pequenas questões com ele primeiro.

— Quinn?

Gabriel se levantou sem falar nada e levou Keller para o lado sul, cruzando Neustadt até a Igreja de St. Michael. À sombra de sua torre do relógio havia um parque verde cercado por uns prédios de apartamento baixos. Eles entraram em um dos prédios — moderno, com um vestíbulo com vidro escuro —, e subiram de elevador até o quarto andar. Gabriel bateu de leve na porta do 4D e um homem alto com ar de acadêmico chamado Yossi Gavish deixou que entrassem. Rimona Stern e Dina Sarid estavam olhando para as telas de laptops na mesa da sala de jantar e, na sala de estar, Mordecai e Oded, um par de mãos para toda obra, estavam debruçados sobre um mapa de grande escala de Hamburgo. Dina levantou a cabeça e sorriu, mas fora isso ninguém prestou atenção na presença de Gabriel. Ele tirou o casaco e foi até a janela. A torre do relógio de St. Michael mostrava que eram 2h10. É bom estar de volta em casa, ele pensou. É bom estar vivo.

PICCADILLY, LONDRES

EM LONDRES ERA 13H10, e Yuri Volkov estava alguns minutos atrasado. Oficialmente, Volkov tinha um posto de baixo nível na seção consular da embaixada russa. Na verdade, ele era o agente sênior na Estação do SVR em Londres, abaixo apenas do próprio chefe da Estação, Dmitry Ulyanin. A inteligência britânica sabia a verdadeira natureza do trabalho dele, e era o alvo de regular vigilância física do MI5. Em boa parte daquela uma hora, Volkov tinha tentado se livrar de uma equipe de duas pessoas do A4, um homem e uma mulher fingindo ser um casal. Agora, enquanto caminhava pelas ruas lotadas de Piccadilly, confiava que estava finalmente sozinho.

O russo cruzou a Regent Street e se enfiou na estação Piccadilly Circus do metrô. A estação estava entre as linhas Piccadilly e Bakerloo. Volkov passou um cartão pré-pago pelo scanner e desceu a escada rolante para a plataforma Bakerloo. E lá ele viu o alvo, um homem careca com queixo pequeno, quarenta e poucos anos, usando um terno barato e uma capa de chuva. Era o tipo de homem que as jovens instintivamente evitavam no metrô. *E com bons motivos*, pensou Volkov, porque o vício dele eram as jovens. O SVR tinha encontrado uma para ele, uma criança de 13 anos de algum lugar perdido na Sibéria e tinham entregado em uma bandeja. E, agora, eram donos dele. Era uma engrenagem na vasta máquina da inteligência, mas questões importantes passavam rotineiramente por sua mesa. Ele tinha pedido uma reunião urgente, o que significava que provavelmente tinha algo importante para contar.

Um sinal pendurado no teto piscava para indicar a aproximação de um trem indo para o norte. O homem com capa de chuva foi até a ponta da plataforma e Volkov, dez passos à esquerda, fez o mesmo. Eles olhavam para frente, cada um em seu espaço privado, quando o trem chegou à estação e expeliu uma multidão de passageiros. Então os dois homens entraram no mesmo vagão por portas diferentes. O homem com capa de chuva se sentou, mas Volkov ficou de pé. Ele se aproximou a 1,5 metro do homem, uma distância apropriada para transmissão segura, e agarrou um dos ferros. Quando o trem começou a avançar, o homem de capa de chuva tirou um smartphone, apertou alguns botões e depois colocou o telefone de novo em seu bolso. Dez segundos depois, o aparelho no bolso de Volkov vibrou três vezes, o que significava que a informação tinha sido transmitida com sucesso. E era tudo. Nada de *dead drops*, nada de reuniões pessoais e era tudo bastante seguro. Mesmo se o MI5 conseguisse capturar o telefone do espião, não haveria traço da atividade.

O trem entrou na estação do Regent's Park, recebeu e expulsou alguns passageiros e começou a se mover de novo. Dois minutos depois chegou em Baker Street, onde o homem de capa de chuva desceu. Yuri Volkov ficou no metrô até a estação Paddington. Dali era uma curta caminhada de volta à embaixada russa.

Estava no lado norte de Kensington Palace Gardens, atrás de um cordão de segurança britânico. Volkov entrou no prédio e desceu até a Estação, onde entrou no cofre de comunicações seguras. Tirou o aparelho do bolso. Media cerca de sete por doze centímetros, o tamanho de um HD externo médio. Conectou a um computador e digitou a senha necessária. Instantaneamente, o aparelho começou a zumbir, e o arquivo que ele continha passou para o computador. Quinze segundos se passaram enquanto o material era desencriptado. Então apareceu na tela.

— Meu Deus — foi tudo que Volkov falou. Imprimiu uma cópia da mensagem e foi procurar Dmitry Ulyanin.

Ulyanin estava em seu escritório, telefone no ouvido, quando Volkov entrou sem bater e colocou a mensagem na mesa. Ele olhou para ela por um momento, sem acreditar, antes de desligar sem falar nada.

— Achei que você tinha visto Shamron em Vauxhall Cross.

— Eu vi.

— E o caixão que colocaram naquele avião?

— Devia estar vazio.

Ulyanin bateu o punho na mesa, derrubando o chá da tarde. Levantou o papel e perguntou:

— Você sabe o que vai acontecer quando isso chegar em Moscou?

— Alexei Rozanov vai ficar muito bravo.

— Não é com Alexei que ficaria preocupado. — Ulyanin jogou o papel impresso por cima da mesa. — Envie a Yasenevo imediatamente. A operação era de Alexei, não minha. Ele que limpe a sujeira.

Volkov voltou ao cofre de comunicação e escreveu a mensagem. Mostrou o rascunho para Ulyanin aprovar, e depois de uma breve discussão, foi Ulyanin que apertou o botão enviando a notícia por vias seguras até o Moscou Center. Ele voltou a seu escritório enquanto Volkov esperou a confirmação de que a mensagem tinha sido recebida. Demorou 15 minutos para chegar.

— O que ele disse? — perguntou Ulyanin.

— Nada.

— O que você está falando?

— Alexei não está em Moscou.

— Onde ele está?

— Em um avião indo para Hamburgo.

— Por que Hamburgo?

— Uma reunião. Algo importante, aparentemente.

— Vamos torcer para que ele verifique suas mensagens logo, porque Gabriel Allon não fingiu estar morto por nada. — Ulyanin olhou para os papéis molhados de chá em sua mesa e balançou a cabeça lentamente. — Isso é o que acontece quando você manda um irlandês fazer o trabalho de um russo.

52

FLEETWOOD, INGLATERRA

QUINN ABRIU UM OLHO lentamente, depois o outro. Viu seu braço ao redor dos seios de uma mulher e sua mão segurando o cabo de uma pistola Makarov, um dedo descansando alerta na trava. O quarto estava na semiescuridão; uma janela aberta deixava entrar o cheiro forte do mar. Na passagem de sono para consciência, Quinn lutava para lembrar onde estava. Estava em sua casa na ilha Margarita? Ou talvez de volta a Ras al Helal, o campo de treinamento de terroristas na Líbia. Ele tinha boas lembranças do tempo em que passou no campo. Tinha feito um bom amigo ali, um palestino. Quinn tinha ajudado o palestino a superar um problema simples que estava tendo com seu projeto. Em troca, ele tinha dado a Quinn um caro relógio suíço, pago pelo próprio Yasser Arafat. Estava gravado no relógio *MAIS NENHUM ERRO DE TEMPORIZADOR...*

Quinn olhou o relógio e viu que eram quatro e meia da tarde. Através da janela aberta veio o som de dois homens conversando em um sotaque de Lancashire. Ele não estava na ilha Margarita ou no campo da costa líbia. Estava em Fleetwood, Inglaterra, em um hotel na Esplanade, e a mulher dormindo debaixo do braço dele era Katerina. Não era um abraço de afeição. Quinn a mantinha apertada contra seu corpo para que ele pudesse descansar. Tinha dormido mais de seis horas, o suficiente para aguentar até a próxima fase da operação.

Quinn levantou o braço e saiu da cama gentilmente, para não acordar Katerina. O serviço de café e chá estava em uma mesa perto da janela. Quinn encheu a chaleira elétrica, colocou um saquinho de Twinings em um bule de alumínio e olhou pela janela. O Renault estava estacionado na rua. Um saco de lona contendo as armas ainda estava no porta-malas. Quinn achou melhor deixar o saco no carro em vez de trazê-lo para o hotel. Significava que haveria menos armas ao alcance da maior assassina do SVR.

Quinn carregou a Makarov até o banheiro e tomou um banho rápido, deixando a cortina aberta, assim ele poderia ver Katerina no quarto. Ela ainda estava dormindo quando ele saiu. Preparou chá e serviu duas xícaras, uma com leite, a outra com açúcar. Então acordou Katerina e entregou a ela a xícara com açúcar.

— Vista-se — ele disse friamente. — É hora de mostrar ao Moscou Center que você ainda está viva.

***

Katerina passou um bom tempo no chuveiro e se vestiu com excessivo cuidado. Finalmente, colocou o casaco e seguiu Quinn até o lobby, onde uma mulher de cabelos grisalhos de sessenta anos estava sentada em um canto fazendo bordado. Quinn se aproximou e perguntou onde ele poderia encontrar um cyber café.

— Lord Street, querido. Em frente à lanchonete.

Era uma caminhada de cinco minutos, que eles fizeram em silêncio. A Lord era longa e reta, cheia de lojas dos dois lados. A lanchonete estava no meio; o cyber café, como tinha sido dito, estava bem em frente. Quinn comprou trinta minutos e levou Katerina até um terminal no canto. Ela escreveu um novo e-mail para o mesmo endereço do SVR e olhou para Quinn, procurando orientação.

— Diga a Alexei que seu telefone está no fundo do mar do Norte e que você está sob meu controle. Diga para depositar vinte milhões de dólares na minha conta em Zurique. Ou vou cancelar a segunda fase da operação e manter você como garantia até receber todo o pagamento.

Katerina começou a digitar.

— Em inglês — falou Quinn.

— Não combina comigo.

— Não me importa.

Katerina apagou o texto em alemão e recomeçou em inglês. Ela conseguiu fazer as exigências de Quinn parecerem uma simples disputa de negócios entre duas empresas trabalhando no mesmo projeto.

— Adorável — disse Quinn. — Agora envie.

Ela clicou no ícone SEND e imediatamente apagou o e-mail da caixa de enviados.

— Quanto tempo demora para responderem?

— Não muito — ela disse. — Mas por que você não vai até o bar e pega algo para bebermos, assim não parecemos um casal de assassinos esperando uma resposta da sede.

Quinn entregou a ela uma nota de dez libras.

— Leite, sem açúcar.

O ESPIÃO INGLÊS

Katerina se levantou e caminhou até o bar. Quinn segurou o queixo com a mão e olhou para a tela do computador.

Os trinta minutos terminaram sem resposta de Moscou. Quinn enviou Katerina até o balcão para comprar mais tempo e outros 15 minutos se passaram antes de um e-mail finalmente aparecer na caixa de entrada dela. O texto estava escrito em alemão. A expressão de Katerina se fechou quando leu.

— O que diz? — perguntou Quinn.

— Diz que temos um problema.

— Qual é o problema?

— Eles ainda estão vivos.

— Quem?

— Allon e o inglês. — Ela tirou o olhar da tela e virou-se para Quinn, séria. — Aparentemente, aquela história sobre a morte de Allon era mentira. O Moscou Center acha que estão procurando por nós.

Quinn sentiu o rosto ficar vermelho de raiva.

— Alexei concordou em depositar meu dinheiro?

— Talvez você não tenha ouvindo. Você fracassou em cumprir os termos do seu contrato, o que significa que não há dinheiro. Alexei sugere que você me deixe sair do país imediatamente. Ou vai passar o resto da sua vida se escondendo de pessoas como eu.

— E a segunda fase da operação?

— Não existe operação, Quinn. Não mais. Alexei mandou que abortássemos.

Quinn olhou para a tela por um momento.

— Diga a Alexei que não fiz tudo isso em troca de nada — ele falou finalmente. — Diga que vamos continuar com a segunda fase. Diga para confirmar o local.

— Ele não vai concordar.

— Diga a ele — falou Quinn entre os dentes.

Katerina despachou um segundo e-mail, novamente em inglês. Dessa vez, eles tiveram de esperar somente dez minutos por uma resposta. Veio na forma de um endereço. Katerina colou em um site de busca e apertou a tecla ENTER. Quinn sorriu.

53

THAMES HOUSE, LONDRES

MILES KENT ERA A única pessoa na Thames House que podia atravessar as muralhas do escritório de Amanda Wallace sem ter hora marcada. Ele entrou às seis e meia daquela tarde, quando ela estava se preparando para um fim de semana prolongado em Somerset com seu marido Charles, um rico filho do Eton College que ganhou algum dinheiro em Londres. Amanda adorava Charles e parecia não notar o fato de que ele estava tendo um tórrido caso com sua jovem secretária. Kent tinha pensado frequentemente em falar sobre o caso com Amanda — era um potencial risco de segurança, afinal — mas tinha decidido que algo assim podia ser desastroso. Amanda poderia ser cruel e vingativa, especialmente com aqueles que via como ameaça ao seu poder. Charles não sofreria nenhuma sanção por suas indiscrições, mas Kent poderia muito bem ser chutado do serviço no auge de sua carreira. E depois? Ele teria de conseguir um emprego em uma empresa de segurança privada, a única escapatória para espiões e policiais secretos caídos em desgraça.

— Espero que isso não demore muito, Miles. Charles está a caminho.

— Não vai — disse Kent quando se sentou em uma das cadeiras na frente da mesa de Amanda.

— O que você tem?

— Yuri Volkov.

— O que tem?

— Esteve ocupado hoje.

— Por quê?

— Deixou a embaixada a pé ao meio-dia. Uma equipe A4 o seguiu por cerca de uma hora. E ele conseguiu enganá-los.

— Eles o perderam? É isso que está falando?

— Isso acontece, Amanda.

— Tem acontecido muito ultimamente. — Ela colocou o material que ia ler no fim de semana em sua mala. — Onde foi o último lugar que a equipe viu o alvo?

—Oxford Street. Eles voltaram à Thames House e passaram o resto da tarde juntando os movimentos seguintes de Volkov usando CCTV.

— E?

— Ele desceu por Piccadilly para ter certeza de que estava limpo. Então entrou no metrô em Circus e pegou um trem.

— Para Piccadilly ou Bakerloo?

— Bakerloo. Foi até a estação Paddington e depois voltou para a embaixada a pé.

— Se encontrou com alguém?

— Não.

— Matou alguém?

— Não que saibamos — disse Kent com um sorriso.

— E quando ele estava no trem?

— Simplesmente ficou ali.

Amanda acrescentou outro arquivo em sua mala.

— Parece, Miles, que Yuri Volkov deu uma caminhada.

— Espiões russos não dão caminhadas sem motivo. Eles dão caminhadas porque estão espionando. É o que fazem.

— Onde ele está agora?

— Dentro da embaixada.

— Algo estranho?

— O GCHQ pescou muito trânsito de mensagens de alta prioridade pouco depois que ele voltou, todas fortemente encriptadas com coisas que não foram capazes de abrir.

— E você acha tudo isso suspeito?

— Para dizer o mínimo. — Miles Kent ficou em silêncio por um momento. — Tenho um mau pressentimento sobre isso, Amanda.

— Não posso fazer nada com maus pressentimentos, Miles. Preciso de inteligência que possa ser acionada.

— Foi o mesmo mau pressentimento que tive antes de aquela bomba explodir na Brompton Road.

Amanda fechou a mala e voltou a se sentar.

— O que você propõe?

— Estou preocupado com a viagem de trem.

— Achei que você tinha dito que ele não fez contato com ninguém.

— Não houve nenhum contato físico ou comunicação, mas isso não significa nada. Gostaria de autorização para fazer uma revisão de todas as pessoas que estavam no mesmo vagão que ele.

— Não podemos usar esses recursos, Miles. Agora não.

— E se não tivermos escolha?

Amanda ficou pensativa por um momento.

— Certo — ela falou. — Mas D4 vai ter de bancar o gasto. Não quero que tire gente de nenhum outro departamento.

— Certo.

— Que mais?

— Poderia ser uma boa ideia conversar com nossos amigos do outro lado do rio — disse Kent, apontando para a fachada branca de Vauxhall Cross. — Não queremos ser pegos de surpresa de novo.

Kent se levantou e saiu. Sozinha, Amanda pegou o telefone e ligou para o celular do marido, mas ele não atendeu. Ela deixou uma breve mensagem dizendo que ia se atrasar e desligou. Levantou o fone de um aparelho conectado diretamente com Vauxhall Cross.

— Sei que é apenas quinta-feira, mas queria saber se poderia tentá-lo com uma bebida.

— Hemlock? — perguntou Graham Seymour.

— Gim — disse Amanda.

— Meu escritório ou o seu?

54

LORD STREET, FLEETWOOD

QUINN E KATERINA SAÍRAM do cyber café na Lord e voltaram ao hotel. Quinn passou calmamente pelas fachadas, mas Katerina estava apreensiva e preocupada. Os olhos dela se moviam incansáveis pela rua, e uma vez, quando um par de adolescentes passou por eles, enfiou as unhas dolorosamente no bíceps de Quinn.

— Algo a incomoda? — perguntou Quinn.

— Duas coisas, na verdade. Gabriel Allon e Christopher Keller. — Ela olhou bem para Quinn. — Foi uma mensagem de texto muito cara que você enviou a Allon. Alexei nunca vai pagar seu dinheiro agora.

— A menos que eu cumpra os termos do contrato.

— Como você pretende fazer isso?

— Matando Allon e Keller, claro.

O isqueiro de Katerina se iluminou.

— Você só tem uma chance com homens assim — ela disse, soltando uma nuvem de fumaça no frio ar noturno. — Você nunca vai conseguir encontrá-los de novo.

— Não preciso encontrá-los.

— Então como pretende matá-los?

— Eles virão até mim.

— Com o quê?

— O último alvo — disse Quinn.

Katerina olhou para ele, incrédula.

— Você está louco — ela disse. — Nunca vai conseguir fazer isso sozinho.

— Não estarei sozinho. Você vai me ajudar.

— Não tenho interesse em ajudá-lo.

— Infelizmente você não tem escolha.

Eles chegaram de volta ao hotel. Katerina jogou o cigarro na calçada e seguiu Quinn. A mulher de cabelo grisalho ainda estava fazendo seu bordado no canto. Quinn a informou que eles iam partir em poucos minutos.

— Tão cedo? — ela perguntou.

— Desculpa — disse Quinn —, mas aconteceu um imprevisto.

55

HAMBURGO

NAQUELE MESMO MOMENTO, O VOO 171 da Austrian Airlines de Viena tocou o solo de Hamburgo e começou a se aproximar do portão. Sem que ninguém soubesse, os passageiros incluíam um agente de inteligência iraniano e seu encarregado israelense. Os dois homens estavam sentados a várias fileiras de distância e não fizeram contato durante o voo. Nem falaram enquanto caminhavam pelo terminal até o controle de passaporte. Lá eles entraram na mesma fila e os dois foram admitidos na Alemanha após uma superficial inspeção dos documentos. No apartamento de Hamburgo, Gabriel comemorou sua primeira pequena vitória. Cruzar fronteiras era sempre complicado para iranianos, até para os que tinham passaportes diplomáticos.

O Departamento de Viagem do VEVAK tinha conseguido um carro para Reza Nazari através do consulado iraniano. Ele o pegou no terminal de desembarque e foi direto ao hotel Marriott, em Neustadt. Chegou às 19h45, fez check-in, e subiu para seu quarto, deixando a placa de "Não Perturbe" na fechadura antes de entrar. Dois minutos depois ouviu uma batida na porta. Abriu e Yaakov Rossman entrou.

— Alguma última dúvida? — ele perguntou.

— Nenhuma dúvida — respondeu Nazari. — Só uma exigência.

— Você não está em posição de fazer exigências, Reza.

Nazari deu um fraco sorriso.

— Alexei sempre me liga antes de nos encontrarmos. Se eu não atender, ele não aparece. Simples assim.

— Por que não mencionou isso antes?

— Devo ter esquecido.

— Você está mentindo.

— Se você acha.

O iraniano ainda estava sorrindo. Yaakov estava olhando para o teto de tanta raiva.

— Quanto vai me custar para você atender o telefone? — ele perguntou.

— Quero ouvir o som da voz da minha esposa.

— Não é possível. Agora não.

— Tudo é possível, sr. Taylor. Especialmente esta noite.

***

Até aquele momento, Reza Nazari tinha sido um prisioneiro modelo. Mesmo assim, Gabriel tinha antecipado um ato final de desafio. Só nos filmes, Shamron sempre dizia, os condenados aceitavam a forca sem lutar, e só em salas de planejamento operacionais agentes coagidos encaravam seu momento de traição total sem um último ultimato. Nazari poderia ter feito várias exigências. Sua insistência em falar com sua esposa o elevava, por menor que fosse o ato, aos olhos daqueles que tinham o destino dele em suas mãos. Na verdade, poderia muito bem ter salvado a vida dele.

Os arranjos para um contato de emergência entre Nazari e sua esposa tinham sido feitos logo depois do interrogatório inicial na Áustria. Yaakov só tinha de ligar para um número em Tel Aviv, e a ligação seria roteada para uma casa no leste da Turquia onde uma equipe do Escritório estava cuidando da esposa e dos filhos de Nazari. A conversa seria gravada no Boulevard Rei Saul e um falante de persa estaria ouvindo em caso de alguma irregularidade. O único perigo era que os russos e os iranianos poderiam estar ouvindo, também.

Com a aprovação de Gabriel, Yaakov fez a ligação às 20h05. Às 20h10, a esposa de Nazari estava na linha e o tradutor estava a postos no Boulevard Rei Saul. Yaakov entregou o telefone a Nazari.

— Sem lágrimas, nem adeus. Só pergunte como foi o dia dela e faça o máximo possível para parecer normal.

Nazari pegou o telefone e colocou na orelha.

— Tala, minha querida — ele falou, fechando os olhos com alívio. — É tão bom ouvir sua voz.

***

A conversa levou um pouco mais de cinco minutos, mais do que Gabriel teria preferido. Ele não quis arriscar uma transmissão ao vivo para Hamburgo, então teve de esperar vários outros minutos para saber que a ligação tinha sido completada sem problemas. Do lado de fora, o relógio da igreja de St. Michael marcava 20h20. Com uns poucos cliques no teclado de seu computador, ele colocou sua equipe no lugar. A primeira crise da noite tinha sido evitada. Tudo que ele precisava agora era de Alexei Rozanov.

56

NEUSTADT, HAMBURGO

APENAS 150 METROS SEPARAVAM o hotel Marriott do restaurante Die Bank — uma caminhada de talvez uns três minutos, dois se estivesse atrasado para o horário da reserva. Os convidados que saíram do hotel às 20h37 não tinham pressa porque, como muitos em Hamburgo aquela noite, conseguiram reservar uma mesa. Os nomes deles eram Yossi Gavish e Rimona Stern, apesar de estarem registrados no hotel com apelidos operacionais. Yossi era analista sênior na divisão de Pesquisa do Escritório, tinha um talento para o dramático e era bom trabalhando em campo. Rimona era a chefe da unidade do Escritório que espionava o programa nuclear iraniano. Dessa forma, era a principal receptora da falsa inteligência de Reza Nazari. Ela nunca tinha se encontrado com o espião iraniano pessoalmente e não queria ficar no mesmo aposento com ele esta noite. Na verdade, mais cedo, havia declarado sua preferência por mandar Nazari de volta a Teerã em um caixão. Sua raiva não surpreendeu Gabriel. Rimona era a sobrinha de Ari Shamron e, como seu famoso tio, não aceitava bem traições, especialmente quando envolvia iranianos.

Ela era analista por treinamento e experiência, mas compartilhava os instintos naturais de Yossi no campo. Quando caminhava pela elegante rua, uma bolsa na vitrine da Prada pareceu chamar sua atenção. Ela parou ali por um momento enquanto um carro passou por ela e Yossi, fazendo o papel do marido chateado, olhava para o relógio. Era 20h41 quando eles passaram pela imponente entrada do Die Bank. O maître informou que não havia mesas disponíveis, então eles se dirigiram ao bar para esperar que alguém cancelasse. Rimona se sentou de frente para a entrada, Yossi, para o salão. Do bolso do terno ele tirou uma caneta dourada idêntica à que Gabriel dera a Reza Nazari. Yossi girou a tampa para a direita e depois colocou-a de novo em seu bolso. Dois minutos depois, uma mensagem de texto apareceu em seu celular. O transmissor estava funcionando, o sinal era forte e claro. Yossi chamou uma garçonete e pediu bebidas. Eram 20h44.

Nas ruas ao redor do Die Bank, o resto do time de Gabriel estava se posicionando em silêncio. Em Poststrasse, Dina Sarid estava estacionando um sedan Volkswagen em frente a uma loja Vodafone. Mordecai se sentou ao lado dela no banco do passageiro e, atrás, Oded estava fazendo exercícios de respiração profunda para desacelerar o coração, que batia muito rápido. Cinquenta metros à frente, na rua, Mikhail Abramov se sentava em uma moto estacionada, olhando os pedestres com uma expressão de profundo tédio no rosto. Keller se sentou perto dele em outra moto. Estava olhando o celular. A mensagem dizia que o homem do momento ainda não tinha aparecido. Eram 20h48.

Às 20h50, Alexei Rozanov ainda não tinha feito contato com Reza Nazari. Gabriel estava na janela do apartamento seguro olhando o relógio no alto da Igreja de St. Michael quando mais dois minutos se passaram sem nenhuma ligação. Eli Lavon parou perto dele, uma presença consoladora, um amigo de luto no túmulo de um velho amigo.

— Você precisa mandá-lo, Gabriel. Ou vai se atrasar.

— E se ele não deveria ir ao restaurante até receber a ligação de Alexei?

— Ele vai ter de inventar uma desculpa.

— Talvez Alexei não acredite.

Gabriel parou, depois acrescentou:

— Ou talvez ele não venha.

— Está se preocupando à toa.

— Uma bomba de 225 quilos explodiu na minha cara há duas semanas. Tenho o direito.

Mais um minuto se passou sem nenhuma ligação. Gabriel caminhou até o laptop, escreveu uma mensagem e clicou SEND. Então voltou para a janela e ficou na frente de seu mais antigo amigo no mundo.

— Já decidiu o que vai fazer? — perguntou Lavon.

— Sobre o quê?

— Alexei.

— Vou dar ele a chance de assinar minha certidão de óbito.

— E se ele concordar?

Gabriel tirou o olhar do relógio e se virou para Lavon.

— Quero que meu rosto seja o último que ele vai ver.

— Chefes não matam agentes da KGB.

— Chama-se SVR agora, Eli. E não sou chefe ainda.

O ESPIÃO INGLÊS

— Seu telefone, me dê — disse Yaakov.

— Por quê?

— Só me dê essa coisa. Não temos muito tempo.

Reza Nazari entregou o celular. Yaakov tirou o cartão SIM e inseriu em um aparelho idêntico. Nazari hesitou antes de aceitar.

— Uma bomba? — ele perguntou.

— Seu telefone para a noite.

— Devo presumir que está comprometido.

— Completamente.

Nazari enfiou o celular no bolso do casaco, perto da caneta.

— O que acontece no final do jantar?

— Não saia, de jeito nenhum — disse Yaakov —, pela porta ao mesmo tempo que ele. Vou pegá-lo na frente do restaurante quando Alexei não estiver mais.

— Não estiver mais?

Yaakov não falou mais nada. Reza Nazari vestiu o casaco e desceu para o lobby.

Eram 20h57.

Como o Marriott era um hotel norte-americano, sua entrada continha postes de aço inoxidável e feios vasos de concreto para proteger o prédio contra ataques terroristas. Reza Nazari, funcionário do maior patrocinador estatal de terrorismo internacional do mundo, passou pelas defesas sob o olhar cuidadoso de Yaakov e saiu na rua. Estava sem trânsito e as calçadas estavam desertas. Nada nas vitrines diminuiu o progresso de Nazari, apesar de que ele parecia notar os dois homens em motocicletas na pequena esplanada em frente ao Die Bank do outro lado da rua. Ele entrou no restaurante precisamente às nove e se apresentou ao maître.

— Romanov — disse o iraniano, e o maître passou um dedo bem cuidado pela lista de reservas.

— Ah, sim, aqui está. Romanov.

Nazari tirou o casaco e foi levado até o salão com teto alto. Passando pelo bar, notou uma mulher com cabelo cor de areia olhando para ele. O homem sentado ao lado dela estava digitando algo no celular — *confirmação da chegada do agente*, pensou Nazari. A mesa estava no canto do restaurante, debaixo de uma inquietante fotografia em preto e branco de um homem careca com cara de maníaco. Nazari se sentou de frente para o salão. Isso iria deixar Alexei bravo, mas àquela altura, os sentimentos de Alexei era o que menos o preocupava. Estava pensando somente em sua esposa e seus filhos, e na lista de perguntas que Allon queria respondidas. Um garçom encheu seu copo com água; um *sommelier* ofereceu uma lista de vinho. Então, às 21h07, ele sentiu seu novo celular vibrar em seu peito com um padrão pouco familiar. Não reconheceu o número. Mesmo assim, aceitou a ligação.

— Onde você está? — perguntou uma voz em russo.

— No restaurante — respondeu Nazari no mesmo idioma. — Onde está *você*?

— Alguns poucos minutos atrasado. Mas estou perto.

— Devo pedir uma bebida?

— Na verdade, precisamos fazer uma pequena mudança.

— Pequena?

Rozanov explicou o que queria que Nazari fizesse. Então, disse:

— Dois minutos. Entendeu?

Antes que Nazari pudesse responder, a conexão foi cortada. Nazari rapidamente discou para o homem que ele conhecia como sr. Taylor.

— Ouviu isso?

— Cada palavra.

— O que quer que eu faça?

— Se eu fosse você, Reza, estaria parado na frente do restaurante em dois minutos.

— Mas...

— Dois minutos, Reza. Ou não tem mais acordo.

O carro era uma Mercedes Classe S, placa de Hamburgo, preta como um carro funerário. Apareceu no alto da rua quando Reza Nazari estava se levantando e passou lentamente pelas lojas escuras antes de parar na frente do Die Bank. Um manobrista se aproximou, mas o homem no banco do passageiro mandou que fosse embora. O motorista estava segurando o volante com as duas mãos como se tivesse uma arma apontada para a cabeça, e no banco de trás um homem segurava um celular, tenso. Da esplanada do outro lado da rua, Keller conseguia vê-lo muito bem. Rosto largo, com pouco cabelo. Um chefe do Moscou Center, se é que isso existe.

— É ele — disse Keller pelo microfone de seu rádio. — Diga a Reza para ficar no restaurante. Vamos pegá-lo e acabar com isso.

— Não!— gritou Gabriel.

— Por que não?

— Porque quero saber por que ele mudou os planos. E quero o Quinn.

O rádio fez um barulho quando Gabriel desligou. Então a porta do restaurante abriu e Reza Nazari saiu para a rua. Keller franziu a testa. *Os melhores planos*, ele pensou.

Alexei Rozanov ainda estava ao telefone quando Nazari entrou no carro. Quando o carro saiu acelerando, ele olhou para a esplanada onde os dois homens permaneciam sentados em suas motocicletas. Não fizeram nenhuma tentativa de segui-lo, pelo menos não que Nazari pudesse detectar. Ele se segurou no descanso para braços quando o carro virou a esquina a toda velocidade. Então, olhou para Alexei Rozanov quando o russo desligou o telefone.

— O que está acontecendo? — perguntou Nazari.

— Não achei que seria uma boa ideia deixá-lo sentado em um restaurante em Hamburgo.

— Por que não?

— Porque temos um problema, Reza. Um problema muito sério.

HAMBURGO

COMO ASSIM ELE AINDA está vivo?

— Isso mesmo — respondeu Alexei Rozanov direto — Gabriel Allon ainda está caminhando pela face da Terra.

— Sua morte apareceu nos jornais. O Escritório confirmou.

— Os jornais não sabem de nada. E o Escritório — acrescentou Rozanov — estava mentindo, claro.

— O seu serviço o viu?

— Não.

— Ouviu a voz dele?

Rozanov balançou a cabeça.

— Então, como você sabe?

— Nossa informação vem de uma fonte humana. Contaram que Allon sobreviveu à explosão apenas com feridas superficiais e foi levado a uma casa do MI6.

— Onde ele está agora?

— Nossa fonte não sabe.

— Quando você descobriu isso?

— Poucos minutos depois que meu avião pousou em Hamburgo. O Moscou Center me aconselhou a cancelar nossa reunião.

— Por quê?

— Porque só há uma razão pela qual Gabriel Allon fingiria estar morto.

— Ele tem a intenção de nos matar?

O russo ficou silencioso.

— Você não está realmente preocupado, está, Alexei?

— Pergunte a Ivan Kharkov se eu deveria estar preocupado com a propensão de Gabriel Allon por vingança. — Rozanov olhou sobre o ombro. — A única razão pela qual vim aqui essa noite foi porque o Kremlin está nervoso com a perspectiva de material radioativo nas mãos de terroristas chechenos.

— O Kremlin tem boas razões para estar preocupado.

— Então é realmente verdade?

— Totalmente.

— Estou aliviado, Reza.

— Por que estaria aliviado com os chechenos serem capazes de fazer uma bomba atômica?

— Porque o momento para isso aparecer foi bastante interessante, não acha? — Rozanov olhou pela janela. — Primeiro, Allon finge a própria morte. Então uns cinquenta quilos de material altamente radioativo desaparecem de um laboratório iraniano... E agora estamos aqui, juntos, em Hamburgo.

— O que você está sugerindo, Alexei?

— Nem o SVR nem a FSB encontraram inteligência que sugerisse que os chechenos conseguiram material nuclear iraniano. Eu não estaria aqui se não fosse pelo seu e-mail.

— Enviei aquele e-mail porque os relatórios são verdade.

— Ou talvez tenha mandado porque Allon mandou.

Dessa vez foi Nazari que olhou pela janela.

— Você está começando a me deixar nervoso, Alexei.

— Essa foi a minha intenção. — O russo ficou em silêncio por um momento. — Você é o único que poderia ter dado meu nome a Allon, Reza.

— Está esquecendo o Quinn.

Rozanov acendeu um Dunhill, pensativo, como se estivesse movendo peças em um tabuleiro de xadrez mental.

— Onde está ele? — perguntou Nazari.

— Quinn?

Nazari assentiu.

— Por que você perguntaria algo assim?

— Ele era nosso.

— Isso é verdade, Reza. Mas agora pertence a nós. E a localização dele não é problema seu.

Nazari abriu o casaco para pegar um cigarro, mas Rozanov segurou seu punho com uma força surpreendente.

— O que está fazendo? — perguntou o russo.

— Ia pegar um cigarro.

— Você não trouxe uma arma essa noite, não é, Reza?

— Claro que não.

DANIEL SILVA

— Deveria ter trazido. — Rozanov sorriu, frio. — Esse foi outro erro da sua parte.

A Mercedes estava indo para o oeste na Feldstrasse, uma rua movimentada ligando Neustadt com o bairro de St. Pauli. Dois homens em motocicletas estavam seguindo, junto com dois carros, cada um contendo três agentes do serviço de inteligência secreto de Israel. Nenhum deles sabia o que estava acontecendo entre Alexei Rozanov e Reza Nazari. Só Gabriel e Eli Lavon, em frente ao laptop no apartamento, estavam a par da tensa confrontação. A caneta no bolso do iraniano não era mais relevante — estava muito longe do receptor — mas o celular de Nazari estava fornecendo uma clara cobertura de áudio.

Por enquanto o áudio tinha ficado quieto, o que nunca era um bom sinal. Ninguém no carro estava falando. Parecia que ninguém estava respirando. Gabriel tentou imaginar a cena ali dentro. Dois homens na frente, dois atrás, um era refém. Talvez Alexei tivesse mostrado uma arma. Ou talvez, pensou Gabriel, mostrar um armamento não fosse necessário. Talvez Nazari, destroçado por dias de medo, já tivesse assinalado sua culpa.

Gabriel olhou para as luzes piscando em seu computador e perguntou:

— O que Alexei está fazendo?

— Consigo imaginar várias possibilidades — respondeu Lavon. — Nenhuma delas boa.

— Por que não uma ação evasiva? Por que nenhum movimento de contravigilância?

— Talvez Alexei não acredite.

— Acredite em quê?

— Que você tenha conseguido encontrá-lo tão rapidamente.

— Ele me subestima. É isso que está falando, Eli?

— Difícil de acreditar, mas...

Lavon ficou em silêncio quando ouviram o som da voz de Rozanov. Estava falando em russo.

— O que ele está falando?

— Está dando indicações ao motorista.

— Onde eles estão indo?

— Não está claro. Mas suspeito que a algum lugar onde eles possam fazer uma boa inspeção nele.

— Eu não me importaria de ouvir as perguntas.

— Pode ficar feio. — Lavon hesitou.— Feio e terminal.

Gabriel olhou a luz se movendo pela tela do computador. O carro estava virando na Stresemannstrasse, uma estrada mais larga, com trânsito mais rápido.

— Não é um lugar ruim — disse Gabriel.

— Não fica muito melhor, na verdade.

Gabriel levou o rádio até os lábios e deu a ordem. Em segundos, mais duas luzes piscando apareceram na tela. Uma era Mikhail. A outra era Keller.

— Assassinatos são sempre mais limpos que sequestros — disse Lavon, baixinho.

— É, Eli, eu sei disso.

— Então por que não terminar isso aqui e agora?

— Eu acrescentei outra pergunta à minha lista.

— Qual é?

— Quero saber o nome do homem que contou aos russos que estou vivo.

As luzes de Mikhail e Keller estavam se aproximando. A Mercedes ainda estava andando à mesma velocidade.

— Vamos esperar que não haja danos colaterais — disse Lavon.

É, pensou Gabriel, quando ouviu tiros. Vamos esperar.

Há bairros de Hamburgo onde os alemães se escondem atrás de deselegantes fachadas inglesas. O ponto onde a Mercedes acabou encalhando era um desses lugares — um triângulo comum, pequeno e com grama, bordeado de um lado pela rua e, de outro, por duas casas de telhado vermelho onde poderíamos pensar que os ocupantes estavam bebendo chá e assistindo ao noticiário na BBC. Para chegar aí, o carro teve de primeiro passar desgovernado por duas faixas do trânsito ao contrário. Pelo caminho, derrubou um poste e esmagou um pequeno cartaz na calçada antes de parar em um jovem e lindo olmo. Mais tarde, os vizinhos tentariam muito salvar a árvore, mas sem sucesso.

Os dois homens no banco da frente do carro estavam mortos muito antes de o carro parar. Não foi a batida que os matou, mas as balas que foram atiradas com exatidão em suas cabeças enquanto o carro ainda estava se movendo. Testemunhas diriam que foram dois homens de motocicleta, um alto e magro, o outro, mais forte. Cada um atirou só uma vez, e estavam tão perfeitamente sincronizados que quase não deu para distingui-los. Vídeos de vigilância mais tarde confirmariam os relatos. Um detetive de Hamburgo chamou de "o mais lindo assassinato já visto", um comentário de mau gosto que levaria a uma bronca de seu superior. Corpos mortos em solo alemão nunca eram lindos, diria o superior. Especialmente russos mortos. Não importava que fossem dois gorilas do Moscou Center. Ainda era um absurdo.

DANIEL SILVA

Os dois motociclistas fugiram rapidamente e não foram mais vistos. Nem as autoridades localizaram o sedan Volkswagen que apareceu segundos depois do acidente. Um homem muito grande saiu e abriu a porta do passageiro de trás da Mercedes como se fosse feita de papel maché. Uma testemunha falaria de uma breve, mas severa surra, apesar de que outros relatos seriam diferentes. Independentemente do que tenha acontecido, o homem alto com jeito de eslavo que saiu da Mercedes estava confuso e sangrando. Como ele chegou ao Volkswagen novamente foi alvo de certa controvérsia. Alguns dizem que subiu no Volkswagen por vontade própria. Outros dizem que foi obrigado a entrar no carro porque o homem gigante estava naquele instante quebrando seu braço. Toda a manobra demorou apenas dez segundos. Então, o Volkswagen e o infeliz eslavo desapareceram. O mesmo policial de Hamburgo não viu talento artísticos no trabalho do gigante, mas não ficou menos impressionado. Qualquer tonto pode puxar um gatilho, ele disse aos colegas, mas só um verdadeiro profissional pode agarrar um chefão do Moscou Center como se fosse uma maçã de uma árvore.

Acabou sobrando só o passageiro que estava sentado atrás do pobre motorista. Todas as testemunhas declararam que ele saiu do carro sozinho e todos sugeriram que ele não era, sem dúvida, russo — um árabe, talvez, podia ser um turco, mas não era russo. Nem em um milhão de anos. Por alguns segundos ele pareceu confuso de onde estava e sua situação. Então notou um homem com o rosto marcado acenando para ele da janela aberta de outro carro. Enquanto caminhava sorrindo na direção dele, estava repetindo a mesma palavra. A palavra era "Tala". Nisso as testemunhas estavam em completo acordo.

58

HAMBURGO

Á UMA ROTINA RESTRITA para sair de uma propriedade segura do Escritório, regras a seguir, rituais a observar. São prescritos por Deus e marcados na pedra. São invioláveis, mesmo quando há um par de russos mortos na grama de uma calçada, e até quando o prêmio maior está deitado, amarrado na parte de trás de um carro de fuga. Gabriel e Eli Lavon participavam da purificação do apartamento seguro agora, em silêncio e automaticamente, mas com a devoção de fanáticos. Como seus inimigos, eles eram verdadeiros crentes.

Às nove e meia, trancaram a porta e desceram para a rua. Seguiram outro ritual: a inspeção do carro para ver se havia alguma bomba. Sem encontrar algo fora do normal, eles entraram. Gabriel permitiu que Lavon dirigisse. Ele era um artista do asfalto por instinto, não um grande motorista, mas seu cuidado natural quando dirigia era, naquele momento, algo bom.

De Hamburgo eles dirigiram para o sul, até uma cidade chamada Döhle. Depois dela, havia uma fileira de densas árvores acessadas somente por uma estrada secundária com uma placa onde se lia privado. Mikhail havia encontrado esse lugar um dia antes, junto com três lugares bons, como plano B. O plano B não foi necessário; o bosque estava deserto. Lavon apagou as luzes quando entrou e continuou somente com o brilho amarelo das luzes de estacionamento. As árvores eram uma mistura de sempre-vivas e decíduos. Gabriel teria preferido bétulas, mas bosques de bétulas não eram comuns no oeste da Alemanha. Só no leste.

Finalmente, as luzes iluminaram um sedan Volkswagen esperando em uma pequena clareira. Mikhail estava encostado no para-lama dianteiro, os braços cruzados; Keller, perto dele, fumava um cigarro. Aos pés deles estava Alexei Rozanov. Tinha fita sobre sua boca e também nas mãos. Não que isso fosse necessário. O agente do SVR ia da consciência ao coma.

— Ele falou algo?

— Ele não teve muita chance — respondeu Keller.

— Ele viu o rosto de vocês?

— Acho que sim, mas duvido que vá se lembrar.

— Tentem acordá-lo. Preciso falar algo com ele.

Keller pegou uma garrafa de água mineral do carro e jogou sobre o rosto de Rozanov, até que o russo se mexeu.

— Coloque-o de pé — disse Gabriel.

— Duvido que ele consiga ficar.

— Façam o que falei.

Keller e Mikhail pegaram Rozanov pelos braços e o levantaram. Como previram, o russo não ficou na vertical por muito tempo. Eles o levantaram de novo, mas dessa vez ficaram segurando seus braços. A cabeça tinha caído para frente, o queixo estava no peito. Ele era mais alto do que parecia nas fotografias de vigilância e mais pesado — mais de noventa quilos de músculos antes bem tonificados e que estavam virando gordura. Ele tinha organizado uma boa operação, mas Gabriel tinha organizado uma melhor. Ele tirou a Glock do cinto de sua calça e usou o cano para levantar o queixo de Rozanov. Demorou uns segundos para os olhos do russo acertarem o foco. Quando acertaram, não havia nenhum traço de medo ou reconhecimento. *Ele é bom*, pensou Gabriel. Arrancou a fita da boca do russo.

— Você não parece terrivelmente surpreso por me ver, Alexei.

— Já nos encontramos? — murmurou o russo.

Gabriel deu um breve sorriso.

— Não — falou depois de um momento — não tive o desprazer antes. Mas conheço bem seu trabalho. Muito bem, na verdade. Capítulo e versículo. Há somente uns poucos detalhes que preciso esclarecer.

— O que está oferecendo, Allon?

— Nada.

— Então não vai ter nada em troca.

Gabriel apontou a arma para o pé direito de Rozanov e puxou o gatilho. O barulho do tiro ecoou entre as árvores. Assim como os gritos do russo.

— Está começando a sentir a gravidade da sua situação, Alexei?

Rozanov estava nesse momento incapaz de falar, então Gabriel falou por ele.

— Você e seu serviço deixaram uma bomba na Brompton Road, em Londres. Meu amigo e eu éramos o alvo, mas matou 52 pessoas inocentes. Você matou Charlotte Harris, de Shepherd's Bush. Você matou o filho dela, que se chamava Peter, como uma homenagem ao avô. É por causa deles que você está aqui essa noite. — Gabriel apontou a Glock para o rosto de Rozanov. — Como você se declara, Alexei?

O ESPIÃO INGLÊS

— Eamon Quinn plantou a bomba — sussurrou Rozanov. — Não fomos nós.

— Você pagou para ele fazer isso, Alexei. E deu a ele uma ajudante chamada Katerina.

Rozanov olhou para o alto e fixou os olhos em Gabriel através de uma névoa de dor.

— Onde está o Quinn? — perguntou Gabriel.

— Não sei onde ele está.

— Onde? — perguntou Gabriel de novo.

— Estou dizendo, Allon. Não sei onde ele está.

Gabriel apontou a arma para o pé esquerdo de Rozanov e puxou gatilho.

— Jesus! Pare, por favor!

O russo não estava mais chorando de dor. Estava chorando como uma criança — *chorando*, pensou Gabriel, *como os sobreviventes sem membros de uma das bombas de Quinn*. Quinn, que poderia fazer uma bola de fogo viajar a trezentos metros por segundo. Quinn, que estava em um campo na Líbia com um palestino chamado Tariq al-Hourani.

Você acha que eles se conheceram?

Difícil imaginar que não.

— Vamos começar com algo simples — disse Gabriel calmamente. — Como você conseguiu meu número de celular?

— Aconteceu quando você estava em Omagh — disse o russo. — No memorial. Uma mulher estava seguindo você. Ela fingiu tirar sua foto.

— Eu me lembro dela.

— Ela atacou via wireless seu BlackBerry. Não conseguimos decriptar seus arquivos, mas *fomos* capazes de conseguir seu número.

— Que deu a Quinn.

— Isso.

— Foi Quinn que me enviou aquela mensagem de texto em Londres.

— "Os tijolos estão na parede."

— Onde ele estava quando enviou?

— Brompton Road — disse o russo. — Em segurança, fora da zona de explosão.

— Por que deixou que ele fizesse aquilo?

— Ele queria que você soubesse que foi ele.

— Orgulho profissional?

— Aparentemente, teve algo a ver com um homem chamado Tariq.

Gabriel sentiu seu coração apertar.

— Tariq al-Hourani?

— É, esse mesmo. O palestino.

— O que tem o Tariq?

— Quinn disse que queria pagar uma velha dívida.

— Ah, me matando?

Rozanov assentiu.

— Evidentemente, eles eram muito amigos.

Tinha de ser verdade, pensou Gabriel. Não havia maneira de Alexei Rozanov conhecer Tariq.

— Quinn sabe que ainda estou vivo?

— Ele foi avisado hoje.

— Então você *sabe* onde ele está?

Rozanov não falou nada. Gabriel apertou a Glock contra o joelho do russo.

— Onde ele está, Alexei?

— Voltou para a Inglaterra.

— Em que lugar da Inglaterra?

— Não sei.

Gabriel apertou mais forte a Glock contra o joelho do russo.

— Eu juro, Allon. Não sei onde ele está.

— Por que ele voltou para a Inglaterra?

— A segunda fase da operação.

— Onde vai acontecer?

— Guy's Hospital, Londres.

— Quando?

— Amanhã às três da tarde.

— E o alvo?

— É o primeiro-ministro. Quinn e Katerina vão matar Jonathan Lancaster amanhã à tarde em Londres.

NORTE DA ALEMANHA

O RUSSO ESTAVA FRACO, PERDENDO sangue, perdendo a vontade de viver. Mesmo assim, Gabriel repassou tudo com ele, passo a passo, acordo por acordo, traição por traição, desde o triste começo da operação até o e-mail que tinha chegado ao Moscou Center no começo daquela tarde. O e-mail que tinha sido enviado de um aparelho inseguro porque o celular do SVR que pertencia a Katerina Akulova tinha transmitido seu último sinal do fundo do mar do Norte. Quinn, disse Rozanov, tinha resolvido trabalhar sozinho. Quinn estava fora do controle do Moscou Center. Quinn tinha se rebelado.

— Onde eles estavam quando enviaram o e-mail?

— Não conseguimos rastrear a fonte.

Gabriel pisou forte no pé direito ferido de Rozanov. O russo, quando recuperou a capacidade de falar, disse que o e-mail tinha sido enviado de um cyber café na cidade de Fleetwood.

— Eles têm um carro? — perguntou Gabriel.

— Um Renault.

— Modelo?

— Acho que é um Scénic.

— Que tipo de ataque vai ser?

— Estamos falando de Eamon Quinn. O que você acha?

— Dentro do veículo?

— Essa é a especialidade dele.

— Carro ou caminhão?

— Van.

— Onde está?

— Uma garagem no leste de Londres.

— Em que lugar do leste de Londres?

Rozanov repetiu um endereço de Thames Road, em Barking, antes de seu queixo cair sobre o peito, exausto. Com um olhar, Gabriel mandou Keller e Mikhail soltarem o russo. Quando eles fizeram isso, o russo caiu para frente como uma árvore e terminou no chão duro do bosque. Gabriel virou-o e apontou a arma sobre seu rosto.

— O que está esperando? — perguntou Rozanov.

Gabriel olhou para o russo na ponta de sua arma, mas não disse nada.

— Talvez seja verdade o que dizem sobre você.

— O que dizem?

— Que você é muito velho. Que não tem mais estômago para isso.

Gabriel sorriu.

— Tenho mais uma pergunta para você, Alexei.

— Contei tudo que sei.

— Exceto como descobriu que eu ainda estava vivo.

— Descobrimos através de uma interceptação de comunicações.

— Que tipo de interceptação?

— Voz — disse Rozanov. — Ouvimos sua voz...

Gabriel apontou a arma para o joelho de Rozanov e atirou. O russo travou em agonia.

— Nós... tínhamos... uma... fonte.

— Onde?

— Dentro... do... Escritório.

Gabriel atirou de novo no mesmo joelho.

— É melhor me dizer a verdade, Alexei. Ou vou desperdiçar todas minhas balas transformando seu joelho em mingau.

— Fonte — sussurrou Rozanov.

— É, eu sei. Você tinha uma fonte. Mas quem era?

— Ele trabalha...

— Onde ele trabalha, Alexei?

— MI6.

— Em que departamento?

— Pessoal e...

— Pessoal e Segurança?

— Isso.

— O nome, Alexei. Diga o nome.

— Não posso...

— Diga quem é, Alexei. Diga para eu parar com a dor.

PARTE TRÊS

PAÍS DOS BANDIDOS

VAUXHALL CROSS, LONDRES

APROXIMADAMENTE UMA HORA DEPOIS da morte de Alexei Rozanov, Graham Seymour recebeu a primeira comunicação de seu mais novo agente clandestino. Afirmava que a vida do primeiro-ministro Jonathan Lancaster estava em perigo mortal e que a inteligência russa tinha recrutado um espião dentro do MI6. Foi, Seymour diria mais tarde, uma forma bastante auspiciosa de começar uma carreira.

Dada as circunstâncias, Seymour achou que era melhor enviar um avião particular. Pegou Gabriel e Keller no Le Bourget em Paris e levou-os ao aeroporto da cidade de Londres, em Docklands. Um carro do MI6 então os transportou em alta velocidade a Vauxhall Cross, onde Seymour esperava em uma sala sem janelas no andar mais alto, telefone no ouvido. Ele desligou quando Gabriel e Keller entraram e olhou para eles por um instante, com olhos cinzentos e sem expressão.

— Há algum áudio? — ele finalmente perguntou.

Gabriel tirou seu BlackBerry, levou a gravação até a passagem importante e apertou o botão PLAY.

— *Onde vai acontecer?*

— *Guy's Hospital, Londres.*

— *Quando?*

— *Amanhã às três da tarde.*

— *E o alvo?*

— É o primeiro-ministro. Quinn e Katerina vão matar Jonathan Lancaster amanhã à tarde em Londres.

Gabriel clicou em PAUSE. Seymour olhou para o telefone.

— Alexei Rozanov?

Gabriel assentiu.

— Talvez você devesse passar desde o começo.

— Na verdade, acho que deveríamos começar pelo fim.

Gabriel deslizou a seta e clicou em PLAY pela segunda vez.

— *O nome, Alexei. Diga o nome.*

— Não posso...

— *Diga quem é, Alexei. Diga para eu parar com a dor.*

— *Grrrrr...*

— *Desculpa, Alexei, mas não entendi.*

— *Grimes...*

— *Esse é o sobrenome dele?*

— *Isso.*

— *E o primeiro nome, Alexei? Diga o primeiro nome dele.*

— *Arthur.*

— *Arthur Grimes, esse é o nome dele?*

— *Isso.*

— *Arthur Grimes do Departamento de Pessoal e Segurança do MI6 é um agente pago da inteligência russa?*

— *Isso.*

Em seguida houve algo que pareceu bastante com um tiro. Gabriel clicou no ícone de PAUSE. Seymour fechou os olhos.

Às nove daquela manhã, uma equipe do Setor AIA do MI5 entrou no edifício em Thames Road 22 no setor Barking do leste de Londres. Não encontraram veículo de nenhum tipo e nenhuma prova visível que sugerisse que uma bomba tinha sido construída no local. Ao mesmo tempo, uma segunda equipe MI5 entrou no cyber café na Lord, em Fleetwood. Em um pequeno golpe de sorte, um dos empregados tinha trabalhado na tarde anterior e se lembrava de ver um homem e uma mulher que combinavam com as descrições de Quinn e Katerina. O empregado também se lembrava do computador que o casal tinha usado. A equipe do MI5 levou a máquina e carregou em um helicóptero da Marinha. Ia chegar a Londres não depois de meio-dia. Amanda Wallace tinha insistido que o laboratório de informática do MI5 fizesse a busca de evidências. Graham Seymour, por razões políticas, tinha concordado com a exigência.

— Onde está Grimes? — perguntou Gabriel.

— Ele entrou no prédio há poucos minutos. Uma equipe está revirando seu apartamento agora mesmo. É uma operação complicada. Grimes é o superior imediato deles.

— Quanto ele sabe?

— Ele está envolvido no processo de veto de agentes atuais e prováveis do MI6. — Seymour olhou para Keller. — Na verdade, falei com ele há alguns dias sobre um projeto especial que iríamos realizar em breve.

— Sobre mim? — perguntou Keller.

Seymour assentiu.

— Grimes também investiga alegações de quebras de segurança, o que significa que está em perfeita posição para proteger outros espiões ou contraespiões russos. Se ele realmente passou para o SVR, vai ser o maior escândalo para a inteligência ocidental desde Aldrich Ames.

— E é por isso que você não mencionou nada disso para Amanda Wallace.

Seymour não falou nada.

— Grimes saberia que Keller e eu estávamos em Wormwood Cottage?

— Ele geralmente não lida com casas seguras, mas certamente sabe quando alguém importante está hospedado em alguma delas. De qualquer forma — acrescentou Seymour — vamos saber em poucos minutos se ele era a fonte do vazamento.

— Como?

— Yuri Volkov vai nos contar.

— Quem é Volkov?

— É o segundo chefe do SVR na embaixada russa. O MI5 está convencido que ele se encontrou com alguém ontem à tarde no metrô. Um dos meus homens está na Thames House revisando as filmagens agora. Na verdade...

O telefone interrompeu Seymour. Ele levantou o aparelho e ouviu em silêncio por alguns segundos. Então, desligou a ligação e fez outra com seu celular.

— Não o percam de vista. Nem por um minuto. Se ele perder as estribeiras, você também perde.

Seymour desligou o telefone e olhou para Gabriel e Keller.

— Eu deveria ter me aposentado quando tive a chance.

— Isso teria sido um grande erro — disse Keller.

— Por quê?

— Porque teria perdido a chance de acertar as contas com Quinn.

— Não tenho certeza se quero outra chance. Afinal — acrescentou Seymour —, não me saí muito bem na partida. Na verdade, o placar é dois a zero para ele.

Um pesado silêncio caiu sobre a sala sem janela. Seymour e Keller estavam olhando para o telefone. Gabriel olhava para o relógio.

— Quanto tempo você pensa em esperar, Graham?

— Antes do quê?

— Antes de me deixar conversar tranquilamente com Arthur Grimes.

— Você não vai chegar nem perto dele. Ninguém vai — acrescentou Seymour. — Não por muito tempo. Poderia demorar meses antes de estarmos prontos para começar a interrogá-lo.

— Não temos meses, Graham. Temos até as três horas.

— Não havia nenhuma bomba naquele depósito em Barking.

— Não são exatamente notícias encorajadoras.

Seymour estudou o relógio.

— Vamos dar ao laboratório do MI5 até as duas para localizar a troca de e-mail. Se eles não encontrarem, vamos falar com Grimes.

— O que você pretende falar com ele?

— Vou começar com sua viagem de metrô com Yuri Volkov.

— E sabe o que ele vai falar para você?

— Não.

— "Que Yuri?"

— Você é um bastardo fatalista.

— Eu sei — disse Gabriel. — Evita que me desaponte depois.

BRISTOL, INGLATERRA

À S NOVE DA MANHÃ, a Rádio BBC 4 transmitiu sua primeira matéria do incidente em Hamburgo. O informe era breve e fragmentado. Dois homens tinham sido assassinados, dois outros estavam desaparecidos. Os homens mortos eram russos; dos desconhecidos pouco se sabia. A chanceler alemã disse que estava profundamente preocupada. O Kremlin disse que estava indignado. Nestes dias, isso era comum.

Quinn e Katerina ouviram a notícia enquanto dirigiam pela M5 ao norte de Birmingham. Uma hora depois, eles ouviram uma atualização sentados na frente da Marks & Spencer, no Cribbs Causeway Retail Park, em Bristol. A versão das dez horas continha uma única novidade. De acordo com a polícia alemã, os mortos estavam carregando passaportes diplomáticos. Katerina desligou o rádio quando um especialista em política estrangeira da BBC estava explicando como o incidente ameaçava se tornar uma crise total.

— Agora sabemos por que Allon fingiu a própria morte — ela disse.

— Por que Alexei estaria em Hamburgo ontem à noite?

— Talvez tenha sido enganado.

— Por quem?

— Allon, claro. Ele provavelmente está interrogando Alexei agora mesmo. Ou talvez Alexei já esteja morto. De qualquer forma, temos de supor que Allon sabe onde estamos, o que significa que temos de deixar a Inglaterra imediatamente.

Quinn não respondeu.

— E se eu puder provar que Alexei estava naquele carro? — perguntou Katerina.

— Outro e-mail para o Moscou Center?

Ela assentiu.

— Sem chance.

Ela olhou para os outros veículos no estacionamento.

— Eles poderiam estar nos vigiando agora mesmo.

— Não estão.

— Tem certeza?

— Eu luto com eles há muito tempo, Katerina. Tenho certeza.

Ela não parecia convencida.

— Não sou uma jihadista, Eamon. Não vim aqui para morrer. Quero sair da Inglaterra. Vamos fazer contato com o Centro e organizar um pagamento pelo meu retorno seguro.

— É exatamente o que vamos fazer — disse Quinn. — Mas temos de resolver uma questão antes.

Katerina olhou duas mulheres caminhando para a entrada de Marks & Spencer.

— Por que estamos aqui? — ela perguntou.

— Vamos fazer umas compras.

— E depois?

— Vamos fazer uma caminhada.

62

DOWNING STREET, 10

GRAHAM SEYMOUR DEIXOU VAUXHALL Cross pouco depois do meio-dia para falar com o primeiro-ministro Jonathan Lancaster em Downing Street. Ele contou a Lancaster que era quase certo que Eamon Quinn estava de volta ao país para planejar outro ataque — talvez no Guy's Hospital durante a aparição do primeiro-ministro, talvez em outro alvo. Eles saberiam mais, explicou Seymour, quando o laboratório do MI5 completasse a varredura no computador de Fleetwood. Ele não fez menção a Arthur Grimes e seu encontro secreto com Yuri Volkov da embaixada russa. Para Seymour, más notícias devem ser divulgadas em pequenas porções.

— A Amanda acabou de sair — disse o primeiro-ministro. — Ela me aconselhou a cancelar a visita ao Guy's Hospital. Também achou que poderia ser uma boa ideia se eu ficasse trancado dentro do edifício até o Quinn ser capturado.

— Amanda é uma mulher sábia.

— Quando ela concorda com você. — O primeiro-ministro sorriu. — É bom ver que vocês dois estão trabalhando bem juntos. — Ele fez uma pausa, depois perguntou: — Vocês *estão* trabalhando bem juntos, não estão, Graham?

— Sim, primeiro-ministro.

— Então vou falar a mesma coisa que disse a ela — continuou Lancaster. — Não vou mudar minha agenda por causa de nenhum terrorista do IRA.

— Isso não tem nada a ver com o IRA. São apenas negócios.

— Uma razão melhor ainda. — O primeiro-ministro se levantou e acompanhou Seymour até a porta. — Mais uma coisa, Graham.

— Sim, primeiro-ministro?

— Nenhuma prisão nesse caso.

— Perdão, senhor?

— Você ouviu. Nenhuma prisão. — Ele colocou a mão no ombro de Seymour. — Sabe, Graham, às vezes a vingança é boa para a alma.

— Não quero vingança, primeiro-ministro.

— Então sugiro que encontre alguém que queira e coloque-o bem perto de Eamon Quinn.

— Acredito que tenho o homem certo. Dois homens, na verdade.

O carro de Seymour estava esperando em frente à famosa porta preta de Downing Street. Ele o levou de volta a Vauxhall Cross, onde encontrou Gabriel e Keller na sala sem janelas do último andar. Parecia que não tinham se mexido desde que ele saiu.

— Como ele estava? — perguntou Gabriel.

— Decidido a ponto de ser cabeça-dura.

— A que horas seu comboio deixa Downing Street?

— Duas e quarenta e cinco.

Gabriel olhou para o relógio. Faltavam cinco para as duas.

— Sei que dissemos duas horas, Graham, mas...

— Vamos esperar até as duas.

Os três homens se sentaram quietos e silenciosos, esperando os cinco minutos finais passarem. Ao toque de duas horas, Seymour ligou para Amanda Wallace do outro lado do Tâmisa e perguntou sobre o status da busca no computador.

— Estão perto — disse Amanda.

— Quanto?

— Dentro de uma hora.

— Isso não é suficiente.

— O que quer que eu faça?

— Entre em contato assim que tiver algo.

Seymour desligou e olhou para Gabriel.

— Poderia ser melhor se vocês não estivessem aqui.

— Poderia ser — disse Gabriel —, mas eu não perderia isso de jeito nenhum.

Seymour pegou o telefone de novo e ligou.

— Arthur — ele disse, animado. — É o Graham. Ainda bem que o encontrei.

Sete andares abaixo de Graham Seymour, um homem em um cubículo cinzento desligou o telefone. Como todos os cubículos em Vauxhall Cross, não tinha nome, só uma série de números separados por uma barra. Era estranho que Graham Seymour tivesse falado o nome dele porque a maioria das pessoas em

Vauxhall Cross se referia a ele por seu departamento, que era o Pessoal. *Vai procurar o Pessoal. Esconda-se, aí vem o Pessoal.* O nome dele era uma calúnia, um insulto. Ele era odiado e causava ressentimento. Principalmente, era temido. Era quem expunha os segredos de outros homens, o cronista de suas falhas e mentiras. Conhecia seus casos, seus problemas com dinheiro, sua fraqueza por álcool. Tinha o poder de arruinar carreiras ou, se quisesse, de salvá-las. Era juiz, jurado e executor — um deus em uma caixa cinzenta. E, mesmo assim, também tinha um segredo escondido. De alguma forma, os russos tinham descoberto. Tinham dado a ele uma garotinha, uma Lolita, e em troca tinham destroçado sua dignidade.

É o Graham. Ainda bem que *o encontrei...*

Interessante escolha de palavras, pensou Grimes. Talvez tivesse sido um lapso freudiano, mas ele suspeitava de outra coisa. O momento da reunião com Seymour — um dia depois que Grimes tinha feito uma transmissão wireless no metrô — era nefasto. Tinha sido um encontro afoito, uma reunião às pressas. E, durante o encontro, parece que ele se expôs.

Ainda bem que o encontrei...

Seu terno estava pendurado em um cabide na parede, perto de uma foto de sua família, a última tirada antes do divórcio. No corredor, Nick Rowe estava flertando com uma garota bonita do Registro — Rowe esteve rondando Grimes o dia todo. Ele passou pela dupla sem uma palavra e foi até os elevadores. Um elevador apareceu no instante em que pressionou o botão. *Claro*, pensou, *não é por acaso.*

O elevador subiu tão silencioso que Grimes nem percebeu o movimento. Quando as portas se abriram, ele viu Ed Marlowe, outro homem do seu departamento, parado no vestíbulo.

— Arthur! — ele chamou, como se encontrar Grimes fosse algo difícil. — Vamos tomar algo mais tarde? Tenho umas coisas para discutir.

Sem esperar uma resposta, Marlowe se enfiou entre as portas do elevador que estavam se fechando e desapareceu. Grimes saiu do vestíbulo para a luz brilhante do pátio. Era o Valhalla da espionagem, a Terra Prometida. A sala onde Graham Seymour esperava era à direita. À esquerda havia uma saída que levava ao terraço. Grimes virou à esquerda e saiu no terraço. O vento frio o atingiu como um tapa. Embaixo dele fluía o Tâmisa, escuro, pesado e de certa forma apaziguador. Grimes respirou fundo e calmamente organizou seus pensamentos. Tinha a vantagem de conhecer as técnicas deles. Seu cubículo estava em ordem. Assim como seu apartamento, suas contas bancárias, seus computadores e seus telefones. Eles não tinham nada contra ele, nada a não ser uma viagem no metrô com Yuri Volkov. Ele iria vencê-los. Estava acima de qualquer suspeita, pensou. Ele era o Pessoal.

Bem aí, ele ouviu um barulho nas suas costas, uma porta se abrindo e fechando. Ele se virou lentamente e viu Graham Seymour parado no terraço. O cabelo grisalho dele estava se movendo no vento e ele estava sorrindo — o mesmo sorriso, pensou Grimes, que tinha facilitado sua ascensão na escada das promoções, enquanto homens melhores eram deixados para trabalhar nas salas de caldeira da inteligência. Seymour não estava sozinho. Atrás dele havia um homem menor com olhos estranhamente verdes e a testa cinzenta. Grimes o reconheceu. Sentiu um aperto na barriga.

— Arthur — disse Seymour com a mesma falsa cordialidade que tinha usado no telefone um momento antes. — O que está fazendo? Estamos esperando por você lá dentro.

— Desculpa, Graham. Não é sempre que tenho motivo para subir aqui.

Grimes sorriu em resposta, apesar de que não era um sorriso igual ao de Seymour. Gengiva e dente, ele pensou, e mais do que um traço de culpa. Virando-se, olhou para o rio de novo e de repente estava correndo. Uma mão tentou agarrá-lo quando ele se jogou por cima da balaustrada e, quando passou pelo terraço seguinte, imaginou que estava voando. Então, o chão veio correndo para recebê-lo e ele aterrissou com um barulho que parecia como o de uma fruta se partindo.

Foi uma queda de vários andares, suficiente para matar um homem, mas não instantaneamente. Por alguns instantes, notou os rostos conhecidos ao redor dele. Eram rostos de arquivos, rostos de agentes do MI6 cujas vidas ele tinha revirado como queria. E, mesmo em seu sofrimento, ninguém se referia a ele por seu nome. O Pessoal tinha caído do terraço, eles disseram. O Pessoal estava morto.

CORNUALHA, INGLATERRA

NA MARKS & SPENCER, em Bristol, Quinn e Katerina compraram dois pares de botas de caminhar, duas mochilas, binóculos, bastões de caminhadas e um guia para Devon e Cornualha. Colocaram as mochilas no porta-malas do Renault e foram para o oeste até a cidade de Helston. Vizinha a eles estava a Base Aérea Naval de Culdrose, a maior base de helicópteros da Europa. Quinn sentiu o peito apertar quando dirigia em torno da alta cerca com arame farpado na ponta. Então um Sea King voou por cima da estrada e ele, de repente, estava de volta ao País dos Bandidos de South Armagh. Sua guerra havia terminado, ele falou. Hoje sua guerra estava aqui.

Cinco quilômetros ao sul da base aérea estava a vila de Mullion. Quinn seguiu as placas até o Old Inn e encontrou um estacionamento bem do outro lado da rua, perto da loja de surfe Atlantic Forge. Eles colocaram as botas de caminhada e os casacos impermeáveis; então, Quinn enfiou o mapa, o guia e os binóculos na mochila de lona. Deixou a sacola de armas no carro e carregou só a Makarov. Katerina estava desarmada.

— Qual é a nossa história? — ela perguntou quando terminou de se vestir.

— Estamos de férias.

— No inverno.

— Sempre gostei de sair de férias no inverno.

— Onde estamos hospedados?

— Sua escolha.

— Que tal o Godolphin Arms, em Marazion?

Quinn sorriu.

— Você é muito boa, sabe.

— Melhor do que você.

— Consegue fingir um sotaque britânico?

Ela hesitou, depois disse:

— Acho que consigo.

— Você é bancária de Londres. E eu sou seu namorado panamenho.

— Que sorte a minha.

Eles saíram da vila pela Poldhu Road, Quinn do lado da rua, Katerina ia segura do outro lado. Depois de um quilômetro, apareceu uma parada na sede e uma pequena placa apontava para uma trilha pública. Eles passaram por uma barreira para o gado e cruzaram o campo de uma fazenda na South West Coast Path. Seguiram para o norte pelo alto das colinas até Poldhu Beach, depois pela beira do Mullion Golf Club até a antiga igreja de St. Winwaloe. Após fazerem uma breve visita à igreja para manter o disfarce, eles continuaram para o norte até Enseada de Gunwalloe. A casa estava solitária no alto das colinas na parte mais ao sul, protegida por um jardim natural de relva-do-olimpo e festuca. Dois carros estavam estacionados na entrada.

— É essa — disse Quinn.

Ele soltou a mochila, tirou os binóculos e varreu o alto das colinas, como se estivesse admirando a vista. Então, olhou direto para a casa. Um dos carros estava vazio, mas no outro havia dois homens. Quinn verificou as janelas da casa. As cortinas estavam bem fechadas.

— Temos companhia — disse Katerina.

— Eu vi — disse Quinn, baixando o binóculo.

— O que vamos fazer?

— Vamos caminhar.

Quinn devolveu o binóculo à mochila e voltou a colocá-la no ombro. Ele e Katerina voltaram a caminhar na mesma direção. Uns cem metros à frente, um homem estava caminhando na direção deles pelas colinas. Não era alguém fazendo trilha, pensou Quinn. Movimentos disciplinados, leves, uma arma debaixo do casaco. Era um ex-militar, talvez até um ex-SAS. Quinn sentiu a pistola Makarov pressionando contra a base da sua espinha. Gostaria de estar mais preparado, mas era muito tarde para mudar agora.

— Comece a falar — murmurou Quinn.

— Sobre o quê?

— Sobre como você se divertiu com Bill e Mary no fim de semana passado e como gostaria de poder comprar um lugar no campo. Talvez uma pequena casa em Cotswolds.

— Eu odeio Cotswolds.

Mesmo assim, Katerina falou com entusiasmo apaixonado sobre Bill e Mary e a fazenda deles perto de Chipping Campden. E como Bill ficava paquerador quando bebia e como Mary estava secretamente apaixonada por Thomas, um colega bonitão do escritório que Katerina sempre achou que fosse gay. Foi aí que o ex-soldado se aproximou deles. Quinn ficou atrás de Katerina para dar passagem para o homem. Ela diminuiu o suficiente para desejar a ele uma agradável manhã, mas Quinn ficou olhando para o chão e não falou nada.

— Você viu como ele estava olhando para nós? — perguntou Katerina quando eles ficaram sozinhos.

— Continue andando — falou Quinn. — E não olhe para trás de jeito nenhum.

A casa estava agora diretamente na frente deles. O caminho costeiro passava por trás dela, seguindo um campo verde. Um pequeno diferencial na elevação permitiu que Quinn olhasse inocentemente por cima de uma sebe protetora e visse o rosto dos dois homens sentados no carro estacionado. Katerina estava falando bastante mal de Mary, e Quinn estava assentindo lentamente, como se achasse os comentários dela estranhamente perceptivos. Então, aproximadamente uns cinquenta metros depois da casa, ele parou na beira do precipício e olhou para baixo, na enseada. Um homem estava pescando na forte arrebentação. Atrás dele, uma mulher caminhava por uma faixa de areia dourada, seguida por um homem cujo casaco era da mesma cor do usado pelo ex-soldado na colina. A mulher estava se afastando deles, lentamente, sem objetivo, como um prisioneiro fazendo seus exercícios permitidos no pátio. Quinn esperou até ela se virar antes de usar o binóculo. Então, os entregou a Katerina.

— Não preciso disso — ela falou.

— É ela?

Katerina olhou para a mulher caminhando em sua direção pela beira da água.

— É — ela respondeu finalmente. — É ela.

64

GUY'S HOSPITAL, LONDRES

NOS MINUTOS SEGUINTES AO suicídio de Arthur Grimes, Graham Seymour novamente pediu que Jonathan Lancaster cancelasse sua visita ao Guy's Hospital. O primeiro-ministro se manteve firme, apesar de ter concordado em acrescentar dois homens à segurança. Dois homens que compartilhavam sua opinião de que vingança poderia ser bom para a alma. Dois homens que queriam Eamon Quinn morto. O chefe do SO1, a divisão da Polícia Metropolitana que protege o primeiro-ministro e sua família, ficou, como era de se prever, chocado com a ideia de acrescentar dois caras de fora em sua equipe, sendo que um era agente de um serviço de inteligência estrangeiro, e o outro era um homem violento com um passado duvidoso. Mesmo assim, deu a eles rádios e credenciais que abririam qualquer porta no hospital. Também deu uma pistola Glock 17 de 9 mm. Era uma brecha para cada protocolo de proteção conhecido, mas que tinha sido ordenado pelo próprio primeiro-ministro.

Não havia tempo para Gabriel e Keller irem a Downing Street, então uma BMW da Polícia Metropolitana levou-os de Vauxhall Cross e pegou Kennington Lane para Southwark. O histórico Guy's Hospital, uma das estruturas mais altas de Londres, ficava no final de um emaranhado de ruas perto do Tâmisa, não muito longe da ponte de Londres. A unidade MPS deixou-os do lado de fora do arranha-céu futurista conhecido como Shard. Era proibido estacionar na rua em circunstâncias normais e agora, com a iminente chegada do primeiro-ministro, estava vazia de trânsito. No entanto, havia vários veículos estacionados na Weston, incluindo uma van comercial branca que parecia bastante pesada. Por ordem de Gabriel, a Polícia Metropolitana rastreou o dono. Era um empreiteiro, veterano da Marinha, que estava fazendo uma reforma em um prédio próximo. A van estava cheia de telhas.

A última rua perto do complexo era Snowfields, um beco estreito sem lugar para estacionar e, naquele dia, não havia outros carros a não ser viaturas. Gabriel e Keller seguiram até o portão três, a principal entrada do hospital, e passaram pelo cordão de segurança. O Secretário de Estado de Saúde esperava do lado de fora, junto com uma equipe do Serviço Nacional de Saúde e uma grande delegação da equipe do hospital, muitos de casacos brancos. Gabriel passou em silêncio por eles, procurando pelo rosto que tinha desenhado na casa em Galway, procurando pela mulher que tinha visto pela primeira vez em uma rua tranquila em Lisboa. Ligou para Graham Seymour na sala de operações de Vauxhall Cross.

— Quanto falta para o primeiro-ministro chegar?

— Dois minutos.

— Alguma notícia do computador de Fleetwood?

— Estão perto.

— Foi o que disseram há uma hora.

— Eu ligo assim que tiverem algo.

A linha ficou muda. Gabriel enfiou o telefone no bolso e olhou para o portão três. Um momento depois duas motocicletas batedoras apareceram, seguidas por uma limousine Jaguar personalizada. Jonathan Lancaster desceu do assento traseiro e começou a apertar mãos.

— Ele realmente precisa fazer isso? — perguntou Keller.

— Infelizmente, acho que é congênito.

— Vamos esperar que Quinn não esteja na vizinhança. Ou poderia ser fatal.

O primeiro-ministro apertou a última mão oferecida. Olhou para Gabriel e Keller, assentiu uma vez e entrou. Eram três horas em ponto.

65

ENSEADA DE GUNWALLOE, CORNUALHA

N O MOMENTO EM QUE Jonathan Lancaster desapareceu pelas portas do Guy's Hospital, começou a chover no centro de Londres, mas na distante Cornualha ocidental, o sol fraco brilhava através de uma abertura nas camadas estratificadas das nuvens. O clima limpo era uma vantagem operacional, pois dava crédito à presença de Katerina na praia de Enseada de Gunwalloe. Ela tinha chegado ali às 14h50, cinco minutos depois de deixar Quinn perto da antiga igreja. O Renault estava no estacionamento em cima da enseada e na mochila ao seu lado havia um Samsung descartável e uma submetralhadora Skorpion com um silenciador ACC Evolution-9.

Você sempre gostou da Skorpion, não é, Katerina?

Durante a viagem da igreja à enseada, ela tinha pensado brevemente em fugir da Inglaterra e deixar Quinn sozinho. Mas, em vez disso, ela tinha preferido ficar e ver sua missão terminada. Ela tinha certeza agora de que Alexei estava morto. Mesmo assim, sabia que seria pouco inteligente voltar à Rússia tendo falhado em sua missão. Era o czar que a enviara de volta à Inglaterra, não Alexei. E como todos os russos, Katerina sabia que não era bom desapontar o czar.

Ela olhou a hora. Eram 15h05. Quinn estaria perto da casa. Talvez um dos seguranças se aproximaria dele, da forma como o ex-soldado tinha feito aquela manhã. Se isso acontecesse, Quinn iria matá-lo, e então só haveria três homens protegendo o alvo — os dois fora da casa e aquele que estava pescando na enseada. Katerina tinha certeza de sua identidade. Ela conseguia ver o contorno de uma arma debaixo do casaco, e o rádio em miniatura que ele tinha usado para alertar seus colegas da presença de uma visitante na enseada. Com uma curta ordem, o rádio do guarda iria, sem dúvida, mandar algum tipo de sinal de emergência. Ou talvez ele nem teria tempo para um alerta de rádio. De todas as formas, o destino do guarda seria o mesmo. Ele estava vendo seu último pôr do sol.

Ele tirou um peixe do mar, colocou em um balde amarelo na linha do horizonte e preparou outra isca. Então, depois de cumprimentar Katerina com um aceno, se enfiou no mar de novo e jogou sua linha. Sorrindo, Katerina levantou a aba de sua mochila, expondo a ponta da Skorpion. Estava em modo automático, o que significava que seria capaz de atirar vinte balas em menos de um segundo com razoável precisão. Quinn estava armado da mesma forma.

Bem naquele momento o celular vibrou e uma mensagem de texto apareceu na tela: OS TIJOLOS ESTÃO NA PAREDE... Ele tinha de fazer isso, ela pensou. Ele tinha de deixar os britânicos saberem que era ele. Jogou o celular na mochila, segurou a Skorpion e olhou para o homem nas ondas. De repente, ele levantou a cabeça rapidamente e olhou para a esquerda, para o alto da colina. Tarde demais, ele se virou, para encontrar Katerina avançando pela areia, a Skorpion em suas mãos esticadas.

Vinte balas em menos de um segundo, com razoável precisão...

As próximas ondas que chegaram à areia estavam vermelhas com o sangue do segurança morto do MI6. Katerina calmamente recarregou a Skorpion e subiu o íngreme caminho até o estacionamento. Estava deserto, exceto pelo Renault. Ela se sentou atrás do volante, ligou o motor e desceu a estrada até a casa.

THAMES HOUSE, LONDRES

NADA NA TROCA DE mensagem era expressamente suspeito, mas para os olhos experientes do técnico do MI5, tudo tinha cheiro de pouco autêntico. Assim como os endereços dos dois participantes. Ele mostrou a impressão para seu superior e o superior mostrou a Miles Kent. Kent ficou mais intrigado com um endereço que apareceu no final do e-mail. O endereço parecia familiar, então ele rapidamente buscou em um banco de dados do MI5 e ali descobriu uma combinação alarmante. Sua próxima parada foi a sala de operações onde Amanda Wallace estava monitorando a visita do primeiro-ministro ao Guy's Hospital. Ele colocou a impressão na frente dela. Amanda leu e franziu a testa.

— O que significa?

— Olhe bem o endereço.

Amanda leu.

— Não é aquela casa onde Allon morava?

Kent assentiu.

— Quem vive ali agora?

— Você provavelmente deveria perguntar a Graham Seymour.

Amanda pegou o telefone.

Cinco segundos depois, do outro lado do Tâmisa, em outra sala de operações, Graham Seymour atendeu a ligação.

— O que você tem?

— Um problema.

— Qual é o problema?

— Tem alguém morando na casa de Allon na Cornualha ocidental?

Seymour hesitou, depois disse:

— Desculpa, Amanda, mas não é algo que posso comentar.

— Meu Deus — ela suspirou, preocupada. — Tinha medo de que fosse falar isso.

A casa tinha sido oficialmente declarada uma casa segura do MI6, então não possuía nenhuma linha de telefone ativa, nem seus ocupantes atuais tinham recebido um celular, para evitar que ela dissesse algo em um momento de descontração que divulgasse sua localização aos inimigos. Todas as tentativas de entrar em contato com os guardas não funcionaram. Os telefones deles não foram atendidos. Os rádios não respondiam.

Uma ligação, no entanto, foi atendida sem demora. Foi a ligação que Graham Seymour fez para o celular de Gabriel às 15h17. Gabriel estava no auditório do Guy's Hospital, onde o primeiro-ministro estava a ponto de oferecer um remédio para as doenças que o sagrado sistema de saúde estatal da Grã-Bretanha estava enfrentando. Seymour estava assistindo a uma transmissão ao vivo do evento na tela da sala de operações. Ele falou com mais calma do que teria pensado possível, dada as circunstâncias.

— Infelizmente, o primeiro-ministro não era o alvo. Há um helicóptero esperando por você e Keller em Battersea. A Polícia Metropolitana vai dar uma carona até lá.

A linha ficou muda. Seymour desligou e ficou olhando para a tela vendo dois homens saírem correndo do auditório.

CORNUALHA OCIDENTAL

MADELINE HART NÃO OUVIU os tiros, só o barulho forte da madeira estilhaçando. Depois viu o homem passando pela porta da frente quebrada da casa, uma submetralhadora feia nas mãos. Ele deu um soco em sua barriga — um golpe brutal que a deixara incapaz de fazer qualquer som ou respirar — e enquanto se recuperava, ele amarrara suas mãos e sua boca com fita e cobrira sua cabeça com um saco de pano preto. Mesmo assim, ela percebeu a presença de um segundo intruso, menor do que o primeiro, mais leve. Juntos, eles a colocaram de pé e a tiraram do quarto com vista. Do lado de fora, um telefone tocava sem ser atendido — o telefone, ela presumiu, de um dos guardas de segurança. Os intrusos a forçaram a entrar no porta-malas de um carro e fecharam a tampa como se fosse um caixão. Ela ouviu os pneus cantando sobre as pedras e, ao longe, as ondas quebrando na enseada. Madeline então se afastou do mar e só havia o barulho do pneu contra o asfalto. E vozes. Duas vozes, um homem e uma mulher. O homem quase certamente era da Irlanda, mas o sotaque abafado da mulher não traía sua nacionalidade. Madeline tinha certeza apenas de uma coisa: ela já tinha ouvido essa voz antes.

Ela não conseguia perceber em que direção estavam indo, só que a estrada estava em condições medianas. *Uma estrada secundária*, ela pensou. Não que isso importasse muito; seu conhecimento da geografia da Cornualha era limitado pelo fato de que ela tinha permanecido como uma quase prisioneira na casa de Gabriel. É, houve uns passeios ocasionais até Lizard Point para tomar chá com bolinhos no café no alto das colinas, mas na maior parte do tempo ela não saiu da praia em Enseada de Gunwalloe. Um homem da sede do MI6 em Londres vinha até a Cornualha regularmente para conversar sobre sua segurança — ou, como ele dizia, para mantê-la na linha. Sua apresentação raramente variava. Sua deserção, ele falou, tinha sido um grave embaraço para o Kremlin. Era só uma questão de tempo antes que os russos tentassem corrigir a situação.

Aparentemente esse momento tinha chegado. Madeline supôs que seu sequestro estava ligado ao atentado contra a vida de Gabriel. O homem com o sotaque irlandês era, sem dúvida, Eamon Quinn. *E a mulher?* Madeline ouvia agora o baixo murmúrio de sua voz e a mistura peculiar de sotaques alemão, britânico e russo. Então ela fechou os olhos e viu duas garotas sentadas em um parque em uma vila inglesa montada como um cenário de filme. Duas garotas que tinham sido tiradas de suas mães e criadas por lobos. Duas garotas que um dia seriam enviadas ao mundo para espionar por um país que nunca tinham realmente conhecido. Agora parecia que alguém no Moscou Center tinha despachado uma das garotas para matar a outra. Só um russo poderia ser tão cruel.

Madeline não tinha muita noção do tempo, mas ela reconheceu que tinham se passado vinte minutos antes de o carro parar. O motor foi desligado, e dois pares de mãos a levantaram — um masculino e outro claramente feminino. O ar tinha um cheiro acre com iodo, o chão tinha pedras e parecia instável. Ela podia ouvir o mar e, no alto, os gritos das gaivotas voando em círculo. Quando se aproximaram da beira da água, um motor foi ligado e ela sentiu o cheiro da fumaça. Eles a empurraram para a água e a forçaram a entrar em um pequeno barco. Instantaneamente, o barco começou a se mover e, subindo por causa de uma onda, partiu para o mar. Encapuzada e amarrada, Madeline ouviu o motor chacoalhando por baixo da superfície da água. Você vai morrer, ele parecia dizer. Você já está morta.

ENSEADA DE GUNWALLOE, CORNUALHA

O HELICÓPTERO ESPERANDO EM BATTERSEA era um Westland Sea King de transporte com motores Gnome da Rolls-Royce. Levou Gabriel e Keller pelo sul da Inglaterra a duzentos quilômetros por hora, pouco menos que a velocidade máxima. Chegaram a Plymouth às seis, e alguns minutos depois, Gabriel viu o farol em Lizard Point. O piloto queria descer em Culdrose, mas Gabriel o convenceu a ir direto para Gunwalloe. Quando passaram sobre a casa, as luzes azuis dos veículos policiais piscavam na entrada e no caminho do Lamb and Flag. As luzes brilhavam na enseada também. Era uma cena de crime. Gabriel ficou mal de repente. Seu adorado santuário na Cornualha, o lugar onde ele tinha encontrado paz e se recuperado depois de uma das operações mais difíceis, agora era um lugar de morte.

O piloto deixou Gabriel e Keller na parte norte da enseada. Eles cruzaram a praia correndo e pararam perto das luzes colocadas na cena de crime. Ali havia o cadáver de um homem. Tinha recebido vários tiros no peito. A pouca dispersão sugeria um atirador muito bem treinado. Ou talvez, pensou Gabriel, o assassino tinha sido uma mulher. Ele olhou para os quatro homens parados ao redor do corpo. Dois estavam usando uniforme da polícia de Devon e Cornualha. Os outros dois eram detetives de civil do Setor de Crimes Graves. Gabriel ficou pensando há quanto tempo estariam ali. Tempo suficiente, ele pensou, para iluminar a enseada como um estádio de futebol à noite.

— Vocês realmente precisam usar essas luzes fortes? Ele não vai sair daqui.

— Quem está perguntando? — respondeu um dos detetives.

— MI6 — falou Keller, em voz baixa. Era a primeira vez que ele tinha se identificado como empregado do Serviço Secreto de Sua Majestade, e o efeito na audiência foi instantâneo.

— Vou precisar de alguma identificação — disse o detetive.

Keller apontou para o Sea King no final da enseada e disse.

— Essa é a minha identificação. Agora faça o que ele está dizendo e apague as malditas luzes.

Um dos oficiais uniformizados apagou as luzes.

— Agora diga para apagarem as luzes dos carros.

O mesmo oficial deu a ordem pelo rádio. Gabriel olhou para a casa e viu as luzes azuis se apagarem. Então olhou para o cadáver caído a seus pés.

— Onde vocês o encontraram?

— Você é do MI6, também? — perguntou o policial de civil.

— Responda a pergunta — falou Keller, ríspido.

— Estava na beira da água.

— Ele estava pescando? — perguntou Gabriel.

— Como você sabia?

— Chute.

O detetive se virou e apontou para as colinas.

— Quem atirou estava ali. Nós encontramos vinte cápsulas. — Ele olhou para o corpo. — Obviamente, a maioria encontrou o alvo. Ele estava provavelmente morto antes de cair na água.

— Alguma testemunha?

— Nenhuma que tenha aparecido.

— E as pegadas perto das cápsulas?

O detetive assentiu.

— Quem atirou estava usando botas de caminhada.

— Que tamanho?

— Pequeno.

— Era uma mulher?

— Pode ter sido.

Sem outra palavra, Gabriel levou Keller pelo caminho até a casa. Eles entraram pelas portas francesas do terraço. A sala de estar de Gabriel tinha sido convertida em um posto de comando. A porta da frente quebrada estava presa por uma dobradiça e, através da abertura, ele observou mais dois corpos caídos da entrada. Um detetive alto se aproximou e se apresentou como DI Frazier. Gabriel aceitou a mão do detetive, mas não se identificou. Nem Keller.

— Qual de vocês é do MI6? — perguntou o DI.

Gabriel olhou para Keller.

— E você? — o detetive perguntou a Gabriel.

— É um amigo do serviço — disse Keller.

O desdém pelas irregularidades estava escrito claramente no rosto do detetive.

— Temos quatro fatalidades até onde sabemos — ele falou. — Uma na enseada, duas do lado de fora da casa e uma quarta no caminho costeiro. Ele foi atingido uma vez no peito e outra na cabeça. Nem teve a chance de tirar sua arma. Os que estavam na entrada foram atingidos múltiplas vezes, como o cara na enseada.

— E a mulher que vive aqui? — perguntou Gabriel.

— Não foi encontrada.

O detetive caminhou até o cavalete de Gabriel, sobre o qual estava pendurado um mapa da Cornualha ocidental.

— Temos duas testemunhas da vila que notaram um Renault indo em alta velocidade pouco depois das três essa tarde. O carro ia para o norte. Estabelecemos barreiras nas estradas aqui, aqui e aqui — ele acrescentou, tocando o mapa em três lugares. — Nenhuma testemunha conseguiu ver o motorista, mas os dois disseram que a passageira era uma mulher.

— Suas testemunhas estão corretas — disse Gabriel.

O detetive se virou do mapa.

— Quem é ela?

— Uma assassina da inteligência russa.

— E o homem dirigindo o carro?

— Ele já foi o melhor montador de bombas do IRA Autêntico, o que significa que você está perdendo tempo com essas barreiras na estrada. Precisa concentrar seus recursos na costa oeste. Deve também verificar o porta-malas de todo carro que cruzar pelas balsas irlandesas essa noite.

— O homem do IRA Autêntico tem nome?

— Eamon Quinn.

— E a russa?

— Seu nome é Katerina. Mas o mais provável é que se apresente como alemã. Não seja enganado por sua aparência — acrescentou Gabriel. — Ela colocou vinte balas no coração daquele segurança na enseada.

— E a mulher que sequestraram?

— Não é importante quem ela é. Será a que estiver com o saco na cabeça.

O detetive se virou de novo e estudou o mapa.

— Sabem o tamanho da costa da Cornualha?

— Mais de seiscentos quilômetros — respondeu Gabriel — com dezenas de pequenas enseadas. Por isso é o paraíso dos contrabandistas.

— Algo mais que você pode me contar?

— Tem chá na despensa. E biscoitos também.

69

ENSEADA DE GUNWALLOE, CORNUALHA

À S OITO DA NOITE, eles trouxeram o corpo da enseada iluminada por tochas e colocaram na entrada, perto dos outros. O morto não ficou muito tempo lá; em uma hora uma procissão de vans chegou para transportá-los para o laboratório do legista em Exeter. Ali um profissional altamente treinado declararia o óbvio, que quatro homens de emprego secreto tinham morrido por causa de feridas de bala em seus órgãos vitais. Ou, talvez, pensou Gabriel, o legista nunca veria os corpos. Talvez Graham Seymour e Amanda Wallace conseguiriam varrer toda a sangrenta confusão para debaixo do tapete. Quinn tinha conseguido deixar outro escândalo na porta da inteligência britânica — um escândalo que teria sido evitado se o laboratório do MI5 tivesse encontrado uma troca de e-mails uns minutos antes. Gabriel não podia evitar sentir que tinha alguma responsabilidade. Nada disso teria acontecido, ele pensou, se não tivesse colocado uma cópia de *Uma janela para o amor* no colo de uma linda jovem no Museu Hermitage, em São Petersburgo.

Acredito que isso seja seu...

Haveria tempo para recriminações depois. Por enquanto, encontrar Madeline era a única preocupação de Gabriel. A polícia de Devon e Cornualha estava vasculhando cada praia e enseada na região — qualquer lugar onde um pequeno barco pudesse ancorar. Além disso, Graham Seymour tinha pedido que a Guarda Costeira fizesse patrulhas na região sudoeste da Inglaterra. Todos passos prudentes, pensou Gabriel, mas provavelmente era muito pouco e muito tarde. Quinn tinha desaparecido. E também Madeline. Mas por que raptá-la? Por que não deixá-la morta com seus guardas como um aviso para qualquer outro espião russo pensando em desertar?

Gabriel não aguentava ficar dentro da casa — não com a polícia bagunçando tudo, nem com os buracos de bala na porta e as memórias que o perseguiam em cada canto —, então ele e Keller se sentaram fora, no terraço, bem agasalhados. Gabriel ficou olhando as luzes de um grande cargueiro no Atlântico e ficou pensando se Madeline estaria nele. Keller fumava um cigarro e olhava para o Sea King. Ninguém invadiu o silêncio deles até pouco depois das dez, quando o detetive informou que um Renault Scénic tinha sido encontrado na entrada de uma remota enseada em West Pentire, na costa norte da Cornualha. O veículo estava vazio exceto por uma sacola de compras da Marks & Spencer.

— Não teria nenhum recibo? — perguntou Gabriel.

— Infelizmente, não. — O detetive ficou em silêncio por um momento. — Meu DCI está em contato com a Organização Interna — ele disse finalmente. — Sei quem é você.

— Então vai aceitar nossas desculpas pela forma como falamos com seus homens mais cedo.

— Não é necessário. Você pode querer retirar algo de valor da casa antes de ir. Aparentemente, o MI6 está enviando uma equipe para limpar o lugar.

— Peça que tratem com cuidado meu cavalete — pediu Gabriel. — Tem valor sentimental.

O detetive se retirou, deixando Gabriel e Keller sozinhos. As luzes do cargueiro tinham desaparecido na noite.

— Aonde você acha que ele a levou? — perguntou Keller.

— Algum lugar onde se sente confortável. Algum lugar onde ele conheça o terreno e os atores. — Gabriel olhou para Keller. — Conhece algum lugar assim?

— Infelizmente, só um.

— País dos Bandidos?

Keller assentiu.

— E se ele conseguir levá-la lá, terá uma importante vantagem.

— Temos uma vantagem também, Christopher.

— Qual é?

— Stratford Gardens, número oito.

Keller estava olhando de novo para o Sea King.

— Pensou na possibilidade de que seja exatamente isso que Quinn quer?

— Atacar a gente de novo?

— Isso.

— Faz alguma diferença?

— Não — falou Keller. — Mas poderia ser algo em que você não deveria se envolver. Afinal...

Keller deixou o pensamento sem terminar porque era óbvio que Gabriel não estava mais ouvindo. Tinha tirado o BlackBerry do bolso e estava ligando para Graham Seymour em Vauxhall Cross. A conversa deles foi breve, não mais do que dois minutos. Então Gabriel voltou a colocar o celular no bolso e apontou para a enseada, onde trinta segundos depois o motor do Sea King começou a fazer barulho. Lentamente, ele se levantou e seguiu Keller em silêncio até a praia. Ele viu a casa pela última vez como tinha visto pela primeira, de dois quilômetros do mar, sabendo que nunca mais colocaria os pés ali. Quinn tinha destruído isso para ele, assim como tinha ajudado Tariq a destruir Leah e Dani. Era algo pessoal agora, ele pensou. E ia ser bastante confuso.

CONDADO DE DOWN, IRLANDA DO NORTE

NAQUELE EXATO MOMENTO, O *Catherine May*, um barco de pesca comercial Vigilante 33, estava fazendo 26 nós cruzando o Canal de St. George. Jack Delaney, ex-membro do IRA que se especializou em contrabando de armas e movimento de aparelhos explosivos, estava no leme. O irmão mais novo de Delaney, Connor, estava inclinado na escada, fumando um cigarro. Às três da manhã eles deviam chegar a leste de Dublin, e às cinco iriam chegar à boca de Carlingford Lough, a enseada glacial que forma a fronteira entre a República da Irlanda e Ulster. O antigo porto de pesca de Ardglass ficava aproximadamente a trinta quilômetros ao norte. Quinn esperou até conseguir ver as primeiras luzes do farol de Ardglass antes de ligar seu celular. Ele escreveu uma breve mensagem e com considerável relutância enviou, de forma insegura. Dez segundos depois veio a resposta.

— Merda — disse Quinn.

— Qual é o problema? — perguntou Jack Delaney.

— Ardglass está muito quente para pararmos ali.

— E que tal Kilkeel?

Kilkeel era um porto de pesca localizado a cerca de cinquenta quilômetros ao sul de Ardglass. Era uma cidade de maioria protestante onde o sentimento legalista era bastante profundo. Quinn fez a sugestão em um segundo texto. Quando recebeu a resposta dois segundos mais tarde, ele olhou para Delaney e balançou a cabeça.

— Aonde quer que a gente vá?

— Ele diz que Shore Road está calma.

— Onde?

— Ao norte do castelo.

— Não é um dos meus pontos favoritos.

— Podemos chegar e sair antes do nascer do sol?

— Sem problema.

Jack Delaney aumentou a velocidade e estabeleceu o curso para a parte ao sul da península de Ards. Quinn olhou para a cabine em frente e viu Madeline deitada, amarrada e encapuzada em um dos dois ancoradouros. Ela tinha passado a viagem em silêncio. Katerina, que tinha ido várias vezes ao banheiro por se sentir enjoada, estava fumando um cigarro sentada em frente à mesa da proa.

— Como está se sentindo? — perguntou Quinn.

— Você se importa?

— Não muito.

Ela acenou para o farol de Ardglass e disse:

— Parece que perdemos nossa saída.

— Mudança de planos — disse Quinn.

— Polícia?

Quinn assentiu.

— O que você esperava?

— Fique pronta — ele disse. — Temos mais uma viagem de barco.

— Que sorte a minha.

Quinn desceu pela escadinha e foi até o deque. A noite estava clara e havia um borrifo de estrelas brilhando forte no céu escuro. A costa norte de Ardglass era formada principalmente por fazendas, com algumas poucas casas espalhadas de frente para o mar. Quinn varreu a paisagem com seus binóculos, mas ainda era muito escuro para ver qualquer coisa. Eles passaram por Guns Island, um pedaço de terra verde desabitada a 180 metros da vila de Ballyhornan, e poucos minutos mais tarde deram a volta ao promontório rochoso que guardava a entrada de Strangford Lough. Marcadores do canal apontavam para a rota norte. As primeiras luzes estavam começando a aparecer nas casas ao longo da Shore Road, suficientes para que Quinn pudesse discernir a silhueta do castelo Kilclief. Então ele viu três explosões de luz um pouco mais distante da costa. Ele enviou uma mensagem de texto que consistia apenas em um sinal de interrogação. A resposta dizia que a porta da frente estava totalmente aberta.

Quinn preparou o bote e voltou à cabine. Ele apontou para o ponto onde tinha visto as explosões de luz e instruiu Jack Delaney para ir até lá. Então, desceu as escadas até a cabine e tirou o capuz da cabeça de Madeline. Um par de olhos se fixaram na semiescuridão.

— Hora de descer em terra — disse Quinn. — Seja uma boa menina, ou vou colocar uma bala na sua cabeça. Entendido?

DANIEL SILVA

Frios, os dois olhos se fixaram nele. Não havia medo, pensou Quinn, só raiva. Ele tinha de admitir que admirava a coragem dela. Colocou o capuz preto em sua cabeça e a levantou.

Connor Delaney levou-os rápida e diretamente. Quinn desceu quando a água estava rasa. Então, com a ajuda de Katerina, tirou Madeline do bote e marchou com ela até o carro estacionado na beira da estrada. O carro era um Peugeot 508, cinza-escuro. O porta-malas estava aberto. Quinn forçou Madeline para dentro e fechou a tampa. Então, ele e Katerina entraram no carro: ela no banco de passageiro, ele se esticou no banco de trás, a Makarov apontada para a espinha dela. Atrás do volante, usando um caban e um chapéu de algodão, estava Billy Conway.

— Bem-vindo de volta — ele falou. Então, ligou o motor e saiu para a estrada.

Eles foram a oeste em direção a Downpatrick. Quinn virava o rosto instintivamente quando uma unidade do PSNI se aproximava da direção oposta, as luzes piscando.

— Onde você acha que ele vai tão cedo em uma adorável manhã de sábado?

— Está assim em todos os seis condados. — Billy Conway olhou para o espelho retrovisor. — Suponho que você seja a causa disso.

— Acho que sim.

— Quem é a garota no porta-malas?

Quinn hesitou antes de responder.

— A garota russa que estava dormindo com o primeiro-ministro?

— Essa mesma.

— Cristo, Eamon. — Billy Conway dirigiu em silêncio por um momento. — Você não me contou que ia trazer uma refém.

— A situação mudou.

— Que situação?

Quinn não falou mais nada.

— O que você vai fazer com ela?

— Ficar com ela.

— Onde?

— Em algum lugar onde ninguém vai encontrá-la.

— South Armagh?

Quinn ficou em silêncio.

— É melhor avisar que estamos indo.

— Não — disse Quinn. — Sem telefonemas.

— Não podemos simplesmente aparecer na porta deles.

— Podemos sim.

— Por quê?

— Porque sou Eamon Quinn.

Outra unidade PSNI estava vindo na direção deles por Downpatrick. Quinn abaixou a cabeça. Billy Conway segurou forte o volante com as duas mãos.

— Por que você trouxe aquela garota aqui, Eamon?

— Migalhas de pão — respondeu Quinn.

— Para quê?

— Dirija, Billy. Vou contar o resto quando chegarmos ao País dos Bandidos.

ARDOYNE, BELFAST OCIDENTAL

O SEA KING TINHA DESCIDO em JHFS Aldergrove, o heliporto adjacente ao aeroporto de Belfast. Amanda Wallace, do MI5, tinha conseguido um carro, um Ford Escort azul-claro com cinco anos de uso e quase duzentos mil quilômetros rodados. Ela também abriu as portas de uma casa segura do MI5 em um setor protestante do norte de Belfast. Dois oficiais do Setor T, a divisão de terrorismo irlandês do MI5, estavam esperando na casa quando Gabriel e Keller chegaram logo depois da meia-noite. Nenhum dos dois sabia o nome ou o rosto de Keller, apesar de que a identidade de Gabriel era difícil de esconder. Eles passaram uma noite juntos monitorando a busca pelo barco que tinha levado Madeline Hart da enseada isolada na costa norte da Cornualha. Às seis da manhã tinha ficado claro que o barco não seria encontrado, pelo menos com Madeline ainda a bordo. Os cidadãos britânicos, no entanto, não sabiam nada sobre seu sequestro. Nem sabiam que um oficial do SIS tinha se suicidado de um terraço de Vauxhall Cross. A história principal do programa *Breakfast* da BBC tinha a ver com o plano controverso do primeiro-ministro de reformar o Serviço Nacional de Saúde. A reação foi universalmente hostil.

Às seis e meia Gabriel e Keller deixaram a casa segura e entraram no Ford. Eles passaram os trinta minutos seguintes dirigindo em círculos pelos setores norte e leste da cidade para ter certeza de que não estavam sendo seguidos pelo MI5 ou qualquer outra entidade da inteligência britânica. Então, às sete horas, eles entraram em Crumlin Road e foram para a católica Ardoyne. Keller estacionou em uma parte de Stratford Gardens e desligou o motor. As luzes iluminavam algumas poucas janelas; tirando isso, a rua estava escura.

— Quanto tempo até seus amigos aparecerem? — perguntou Gabriel.

— É cedo — disse Keller vagamente.

— Isso não parece muito encorajador.

— Estamos no oeste de Belfast. É difícil ser otimista.

Por vários minutos, Stratford Gardens não se moveu. Keller olhou toda a rua procurando evidências, mas Gabriel só tinha olhos para a porta do número oito. Ela se abriu às 7h45 e duas figuras surgiram, Maggie e Catherine Donahue, a esposa e a filha de um homem que poderia fazer uma bola de fogo viajar a milhares de metros por segundo. A esposa e a filha do homem que tinha ajudado Tariq al-Hourani a resolver os problemas que estava tendo com temporizadores e detonadores. Catherine Donahue estava usando um uniforme de hóquei debaixo de um casaco cinza. Sua mãe estava usando moletom e tênis. Elas cruzaram o portão de metal no final do jardim e viraram à direita, em direção a Ardoyne Road.

— Onde é o jogo dela? — perguntou Gabriel.

— Lisburn. O ônibus sai às oito e meia.

— Ela não pode ir sozinha?

— Elas precisam passar por uma área protestante para chegar a Our Lady of Mercy. Houve muitos problemas nesses anos.

— Ou talvez estejam querendo escapar.

— Vestidas assim?

— Siga as duas — falou Gabriel.

— E se meus amigos aparecerem?

— Acho que posso me cuidar.

Gabriel saiu do carro sem outra palavra. O portão do número oito deu um gemido forte quando abriu, mas a porta da frente cedeu em silêncio. Ao entrar, ele rapidamente tirou uma arma das costas — a Glock 17 que tinha recebido do SO1, para proteção do primeiro-ministro. Uma televisão estava ligada na sala; Gabriel não mexeu nela e subiu a escada, a arma na mão. Ele encontrou os dois quartos desarrumados, mas vazios. Então desceu e entrou na cozinha. Havia uns poucos pratos na pia e, no balcão, uma chaleira com chá. Ele pegou uma xícara do armário, se serviu um pouco e sentou-se à mesa da cozinha para esperar.

Demorou 15 minutos para Maggie Donahue levar sua filha aos portões da escola. Sua viagem de volta teve um incidente, pois em Ardoyne Road, ela entrou em confronto com duas mulheres protestantes do conjunto habitacional Glenbryn que ficaram bravas por ela, uma católica, ousar caminhar por uma rua legalista. Como resultado, estava muito brava quando entrou em Stratford Gardens. Ela enfiou a chave na fechadura e bateu a porta com tanta força que fez tremer as janelas da casa. Alguém na televisão estava reclamando do preço do leite. Ela colocou no mudo antes de ir à cozinha lavar os pratos. Vários segundos se passaram antes que percebesse o homem bebendo chá em sua mesa.

— Jesus Cristo! — ela gritou, espantada.

Gabriel simplesmente franziu a testa, como se não aprovasse aqueles que usam o nome do Senhor em vão.

— Quem é você? — ela perguntou.

— Eu estava a ponto de fazer a mesma pergunta — respondeu Gabriel, calmamente.

Ela não percebeu o sotaque dele. Então, um olhar de reconhecimento iluminou seu rosto.

— Você é aquele que...

— É — ele disse, cortando. — Sou eu mesmo.

— O que está fazendo na minha casa?

— Eu perdi algo da última vez que estive aqui. Queria que você me ajudasse a encontrar.

— O quê?

— Seu marido.

Ela tirou um celular do bolso de seu moletom e começou a digitar. Gabriel colocou a Glock em sua cabeça.

— Pare — ele falou.

Ela congelou.

— Passe o telefone.

Ela entregou a ele. Gabriel olhou para a tela. O número que ela tinha tentado discar tinha oito dígitos.

— O número de emergência da Polícia da Irlanda do Norte é um-zero-um, não é?

Ela ficou em silêncio.

— Então para quem você está ligando? — Como a resposta foi mais silêncio, Gabriel enfiou o telefone no bolso de seu casaco.

— É meu — ela falou.

— Não é mais.

— O que você quer?

— Por enquanto — disse Gabriel — gostaria que você se sentasse.

Ela olhou para ele, mais desprezo do que medo. Era de Ardoyne, pensou Gabriel. Não ficava com medo assim facilmente.

— Sente-se — ele disse de novo, e ela finalmente obedeceu.

— Como você entrou aqui? — ela perguntou.

— Você deixou a porta da frente destrancada.

— Mentira.

Gabriel colocou uma fotografia na mesa e virou para que ela pudesse ver a imagem claramente. Mostrava sua filha parada em uma rua de Lisboa ao lado de Eamon Quinn.

— Onde conseguiu isso? — ela perguntou.

Gabriel olhou para o teto.

— Do quarto da minha filha? — ela perguntou.

Ele assentiu.

— O que estava fazendo lá?

— Estou tentando evitar que seu marido realize outro assassinato em massa.

— Eu não tenho marido.

Fez uma pausa e acrescentou:

— Não tenho mais.

— Esse é o seu marido — disse Gabriel, batendo na fotografia com a ponta da Glock. — Seu nome é Eamon Quinn. Ele colocou bombas em Bishopsgate e Canary Wharf. Colocou bombas em Omagh e na Brompton Road. Encontrei roupas dele no seu armário. Encontrei o dinheiro dele, também. O que significa que você vai passar o resto da sua vida presa, a menos que me conte o que eu quero saber.

Ela olhou para a fotografia por um momento, sem falar nada. Havia outra coisa no rosto dela agora, pensou Gabriel. Não era desprezo. Era vergonha.

— Ele não é meu marido — ela disse finalmente. — Meu marido morreu há mais de dez anos.

— Então por que sua filha está parada em uma rua em Lisboa com Eamon Quinn?

— Não posso contar isso.

— Por que não?

— Porque ele vai me matar se eu contar.

— Quinn?

— Não — ela disse, negando com a cabeça. — Billy Conway.

CROSSMAGLEN, CONDADO DE ARMAGH

A PEQUENA FAZENDA QUE ESTAVA bem ao oeste de Crossmaglen tinha sido do clã Fagan por gerações. Seu atual ocupante, Jimmy Fagan, nunca tinha se importado muito com agricultura e, no final dos anos oitenta, abriu uma fábrica em Newry que produzia portas de alumínio e janelas para a crescente indústria de construção de South Armagh. Sua principal ocupação, no entanto, era o republicanismo irlandês. Um veterano da famosa Brigada South Armagh do IRA, tinha participado em alguns dos ataques a bomba e emboscadas mais sangrentas do conflito, incluindo um ataque a uma patrulha britânica perto de Warrenpoint que deixou dezoito soldados britânicos mortos. No total, a Brigada South Armagh foi responsável pela morte de 123 militares britânicos e 42 oficiais da Royal Ulster Constabulary. Por um tempo, a pequena área de fazendas e colinas era o lugar mais perigoso do mundo para um soldado — tão perigoso, na verdade, que o Exército Britânico foi forçado a abandonar as estradas para o IRA e viajar somente de helicóptero. No final, a Brigada South Armagh começou a atacar os helicópteros, também. Quatro foram derrubados, incluindo um Lynx que foi atingido por um morteiro perto de Crossmaglen. Jimmy Fagan tinha apertado o gatilho. Eamon Quinn tinha criado e construído.

Durante a pior parte dos conflitos, havia uma torre de observação no centro de Crossmaglen. Agora a torre não existia mais e no coração da vila havia um parque verde com um memorial para os voluntários mortos do IRA. Billy Conway deixou Quinn na frente do hotel Cross Square; ele deu a volta na esquina até o bar Emerald, na Newry. As cores dos Crossmaglen Ranger tremulavam na entrada. Parecia que o futebol tinha substituído a rebelião como o passatempo principal da cidade.

O ESPIÃO INGLÊS

Quinn abriu a porta e entrou. Instantaneamente, várias cabeças se viraram para ele. A guerra poderia ter terminado, mas em Crossmaglen a suspeita contra gente de fora era mais forte do que nunca. Quinn conhecia vários homens no salão. Eles, por outro lado, pareciam não reconhecê-lo. Ele pediu uma Guinness no bar e levou até a mesa onde Jimmy Fagan estava sentado com dois outros ex-membros da Brigada South Armagh. O cabelo meio grisalho de Fagan estava bem curto e seus olhos pretos pareciam menores com a passagem dos anos. Eles olharam bem para Quinn, sem traço de reconhecimento.

— Posso ajudá-lo, amigo? — Fagan perguntou finalmente.

— Posso me sentar?

Fagan apontou para uma mesa vazia do outro lado do salão e sugeriu que Quinn poderia ficar mais confortável ali.

— Mas eu prefiro me sentar com você.

— Vai dar uma volta, amigo — Fagan falou tranquilo. — Ou você vai acabar se metendo em confusão.

Quinn se sentou. O homem sentado à esquerda dele segurou seu punho.

— Calma — murmurou Quinn. Então, olhou para Fagan. — Sou eu, Jimmy. É o Eamon.

Fagan olhou muito para o rosto de Quinn. Então percebeu que o estranho sentado do outro lado da mesa estava dizendo a verdade.

— Cristo — ele sussurrou. — O que está fazendo aqui?

— Negócios — disse Quinn.

— Isso explicaria por que a RUC está toda agitada de repente.

— Eles se chamam PSNI agora, Jimmy. Não ouviu falar?

— Os acordos da Sexta-Feira Santa perdoaram meus pecados — disse Fagan, após um momento —, mas não os seus. Seria melhor para todos nós se você terminasse sua cerveja e fosse embora.

— Não posso, Jimmy.

— Por que não?

— Negócios.

Quinn bebeu a espuma de sua Guinness e olhou ao redor. O cheiro de madeira polida e cerveja, o murmúrio tranquilo das vozes com sotaque de Armagh: depois de todos os anos escondido, todos os anos vendendo seus serviços para quem pagasse mais, ele finalmente estava de volta.

— Por que está aqui? — Fagan perguntou.

— Estava pensando se estaria interessado em um pouco de ação.

— O que ganho com isso?

— Dinheiro.

— Chega de bombas, Eamon.

307

— Não — disse Quinn. — Nada de bombas.

— Que tipo de trabalho?

— Emboscada — disse Quinn. — Como nos velhos tempos.

— Quem é o alvo?

— Aquele que escapou.

— Keller?

Quinn assentiu. Jimmy Fagan sorriu.

A fazenda tinha duzentos acres — ou 240, dependendo de para qual membro do clã Fagan você perguntasse. Era formada principalmente por pasto, dividido em pedaços menores por cercas de pedra baixas; algumas tinham sido levantadas muito antes que os primeiros protestantes tivessem colocados os pés na terra, era o que dizia a lenda. A Irlanda estava do outro lado da colina. Em nenhuma das estradas havia nem uma sugestão de fronteira.

Na parte mais alta da terra havia uma casa de tijolos de dois andares onde Fagan, viúvo, morava com seus dois filhos, os dois veteranos do IRA e do rejeicionista IRA Autêntico. Havia um grande celeiro de alumínio enrugado e uma segunda estrutura, no fundo da propriedade, em que ele havia escondido armas e explosivos durante a guerra. Foi ali, no verão de 1989, que uma versão mais jovem de Christopher Keller sofreu um brutal interrogatório nas mãos de Eamon Quinn. Agora Madeline e Katerina assumiram o lugar de Keller. Quinn deixou comida e cobertores suficientes para que aguentassem a fria tarde de dezembro e trancou a porta com dois fortes cadeados. Então caminhou com Billy Conway pelo caminho de terra que levava à casa principal. Conway estava olhando para o chão, as mãos enfiadas no bolso da frente de seu casaco. Parecia muito preocupado. Estava sempre assim.

— Quanto tempo temos? — ele perguntou.

— Se eu tivesse de chutar — respondeu Quinn —, ele já está aqui. Allon, também.

— Procurando por mim, sem dúvida.

— Só podemos esperar.

— E se Keller quiser me ver? O que acontece?

— Você faz o jogo duplo, Billy, como sempre fez. Diga que estão perdendo tempo procurando por mim no norte. Diga que ouviu um rumor de que estou na República.

— E se ele não acreditar em mim?

— Por que não acreditaria, Billy? — Quinn colocou a mão no ombro de Conway e sorriu. — Você era o melhor agente dele.

ARDOYNE, BELFAST OCIDENTAL

ELLER ESTACIONOU O CARRO bem na frente da casa e entrou correndo no jardim. Ele abriu a porta e seguiu o som das vozes até a cozinha. Ali, encontrou Gabriel e Maggie Donahue sentados à mesa, cada um com uma xícara de chá. Havia uma pilha grande de notas usadas, algumas peças de roupa masculina, vários artigos de toalete, uma fotografia e uma Glock 17. A Glock estava poucos centímetros além do alcance de Maggie Donahue. Ela estava sentada reta, com um braço sobre a cintura, como se estivesse se protegendo, e um cigarro queimando entre os dedos da mão levantada. Keller percebeu que ela estivera chorando alguns minutos antes. Agora seus traços duros tinham colocado a máscara de reserva e desconfiança de Belfast. Gabriel estava inexpressivo, um padre com uma arma e uma jaqueta de couro. Por alguns segundos, ele pareceu não perceber a presença de Keller. Então olhou para ele e sorriu.

— Sr. Merchant — falou cordialmente —, que bom que veio. Gostaria que conhecesse minha nova amiga Maggie Donahue. Maggie estava me contando como Billy Conway a forçou a colocar essas coisas na casa dela. — Gabriel acrescentou: — Maggie vai nos ajudar a encontrar Eamon Quinn.

CROSSMAGLEN, CONDADO DE ARMAGH

A ESTRUTURA DE METAL ENRUGADO no centro da fazenda Fagan media seis por 12, com fardos de feno em uma ponta e uma grande quantidade de ferramentas enferrujadas e equipamentos em outra. Tinha sido criada de acordo com as exatas especificações de Jimmy Fagan e montada em sua fábrica em Newry. A porta externa era bastante pesada e o chão levantado continha uma portinhola bem escondida que levava a um dos maiores esconderijos de armas e explosivos na Irlanda do Norte. Madeline Hart não sabia nada disso. Ela só sabia que não estava sozinha; o cheiro de tabaco velho e xampu de hotel barato mostravam isso. Finalmente, uma mão tirou o capuz da cabeça dela e gentilmente tirou a fita de sua boca. Mesmo assim, ela não tinha noção de onde estava, pois a escuridão era absoluta. Ficou sentada silenciosamente, de costas para os fardos de feno, as pernas esticadas. Então perguntou:

— Quem está aí?

Um isqueiro se acendeu, um rosto se inclinou para perto da chama.

— Você — sussurrou Madeline.

O isqueiro se apagou, a escuridão voltou. Então uma voz falou com ela em russo.

— Desculpa — falou Madeline —, mas não entendo.

— Disse que deve estar com sede.

— Muita — respondeu Madeline.

Uma garrafa de água se abriu com um ruído. Madeline encostou os lábios no plástico e bebeu.

— Obrigada...

Ela parou. Não queria mostrar a gratidão desamparada do cativo por seu captor. Então, percebeu que Katerina também era cativa.

— Deixe-me ver seu rosto de novo.

O isqueiro se acendeu pela segunda vez.

— Não consigo vê-la muito bem — disse Madeline.

Katerina aproximou o isqueiro do seu rosto.

— Como estou? — ela perguntou.

— Exatamente como estava em Lisboa.

— Como sabe sobre Lisboa?

— Um amigo meu estava observando você do outro lado da rua. Ele tirou uma foto sua.

— Allon?

Madeline não falou nada.

— É uma pena que você o tenha conhecido. Ainda estaria vivendo como uma princesa em São Petersburgo. Agora está aqui.

— Onde é *aqui*?

— Nem eu tenho certeza. — Katerina tirou um cigarro do maço e depois ofereceu para Madeline. — Fuma?

— Deus, não.

— Você sempre foi a garota boazinha, não é mesmo? — Katerina encostou a ponta do cigarro na chama e deixou que ela se apagasse.

— Por favor — disse Madeline. — Fiquei no escuro por muito tempo.

Katerina acendeu de novo o isqueiro.

— Caminhe um pouco — disse Madeline. — Quero ver onde estamos.

Katerina andou com o isqueiro pelo perímetro do galpão, parando na porta.

— Tente abri-la.

— Não pode ser aberta por dentro.

— Tente.

Katerina se encostou na porta, mas ela nem se mexeu.

— Alguma outra ideia brilhante?

— Acho que poderíamos colocar fogo no feno.

— A essa altura — disse Katerina — tenho certeza de que ele ficaria mais do que feliz em deixar que a gente morra queimada.

— Quem?

— Eamon Quinn.

— O irlandês?

Katerina assentiu.

— O que ele vai fazer?

— Primeiro, vai matar Gabriel Allon e Christopher Keller. Depois vai me trocar por vinte milhões de dólares com o Moscou Center.

— Eles vão pagar?

— Talvez. — Katerina fez uma pausa e acrescentou: — Especialmente se o acordo incluir você.

O isqueiro se apagou. Katerina se sentou.

— Como devo chamá-la? — ela perguntou.

— Madeline, claro.

— Não é seu verdadeiro nome.

— É o único nome que tenho.

— Não, não é. Nós a chamávamos de Natalya no campo. Não se lembra?

— Natalya?

— É — ela disse. — Pequena Natalya, filha do general da KGB. Tão bonita. E aquele sotaque inglês que lhe deram. Você parecia uma bonequinha. — Ela ficou em silêncio por um momento. — Eu adorava você. Você era tudo que eu tinha naquele lugar.

— Então por que me sequestrou?

— Na verdade, eu devia matar você. O Quinn, também.

— Por que não matou?

— Quinn mudou os planos.

— Mas você teria me matado se tivesse a chance?

— Eu não queria — Katerina respondeu depois de um momento. — Mas, sim, acho que teria matado.

— Por quê?

— Antes eu que outra pessoa. Além disso — ela acrescentou —, você traiu seu país. Você desertou.

— Não era meu país. Não pertencia àquele lugar.

— E aqui, Natalya? Você pertence a esse lugar?

— Meu nome é Madeline. — Ela não falou nada por um tempo. — O que vai acontecer se eu voltar à Rússia?

— Suponho que vão passar vários meses arrancando todo conhecimento que puderem de seu cérebro.

— E depois?

— *Vysshaya mera.*

— A mais alta medida de punição?

— Achei que não falasse russo.

— Um amigo me ensinou essa expressão.

— Onde está seu amigo agora?

— Ele vai me encontrar.

— E aí Quinn vai matá-lo. — Katerina acendeu de novo o isqueiro. — Está com fome?

— Faminta.

— Acho que nos deixaram umas tortas de carne.

— Eu adoro tortas de carne.

— Deus, mas você é tão inglesa. — Katerina desembrulhou uma das tortas e colocou com cuidado nas mãos de Madeline.

— Seria mais fácil se você cortasse a fita adesiva.

Katerina fumou contemplativamente na escuridão.

— Quanto você se lembra? — ela perguntou.

— Sobre o campo?

— Isso.

— Nada — disse Madeline. — E tudo.

— Não tenho fotos minhas de quando era jovem.

— Nem eu.

— Lembra-se de como eu era?

— Você era linda — disse Madeline. — Eu queria ser exatamente como você.

— Isso é engraçado — respondeu Katerina —, porque eu queria ser como você.

— Eu era uma criança muito chata.

— Mas você era uma boa garota, Natalya. E eu era totalmente diferente.

Katerina não falou mais nada. Madeline levantou as mãos amarradas e tentou comer mais torta.

— Não pode cortar a fita adesiva? — ela pediu.

— Eu gostaria, mas não posso.

— Por que não?

— Porque você é uma boa garota — disse, esmagando o cigarro no chão do galpão. — E só vai me atrapalhar.

UNION STREET, BELFAST

TINHA PASSADO UNS MINUTOS depois do meio-dia quando Billy Conway entrou no Tommy O'Boyle's na Union. Rory Gallagher, um cara que tinha sido do IRA, estava limpando os copos de pint atrás do balcão.

— Eu estava a ponto de mandar um grupo de busca — ele falou.

— Longa noite — respondeu Conway. — Mais longa do que esperava.

— Problemas?

— Complicações.

— Vai ter mais, infelizmente.

— O que você está falando?

Gallagher olhou para a escada.

— Você tem companhia.

Os pés de Keller estavam sobre a mesa de Billy Conway quando a porta do escritório se abriu com um rangido. Conway ficou parado na entrada. Parecia que tinha visto um fantasma. De certa forma, pensou Keller, era verdade.

— Oi, Billy. Bom ver você de novo.

— Eu achei...

— Que eu estivesse morto?

Conway não falou nada. Keller se levantou.

— Vamos dar uma volta, Billy. Precisamos conversar.

A ocasião do retorno de Christopher Keller à Irlanda do Norte tinha precipitado uma das maiores reuniões da Brigada South Armagh do IRA Provisório desde a assinatura do Acordo da Sexta-Feira Santa. No total, 12 membros da unidade estavam naquele mesmo momento reunidos ao redor de Eamon Quinn e Jimmy Fagan na cozinha da fazenda em Crossmaglen. Oito dos presentes tinham cumprido longas sentenças na prisão de Maze, sendo libertados nos termos do acordo de paz. Outros quatro tinham trabalhado com Quinn no IRA Autêntico, incluindo Frank Maguire, cujo irmão Seamus tinha morrido nas mãos de Keller em Crossmaglen, em 1989.

Como sempre nessas reuniões, o ar estava pesado com a fumaça dos cigarros. Espalhado no centro da mesa havia um mapa da Ordnance Survey, já gasto e rasgado nas pontas, da região de South Armagh. Era o mesmo mapa que Fagan tinha usado durante o planejamento do massacre de Warrenpoint. Na verdade, algumas de suas marcas e anotações originais ainda estavam visíveis. Ao lado do mapa havia um celular, que às 12h15 começou a tocar. Era uma mensagem de texto de Rory Gallagher. Quinn sorriu. Keller e Allon logo estariam vindo para eles.

<hr>

Keller e Billy Conway realmente deram uma volta, mas só até York Lane. Era uma rua calma, sem comércio ou restaurantes, só uma igreja num canto e uma fileira de prédios industriais do outro. Gabriel estava estacionado em um lugar onde não havia câmeras de segurança. Keller enfiou Billy Conway no banco do passageiro e entrou atrás. Gabriel, olhando para frente, calmamente ligou o motor.

— Onde está Eamon Quinn? — ele perguntou a Billy Conway.

— Eu não vejo Eamon Quinn há 25 anos.

— Resposta errada.

Gabriel quebrou o nariz de Conway com um soco. Então ele engatou a marcha e saiu do meio-fio.

<hr>

O Ford Escort de Gabriel e Keller estava conectado a um satélite, um fato que Amanda Wallace tinha se esquecido de mencionar a eles. Por isso, o MI5 esteve seguindo o carro a manhã toda quando ele foi de Aldergrove até a casa segura, e depois até Stratford Gardens e York Lane. Além disso, o MI5 estava monitorando os movimentos do carro com a ajuda da rede CCTV de Belfast. Uma câmera na Frederick capturou uma imagem clara do homem no banco de passageiro — um homem que parecia estar sangrando muito pelo nariz. Um técnico do MI5 aumentou a imagem e enviou-a para uma das telas no centro de operações na Thames House. Graham Seymour estava vendo a mesma imagem em Vauxhall Cross.

— Você o reconhece? — perguntou Amanda Wallace.

— Já faz muito tempo — respondeu Seymour —, mas acredito que é Billy Conway.

— *O* Billy Conway.

— Em carne e osso.

— Ele era um dos nossos, não era?

— Não — falou Seymour. — Ele era meu. E Keller ajudou a recrutá-lo.

— Então por que está sangrando?

— Talvez nunca tenha sido realmente nosso, Amanda. Talvez fosse do Quinn o tempo todo.

Seymour ficou olhando o carro entrar na estrada M2 e ir para o norte. *É a parte maravilhosa do nosso negócio*, ele pensou. *Nossos erros sempre voltam para nos assombrar. E, no final, todas as dívidas são pagas.*

76

FLORESTA CREGGAN, CONDADO DE ANTRIM

ELES NÃO PERGUNTARAM MAIS nada a Billy Conway e ele tampouco fez alguma pergunta. O sangue escorreu livremente de seu nariz quebrado durante a viagem ao norte até Larne, mas quando chegaram a Glenarm uma crosta preta tinha se formado ao redor de seu nariz. Keller indicou para Gabriel seguir a Carnlough Road, depois continuar para o norte por Killycarn. Eles seguiram até virar uma estrada de terra. Então seguiram um pouco mais, até desaparecer a última fazenda e a floresta Creggan aparecer. Keller mandou Gabriel parar e desligar o motor. Então, olhou para Billy Conway.

— Lembra-se desse lugar, Billy? Costumávamos vir até aqui nos velhos tempos quando você tinha algo importante para me contar. A gente vinha até aqui no velho Granada e tomava umas cervejas enquanto ouvíamos as armas em Creggan Lodge. Lembra, Billy?

A voz de Keller tinha assumido o sotaque de Belfast ocidental, Falls Road com um toque de Ballymurphy. Billy Conway não falou nada. Estava olhando para a frente. Um olhar perdido, pensou Gabriel. O olhar de um morto.

— Sempre cuidamos bem de você, não foi, Billy? Pagamos bem. Protege-mos você. Mas você não precisava de proteção, não é, Billy? Estava trabalhando para o IRA o tempo todo. Trabalhando para Eamon Quinn. Você é um traidor, Billy. Um maldito, safado, traidor. — Keller colocou sua Glock na nuca dele. — Não vai negar isso, Billy?

— Isso foi há muito tempo.

— Não tanto — falou Keller. — Não foi o que me disse no dia em que re-novamos nossa amizade em Belfast? O dia em que encontrou Maggie Donahue para mim. O dia em que me mandou para uma armadilha. — Keller pressionou a ponta da arma contra o crânio de Conway. — Não vai negar isso, Billy?

DANIEL SILVA

Billy Conway ficou em silêncio.

— Você sempre foi honesto, Billy.

— Você nunca deveria ter voltado.

— Graças a Quinn, não tivemos muita escolha. Quinn me trouxe aqui de volta. E você garantiu que eu encontraria as coisas que ele queria que eu encontrasse. Uma esposa e uma filha. Uma pilha de dinheiro. Uma passagem de trem. Uma fotografia de uma rua de Lisboa. Maggie Donahue não queria participar daquilo. Ela estava muito ocupada tentando sobreviver em um buraco como Ardoyne sem marido. Mas você a ameaçou para que fizesse isso. Disse que a mataria se ela fosse à polícia. A filha dela, também. E ela acreditou em você, Billy, porque sabe o que acontece com traidores em Belfast ocidental. — Keller colocou a ponta da arma contra o rosto de Billy Conway. — Negue isso, Billy.

— O que você quer?

— Quero que jure que nunca vai chegar perto daquela mulher e da filha dela de novo.

— Eu juro.

— Muito esperto, Billy. Agora saia do carro.

Conway não se mexeu. Keller acertou o nariz quebrado com a arma.

— Mandei sair!

Conway soltou o cinto de segurança e desceu do carro. Keller o seguiu.

— Comece a andar — ele disse. — E enquanto estiver andando, me diga onde posso encontrar Eamon Quinn.

— Não sei onde ele está.

— Claro que sabe, Billy. Você sabe de tudo.

Keller empurrou Conway pelo caminho e foi atrás dele. Das árvores da floresta Creggan veio o barulho de uma 12 mm de um caçador. Conway congelou. Com um golpe do cano da Glock, Keller o empurrou.

— Como Quinn saiu da Inglaterra?

— Os Delaney.

— Jack e Connor?

— É.

— Ele não estava sozinho, estava, Billy?

— Tinha duas mulheres com ele.

— Onde os Delaney deixaram todos eles?

— Shore Road, perto do castelo.

— Você estava lá?

— Fui eu que os peguei.

— Que marca de carro você tem?

— Peugeot.

— Roubado, emprestado ou alugado?

— Roubado. Placas falsas.

— O favorito de Quinn.

Mais dois tiros, mais perto. Vários faisões saíram voando de um campo. *Pássaros espertos*, pensou Keller.

— Onde ele está, Billy? Onde está o Quinn?

— Está em South Armagh — disse Conway depois de um momento.

— Onde?

— Crossmaglen.

— A fazenda de Jimmy Fagan?

Conway assentiu.

— O mesmo lugar que levamos você aquela noite. Quinn disse que quer pregar você na cruz por seus pecados.

— Levamos? — perguntou Keller.

Houve um silêncio.

— Você estava lá, Billy?

— Durante uma parte — admitiu Conway. — As duas mulheres estão no mesmo prédio em que Quinn o amarrou naquela cadeira.

— Tem certeza?

— Eu mesmo as coloquei ali.

Eles tinham chegado ao limite das árvores. Billy Conway parou de repente.

— Vire-se, Billy. Tenho mais uma pergunta.

Billy Conway ficou parado por um bom tempo. Então virou-se lentamente para encarar Keller.

— O que você quer saber? — ele perguntou.

— Quero um nome, Billy. O nome do homem que contou a Eamon Quinn que eu estava apaixonado por uma garota de Ballymurphy.

— Não sei quem foi.

— Claro que sabe, Billy. Você sabe de tudo.

Conway não falou nada.

— O nome dele — falou Keller, apontando a arma para o rosto de Conway. — Diga o nome dele.

Conway levantou o rosto para o céu cinzento e falou o próprio nome. A visão de Keller ficou embaçada de raiva e ele sentiu que suas pernas começaram a tremer. A arma forneceu uma sensação de equilíbrio. Ele não se lembra de ter puxado o gatilho, só sentiu o coice controlado da arma em sua mão e uma nuvem de vapor. Ele se ajoelhou até ter certeza de que Billy Conway estava morto. Então se levantou e voltou para o carro.

RANDALSTOWN, CONDADO DE ANTRIM

NOS ARREDORES DE RANDALSTOWN, o celular do MI6 de Keller começou a vibrar. Ele tirou do bolso do casaco e olhou para a tela.

— Graham Seymour.

— O que ele quer?

— Ele está perguntando por que Billy Conway não está mais no carro.

— Estão nos espionando.

— É evidente.

— O que vai falar para ele?

— Não tenho certeza. É um território novo para mim.

Keller levantou o telefone e perguntou:

— Você acha que isso está sendo usado como um transmissor?

— Pode ser.

— Talvez deveria jogar pela janela.

— O MI6 vai descontar do seu salário. Além disso — acrescentou Gabriel —, poderia ser útil no País dos Bandidos.

Keller colocou o telefone no console.

— Como é? — perguntou Gabriel.

— O País dos Bandidos?

— Crossmaglen.

— É o tipo de lugar que inspira canções. — Keller olhou pela janela por um momento antes de continuar. — South Armagh estava totalmente sob o controle dos provos durante a guerra, um estado do IRA de fato, e Crossmaglen era sua cidade sagrada.

Ele olhou para Gabriel e acrescentou:

— A Jerusalém deles. O IRA nunca precisou adotar uma estrutura de célula ali. Operava como um batalhão. Um *exército*— acrescentou Keller. — Eles passavam os dias trabalhando em seus campos e à noite iam matar soldados britânicos. Antes de cada patrulha eram lembrados de que debaixo de cada arbusto ou pilha de pedras havia provavelmente uma bomba ou um atirador. South Armagh era uma galeria de tiro e nós éramos os alvos.

— Continue.

— Chamávamos Crossmaglen de CMG — Keller continuou depois de um momento. — Tínhamos uma torre de observação na praça principal chamada Golf Five Zero. Você corria risco de vida sempre que entrava. As barracas não tinham janelas e eram à prova de morteiros. Era como servir em um submarino. Quando fugi da fazenda de Jimmy Fagan aquela noite, nem tentei chegar a CMG. Sabia que nunca chegaria ali vivo. Em vez disso, fui para o norte até Newtownhamilton. Chamávamos de NTH.

Keller sorriu e disse:

— Costumávamos brincar que significava "Nenhum Terrorista Hoje".

— Lembra-se da fazenda de Fagan?

— Não é algo que possa esquecer — respondeu Keller. — Está na estrada Castleblayney. Uma parte das terras dele estão perto da fronteira. Durante a guerra era uma das maiores rotas de contrabando entre a Brigada South Armagh e os elementos do IRA na República.

— E o galpão?

— Está situado na ponta de um grande pasto, cercado por muros de pedra e guardiães. Se o PSNI chegar perto daquela fazenda, Fagan e Quinn vão ficar sabendo.

— Está imaginado que Madeline está lá?

Keller não falou nada.

— E se Conway estava mentindo de novo? Ou se Quinn já a tirou de lá?

— Não tirou.

— Como pode ter certeza?

— Porque assim é o Quinn. A questão é: — disse Keller — contamos a nossos amigos em Vauxhall Cross e Thames House o que sabemos?

Gabriel olhou para o celular do MI6 e disse:

— Acho que acabamos de fazer isso.

Eles passaram por baixo de um grupo de câmeras da CCTV que vigiava a M22. Keller tirou um cigarro do maço e o girou apagado entre as pontas dos dedos.

— Não tem como pisarmos em South Armagh sem sermos vistos.

— Então vamos pela porta dos fundos.

— Não temos capacidade de visão noturna ou silenciadores.

— Nem rádios — acrescentou Gabriel.

— Quanta munição você tem?

— Um pente cheio e um de reserva.

— Tenho uma bala a menos — falou Keller.

— Uma pena.

O celular de Keller vibrou pela segunda vez.

— O que ele quer? — perguntou Gabriel.

— Está perguntando para onde vamos.

— Acho que não estão ouvindo, afinal.

— O que devo falar para ele?

— Ele é seu chefe, não meu.

Keller digitou uma mensagem e devolveu o telefone ao console.

— O que você falou?

— Que estamos investigando uma potencial informação.

— Vai ser um ótimo agente do MI6, Christopher.

— Agentes do MI6 não atuam em South Armagh sem apoio. — Keller disse.

— E nem um homem que está a ponto de ser o chefe da inteligência israelense, sem mencionar pai de duas crianças.

A estrada se transformava em uma autoestrada. Eram duas e meia da tarde. O pôr do sol aconteceria em noventa minutos. Keller acendeu o cigarro e viu como Gabriel instintivamente abria a janela para ventilar a fumaça.

— Sabe — disse Keller —, nada disso teria acontecido se você tivesse mandado Graham Seymour passear quando ele foi até Roma. Você estaria trabalhando no seu Caravaggio e eu estaria bebendo uma taça de vinho no meu terraço na Córsega.

— Alguma outra pérola de sabedoria, Christopher?

— Só uma pergunta.

— Qual?

— Quem é Tariq al-Hourani?

Em Londres a mesma imagem de vídeo piscou nos centros operacionais da Thames House e Vauxhall Cross — uma luz azul piscando indo para o oeste cruzando pelo Ulster na A6. Quando a luz chegou a Castledawson, virou para o sul em direção a Cookstown. Graham Seymour mandou um terceiro texto para o celular de Keller, mas dessa vez não houve resposta, um fato que ele compartilhou, relutante, com Amanda Wallace do outro lado do rio.

— Onde você acha que eles estão indo? — ela perguntou.

O ESPIÃO INGLÊS

— Se eu fosse chutar, diria que estão voltando ao lugar onde tudo isso começou.

— O País dos Bandidos?

— A fazenda de Jimmy Fagan, para ser mais preciso.

— Eles não podem ir lá sozinhos.

— Não tenho certeza se temos como impedi-los nesse ponto.

— Pelo menos ligue o celular de Keller para podermos escutar o que estão falando.

Seymour fez contato visual com um dos técnicos e deu a ordem. Um momento depois, ele ouviu Gabriel explicando como Eamon Quinn, em um campo de treinamento terrorista na Líbia, tinha feito amizade com um homem chamado Tariq al-Hourani. Não, pensou Seymour. Não havia como pará-los agora.

78

CROSSMAGLEN, SOUTH ARMAGH

ELES PARARAM EM COOKSTOWN tempo suficiente para comprar um mapa da Ordnance Survey, uma latinha de cera preta para sapatos e duas facas de cozinha antes de retomar o caminho para Omagh. Uma chuva fraca começou a cair, o suficiente para que Keller tivesse que manter o para-brisa funcionando até Castleblayney, na República, do outro lado da fronteira. Bem do lado de fora da cidade estava Lough Muckno. Keller seguiu uma faixa da estrada ao redor da margem sul do lago, em um vale pontilhado de pequenas fazendas. Cada uma das casas representava uma armadilha em potencial. Fronteira ou não, eles estavam agora no País dos Bandidos.

Finalmente, Keller colocou o carro em um arbusto de abrunheiro denso nas margens do rio Clarebane, desligando o motor e apagando as luzes. O celular do MI6 estava no console, brilhando com mensagens de texto não lidas de Vauxhall Cross. Gabriel entregou para Keller e disse:

— Poderia ser hora de deixar Graham saber onde estamos.

— Algo me diz que ele já sabe.

Keller ligou para o número de Seymour em Londres. Seymour atendeu imediatamente.

— Já era hora — ele gritou.

— Está vendo onde estamos?

— Pelos meus cálculos, vocês estão a menos de um quilômetro da fronteira.

— Alguma chance de nos dar alguma cobertura?

— Já está a caminho.

— Não falei o que precisamos.

— Falaram, sim. E mais uma coisa — disse Seymour. — Vou precisar de um recibo daquelas facas. O mapa e a cera para sapatos também.

Às duas horas da tarde, tinha ficado evidente a Eamon Quinn que Billy Conway estava com sérios problemas. Às quatro, Quinn presumiu que Conway estava sob custódia britânica ou, mais provavelmente, caído em algum lugar da província com uma bala na cabeça. Claramente, a morte dele não tinha sido nada agradável. Antes disso, ele teria divulgado duas informações: a localização exata de Madeline Hart e a verdade sobre seu papel na morte de Elizabeth Conlin, 25 anos antes. Quinn não tinha dúvidas de como seu antigo adversário iria reagir. Keller era um veterano da SAS transformado em assassino profissional. Ele voltaria à fazenda de Jimmy Fagan. E Quinn estaria esperando.

Às quatro e meia, quando o sol estava baixando nas colinas, Quinn despachou 12 homens para os duzentos acres da fazendo do clã Fagan. Doze veteranos da lendária Brigada South Armagh. Doze atiradores treinados com muito sangue britânico nas mãos. Doze homens que queriam Christopher Keller morto tanto quanto Quinn. Além disso, Jimmy Fagan colocou outros oito homens em vários pontos ao redor de South Armagh para servir como patrulheiros — incluindo Francis McShane, que estava sentado atrás do volante de um carro estacionado em frente à base da PSNI, em Crossmaglen.

Quinn e Fagan se sentaram na cozinha da fazenda, fumando, esperando. A Makarov de Quinn estava na mesa, um silenciador na ponta. Perto dela havia um telefone e perto do telefone estava o velho mapa do que já tinham sido os trezentos quilômetros quadrados mais perigosos do mundo. Os olhos de Quinn viajaram de leste a oeste: Jonesborough, Forkhill, Silverbridge, Crossmaglen... *Locais de glória*, ele pensou. Locais de morte. Essa noite, ele escreveria mais um capítulo na lenda.

Quinn olhou para o relógio, que tinha ganhado de um homem chamado Tariq al-Hourani em um campo perto do mar. Eram 19h15. Ele tirou o relógio e leu a inscrição na parte de trás.

Mais nenhum erro de temporizador...

Depois de escurecer os rostos com a cera para sapatos, Gabriel e Keller caminharam pelas margens do rio Clarebane; Keller ia à frente, Gabriel, um passo atrás. As nuvens obscureciam a lua e as estrelas; o barulho da chuva cobria suas pegadas. Keller fluía como água sobre a terra, rápido, sem um som. Gabriel, o soldado secreto da rua, fazia o melhor para imitar os movimentos de seu amigo. Keller segurava a arma com as duas mãos, no nível dos olhos. Gabriel, atrás dele, apontava o revólver para baixo e para a direita.

Cinco minutos depois de deixar o carro, Keller parou e, com a ponta de sua Glock, fez um gesto reto apontando para o chão. Significava que tinham chegado à fronteira de Ulster. Ele virou para o norte e levou Gabriel por vários pastos, cada um dividido por cercas vivas. A fronteira estava a poucos metros à direita. Antes, havia torres de vigilância usadas por granadeiros e hussardos, mas agora apenas silos de grãos e celeiros marcavam o horizonte. Keller, o sobrevivente ensanguentado de uma luta suja em South Armagh, movia-se lentamente, plantando cada passo como se houvesse uma mina debaixo de seus pés, separando cada cerca-viva como se o assassino estivesse esperando do outro lado.

Depois de caminharem cerca de um quilômetro dessa maneira complicada, Keller levou Gabriel até um caminho de pedras entre duas lagoas. De frente para eles havia uma fileira de árvores e, depois delas, estava a fazenda de Jimmy Fagan, na Irlanda do Norte. Keller foi avançando, de uma árvore a outra, e depois parou. A uns nove metros, coberto no escuro, havia um homem com uma AK-47. A arma tinha um silenciador de fibra de carbono, uma arma séria para um predador sério. Keller cuidadosamente removeu seu celular do MI6 e enviou uma mensagem de texto pré-digitada para Vauxhall Cross. Então tirou a faca de seu bolso e esperou.

Como era uma questão doméstica, Graham Seymour permitiu que Amanda Wallace fizesse a ligação. Chegou à base da PSNI em Crossmaglen às 19h27 e em um minuto várias unidades estavam saindo para a Newry, as luzes girando. Às sete e meia da noite, o celular de Jimmy Fagan estava zumbindo com mensagens de texto de seus vigilantes.

— Quantas unidades? — perguntou Quinn.

— Seis, pelo menos, incluindo alguns rapazes em posições táticas.

— Onde eles estão indo?

— Descendo pela Dundalk Road.

— O lado errado — disse Quinn.

— Nem perto.

Outro texto chegou ao telefone de Fagan.

— O que diz?

— Estão virando à direita em Foxfield.

— Ainda no lado errado.

— O que você acha que isso quer dizer?

— Quer dizer que você deveria dizer aos seus rapazes para ficarem preparados, Jimmy.

— Por quê?

O ESPIÃO INGLÊS

Quinn sorriu.

— Porque estão aqui.

Às 19h31, o homem parado a nove metros de Christopher Keller tirou a mão direita da AK-47 e usou-a para tirar um celular do bolso. O telefone brilhou levemente e, no brilho de sua tela, Keller viu o rosto do homem que logo estaria morto. Tinha a idade, a altura e o mesmo corpo que Keller. Poderia ter sido um fazendeiro. Poderia ter dirigido um caminhão ou tido empregos estranhos. Em outra vida ele tinha sido o inimigo de Keller. Agora era o inimigo de novo.

Como todos os veteranos da Brigada South Armagh, o homem parado a nove metros de Keller conhecia cada centímetro da sua terra manchada de sangue. Ele conhecia cada valeta, cada galho de árvore, todo buraco onde uma arma tinha sido escondida ou uma armadilha com bomba tinha sido enterrada. Ele sabia, também, a diferença entre o som de um animal e o som de um homem. Tarde demais, ele tirou os olhos de seu telefone e viu Keller caminhando para ele, uma faca em uma mão, uma arma na outra. Keller forçou o homem a ficar no chão. Então, levou a faca até sua garganta e a manteve aí até as mãos do homem soltarem o celular e a AK-47. Keller segurou a arma; Gabriel, o celular. Então eles avançaram silenciosamente pelo campo, em direção ao galpão de metal, seis por 12 metros, onde Keller deveria ter morrido há muito tempo.

— Todo mundo respondeu? — perguntou Quinn.

— Todo mundo menos Brendan Magill.

— Onde ele está?

— Lado oeste da propriedade, contra a fronteira.

— Tente de novo.

Jimmy Fagan enviou a Magill uma mensagem de texto. Depois de noventa segundos não houve resposta.

— Parece que nós os encontramos — disse Quinn.

— E agora?

— Mate a isca. E depois me traga Keller e Allon vivos.

Fagan digitou a mensagem e apertou SEND. Quinn levou a Makarov para fora para ver os fogos de artifício.

Dez metros além do ponto onde Brendan Magill estava caído morto havia um muro de pedra que seguia o eixo norte-sul. Gabriel se escondeu atrás dele depois que uma bala passou a poucos centímetros de sua orelha direita. Keller se jogou no chão perto dele quando os tiros atingiram as pedras do muro, fazendo voar faíscas e fragmentos. A fonte dos tiros ficou em silêncio, então Gabriel só tinha uma vaga ideia da direção em que estava vindo. Ele levantou a cabeça acima do muro para procurar alguma luz, mas outra rajada de tiros obrigou-o a se abaixar. Keller estava agora se arrastando para o norte pela base do muro. Gabriel o seguiu, mas parou quando Keller de repente atirou com a AK-47 do morto. Um grito distante indicou que os tiros de Keller tinham atingido seu alvo, mas em um instante eles estavam sendo atacados de várias direções. Gabriel deitou no chão ao lado de Keller, a Glock em uma mão, o telefone do morto na outra. Depois de uns segundos ele percebeu que estava pulsando com uma mensagem. O texto era aparentemente de Eamon Quinn e dizia: MATE A GAROTA...

CROSSMAGLEN, SOUTH ARMAGH

No meio do monte de implementos agrícolas quebrados e desmembrados do galpão de Jimmy Fagan, Katerina tinha encontrado uma foice, enferrujada e suja, uma peça de museu, talvez a última foice de toda a Irlanda, norte ou sul. Ela segurou com força nas mãos e ouviu o som de homens correndo pelo caminho. *Dois homens*, ela pensou, *talvez três*. Ela se posicionou encostada na porta deslizante do galpão. Madeline estava no lado oposto do espaço, encapuzada, as mãos amarradas, encostada nos fardos de feno. Seria a primeira e única coisa que os homens viriam ao entrar.

Abriram os cadeados, a porta correu, apareceu uma arma. Katerina reconheceu sua silhueta: uma AK-47 com um silenciador. Ela conhecia bem. Tinha sido a primeira arma que ela tinha usado no campo. *A grande AK-47! Liberadora dos oprimidos!* A arma estava apontada para cima em um ângulo de 45 graus. Katerina não tinha opção a não ser esperar até ela se abaixar na direção de Madeline. Então levantou a foice e girou com toda a força que tinha em seu corpo.

A menos de duzentos metros, agachado atrás de um muro de pedra no lado ocidental da propriedade de Jimmy Fagan, Gabriel mostrou a mensagem de texto para Christopher Keller. Keller imediatamente olhou por cima do muro e viu rápidas luzes na porta do galpão. Quatro luzes, quatro tiros, mais do que suficientes para eliminar duas vidas. Uma rajada de AK-47 obrigou-o a se abaixar de novo. Com os olhos selvagens, ele agarrou Gabriel pelo casaco e gritou:

— Fique aqui!

Keller se arrastou pelo muro e desapareceu de vista. Gabriel ficou ali por alguns segundos enquanto as balas caíam sobre sua posição. Então, de repente ele estava de pé e correndo pelo pasto escurecido. Correndo para um carro em uma praça cheia de neve em Viena. Correndo para a morte.

O golpe que Katerina acertou no pescoço do homem segurando a AK-47 resultou em uma decapitação parcial. Mesmo assim, ele conseguiu apertar o gatilho antes que ela arrancasse a arma dele — um tiro que acertou os fardos a poucos centímetros da cabeça de Madeline. Katerina jogou o homem morto de lado e rapidamente acertou dois tiros no peito do segundo homem. O quarto tiro foi para a criatura parcialmente decapitada estrebuchando a seus pés. No léxico do SVR, era um tiro de controle. Também era um tiro de misericórdia.

Quando o tiroteio terminou, Madeline arrancou o capuz. Suas mãos ainda estavam amarradas. Katerina cortou a fita e a ajudou a se levantar. Do lado de fora, a batalha continuava. De sua perspectiva no centro da propriedade, as linhas eram claramente traçadas em riscos de fogo branco. Duas figuras estavam avançando pelo pasto do oeste, sob fogo pesado de várias posições. Outro homem estava parado na varanda da casa distante, assistindo ao espetáculo como se tivesse sido organizado para sua diversão pessoal. Katerina suspeitava de que os dois homens se aproximando do oeste eram Gabriel Allon e Christopher Keller, e o homem na varanda era Quinn.

Katerina forçou Madeline a se agachar. Então se ajoelhou e atirou quatro vezes contra um dos homens de Quinn. Instantaneamente, o fogo que vinha daquela posição parou. Mais quatro tiros eliminaram um segundo membro do time de Quinn, e um único tiro bem feito erradicou um terceiro. A pose de Quinn não era mais tão tranquila. Katerina atirou várias vezes contra ele, obrigando-o a voltar para a fazenda. Então, Katerina se virou para Madeline, mas ela havia desaparecido.

Descia correndo a colina em direção a Allon e Keller, cansada e desequilibrada, como uma boneca que tivesse recuperado a vida. Katerina gritou para que se abaixasse, mas não funcionou; medo e gravidade mantinham Madeline em seu caminho. Katerina se virou para olhar para Quinn, e foi então que o tiro a atingiu. Um tiro perfeito, bem no peito. Katerina nem sentiu seu impacto, nem sentiu dor. Ela caiu de joelhos, as mãos esticadas ao longo do corpo, o rosto voltado para o céu escuro. Quando caiu na terra de South Armagh, imaginou que estava se afogando em um lago de sangue. Uma mão tentava puxá-la para a superfície. Então, a mão a soltou e ela estava morta.

O tiroteio havia terminado quando Madeline colapsou nos braços de Gabriel. Keller deixou para trás a AK-47 e, armado só com a Glock, cruzou o pasto em direção à casa de Jimmy Fagan. Havia buracos de bala na fachada e uma cortina voava da porta aberta. Keller pressionou seu rosto contra os tijolos, ouvindo algum som de dentro, e depois pulou para dentro com os braços esticados. Ele estava a ponto de atirar em Jimmy Fagan, mas parou quando percebeu o olhar sem vida em seus olhos e o buraco de bala no centro de sua testa. Keller rapidamente procurou na casa, mas Quinn não estava em nenhum lugar. Mais uma vez, Quinn sabiamente, tinha fugido do campo de batalha. *Quinn*, pensou Keller, *morreria outro dia.*

PARTE QUATRO

CASA

80

SOUTH ARMAGH — LONDRES

E RA O TIPO DE noite sobre as quais eles costumavam escrever canções. Oito homens mortos nas colinas verdes de South Armagh, seis por armas de fogo, dois por facas. Seus nomes estavam no quadro de honra da unidade mais famosa do IRA: Maguire, Magill, Callahan, O'Donnell, Ryan, Kelly, Collins, Fagan... Oito homens mortos nas colinas verdes de South Armagh, seis por armas de fogo, dois por facas. Era o tipo de noite sobre a qual eles costumavam escrever canções.

No futuro imediato, no entanto, não haveria baladas, apenas questionamentos. Entre os fatos nunca firmemente estabelecidos, por exemplo, estava quem tinha ligado para a polícia ou por quê. Até o delegado do PSNI, quando pressionado por repórteres, não conseguiu apresentar o registro que mostrava a hora ou a origem da ligação de emergência. Quanto ao motivo por trás do derramamento de sangue em Crossmaglen, ele só podia especular. A explicação mais plausível, ele disse, era que foi o resultado de uma longa disputa entre facções dissidentes do movimento republicano — apesar de não poder descartar a possibilidade de que drogas ilegais tinham tido seu papel. Ele até sugeriu que poderia existir uma ligação entre o massacre em Crossmaglen e o desaparecimento ainda não resolvido de Liam Walsh, um traficante com conhecidas ligações com o IRA Autêntico. E, apesar de não saber, sobre isso o delegado estava inteira e inquestionavelmente correto.

Suas teorias sobre a origem do massacre caíram razoavelmente bem no mundo, mas não nas comunidades de clãs de South Armagh. Nos bares onde eles estavam bebendo e nas caixas pretas onde confessavam seus pecados, era tudo conhecido. Os assassinatos não tiveram nada a ver com feudos ou drogas. Era coisa do Quinn. Eles sabiam outras coisas também, coisas que o delegado nunca mencionou na imprensa. Sabiam que havia duas mulheres presentes naquela noite, assim como um antigo membro da SAS chamado Christopher Keller. Uma das mulheres tinha sido morta, com um tiro no coração dado a quase cem metros por ninguém menos que o próprio Quinn. No final, Quinn tinha desaparecido sem deixar rastro. Eles iam encontrá-lo e dar a bala que ele tanto merecia, a bala que deveriam ter dado depois de Omagh. E depois iam encontrar o SAS chamado Keller e matá-lo, também.

Eles decidiram isso entre eles, como faziam com a maioria das coisas, e continuaram com suas vidas. Oito nomes foram acrescentados ao memorial do IRA em Cross Square, oito túmulos foram abertos no cemitério de St. Patrick. Na missa, o padre falou da ressurreição, mas, depois, nos cantos escuros do bar Emerald, eles só falaram em vingança. Oito homens mortos nas colinas verdes de South Armagh, seis por armas de fogo, dois por faca. Era coisa do Quinn. E Quinn ia pagar.

Naquele mesmo dia, em Londres, o diretor-geral do Serviço de Inteligência Secreto de Sua Majestade, Graham Seymour, anunciou que quatro agentes de segurança do MI6 tinham sido mortos em uma casa em uma parte remota da Cornualha ocidental. Além disso, falou Seymour, um empregado do departamento de pessoal do MI6 tinha cometido suicídio ao pular do terraço de Vauxhall Cross. Seymour se recusou a dizer se os dois eventos estavam ligados, mas a imprensa viu o momento dos anúncios como uma prova de que estavam. Foi um dos dias mais negros na orgulhosa história do serviço, e as consequências logo se espalharam por outros acontecimentos no mar da Irlanda. A imprensa britânica quase não notou quando o corpo de um dono de bar em Belfast chamado Billy Conway foi encontrado em uma floresta no condado de Antrim — ou, três dias depois, quando alguém fazendo uma caminhada tropeçou no corpo parcialmente decomposto de Liam Walsh na divisa do condado de Mayo. Cápsulas de nove milímetros foram recuperadas das duas vítimas, apesar de a análise de balística determinar que tinham vindo de duas armas diferentes. A Garda Síochána e o PSNI investigaram as mortes como incidentes separados. Não foi encontrada nenhuma conexão.

Na Alemanha, a polícia tinha feito uma descoberta perturbadora: outro corpo, outra bala de 9mm. O corpo pertencia a um homem que mais tarde seria identificado como um agente da inteligência russa chamado Alexei Rozanov. Ninguém sabia quem atirou. Possivelmente ele estava ligado à equipe de agentes que tinha matado o motorista e o guarda-costas russo em Hamburgo. Entre os aspectos mais perturbadores da descoberta estava o fato de que o passaporte do russo tinha sido encontrado enfiado em sua boca. Claramente, alguém quis enviar uma mensagem. E, até onde se sabe, a mensagem tinha sido recebida. O BfV, serviço de inteligência da Alemanha, detectou um forte aumento no nível de atividade russa. A contraparte britânica do BfV, o MI5, notou uma mudança parecida no perfil russo em Londres. Em Moscou, o Kremlin não escondeu seus sentimentos. O presidente russo jurou que os assassinos de Alexei Rozanov iriam receber "a maior medida" de punição possível. Quem acompanhava a inteligência russa sabia o que isso significava. O mais provável é que outro corpo logo iria aparecer.

Mas havia uma ligação entre os eventos na Alemanha, na Grã-Bretanha e nos 32 condados da Irlanda e de Ulster? Uma estrela desconhecida sobre a qual eles giravam em uma órbita bem marcada? Alguns canais de comunicação menores achavam que sim, e não demorou muito para que organizações prestigiosas chegassem à mesma conclusão. O *DerSpiegel*, da Alemanha, há muito um farol de jornalismo investigativo, ligou Israel ao assassinato de Alexei Rozanov e sua equipe de segurança — uma ligação que o escritório do primeiro-ministro israelense, em um raro comentário sobre questões de inteligência, negou totalmente. Logo depois, o *The Irish Times* sugeriu uma mão britânica no sequestro e morte de Liam Walsh, enquanto a RTÉ explorava o suposto papel de Walsh no atentado à bomba de Omagh, em agosto de 1998. O *Daily Mail* publicou com exclusividade o rumor de que o empregado do MI6 que tinha se suicidado era, na verdade, um espião da Rússia.

O Ministério de Relações Exteriores britânico negou a notícia, apesar de sua credibilidade ter sido questionada dois dias depois, quando o primeiro-ministro Jonathan Lancaster anunciou um conjunto draconiano de sanções econômicas e diplomáticas contra a Rússia e os agentes da ex-KGB que controlavam o Kremlin. Os motivos eram "um padrão de comportamento russo no solo russo e em outros países". Incluídos nas sanções estavam um congelamento dos ativos em Londres de vários oligarcas pró-Kremlin e restrições a viagens para a Grã-Bretanha. Com grande fanfarra, o presidente russo anunciou um pacote de sanções retaliatórias. As ações russas desabaram com as notícias. O rublo caiu para o câmbio mais baixo em comparação com as principais moedas ocidentais.

Mas por que o primeiro-ministro britânico tinha atuado tão duramente? E por que agora? Os fofoqueiros acharam sua explicação inicial muito fraca. Claramente, diziam, deveria haver algo mais do que um mau comportamento russo. Afinal, os russos estavam se comportando mal há anos. E assim os repórteres pesquisaram, e os colunistas opinaram, e os analistas de televisão especularam e criaram teorias, algumas plausíveis, outras, não. Alguns conseguiram chegar perto da verdade, mas nenhum iria encontrar a fraca linha, parcialmente apagada, que ia de um homicídio nas margens de um lago russo congelado, do assassinato de uma princesa e culminando no derramamento de sangue nas colinas verdes de South Armagh. Nem iria ligar a aparentemente desconectada série de eventos com o lendário agente de inteligência israelense que morreu em um ataque à bomba na Brompton Road de Londres.

Mas ele não estava morto, claro. Na verdade, com um pouco de sorte, a imprensa britânica poderia tê-lo encontrado em Londres durante as tensas 48 horas imediatamente depois dos assassinatos em Crossmaglen. Seus movimentos foram ligeiros e o tempo era muito controlado, pois ele tinha importantes questões pessoais para resolver em casa. Ele resolveu algumas em Vauxhall Cross e acertou outras do outro lado do rio, em Thames House. Teve um jantar de negócios com a equipe da Estação Londres do Escritório, e no final da manhã seguinte apareceu sem avisar em uma galeria de arte em St. James para contar a um velho amigo que ainda estava entre os vivos. O velho amigo ficou aliviado ao vê-lo, mas bravo por ter sido enganado. Foi, pensou Gabriel, cheio de remorso, algo muito cruel.

De St. James ele viajou até uma casa vitoriana de tijolos vermelhos na área rural de Hertfordshire, que já tinha servido como campo de treinamento para novos recrutas do MI6. Agora Madeline Hart era a única moradora. Gabriel caminhou com ela por uma área tomada pelo nevoeiro, seguidos por uma equipe de guarda-costas. Eram quatro — o mesmo número que tinha morrido nas mãos de Quinn e Katerina na Cornualha.

— Você vai voltar lá alguma vez? — ela perguntou.

— Para a Cornualha?

Madeline assentiu lentamente.

— Não — falou Gabriel. — Acho que não.

— Desculpe — ela disse. — Parece que arruinei tudo. Nada disso teria acontecido se você tivesse me deixado em São Petersburgo.

— Se quiser culpar alguém — falou Gabriel — culpe o presidente russo. Ele enviou sua amiga para matar você.

— Onde está o corpo dela?

— Graham Seymour ofereceu ao chefe do SVR em Londres.

— E?

— Parece que o SVR não está interessado. Afirmam que não sabem quem é ela.

— Onde vai terminar?

— Um túmulo sem marcas de um cemitério comum.

— O típico fim russo — disse Madeline, sombria.

— Antes ela do que você.

O ESPIÃO INGLÊS

— Ela salvou minha vida. — E olhando para Gabriel e acrescentou: — A sua também.

Ele deixou Madeline no meio da tarde e viajou para Highgate, onde pagou uma dívida pendente com uma das mais importantes repórteres políticas de Londres. Quando terminou a reunião, era quase cinco da tarde. O voo para casa era às dez e meia da noite. Ele entrou correndo no carro da embaixada. Gabriel tinha mais um lugar para passar. Uma última restauração.

VICTORIA ROAD, SOUTH KENSINGTON

ERA UMA PEQUENA CASA com um portão de ferro e uns poucos degraus que levavam a uma porta branca. Havia vasos de flores na pequena varanda e na janela da sala havia uma luz acesa. A cortina estava aberta uns poucos centímetros; através dela, Gabriel podia ver um homem, o dr. Roberto Keller, sentado reto na cadeira de balanço. Ele estava lendo um jornal. Gabriel não conseguia discernir qual porque o vidro do carro estava molhado pela chuva e a fumaça de cigarro embaçava o interior. Keller não tinha parado de fumar desde que se encontrou com Gabriel em uma esquina de Holborn, seu temporário endereço em Londres. Agora ele estava olhando para a casa de seu pai como se fosse o alvo de uma operação de vigilância. Gabriel percebeu, de repente, que era a primeira vez que ele tinha visto Keller nervoso.

— Ele está velho — disse finalmente. — Mais velho do que imaginei que seria.

— Já faz muito tempo.

— Então acho que não vai se importar se nos sentarmos aqui por um ou dois minutos.

— O tempo que você precisar.

— A que horas é o seu voo?

— Não é importante.

Gabriel deu uma olhada discreta no relógio.

— Eu vi isso — falou Keller.

Na janela do outro lado da rua, uma mulher velha estava colocando uma xícara e um pires no cotovelo do homem lendo o jornal. Keller se virou — com vergonha ou angústia, Gabriel não conseguia saber.

— O que ela está fazendo agora? — perguntou Keller.

— Está olhando pela janela.

— Ela nos viu?

— Acho que não.

— Já foi embora?

— Já.

Keller voltou a olhar.

— Que tipo de chá ela bebe? — perguntou Gabriel.

— É uma mistura especial que compra de um homem na New Bond.

— Talvez você devesse tomar.

— Um minuto. — Keller apagou o cigarro e imediatamente acendeu outro.

— Você precisa?

— Nesse momento é do que eu mais preciso — disse Keller.

Gabriel baixou o vidro uns centímetros para ventilar a fumaça. O vento noturno jogou a chuva contra seu rosto.

— O que vai falar para eles?

— Estava pensando se você tinha alguma sugestão.

— Poderia começar com a verdade.

— Eles estão velhos — disse Keller. — A verdade poderia matá-los.

— Então dê em pequenas doses.

— Como um remédio — disse Keller. Ele estava olhando para a casa. — Ele queria que eu fosse médico. Sabia disso?

— Acho que você já mencionou.

— Dá para me imaginar como médico?

— Não — falou Gabriel. — Acho que não.

— Também não precisava dizer dessa maneira.

Gabriel ficou ouvindo a chuva batendo no teto.

— E se não me aceitarem de volta? — Perguntou Keller depois de um momento. — E se me mandarem embora?

— É disso que tem medo?

— É.

— São seus pais, Christopher.

— Obviamente você não é inglês. — Keller limpou um pedaço do vidro embaçado e olhou para a chuva. — Estou molhado desde o dia em que voltei a esse maldito país.

— Chove na Córsega, também.

— Não como aqui.

— Já decidiu onde vai morar?

— Em algum lugar perto deles — respondeu Keller. — Infelizmente, terão de continuar fingindo que estou morto. É parte do meu acordo com o MI6.

— Quando você começa?

— Amanhã.

— Qual é sua primeira missão?

— Encontrar o Quinn. — Keller olhou para Gabriel.— Gostaria de qualquer ajuda que seu serviço puder fornecer. Aparentemente, tenho de seguir as regras do MI6.

— Que pena.

A mãe de Keller apareceu na janela de novo.

— O que ela está olhando? — ele perguntou.

— Poderia ser qualquer coisa — falou Gabriel.

— Você acha que ela vai ficar orgulhosa?

— Do quê?

— Do fato de que trabalho para o MI6 agora.

— Sei que vai.

Keller segurou a maçaneta, depois parou.

— Já estive em várias situações perigosas antes... — Sua voz desapareceu. — Posso ficar sentado aqui mais um pouco.

— O tempo que você precisar.

— A que horas é o seu voo?

— Eu mando atrasar se for preciso.

Keller sorriu.

— Vou sentir saudades de trabalhar com você.

— Quem disse que não podemos mais trabalhar juntos?

— Você vai ser chefe logo. E chefes não andam com plebeus como eu. — Keller colocou as mãos na maçaneta e olhou para a janela da casa. — Conheço aquele olhar.

— Que olhar?

— O olhar no rosto da minha mãe. Ela sempre olhava assim quando eu estava atrasado.

— Você *está* atrasado, Christopher.

Keller se virou de repente.

— O que você fez?

— Vá — disse Gabriel, oferecendo a mão. — Você já os deixou esperando por muito tempo.

Keller desceu do carro e cruzou correndo a rua molhada. Ele se atrapalhou um momento com o portão do jardim, depois subiu os degraus quando a porta da frente se abriu. Os pais estavam na entrada, se abraçando para terem apoio, não acreditando em seus olhos. Keller levou o dedo até seus lábios e juntou-os em seus fortes braços antes de fechar a porta. Gabriel o viu uma última vez quando passou na frente da janela da sala. Então a cortina se fechou e ele desapareceu.

82

RUA NARKISS, JERUSALÉM

AQUELA MESMA TARDE UM cessar-fogo entre Israel e Hamas colapsou e a guerra foi retomada na Faixa de Gaza. Quando o voo de Gabriel se aproximava de Tel Aviv, havia explosões e riscos de luz no horizonte do lado sul. Um foguete do Hamas apontava perigosamente perto do aeroporto Ben-Gurion, mas foi varrido do céu por uma bateria antimísseis da Cúpula de Ferro. Dentro do terminal tudo parecia normal, exceto por um grupo de turistas cristãos que se juntavam espantados ao redor de um monitor de televisão. Nenhum notou o falecido futuro chefe da inteligência israelense quando ele passou pelo saguão, uma mochila no ombro. No controle de passaporte, ele passou pela longa fila e cruzou por uma porta reservada ao pessoal de campo do Escritório voltando de missões no exterior. Quatro agentes de segurança do Escritório estavam bebendo café na sala de espera do outro lado. Deixaram que ele passasse por um corredor muito iluminado até uma porta segura, onde havia dois SUV feitos nos Estados Unidos estacionados no escuro da madrugada. Gabriel entrou em um. A porta blindada se fechou com um estrondo.

No banco estava uma cópia do resumo de inteligência do dia, cortesia de Uzi Navot. Gabriel abriu a capa quando o comboio pegou a Highway 1 e começou a subir o Bab al-Wad, o desfiladeiro que parece uma escadaria separando a planície costeira de Jerusalém. O resumo parecia um catálogo de horrores de um mundo que tinha ficado louco. A Primavera Árabe tinha se transformado na Calamidade Árabe. O islamismo radical agora controlava uma faixa de território que ia do Afeganistão à Nigéria, uma conquista que nem Bin Laden teria achado possível. Poderia ser engraçado se não fosse tão perigoso — e tão previsível. O presidente norte-americano tinha permitido que a velha ordem fosse derrubada sem uma alternativa viável para substituir, um ato temerário sem precedentes na diplomacia moderna. E por alguma razão ele tinha escolhido esse momento para jogar Israel aos lobos. *Uzi tinha sorte*, pensou Gabriel quando fechou o resumo. Uzi tinha conseguido tapar o buraco na represa com o dedo. Agora Gabriel teria de construir a arca para a enchente que estava vindo, e não havia nada que pudesse impedi-la.

Quando chegaram perto de Jerusalém, as estrelas estavam desaparecendo e os céu acima da Cisjordânia estava começando a se acender. O trânsito da manhã começava na estrada de Jafa, mas a rua Narkiss dormia debaixo da vigilância do Escritório. Eli Lavon não tinha exagerado no tamanho da segurança. Havia equipes nos dois lados da rua e outra na frente do pequeno prédio de calcário no número 16. Quando Gabriel passou pelo jardim, percebeu que não tinha a chave. Não era problema; Chiara tinha deixado a porta destrancada. Ele colocou a mochila no chão do vestíbulo. Então, depois de notar a condição imaculada da sala de estar, pegou-a de novo e carregou pelo corredor.

A porta do quarto de hóspedes estava entreaberta. Gabriel a empurrou e olhou dentro. Já tinha sido seu escritório. Agora havia dois berços, um rosa e o outro azul. Girafas e elefantes marchavam pelo tapete. Nuvens rechonchudas voavam pelas paredes. Gabriel sentiu uma pontada de culpa; na sua ausência, Chiara deve ter feito todo o trabalho sozinha. Quando passou a mão pela superfície do trocador de fraldas, foi tomado por uma lembrança. Era a noite de 18 de abril de 1988. Gabriel tinha voltado para casa depois do assassinato de Abu Jihad, em Túnis, e encontrou Dani com uma febre feroz. Ele segurou a criança febril nos braços aquela noite enquanto imagens de fogo e morte passavam incessantemente por seus pensamentos. Três anos depois, a criança estava morta.

Aparentemente, teve algo a ver com um homem chamado Tariq...

Gabriel fechou a porta e foi até o quarto. Seu retrato de corpo inteiro, pintado por Leah depois da Operação Ira de Deus, estava na parede. Debaixo dele dormia Chiara. Ele colocou a mochila no chão do armário, tirou os sapatos e a roupa, deitando na cama ao lado dela. Ela ficou imóvel, aparentemente sem notar a presença dele. Então, de repente, perguntou:

— Você gosta, querido?

— Do quarto das crianças?

— É.

— Ficou lindo. Só queria que você tivesse me deixado pintar as nuvens.

— Eu queria — ela respondeu. — Mas tinha medo que pudesse ser verdade.

— O quê?

Ela não falou mais nada. Gabriel fechou os olhos. E pela primeira vez em três dias, ele dormiu.

Quando finalmente acordou era o final da tarde e as sombras se estendiam pela cama. Ele virou os pés para a porta e foi até a cozinha pegar um pouco de café. Chiara estava vendo a guerra na televisão. Uma bomba israelense tinha acabado de cair em uma escola palestina ocupada exclusivamente por mulheres e crianças — ou era o que afirmava o Hamas. Parecia que nada tinha mudado.

— Precisamos ver isso?

Chiara abaixou o volume. Ela estava usando uma calça de seda larga, sandálias douradas e uma blusa de gestante que cobria elegantemente seus seios e sua barriga enormes. O rosto não tinha mudado. Parecia que estava mais linda e radiante do que Gabriel podia se lembrar. De repente, ele se arrependeu do mês que tinha perdido.

— Tem café na garrafa térmica.

Gabriel serviu uma xícara e perguntou a Chiara como estava se sentindo.

— Como se estivesse a ponto de estourar.

— E está?

— O médico disse que podem nascer a qualquer momento.

— Alguma complicação?

— Estou começando a ter menos fluído amniótico e uma das crianças é um pouco menor que a outra.

— Qual?

— A menina. O menino está ótimo. — Ela olhou para ele por um instante. — Sabe, querido, vamos ter de escolher um nome para ele em algum momento.

— Eu sei.

— Seria melhor se fizéssemos isso antes que eles nascessem.

— Acho que sim.

— Moshe é um bom nome.

— É.

— Sempre gostei de Yaakov.

— Eu também. Ele é um bom agente. Mas certo iraniano ficaria feliz se nunca mais o visse de novo.

— Reza Nazari?

Gabriel levantou a vista do seu café.

— Como sabe o nome dele?

— Recebi relatórios regulares durante sua ausência.

— Quem passava?

— Quem você acha? — Chiara sorriu. — Eles vêm jantar, por falar nisso.

— Não pode ser outra noite? Acabei de chegar em casa.

— Por que não diz para ele que está muito cansado? Tenho certeza de que ele vai entender.

— Seria mais fácil — disse Gabriel, cansado —, convencer o Hamas a parar de jogar foguetes na gente.

No final da tarde, Gabriel tomou um banho e se vestiu. Então foi em seu comboio até o mercado Mahane Yehuda onde, seguido por seus guarda-costas, garantiu as provisões necessárias para o jantar daquela noite. Chiara passou uma lista, que ele deixou amassada no bolso do casaco. Em vez disso, fez as compras por instinto, seu método preferido, e cedeu a todo desejo e capricho: nozes, frutas secas, húmus, *baba ghanoush*, pão, salada israelense com queijo feta, arroz e carne preparados, e várias garrafas de vinho da Galileia e de Golã. Algumas cabeças se viravam ao vê-lo passar; tirando isso, sua presença no mercado lotado passou despercebida.

Quando o comboio de Gabriel voltou à rua Narkiss, uma limousine Peugeot estava parada na porta. Subindo, ele encontrou Chiara e Gilah Shamron na sala, cercada por bolsas de roupas e outros suprimentos. Shamron já tinha saído para o terraço para fumar. Gabriel preparou as saladas e colocou-as como um bufê no balcão da cozinha. Colocou o arroz e a carne no forno e serviu duas taças de seu sauvignon blanc israelense favorito, que levou para o terraço. Estava escuro e um vento frio começava a soprar. O cheiro do tabaco turco de Shamron se misturava com o sabor forte dos eucaliptos que havia no jardim em frente ao prédio. Era, pensou Gabriel, um aroma estranhamente reconfortante. Ele entregou a Shamron uma taça de vinho e se sentou perto dele.

— Futuros chefes do Escritório — disse Shamron em um tom de censura leve — não vão fazer compras no mercado Mahane Yehuda.

— Vão se a esposa deles está do tamanho de um zepelim.

— Eu não falaria isso em voz alta se fosse você. — Shamron sorriu, inclinou sua taça na direção de Gabriel. — Bem-vindo de volta ao lar, meu filho.

Gabriel bebeu do vinho, mas não falou nada. Estava olhando para o céu do sul, esperando um rastro de foguete, o clarão de um ataque de míssil da Cúpula de Ferro. *Bem-vindo de volta ao lar...*

— Tomei um café com o primeiro-ministro essa manhã — Shamron estava dizendo. — Ele manda um abraço. Também gostaria de saber quando você pretende fazer seu juramento.

— Ele não sabe que estou morto?

— Boa tentativa.

— Vou precisar de algum tempo com meus filhos, Ari.

— Quanto tempo?

— Presumindo que estejam saudáveis — disse Gabriel pensativo —, eu acharia que uns três meses.

— Três meses é muito tempo para ficarmos sem chefe.

— Não vamos ficar sem chefe. Temos o Uzi.

Shamron deliberadamente esmagou seu cigarro.

— Ainda tem a intenção de mantê-lo?

— Pela força, se for necessário.

— Como devemos chamá-lo?

— Vamos chamá-lo de Uzi. É um nome muito legal.

Gabriel olhou para os jovens guarda-costas na rua silenciosa. Nunca mais poderia aparecer em público sem eles. E nem sua esposa e seus filhos. Shamron começou a acender um cigarro, mas parou.

— Não posso dizer que o primeiro-ministro vai ficar feliz com uma licença paternidade de três meses. Na verdade — ele acrescentou —, ele estava se questionando se você estaria disposto a realizar uma missão diplomática em nome dele.

— Onde?

— Washington — disse Shamron. — Nosso relacionamento com os norte--americanos poderia passar por uma reforma. Você sempre se deu bem com os norte-americanos. Até o presidente parece gostar de você.

— Não iria tão longe.

— Vai fazer a viagem?

— Alguns quadros não podem ser recuperados, Ari. Assim como alguns relacionamentos.

— Você vai precisar dos norte-americanos quando se tornar chefe.

— Você sempre me falou para ficar longe deles.

— O mundo mudou, meu filho.

— Isso é verdade — disse Gabriel. — O presidente norte-americano escreve cartas de amor ao aiatolá. E nós... — Ele deu de ombros, indiferente, mas não falou mais nada.

— Presidentes norte-americanos vêm e vão, mas nós, espiões, ficamos.

— Assim como os persas — lembrou Gabriel.

— Pelo menos Reza Nazari não vai fornecer outra *taqiyya* ao Escritório. Saiba — acrescentou Shamron — que eu nunca gostei muito dele.

— Por que você não falou nada?

— Eu falei. — Shamron finalmente acendeu outro cigarro. — Ele está de volta a Teerã, por falar nisso. É melhor que fique lá. Ou os russos provavelmente vão matá-lo. — Shamron sorriu. — Sua operação conseguiu plantar uma semente de desconfiança entre dois dos nossos adversários.

— Que possa crescer e virar uma grande árvore.

— Quanto tempo até a próxima bomba?

— O artigo dela vai aparecer na edição de domingo.

— Os russos vão negar, claro.

— Mas ninguém vai acreditar neles — disse Gabriel. — E eles vão pensar duas vezes antes de tentar me acertar de novo.

— Você os subestima.

— Nunca.

Fez-se silêncio entre eles. Gabriel ouviu o vento se movendo no eucalipto e o som da voz gentil de Chiara vindo da sala de estar. Parecia que South Armagh tinha acontecido em outra vida. Até Quinn parecia muito longe. Quinn, que poderia fazer uma bola de fogo viajar a trezentos metros por segundo. Quinn, que na Líbia ficou amigo de um palestino chamado Tariq al-Hourani.

— É assim que você imaginou que seria? — perguntou Shamron, com voz baixa.

— Voltar para casa?

Gabriel olhou para o céu ao sul e esperou um clarão de fogo.

— Foi — falou depois de um momento. — Foi exatamente assim que imaginei que seria.

RUA NARKISS, JERUSALÉM

ASSIM COMO EM TODAS as ocasiões importantes de sua vida, Gabriel se preparou para o nascimento de seus filhos como se estivesse em uma operação. Ele planejou a rota de fuga, preparou o plano B e depois planejou o plano B de seu plano B. Era um modelo de economia e cronometragem, com poucas partes móveis, exceto a estrela do show. Shamron fez uma revisão completa, assim como Uzi Navot e o resto da lendária equipe de Gabriel. Sem exceção, todos declararam que era uma obra-prima.

Não que Gabriel tivesse muito mais a fazer. Pela primeira vez em anos ele não tinha trabalho e nem perspectiva. Ele tinha conseguido deixar o Escritório esperando e não havia quadros a restaurar. Chiara era seu único projeto agora. O jantar com os Shamrons acabou sendo a última aparição pública de sua mulher. Ela estava muito desconfortável para receber visitantes e até breves ligações telefônicas a deixavam cansada. Gabriel a perseguia como um garçom, sempre disposto a encher um copo vazio ou enviar uma refeição insatisfatória de volta para a cozinha. Era irrepreensível em seu comportamento e sempre ajustado com as exigências dela, fossem físicas ou emocionais. Até Chiara parecia ficar ressentida com a perfeição da conduta dele.

Por causa da idade e de um histórico reprodutivo complicado, a gravidez de Chiara era considerada de alto risco. Por isso, seu médico insistiu em vê-la em intervalos curtos na semana para um ultrassom. Na ausência de Gabriel, ela viajou até o Centro Médico Hadassah acompanhada por seus guarda-costas e, em uma ocasião, por Gilah Shamron. Agora Gabriel foi com ela, com toda a loucura de seu comboio oficial. Na sala de exames ele seria o protetor de Chiara enquanto o médico passava a sonda por sua barriga lubrificada. No começo da gravidez, o ultrassom tinha mostrado duas crianças completas e separadas. Agora era difícil saber onde terminava uma criança e começava a outra, embora, de vez em quando, a máquina oferecesse uma visão absurdamente limpa de um rosto ou uma mão que faziam o coração de Gabriel bater com rapidez. As imagens fantasmagóricas pareciam raios-X representando o rascunho de um quadro. A perda de líquido amniótico aparecia como ilhas de cor preta sólida.

— Quanto tempo ela tem? — perguntou Gabriel, com a gravidade de um homem que realizava a maioria de suas conversas em apartamentos e em celulares seguros.

— Três dias — disse o médico. — Quatro, no máximo.

— Alguma chance de que possam nascer antes disso?

— Há uma *chance* — respondeu o médico — de que ela possa entrar em trabalho de parto ao voltar para casa hoje. Mas não é provável que aconteça. Ela vai ficar sem líquido muito antes de entrar em trabalho de parto.

— E aí?

— Uma cesariana é mais segura.

O médico pareceu sentir o desconforto dele.

— Sua esposa vai ficar bem. — Então, com um sorriso, acrescentou: — Fico feliz por não estar morto. Precisamos de você. E seus filhos também precisam.

As visitas ao hospital eram a única quebra das longas e monótonas horas de descanso e espera. Inquieto com a inatividade, Gabriel queria um projeto. Chiara permitiu que ele fizesse a mala para o hospital, o que consumiu cinco minutos. Depois, foi à procura de algo mais para fazer. Sua busca o levou ao quarto das crianças, onde ficou parado um longo tempo na frente das nuvens de Chiara, uma mão apertando o queixo, a cabeça um pouco de lado.

— Você ficaria muito chateada — ele perguntou a Chiara — se eu retocasse as nuvens um pouco?

— O que tem de errado com elas?

— São lindas — ele disse rapidamente.

— Mas?

— São um pouco infantis.

— São para crianças.

— Não foi o que eu quis dizer.

Reclamando, ela aprovou a missão, desde que ele só usasse tintas seguras para crianças e que o trabalho estivesse terminado em 24 horas. Gabriel correu até uma loja de tintas próxima com seus guarda-costas a tiracolo e voltou rapidamente com os suprimentos necessários. Com uns poucos golpes de um rolo — um instrumento que ele nunca tinha usado antes — apagou o trabalho de Chiara debaixo de uma camada de tinta azul clara. Ficou molhado demais para trabalhar mais aquela tarde, então ele se levantou cedo na manhã seguinte

O ESPIÃO INGLÊS

e rapidamente decorou a parede com várias nuvens brilhantes estilo Ticiano. Finalmente, acrescentou um pequeno anjinho, um menino que estava olhando para baixo na ponta da nuvem mais alta do cenário. A figura tinha sido inspirada na *Virgem e menino em glória com santos*, de Veronese. Com lágrimas nos olhos e uma mão trêmula, Gabriel deu ao anjo o rosto de seu filho como lembrava na noite da morte dele. Então colocou seu nome e a data, e estava terminado.

Mais tarde, naquele mesmo dia, *The Sunday Telegraph*, de Londres, publicou um artigo exclusivo expondo as ligações da Rússia e seus serviços de inteligência com o assassinato da princesa, o atentado à bomba na Brompton Road, a morte de quatro agentes de segurança do MI6 na Cornualha ocidental, e o banho de sangue em Crossmaglen, Irlanda do Norte. A operação, disse o jornal, era uma represália pela revogação dos lucrativos direitos de exploração de petróleo no mar do Norte e a deserção de Madeline Hart, a agente russa que tinha compartilhado brevemente a cama do primeiro-ministro Lancaster. O presidente da Rússia tinha ordenado; Alexei Rozanov, o agente do SVR recentemente encontrado morto na Alemanha, supervisionou sua implementação. Seu principal operador foi Eamon Quinn, o criador da bomba de Omagh, que tinha se transformado em mercenário internacional. Quinn agora estava desaparecido e era alvo de uma caçada global.

A reação à matéria foi rápida e explosiva. O primeiro-ministro Lancaster denunciou as ações do Kremlin como "bárbaras", um sentimento que encontrou eco do outro lado do Atlântico, em Washington, onde políticos dos dois lados da divisão pediram a expulsão da Rússia do G8 e de outros clubes econômicos do ocidente. Em Moscou, um porta-voz do Kremlin rejeitou a matéria do *Telegraph* como peça de propaganda anti-Rússia e exigiu que a repórter, Samantha Cooke, revelasse as identidades de suas fontes — algo que ela se recusou terminantemente a fazer em várias entrevistas na televisão. Quem sabia sugeriu que os israelenses claramente tinham ajudado. Afinal, eles apontavam, a operação russa tinha matado uma lenda local. Se alguém queria o sangue russo, eram os israelenses.

Nenhum oficial israelense concordou em falar sobre a matéria do *Telegraph* — nem o escritório do primeiro-ministro, nem o ministro de relações exteriores e certamente nem o Boulevard Rei Saul, onde as linhas externas tocavam sem serem atendidas. Uma pequena matéria em um site israelense de fofocas provocou um comentário, no entanto. Afirmava que o mesmo lendário agente israelense que tinha morrido no ataque à bomba na Brompton Road tinha sido visto recentemente no mercado Mahane Yehuda com roupas horríveis. Um ajudante não identificado em um ministério não divulgado rejeitou a notícia como "besteira".

Mas seus vizinhos na rua Narkiss, se não quisessem protegê-lo, teriam contado uma história diferente. Da mesma forma, a equipe do Centro Médico Hadassah, e o par de rabinos que viram Gabriel aquela mesma tarde colocando uma pedra em cima de uma sepultura no monte das Oliveiras. Eles não tentaram falar com ele, pois viram que estava sofrendo. Ele deixou o cemitério no final da tarde e cruzou Jerusalém até o monte Herzl. Havia uma mulher ali que precisava saber que ele estava entre os vivos, mesmo se não se lembrasse de quando ele morreu.

MONTE HERZL, JERUSALÉM

URANTE A VIAGEM DO monte das Oliveiras, uma suave neve começou a cair sobre a cidade fraturada de Deus em cima da colina. Revestia a pequena entrada circular do Hospital Psiquiátrico do Monte Herzl e cobria de branco os galhos dos pinheiros do jardim murado. Dentro da clínica, Leah olhava a neve cair pelas janelas da sala comum. Estava sentada em sua cadeira de rodas. O cabelo estava grisalho e cortado curto; as mãos estavam torcidas e brancas, cheia de cicatrizes. O médico dela, um homem com jeito de rabino, de rosto redondo e uma barba incrível de muitas cores, tinha tirado os outros pacientes da sala. Ele não parecia totalmente surpreso ao descobrir que Gabriel ainda estava vivo. Já cuidava de Leah há mais de dez anos. Sabia coisas sobre a lenda que outros não sabiam.

— Você deveria ter me alertado de que era tudo um truque — disse o médico. — Poderíamos ter feito algo para protegê-la. Como se poderia esperar, sua morte causou uma forte comoção.

— Não havia tempo.

— Tenho certeza de que teve boas razões — disse o médico, com tom de censura.

— Tive. — Gabriel deixou passar uns segundos para amenizar a conversa. — Nunca sei quanto ela entende.

— Ela sabe mais do que você acredita. Tivemos uns dias bem ruins.

— E agora?

— Ela está melhor, mas você precisa ser cuidadoso. — Ele apertou a mão de Gabriel. — Fique o tempo que você quiser. Estarei no meu consultório se precisar de algo.

Quando o médico saiu, Gabriel cruzou em silêncio os azulejos de calcário da sala comum. Uma cadeira tinha sido colocada ao lado de Leah. Ela ainda estava olhando a neve. Mas sobre qual cidade estava caindo? Era em Jerusalém? Ou era presa no passado? Leah sofria de uma combinação especialmente aguda de transtorno de estresse pós-traumático e depressão psicótica. Em suas memórias pouco sólidas, o tempo era esquivo. Gabriel nunca sabia qual Leah ele iria encontrar. Em um minuto ela podia ser a incrivelmente talentosa pintora por quem ele tinha se apaixonado na Academia de Arte e Design de Bezalel, em Jerusalém, mas no minuto seguinte, ela poderia se apresentar como a mãe madura de um lindo menino que tinha insistido em acompanhar seu marido em uma viagem a trabalho para Viena.

Por vários minutos ela ficou olhando a neve, sem piscar. Talvez não tivesse notado a presença dele. Ou talvez estivesse punindo-o por permitir que achasse que estava morto. Finalmente, sua cabeça se virou e os olhos dela viajaram por ele, como se estivessem procurando um objeto perdido nos armários desarrumados de sua memória.

— Gabriel? — ela perguntou.

— Sou eu, Leah.

— Você é real, meu amor? Ou estou tendo alucinações?

— Sou real.

— Onde estamos?

— Jerusalém

A cabeça dela se virou e ficou olhando a neve.

— Não é linda?

— É, Leah.

— A neve absolve Viena de seus pecados. A neve cai sobre Viena enquanto os mísseis caem sobre Tel Aviv. — Ela se virou de novo para ele. — Eu ouvi à noite — ela disse.

— O quê?

— Os mísseis.

— Você está segura aqui, Leah.

— Quero falar com minha mãe. Quero ouvir o som da voz da minha mãe.

— Vamos ligar para ela.

— Não deixe de ver se Dani está bem preso na sua cadeirinha. As ruas estão escorregadias.

— Ele está bem, Leah.

Ela olhou para as mãos dele e notou que havia tinta. Pareceu puxá-la de volta ao presente.

— Esteve trabalhando? — ela perguntou.

— Um pouco.

— Algo importante?

Ele respirou fundo e disse:

— Um quarto para as crianças, Leah.

— Para seus filhos?

Ele assentiu.

— Eles já nasceram?

— Logo — ele respondeu.

— Um menino e uma menina?

— Isso, Leah.

— Como vai se chamar a garota?

— Ela vai se chamar Irene.

— Irene é o nome da sua mãe.

— Isso mesmo.

— Ela morreu, sua mãe?

— Há muito tempo.

— E o menino? Qual vai ser o nome do menino?

Gabriel hesitou, depois disse:

— O menino vai se chamar Raphael.

— O anjo da cura. — Ela sorriu e perguntou: — Você está curado, Gabriel?

— Não muito.

— Nem eu.

Ela olhou para a televisão, havia assombro em seu rosto. Gabriel segurou a mão dela. As cicatrizes a deixavam fria e dura. Era como um pedaço de tela de pintura. Ele gostaria de retocá-la, mas não podia. Leah era a única coisa no mundo que ele não podia restaurar.

— Você está morto? — ela perguntou de repente.

— Não, Leah. Estou aqui com você.

— A televisão disse que você morreu em Londres.

— Era algo que tínhamos de falar.

— Por quê?

— Não é importante.

— Você sempre fala isso, meu amor.

— É mesmo?

— Só quando realmente é verdade. — Ela olhou para ele. — Onde você estava?

— Estava procurando o homem que ajudou Tariq a construir a bomba.

— Conseguiu encontrá-lo?

— Quase.

Ela apertou a mão dele.

— Isso foi há muito tempo, Gabriel. Não vai mudar nada. Ainda vou ficar do jeito que estou. E você ainda estará casado com outra mulher.

Gabriel não conseguiu aguentar mais o olhar acusador dela, então se virou para admirar a neve. Uns poucos segundos depois, ela fez o mesmo.

— Você vai me deixar vê-los, não vai, Gabriel?

— Assim que puder.

— E vai cuidar bem deles, especialmente do menino?

— Claro.

Os olhos dela se abriram de repente.

— Quero ouvir o som da voz da minha mãe.

— Eu também.

— Não deixe de ver se o Dani está bem preso na cadeirinha.

— Pode deixar — disse Gabriel. — As ruas estão escorregadias.

Durante a viagem de volta para a rua Narkiss, Gabriel recebeu uma mensagem de texto de Chiara perguntando quando ele voltaria para casa. Ele não se preocupou em responder porque estava bem na esquina. Subiu o jardim correndo, deixando uma trilha de reveladoras pegadas tamanho 42 na camada de neve e pegou as escadas até seu apartamento. Ao entrar, ele viu a mala que tinha feito com tanto cuidado no corredor. Chiara estava sentada no sofá, vestida e com casaco, cantando baixinho enquanto folheava uma revista.

— Por que não me contou antes? — Gabriel perguntou.

— Achei que seria uma bela surpresa.

— Odeio surpresas.

— Eu sei. — Ela deu um lindo sorriso.

— O que aconteceu?

— Não estava me sentindo bem, então liguei para o médico. Ele achou que deveríamos resolver logo isso.

— Quando?

— Esta noite, querido. Precisamos ir para o hospital.

Gabriel ficou parado como uma estátua de bronze.

— Esta é a parte onde você me ajuda a me levantar — disse Chiara.

— Ah, sim, claro.

— E não se esqueça da mala.

— Espere... o quê?

— A mala, querido. Vou precisar das minhas coisas no hospital.

— Claro, o hospital.

Gabriel ajudou Chiara a descer as escadas e cruzar o jardim na frente, enquanto se xingava por ter negligenciado o fator neve no planejamento. No banco de trás da SUV, ela deitou a cabeça no ombro dele e fechou os olhos para descansar. Gabriel inalou o intoxicante perfume de baunilha e olhou a neve dançando contra o vidro. *É lindo*, ele pensou. É simplesmente a coisa mais linda que ele já tinha visto.

85

BUENOS AIRES

ÃO QUE ELES NÃO tivessem nada melhor para fazer aquela primavera. Afinal, até o observador mais casual — os mortos-vivos históricos,
como Graham Seymour geralmente os chamava quando estava de mau
humor — perceberia que o mundo estava caminhando para o descontrole. Sem
recursos, Seymour indicou somente um agente para a tarefa. Não importava;
um agente era tudo de que ele precisava. Ele deu ao homem uma maleta cheia de
dinheiro e considerável liberdade operacional. A maleta veio de uma loja da rua
Jermyn. O dinheiro era norte-americano, pois nas regiões inferiores do mundo
da espionagem, o dólar continuava sendo a moeda de troca.

Ele viajou usando muitos nomes naquela primavera, nenhum deles era o verdadeiro. Na verdade, naquele específico momento de sua vida e carreira, ele realmente não tinha nome. Seus pais, com quem ele tinha se reunido recentemente, o chamavam pelo nome que tinham dado quando ele nasceu. No trabalho,
no entanto, ele era conhecido somente por um número de quatro dígitos. Seu
apartamento em Chelsea estava, oficialmente, em nome de uma empresa que
não existia. Ele só tinha pisado ali uma vez.

Sua busca o levou a muitos lugares perigosos, o que não era nenhum problema, pois ele era um homem perigoso. Passou vários dias em Dublin nas arrisca-
das interseções de drogas e rebelião, e depois apareceu em Lisboa perseguindo a
possibilidade de que a conexão de sua presa com a cidade fosse mais do que algo
simplesmente aparente. Um rumor o levou a uma esquecida vila na Bielorrússia;
um e-mail interceptado, a Istambul. Ali, ele conheceu uma fonte que afirmava
ter visto o alvo na região da Síria controlada pelo EI. Com a relutante bênção de
Londres, ele cruzou a fronteira a pé e, disfarçado de árabe, chegou à casa onde
diziam que o alvo estava vivendo. A casa estava vazia, exceto por uns pedaços

de cabos e um caderno que continha vários diagramas de bombas. Ele levou o caderno de volta para a Turquia. No caminho viu imagens de brutalidade que não esqueceria tão cedo.

No final de fevereiro ele foi à Cidade do México, onde um suborno levou a uma dica que o mandou ao Panamá. Ele passou uma semana ali vigiando um condomínio vazio na Playa Farallón. Então, seguindo um palpite, viajou ao Rio de Janeiro, onde um cirurgião plástico com uma clientela dúbia admitiu que tinha recentemente alterado a aparência do alvo. De acordo com o médico, o paciente afirmou que estava vivendo em Bogotá, mas sua visita à cidade só o levou a uma mulher triste que poderia ou não carregar um filho dele. A mulher sugeriu que procurasse em Buenos Aires, e ele foi para lá. E foi naquela cidade, em uma tarde fria do meio de abril, que uma velha dívida foi paga.

Ele estava cozinhando em um restaurante chamado Brasserie Petanque, no bairro de San Telmo. Seu apartamento ficava na esquina, no terceiro andar de um prédio que parecia ter sido arrancado do boulevard Saint-Germain. Do outro lado da rua havia um café onde Keller estava sentado tomando algo em uma mesa na rua. Ele usava chapéu com aba e óculos de sol; o cabelo apresentava o brilho saudável de um homem que tinha ficado grisalho de forma prematura. Ele parecia ler uma revista literária em espanhol. Mas não estava.

Deixou uns poucos pesos na mesa, cruzou a rua e entrou no vestíbulo do prédio. Um gato malhado circulou seu pé enquanto ele lia o nome na caixa de correspondência do apartamento 309. No andar de cima, encontrou a porta do apartamento trancada. Não era problema; Keller tinha adquirido uma cópia da chave do zelador do edifício pagando quinhentos dólares por ela.

Ele tirou a arma quando entrou e fechou a porta. O apartamento era pequeno e com poucos móveis. Perto da porta havia uma pilha de livros e um rádio de ondas curtas. Os livros eram grossos, pesados e usados. O rádio era de uma qualidade raramente vista nos dias de hoje. Keller o ligou e colocou em volume muito baixo. *My funny valentine*, de Miles Davis. Ele sorriu. Estava no lugar certo.

Keller desligou o rádio e moveu a cortina que cobria a última janela de Quinn no mundo. E ali ele ficou com a disciplina de um especialista em observação pelo resto da tarde. Finalmente, apareceu um homem no café e se sentou na mesma mesa que Keller havia deixado pouco tempo antes. Bebeu cerveja local e estava vestido com roupas locais. Mesmo assim, era claro que ele não era nativo da Argentina. Keller levantou um telescópio monocular em miniatura e estudou o rosto do homem. *O brasileiro fez um excelente trabalho*, pensou. O homem na mesa estava irreconhecível. A única coisa que o traía era a forma como ele usava a faca quando o garçom trouxe a carne. Quinn era um mestre na técnica, mas ele sempre fazia seu melhor trabalho com uma faca.

Keller ficou na ponta da janela com o telescópio em miniatura no olho, olhando, esperando, enquanto Quinn consumia a última refeição de sua vida. Quando terminou, pagou a conta, levantando-se e cruzou a rua. Keller enfiou o telescópio no bolso e ficou no hall de entrada, a arma na mão. Depois de um momento, ouviu passos no corredor e o barulho da chave entrando na fechadura. Quinn não viu o rosto de Keller e não sentiu as duas balas — uma por Elizabeth Conlin, a outra por Dani Allon — que terminaram com a vida dele. Por isso, pelo menos, Keller sentiu pena.

NOTA DO AUTOR

O *ESPIÃO INGLÉS* É UMA obra de ficção e deve ser lida apenas como tal. Nomes, personagens, lugares e incidentes retratados na história são produto da imaginação do autor ou foram usados de maneira ficcional. Qualquer semelhança com pessoas reais, mortas ou vivas, empresas, eventos ou locais é total coincidência.

Existe realmente uma adorável casa no lado sul da enseada de pesca de Gunwalloe que sempre lembrou ao autor o quadro *La cabane des douaniers a pourville*, de Monet, mas até onde sei nem Gabriel Allon nem Madeline Hart viveram ali. Nem os leitores deveriam ir procurar por Gabriel na rua Narkiss, 16, pois ele e Chiara estão muito ocupados neste momento. Relatórios de Jerusalém indicam que mãe e filhos estão bem. O pai é outra história. Mais sobre isso nos próximos livros da série.

Visitantes à cidade de Fleetwood no norte da Inglaterra vão procurar em vão por um cyber café em frente a uma lanchonete. Não há nenhum pub em Gunwalloe chamado Lamb and Flag, nem existe um bar em Crossmaglen chamado Emerald, apesar de existirem vários parecidos. Desculpas à gerência do restaurante Le Piment, em São Bartolomeu, por colocar um terrorista do IRA em sua pequena, mas gloriosa cozinha. Desculpas também ao restaurante Die Bank, em Hamburgo; ao hotel InterContinental, em Viena; e especialmente ao hotel Kempinski, em Berlim. O quarto 518 deve ter ficado uma bagunça.

Para registro, eu sei que a sede do serviço secreto de inteligência de Israel não está mais localizada no Boulevard Rei Saul, em Tel Aviv. Meu serviço fictício continua ali, em parte porque gosto mais do nome do que da localização atual, que não vou mencionar. Também fui perguntado muitas vezes se Dom

Anton Orsati foi inspirado em um indivíduo real. Não foi. O Dom, seu vale e seu empreendimento único foram todos inventados pelo autor.

O espião inglês é a quarta aventura de Gabriel Allon a apresentar o melhor assassino do Dom: o ex-combatente da SAS Christopher Keller. O livro termina no lugar onde a história de Keller começou, nas perigosas colinas verdes de South Armagh. Durante o pior da longa e sangrenta guerra na Irlanda do Norte, a região realmente foi o lugar mais perigoso do mundo para usar um uniforme de policial ou soldado. A maior perda de vidas aconteceu em 27 de agosto de 1979, quando duas grandes bombas mataram 18 soldados britânicos em Warrenpoint. O ataque ocorreu horas depois que lorde Mountbatten, um estadista britânico e parente da rainha Elizabeth II, foi morto por uma bomba do IRA escondida em seu barco de pesca — um incidente que sugeriu as passagens iniciais de *O espião inglês*. Claramente, peguei emprestado muito da vida de Diana, a princesa de Gales, quando montei minha princesa fictícia, mas de nenhuma maneira foi minha intenção sugerir que a morte de Diana foi um assassinato. Ela morreu em um túnel de Paris porque um homem bêbado estava ao volante de seu carro, não como resultado de uma conspiração internacional.

A longa luta da República da Irlanda contra as drogas ilegais está bem documentada. Muito menos conhecido, no entanto, é o papel exercido no comércio de drogas pelos elementos do IRA Autêntico, o grupo terrorista republicano dissidente formado em 1997. A organização, que incluiu vários membros da Brigada South Armagh do IRA, realizou uma série de atentados à bomba devastadores na primavera e no verão de 1998, quando a Irlanda do Norte estava tentando conseguir a paz. O ataque mais mortal foi a bomba no mercado da cidade de Omagh, em 15 de agosto, que matou 29 pessoas e deixou mais de duzentas outras feridas. Detalhes específicos do ataque que aparecem no livro são precisos, apesar de eu ter me permitido uma licença quando retratei as ações do meu espião britânico, Graham Seymour. Eamon Quinn e Liam Walsh não estavam no carro- bomba naquele dia, pois são invenções do autor.

No momento em que escrevo, os verdadeiros terroristas ainda não foram oficialmente identificados. Só eles sabem por que estacionaram o carro-bomba no lugar errado na Lower Market Street. E só eles sabem por que permitiram que fossem dados avisos imprecisos para a mídia e a Royal Ulster Constabulary, criando assim as circunstâncias para uma perda catastrófica de vidas inocentes. Claro que a polícia e os serviços de inteligência da Irlanda e do Reino Unido sabem os nomes deles. Mas 17 anos depois do ataque, ninguém foi condenado pelo maior assassinato em massa da história britânica ou irlandesa. Em junho de 2009, um juiz da Irlanda do Norte mandou quatro homens — Michael McKevitt, Liam Campbell, Colm Murphy e Seamus Daly — pagarem um milhão e meio de libras às famílias das vítimas de Omagh. Até hoje, nenhum dinheiro trocou de mãos. Em abril de 2014, Seamus Daly foi preso em um shopping center em South Armagh, onde estava vivendo, acusado por 29 homicídios. Se seguirmos casos antigos, as chances de uma condenação são remotas. Em 2002, o Tribunal Penal Especial da Irlanda condenou Colm Murphy por conspiração no atentado, mas o veredicto foi anulado na apelação. O sobrinho de Murphy enfrentou julgamento na Irlanda do Norte, em 2006, mas foi inocentado.

Depois do Acordo da Sexta-Feira Santa, a inteligência britânica descobriu que terroristas do IRA com muito conhecimento estavam vendendo sua expertise no mercado. Entre os países onde ex-terroristas do IRA negociaram seu serviço mortal estava a República Islâmica do Irã. O historiador Gordon Thomas, em sua história do MI6 chamada *Secret Wars*, escreveu que uma delegação de terroristas do IRA viajou secretamente para Teerã, em 2006, para ajudar o país a construir uma arma antitanque para um cliente libanês, o Hezbollah — uma arma que poderia criar uma bola de fogo capaz de viajar a trezentos metros por segundo. O Hezbollah usou a arma contra tanques israelenses e veículos armados, mas soldados britânicos servindo no Iraque também foram alvos da tecnologia desenvolvida pelo IRA. Em 2005, oito soldados britânicos foram mortos em Basra por uma sofisticada bomba na estrada que era idêntica às bombas usadas pelo IRA em South Armagh. Especialistas em contraterrorismo especularam que o desenho da arma chegou ao Iraque como resultado da longa associação do IRA com a OLP. As duas organizações desfrutaram do patrocínio de Muamar Kadafi, da Líbia, e treinaram nos infames campos do deserto, onde compartilharam conhecimento e recursos. A Líbia realmente supriu todo o Semtex usado pelo IRA durante a guerra na Irlanda do Norte.

Mas a Líbia não foi o único estado patrocinador do IRA. A KGB também forneceu apoio material para os terroristas em uma tentativa de criar caos na Grã-Bretanha e enfraquecer a aliança do Atlântico. Muito mudou no quarto de século desde o colapso da União Soviética, mas fomentar a discórdia dentro da aliança ocidental continua a ser um objetivo primário da Rússia de Vladimir Putin. Na verdade, Putin gostaria de ver o colapso completo da OTAN, assim poderia reconstituir o império perdido da Rússia sem o intrometido ocidente no caminho. Sob sua liderança, a Rússia está novamente afunilando dinheiro para partidos políticos extremistas na Europa ocidental tanto de esquerda quanto de direita. Parece que Putin não se importa muito com a política de seus amigos, desde que sejam oposição aos Estados Unidos e vejam o mundo mais ou menos de forma parecida com a que ele vê. Além disso, Putin não tem realmente uma política própria. Ele é um cleptocrata e não tem outra filosofia a não ser a de exercício cínico do poder.

Gabriel Allon enfrentou a Rússia pela primeira vez em *Moscow Rules*, que foi publicado no verão de 2008, quando Moscou estava inundada da renda do petróleo e os críticos do Kremlin estavam sendo assassinados nas ruas. Infelizmente, o livro provou ser presciente. Considerem as últimas atitudes do Kremlin: apoiou o criminoso regime na Síria; concordou em vender sofisticados mísseis antiaéreos ao Irã; a Crimeia e o leste da Ucrânia estão sob controle russo; os bombardeios russos com armas nucleares estão zumbindo por cima dos aliados da OTAN... Na verdade, um par de bombardeios russos recentemente deram um passeio pelo Canal da Mancha com seus *transponders* desligados, atrapalhando a aviação civil por horas. Enquanto o ocidente enfrenta cortes de orçamento em suas defesas, o exército vermelho está se modernizando a um ritmo furioso. Putin falou abertamente sobre o uso de armas nucleares táticas para preservar suas conquistas.

O secretário de relações exteriores britânico, Philip Hammond, está corretamente alarmado com o que está vendo. Em março de 2015, ele descreveu a Rússia como "a maior ameaça" à segurança britânica. Uma semana depois, no entanto, o presidente Obama ofereceu uma visão completamente diferente, caracterizando a Rússia como "uma potência regional" que estava agindo por fraqueza em vez de força. A implicação é que, ao invadir a Ucrânia e anexar a Crimeia, Vladimir Putin está, na verdade, *perdendo*. Só que não. Putin está ganhando, o que significa que a Ucrânia é apenas um *preview* das próximas atrações.

AGRADECIMENTOS

TENHO UMA PROFUNDA DÍVIDA com minha esposa, Jamie Gangel, que ouviu pacientemente enquanto eu trabalhava nos desvios e viradas de *O espião inglês* e cortou, com grande acerto, umas cem páginas da pilha de papel que eu eufemisticamente chamava de meu primeiro rascunho. Sem seu constante apoio e incrível atenção aos detalhes, eu não teria terminado no prazo. Minha dívida com ela é imensurável, assim como meu amor. Também meus filhos, Lily e Nicholas, foram uma constante fonte de inspiração durante todo o ano. Estou espantado com o que eles conseguiram fazer.

Louis Toscano, meu querido amigo e editor há muito tempo fez incontáveis melhorias no livro, grandes e pequenas. Minha revisora, Kathy Crosby, com seus olhos de águia, garantiu que o texto não tivesse erros tipográficos e gramaticais. Qualquer erro que tenha passado é culpa minha, não dela.

Não é preciso dizer que esse livro não poderia ter sido publicado sem o apoio da minha equipe na HarperCollins, mas eu devo dizer mesmo assim, porque eles são os melhores. Um agradecimento especial a Jonathan Burnham, Brian Murray, Michael Morrison, Jennifer Barth, Josh Marwell, Tina Andreadis, Leslie Cohen, Leah Wasielewski, Robin Bilardello, Mark Ferguson, Kathy Schneider, Brenda Segel, Carolyn Bodkin, Doug Jones, Katie Ostrowka, Erin Wicks, Shawn Nicholls, Amy Baker, Mary Sasso, David Korale Leah Carlson-Stanisic. Um forte agradecimento também a minha equipe legal, Michael Gendler e Linda Rappaport, pelo apoio e os sábios conselhos.

Consultei centenas de livros, jornais, artigos em revistas e sites na internet enquanto preparava este livro, demais para poder nomeá-los aqui. Seria uma negligência, no entanto, se eu não mencionasse os excepcionais trabalhos jornalísticos e acadêmicos de Martin Dillon, Peter Taylor, Ken Connor, Mark Urban,

John Mooney e Michael O'Toole, e Toby Harnden, autor do estudo seminal sobre a Brigada de South Armagh.

Finalmente, este livro, como os 14 anteriores da série de Gabriel Allon, não poderia ter sido escrito sem a assistência de David Bull. Ao contrário do fictício Gabriel Allon, David é realmente um dos melhores restauradores de arte do mundo, e tenho muita sorte de ser amigo dele. Se homens como David dirigissem o mundo, meu herói teria uma vida bem calma. Talvez ele teria a chance de restaurar o Caravaggio. E, sem dúvida, teria pedido ajuda a David antes de sequer encostar um dedo no quadro.

SOBRE O AUTOR

Daniel Silva é um autor norte-americano premiado, presente nas listas de livros mais vendidos do *The New York Times*, entre eles, *O caso Caravaggio*. Seus livros estão publicados em mais de trinta países e são best-sellers no mundo todo. Silva é membro do Conselho do Memorial dos Estados Unidos e vive na Flórida com sua esposa Jamie Gangel e seus dois filhos, Lily e Nicholas.

www.danielsilvabooks.com

PUBLISHER
Kaíke Nanne

EDITORA DE AQUISIÇÃO
Renata Sturm

COORDENAÇÃO DE PRODUÇÃO
Thalita Aragão Ramalho

PRODUÇÃO EDITORIAL
Isis Batista Pinto

COPIDESQUE
Fernanda Silveira

REVISÃO
Jaciara Lima
Marcela Isensee

DIAGRAMAÇÃO
Abreu's System

CAPA
Desenho Editorial

Este livro foi impresso no Rio de Janeiro, em 2016,
pela Edigráfica, para a HarperCollins Brasil.
A fonte usada no miolo é Fournier MT Std, corpo 11,5/14,1.
O papel do miolo é Chambril Avena 80g/m², e o da capa é cartão 250g/m².